U0103231

林葉連 著

中國歷代詩經學

潘重規署

臺灣學生書局 印行

# 潘 序

研究國學，其途徑應取建設而不尚破壞。以國人治國學，尤應寄以愛護之深情。其精者昌明之，闕者辨別之，不得以抨擊古人為能事也。蓋衝車巨艦，所以衛國土；學術文化，所以延國脈，故治國學者實負國防最高之責任。近人每謂我國古籍多為偽作，大施破壞，甚者直欲拉雜摧燒之然後快，此實國學當前之一大危機。群經中不為世人所疑而尚目之為眞者，厥為詩經。

今姑言其眞者，然後以之衡量群經諸子，然非即以他經子之為偽也。

考詩經時代，師說雖有參差，大約可斷為商初迄春秋之作品。為之詮釋者，有子夏之序（序為子夏作，予別有說），魯齊韓毛之傳；三家之學以魯為最先，而毛更出其前。陸璣毛詩草木蟲魚疏謂毛公為孫卿弟子，李斯為相，荀卿猶存（見桓寬鹽鐵論）；魯申公受詩於浮丘伯，浮丘伯亦孫卿弟子（見鹽鐵論）；是毛公乃秦漢間人，釋經之作更無先於毛傳者矣。

至於詩經在學術上之重要，其詳有可得略說者：(一)詩經為最古韻文之結集，後來騷賦詩詞之屬莫不溯原於此，允推為文學之祖。(二)詩經文字訓詁與小學之關係綦大，清儒講古韻得有系統者正賴此書。(三)詩經本身即為經學，孟子謂詩亡然後春秋作，詩之美刺即春秋之褒貶也。春秋主尊華攘夷，詩序亦謂小雅盡廢則四夷交侵，由此足見我種性一貫之精神，亦萬古不變之常道也。其他古代事制思想賴以考見者難以枚舉。尤有進者，道德修身之事，不獨尚理智，而亦重感情。詩人自抒其感，復能感人，讀者因詩觸發，其所感在隱微，非莊言法語之責人以必從，

而人自不能不爲之動，故其於文也至美，而於化爲捷。焦循詩補疏序曰：「夫詩，溫柔敦厚者也，不質直言之，而比興言之；不言理而言情，不務勝人而務感人。故曰：興於詩，立於禮。」此詩可爲修身進德之大用，而與群經特異之處也。

詩經之重要既明，欲得詩經之奧義，謹標二語，以明要術。首定一尊，次除二弊。所謂定一尊者，詩之注釋，家數繁多，存序廢序，異說蠭起。今謂學者所宜謹守者，首推子夏之序、毛公之傳，後之闡明詩義者，皆當以此爲折衷，此不易之理也。考攻序之最力者，首推宋朱子；朱子謂今但信詩，不必信序，其言至足動人，後人受其影響亦最大。夫序有如題目，今捨題而空論其詩，焉能得其眞意。雖唐宋人之詩，苟失其題，且難得其本旨，況遠古之篇什乎？詩義隱微，黍離一詩，據序乃知爲閔宗周也，大夫行役至于宗周，過故宮室宗廟，盡爲禾黍，閔周室之傾覆徬徨不忍去而作。苟去其序，竟不知其何所指，家自馳說，人各有心，果將何所底止乎？所以尊序傳者，即以其去古較近，其義近眞也。

所謂除二蔽者，一曰除文字之蔽。詩傳世縣遠，古今之異，儼若南北之殊。蓋語言文字，非一成不變之物，乃隨時代地域而變遷者也。殊方之語，賴譯人而通；絕代之言，恃傳注而解。不達古義而解經，猶不諳蜀語而自以吳音解之，其謬豈可勝道。故不明古義而輒以今義解詩，此之謂文字之蔽。如小雅斯干：「噲噲其正，噦噦其冥，君子攸寧。」傳云：「正，長也。冥，幼也。」箋云：「正，晝也。冥，夜也。」後人以此解爲迂，而實非迂。蓋古人辨別事物，概念滿胡，長者居先，幼者居後，晝先夜後，遂目晝夜爲長幼；此猶爾雅郭注謂妯娌相呼先後，今川俗呼日爲大太陽，月爲二太陽，亦其比矣。大戴禮誥志篇：虞史伯夷曰：「明，孟也；幽，幼也。」蓋孟即長之意，以明爲長，以幽爲幼，足證斯義之不謬矣。觀上舉例，知古詩文義，

今人視之似極無理者，若能達古人辭言之情，則疑滯渙然冰釋矣！能不以今義害古義，而又洞曉屬文體例，斯之謂能除文字之蔽。

二曰除事制之蔽。古人風俗習慣，道德標準，多異於今，則所言所事制所事制相同，而古人之意有不同於今人者矣。不明古之事制，則於古人之言不能無蔽，此之謂事制之蔽。凱風之詩，序以為雖有七子之母猶不能安其室。舊說皆以為不安於室，母欲再嫁。後人每執孟子「凱風親之過小者也」一言，以為再嫁大惡，孟子何得過小稱之。又漢明帝與東平王書有「以慰凱風寒泉之思」之語，何以毫無忌諱羞道之意，此由不達古俗初不以再嫁為悖禮也。案出母有服，著於禮經；（喪服：出妻之子為母期）鰥寡媾合，司於周官；（地官媒氏：司男女之無夫家者而會之）此禮制之見諸經典者。即在兩漢之世，再嫁之舉，雖帝王家不以為諱。漢武推恩於異父所生，光武為其寡姊湖陽公主擇壻，此往事之昭焯在人耳目者，足以見古代不恥再嫁，古之禮教，非儒林外史所譏之禮教也。能探明古代事制以究詩義，斯之謂能除事制之蔽。循此漸進，庶幾足以大明經義矣。

林生葉連聞余說而悅之。因命葉連博覽古今，涵濡眾學，勿為余說所圍。歷數歲，遂成中國歷代詩經學一編，亦足見其治學之勤矣。所冀篤志不移，精進不怠，博觀約取，以臻大成。余老矣，猶當拭目以俟之。

中華民國八十二年二月

# 潘重規

序於臺北寓居。時年八十有六。

# 自序

依照古聖先賢的昭示，詩經的效用很多，這兒唯一要標舉出來的，是禮記經解篇所言：

「溫柔敦厚，詩教也。」

高師仲華在「論文藝鑑賞的修養」一文中舉了實例，令人印象深刻：

左傳載：楚王滅掉了息國，擄去了息侯的夫人，和他生了兩個兒子，一個是堵敖，一個就是楚成王；但是息夫人始終不肯和楚文王講一句話。問她：「為甚麼不肯講話？」她說：「我以一婦人而事二夫，縱不能死，還有何話可說！」

息夫人這樣的遭遇，自然會引起了多少詩人的歎息。王維詠息夫人：「莫以今時寵，而忘舊日恩！看花滿眼淚，不共楚王言。」「莫以今時寵，而忘舊日恩」兩句，直道息夫人的心事。「看花滿眼淚」一句，寫得多麼的嬌柔，多麼的可憐！一個沒有抵抗力的嬌柔女子，聽人擺佈，聽人蹂躪，想起了美滿的青春竟這樣度過去了，對著那嬌柔的花兒，如何能不興起自己的遭遇，而滿眼流淚呢？「不共楚王言」一句，又寫出弱者的悲憤，無言的抵抗，是多麼值得同情呀！杜牧題桃花夫人廟：「細腰宮裡露桃新，脈脈無言幾度春。至竟息亡緣底事？可憐金谷墜樓人。」拿殉節的綠珠（連按：綠珠，晉女子名，為石崇殉節，跳樓自殺。）和失節的息夫人並論，深惜息夫人不能一死；且以息國之亡，歸罪到息夫人的身上。不知息以弱小而亡，與息夫人何涉！一個人在緊要關頭時能否一

溫柔敦厚是極崇高的人格素養，在功利主義高漲、人情苛薄寡恩、充滿仇恨與鬥爭的現代社會，尤其需要「思無邪」的詩篇來侵染、改造人心，使社會祥和與溫馨，充滿歡樂。

我讀詩經，有三種樂趣：第一，毛詩序說：「詩者，志之所之也，在心爲志，發言爲詩。情動於中而形於言，言之不足，故嗟歎之；嗟歎之不足，故永歌之；永歌之不足，不知手之舞之，足之蹈之也。」儘管先民已逝而遠去，但他們喜怒哀樂的情懷、逆順契闊的境遇，都鮮活地呈現在詩經當中。誦詩三百，能在悠游涵養的同時，獲致神交古人的樂趣。第二，上古史料貧乏，有關祖先們的文教政經、典章制度、社會風貌，以及各種文獻的名物訓詁、微言大義，即使學者所論不盡相同，但每位學者都旁徵博引，殫思竭慮，無非想要圖寫出上古的真貌；在這讀書人的行列裡頭，洋溢著研究的樂趣。第三，潘師石禪講授詩經，諄諄善誘，誨人不倦。在學時期，我年年前往聽講，如坐春風之中，仰露時雨之化；除了訓詁考據、辭章義理之外，

死，全視其個性是剛烈抑是柔弱。若以剛烈的尺度，量測柔弱的女子，自難合度。杜牧的議論雖然正大，卻不能說是忠厚長者之言。千古艱難惟一死，傷心豈獨息夫人！只是無言對暮春。但是看到息夫人的傷心，卻不忍責她了。孝威的用心，較之牧之是仁厚多了。袁枚詠綠珠：「人生一死談何易，看得分明是丈夫。猶記息姬歸楚日，下樓還要侍兒扶」雖然對於綠珠備致推崇，但將息夫人卻寫得太無恥了，好像息夫人是願意失節的。對一個滿懷委屈的弱女子，用這一種筆墨去挖苦她，真可算是猥薄之至了。我們比較了王、杜、鄧、袁四家詠息夫人的詩，我們對這四個作家的爲人、性格、感情，以及表現感情的藝術，都可以得到一個明確的認識。

惜。鄧孝威題息夫人廟：「楚宮慵掃黛眉新，傷心豈獨息夫人！」對息夫人的不能一死，也在痛

更心領神會「溫柔敦厚」的宿儒風範；因此，尤其令我手舞足蹈的，是陶冶性情、朝斯夕斯的樂趣。

　　中國歷代有關詩經學的著作，林林總總、洋洋大觀，勢難縷陳。本書論述歷代的社會概況、經學背景、學術取向及詩經學的流派、代表作家及其學說；希望它有提綱挈領的作用，能夠幫助讀者迅速走入詩經學的領域。其中疏漏舛譌或識見所未逮之處，敬請賢達君子不吝賜教。

　　承蒙潘師石禪賜予封題及序文，學生書局丁文治先生慨允付梓，在此一併致謝。

中華民國八十二年二月六日　林葉連 謹誌

# 中國歷代詩經學　目錄

# 第一章　詩經學之前奏

## 一、周朝之社會概況與史官制度

從縱剖面看，周朝社會宛如一座尖形寶塔；一片大地，稱爲「野」，其居民爲「野人」或「鄙人」。寶塔名曰「國」，「國」中以周天子地位最高，其次是諸侯、卿大夫、士。「國人」皆爲統治階級，以士爲最下層；「野人」爲被統治階級。

周朝封建儀式中，天子不僅「授土」，而且「授民」，自天子、公、卿大夫、士至庶人、奴隸之間，有極嚴格之等級區分，即左傳所謂「王臣公，公臣大夫，大夫臣士，士臣皂，皂臣輿，輿臣隸，隸臣僚，僚臣僕，僕臣臺；馬有圉，牛有牧」❶，層層主從；各級之間，有一定之權利義務關係。

廣大「野」地裏，「野人」之田地及住宅由封建領主分配整個村落來使用，各家不得私有。「野人」之主要義務，是在封君之公田上從事集體生產勞動，詩經所謂「千耦其耘」、「十千

❶ 見左傳，昭公七年。此間漏列農、工、商等自由民。見潘英著中國上古史新探，頁四四二至四四三，明文書局，七四年。

維耦」是其景象。「野人」工作時，由田畯監工。所謂「私田」，即「野人」糧食所自出之田地，其地亦非「野人」私有。農暇之時，則須為封君服勞役，其自由受極大之限制，不得隨意遷徙。

在此一制度下，「野人」是基於人身之隸屬關係，亦即封建領民對其領主之隸屬關係而為其封君供給種種實物、雜役及耕種公田之勞役。勞役與實物之徵收皆根據封建政治隸屬關係而來，乃是一種政治性或非經濟性之徵斂。

此外，又有工與商，皆為貴族服務、生產。更低下者，則有皂、輿、隸、僚、僕、臺、圉、牧；其主人可視之為物品，互相贈與；又可隨意殺死奴隸，而不受任何限制。如東周時，晉獻公嘗欲試驗肉裡是否有毒，先試狗，狗即死；試奴隸，奴隸亦死，可知其身價之低微 ❷。

若無特殊原因，其階級均世代代相襲不變。

在禮，家施不及國，民不遷，農不移，工賈不變。（左傳昭公二六年）

其卿讓於善，其大夫不失守，其士競於敎，其庶人力於農穡，商工皂隸不知遷業。（左傳襄公九年）

庶人、工、商各守其業以共其上。（國語，周語上）

士之子恆為士，……工之子恆為工，……商之子恆為商，……農之子恆為農。（國語，齊語）

❸、「君子勞心，小人勞力」❹、「君子尚能以讓其下，小人力農以事上」❺，故貴族是勞心

西周封建社會，秩序嚴密，階級制度嚴格，統治者與被統治者之身分均絕對化，形成君子、小人之階級對立。士以上之貴族為君子，農以下之平民與奴隸是小人。「君子勤禮，小人盡力」

者，平民與奴隸是勞力者；前者「治人」而「食於人」，後者「治於人」而「食人」❻；前

是統治者，後者是被統治者，兩者之間相隔一層銅牆鐵壁，不可逾越❼。李仲立曰：

（西周社會）士以上是統治階級，統治階級中也是以君臣相依賴。士以下是被統治階級，

包括農業勞動者、工商業者及家內奴隸。……他們（庶人）要去耕種公田，還要將自己

織的布、獵取的野豬……都要獻給主人，還要服營建宮殿之類的勞役，還要去當兵作戰，

總之，是完全依附於領主，受著超經濟的剝削。大家所熟知的周禮，……顯示了不同等

級的各種差別。因而等級制度滲透到了西周經濟、政治、軍事、文化、教育以及社會生

活的各個領域，可以說等級的存在，就是西周國家的存在。❽

上古時代，史乃氏族成員之最早稱號，隨政治組織之形成，而後逐漸演變成官名。原始氏

族共同體最緊要之大事爲祭祀，故祭祀爲史之最首要工作。祭祀時，「后」、「牧」與全體史

皆須參加，主祭者常爲專業巫師，卻世代相傳不以巫之身分主祭，而以史之身分主祭；巫之一

❷ 傅樂成主編，蕭璠著中國通史——先秦史，頁八七至一二四，衆文圖書公司。

❸ 左傳成公一三年。

❹ 左傳襄公九年。

❺ 同❹。

❻ 孟子，滕文公上。

❼ 潘英著中國上古史新探，頁四四一至四四二，明文書局。

❽ 李仲立試論西周社會性質，中國古代史論叢，總第八輯，頁三七二至三七三，福建人民出版社，一九八三年一二月。

切活動均以史名，故巫即史也。

周朝實施封建、宗法制度，揚棄神權政治，政、教分離，史屬於宗教系統，其政治地位因而逐日下降。

政治地位下降後之史官，除掌握宗教權外，仍掌理「諸侯之策」；其職掌所及，包括神事、祭祀、祝告、卜筮、曆數、天祥、災祥、喪禮等天事，以及錫命、策命、聘問、約聘、刑法、盟誓、氏族譜系、征伐、記事、司典、籍田等政治事務，是以仍爲當時世家大族所敬畏尊崇。其最大貢獻在於保存、延續古代之學術，維繫禮統，成爲知識中心。

周朝之史，大抵分化爲史、工、卜、祝、宗。左傳定公四年，祝佗謂封伯禽時，「分之土田陪敦，祝、宗、卜、史，備物典策，官司彝器」。工是樂師，卜是卜人，祝是太祝，宗是宗伯；約言之，皆是史，皆是巫。至春秋時代，其名目仍混淆不清，有祝、史連稱者⑨，有祝、宗連用者⑩，有工、史並舉者⑪，太史固然「實掌其祭」⑫，祝佗父也可「祭於高堂」⑬；卜固然可以占卜⑭，而史亦可占卜⑮。舉凡有關神、人間之宗教事務，史仍居樞紐地位⑯。降至春秋時代，史官之主要職務仍是天、人之間之事，甚至獨立於政治統治權之外。

史、卜、祝、宗等有關宗教系統之官吏，最初似乎由周王直接派赴各封建國，與「授民」封建之性質並無不同。然而，封建各國，甚至采邑大夫爲顧及自身之利益與方便，均不能不自有祝、史。

史官之性格特殊，在列國之間，常互通聲氣；一國之事，不僅本國史官記載，他國史官同樣記載，例如：齊崔杼連殺太史三人，南史氏亦執簡以往⑰。史官實已逐漸擺脫宗教事務，專以典書、記錄爲主要職掌⑱。

此外，西周官吏之掌教化者，有庶子、訓人…掌宗教祭祀者，有瞍、瞽、矇、鬱人、犧人、

太祝、卜正，可見其分工精細，自成制度⑲。

⑨ 見左傳桓公六年、襄公二七年、昭公一七年、一八年、二六年。

⑩ 見左傳成公一七年、襄公九年、一四年、昭公二五年，國語周語下、魯語上、楚語下。

⑪ 見國語，魯語上。

⑫ 見左傳閔公二年。

⑬ 見左傳襄公二五年。

⑭ 見左傳閔公二年、一七年、二五年，昭公五年。

⑮ 見左傳莊公二二年，閔公元年，僖公一五年，文公一三年，成公一六年，襄公九年〜二五年，哀公九年。

⑯ 賴長揚、劉翔「兩周史官考」一文，謂兩周史官分爲太史、內史兩個系統，太史之職掌如下…1.掌陰陽天時禮法，參與各種儀式。2.掌文字。3.葳王闕，備顧問。4.爲王使。5.時或與內史共同參與處理田邑交換事。6.掌族譜氏姓資料。7.掌書史，保存文獻檔案。內史之職掌如下…1.參與祭祀，交通神人。2.掌記錄王命，代王宣命。3.葳王闕，備咨詢。4.受王派遣傳達王命、出使。5.掌握各地宗族譜系資料。見中國史研究一九八

五─二，頁一〇四至一〇五，一九八五年五月。

⑰ 左傳，襄公二五年。

⑱ 同⑦，頁三七四至三七七。

⑲ 同⑦，頁四一六、四一七。

# 二、「以道德為根本」之教育政策

孔子之前，士以上之統治階級方能享有受教育之機會。上古時代之教育，詩教、禮教、樂教息息相關，一言以蔽之，曰：「以道德為根本」。尚書舜典曰：

帝曰：夔，命汝典樂，教冑子。直而溫，寬而栗，剛而無虐，簡而無傲。詩言志，歌永言，聲依永，律和聲；八音克諧，無相奪倫；神人以和。⑳

潘師石禪論之曰：

這段記載，說明了虞舜時代已任命夔做主持教育的官吏，而施教的對象是冑子；施教的工具，便是盡善盡美的詩歌與音樂。這種教育的制度與精神，一直貫注到周代。我們看周禮春官所屬有關詩教的官員，有大司樂、樂師、大胥、小胥、大師、小師、瞽矇、典同、磬師、鐘師、笙師、鎛師、韎師、旄人、籥章、田祖、鞮鞻氏、典庸器、司干等，每一官職，都訂明了職掌事項。……周代的教師制度正是唐虞以來的延伸。……施教的宗旨，特別重視德行和藝術。㉑

有關教育制度與職掌，周禮保留若干重要史料，其中再三申明者，厥為道德；舉例如下：

師氏掌以媺詔王，以三德教國子：一曰至德，以為道本；二曰敏德，以為行本；三曰孝德，以知逆惡。㉒

又曰：

大司樂掌成均之法，以治建國之學政，而合國之子弟焉。凡有道者、有德者，使教焉；

又曰：

死則以為樂祖，祭於瞽宗。以樂德教國子，中、和、祗、庸、孝、友。以樂語教國子，興道、諷誦、言語。[23]

又曰：

大師掌六律六同，以合陰陽之聲，……教六詩，曰風、曰賦、曰比、曰興、曰雅、曰頌；以六德為之本，以六律為之首。[24]

又曰：

瞽矇掌播鼗、祝、敔、塤、簫、管、弦、歌、諷誦詩，世奠繫、鼓琴瑟。掌九德六詩之歌，以役大師。[25]

禮記曰：

樂正崇四術，立四教，順先王詩書禮樂以造士。春秋教以禮樂，冬夏教以詩書。[26]

⑲ 尚書正義，頁二七六，中文出版社。

⑳ 潘師石禪孔門詩教初講，孔孟月刊二五卷一二期，頁一四，七六年八月。

㉑ 周禮注疏，卷一四，頁一五七二，中文出版社。

㉒ 書同㉒，卷二二，頁一六九八。

㉓ 書同㉒，卷二三，頁一七一六至一七一八。

㉔ 書同㉒，卷二三，頁一七二〇。

㉕ 禮記注疏，卷一三，頁二九〇二，王制，中文出版社。

大學之教也，時教必有正業，退息必有居學。不學操縵，不能安弦；不學博依，不能安詩；不興其藝，不能樂學。故君子之於學也，藏焉、脩焉、息焉、遊焉。㉗

又曰：

先王之制禮樂也，非以極口腹耳目之欲也，將以教民平好惡而反人道之正也。㉘

國語楚語上載楚莊王使士亹傅太子箴，士亹請益於申叔時，申叔時曰：

教之詩而為之導廣顯德，以耀明其志。

古時，甚至太子亦須接受嚴格之教育，大戴禮曰：

及太子既冠成人，免於保傅之嚴，則有司過之史，有徹膳之宰。太子有過，史必書之；史之義，不得不書過，不書過則死。過書，而宰徹去膳；夫膳宰之義，不得不徹膳，不徹膳則死。於是有進善之旌，有誹謗之木，有敢諫之鼓，鼓史誦詩，工誦正諫，士傳民語，習與智長，故切而不擽，化與心成，故中道若性，是殷周所以長有道也。㉙

由上述資料，可知當時之詩教屬於公辦事業，制度十分完備；溯自上古，一脈相承，絕非始於「子以四教」之時㉚。

## 三、諷諫與「興」詩探原

尚書益稷（皋陶謨）曰：

帝庸作歌，曰：「敕天之命，惟時惟幾。」乃歌曰：「股肱喜哉，元首起哉，百工熙哉。」乃賡

皋陶拜手稽首，颺言曰：「念哉！率作興事，慎乃憲，欽哉！屢省乃成，欽哉！」乃賡

載歌曰：「元首明哉，股肱良哉，庶事康哉！」又歌曰：「元首叢脞哉，股肱惰哉，萬事墮哉！」帝拜曰：「俞，往欽哉！」

虞舜時代，君臣間互相誠敕勉勵，即藉詩歌以達意，其淵源不可謂不古。

孝經諫諍章曰：

天子有爭臣七人，雖無道，不失其天下；諸侯有爭臣五人，雖無道，不失其國；大夫有爭臣三人，雖無道，不失其家；士有爭友，則身不離於令名；父有爭子，則身不陷於不義。

諫諍之功能為上古君王所認同，然此觀念並非始於孔子等儒家學者之倡導。周朝詩篇，除用以教育貴族子弟外，又能用以諷喻君上，發揮輔弼時政之作用。詩經本文即有顯言美刺，諷諫之字句，例如：魏風葛屨：

維是褊心，是以為刺。

小雅節南山：

昊天不平，我王不寧。不懲其心，覆怨其正。家父作誦，以究王訩。式訛爾心，以畜萬邦。

顯然，孔子之於教育，功在教育機會之普及與推廣，並非內容之新創。

────────

㉗ 書同㉖，卷三六，頁三二九七，學記。

㉘ 書同㉖，卷三七，頁三三一一，樂記。

㉙ 大戴禮記卷三，頁三，保傳。四部叢刊本。

㉚ 墨家主張非禮、非樂，反對儒家；而墨子一書不乏引詩、談詩之例。墨子學詩之處所，當在傳統官學，而非學自儒家。

小雅何人斯：
作此好歌，以極反側。

大雅民勞：
王欲玉女，是用大諫。

至如左傳昭公十二年：
昔穆王欲肆其心，周行天下，將皆必有車轍馬跡焉。祭公謀父作祈招之詩以止王心，王是以獲沒於祗宮。……其詩曰：「祈招之愔愔，式昭德音。思我王度，式如玉，式如金。形民之力，而無醉飽之心。」

杜預注：「此詩逸」。今本詩經不見祈招詩；然此詩之作，乃欲「以止王心」，已由左傳申明之矣。

以詩諷諫，則君主、臣下皆須各有修爲；君主當廣開言路，並具備寬宏納諫之胸襟，詩序所謂「言之者無罪，聞之者足以戒」是也；至於臣下，則須鍛鍊委婉諷喻之表現法，詩序所謂「主文而譎諫」是也。試從古籍尋找若干實例，國語曰：

屬王虐，國人謗王。邵公告曰：「民不堪命矣！」王怒，得衛巫，使監謗者，以告，則殺之。國人莫敢言，道路以目。……邵公曰：「是障之也。防民之口，甚於防川。川壅而潰，傷人必多，民亦如之。是故為川者決之使導，為民者宣之使言。故天子聽政，使公卿至於列士獻詩，瞽獻曲，史獻書，師箴，瞍賦，矇誦，百工諫，庶人傳語，近臣盡規，親戚補察，瞽、史教誨，耆、艾修之，而後王斟酌焉，是以事行而不悖」。㉛

又曰：

又曰：

見范文子，文子曰：「……故與王賞諫臣，逸王罰之。吾聞古之王者，政德既成，又聽於民，於是乎使工誦諫於朝，在列者獻詩使勿兜，風聽臚言於市，辨祆祥於謠，考百事於朝，問謗譽於路，有邪而正之，盡戒之術也。」 ㉜

左傳襄公十四年曰：

昔衛武公年數九十有五矣，猶箴儆於國，曰：「自卿以下至於師長士，苟在朝者，無謂我老耄而舍我，必恭恪於朝，朝夕以交戒我；聞一二之言，必誦志而納之，以訓導我。」在輿有旅賁之規，位宁有官師之典，倚几有誦訓之諫，居寢有褻御之箴，臨事有瞽史之導，宴居有師工之誦。史不失書，矇不失誦，以訓御之，於是乎作懿戒以自儆也。及其沒也，謂之睿聖武公。㉝

禮記王制篇曰：

天子五年一巡守：歲二月，東巡守，至于岱宗，柴而望祀山川，覲諸侯，問百年者（就自王以下，各有父兄子弟以補察其政，史為書，瞽為詩，工誦箴諫，大夫規誨，士傳言，庶人謗，商旅於市，百工獻藝。故夏書曰：「道人以木鐸徇于路，官師相規，工執藝事以諫」，正月孟春，於是乎有之，諫失常也。

㉛ 國語卷一，頁九，周語上，漢京出版。
㉜ 國語卷一二，頁四一○，晉語六。
㉝ 國語，卷一七，頁五五一，楚語二，漢京出版。

見之）㉞。命大師陳詩以觀民風，……五月，南巡守，至于南嶽，如東巡守之禮。八月，西巡守，至于西嶽，如南巡守之禮。十有一月，北巡守，至北嶽，如西巡守之禮。歸，假于祖禰，用特。

漢書藝文志曰：

古有采詩之官，王者所以觀風俗，知得失，自考正也。

漢書食貨志曰：

殷周之盛，詩書所述，要在安民，富而教之。……孟春之月，群居者將散，行人振木鐸徇于路，以采詩，獻之大師，比其音律，以聞於天子。故曰：王者不窺牖戶而知天下。㉞

周王何以如此重視臣下之諷諫？據尚書康誥，武王封康叔，而誥之曰：

惟乃丕顯考文王，克明德慎罰，不敢侮鰥寡，庸庸，祇祇、威威、顯民。用肇造我區夏；越我一二邦，以修我西土。惟時怙，冒聞於上帝，帝休。天乃大命文王，殪戎殷，誕受厥命。

詩經周頌，昊天有成命曰：

昊天有成命，二后（文王、武王）受之。

詩大雅皇矣曰：

皇矣上帝，臨下有赫；監觀四方，求民之莫。維此二國（指夏、殷）其政不獲；維彼四國，爰究爰度。上帝者之，憎其式廓。乃眷西顧，此維與宅。……天立厥配，受命既固。

可見周王以爲政權得自天命；然此一天命，並非不可移轉；鑒於夏、殷二朝，以無德而亡，故詩人引爲警惕，大雅蕩曰：

蕩蕩上帝，下民之辟。疾威上帝，其命多辟。天生烝民，其命匪諶。靡不有初，鮮克有終。文王曰：「咨！咨汝商。曾是彊禦；曾是掊克，曾是在位，曾是在服。……」文王曰：「咨！咨汝商。女炰烋于中國，斂怨以為德。不明爾德，時無背無側；爾德不明，以無陪無卿。」文王曰：「咨！咨汝商。天不湎爾以酒，不義從式。既愆爾止，靡明靡晦。式號式呼，俾晝作夜。」……殷鑒不遠，在夏后之世。

周頌敬之：

敬之敬之，天維顯思。命不易哉。無曰：「高高在上」。陟降厥士，日監在茲。維予小子，不聰敬止。日就月將，學有緝熙于光明。佛時仔肩，示我顯德行。

故有德者能獲致天命，無德足以亡國。而「皇矣上帝，臨下有赫，監觀四方」，使王者戰戰兢兢，如臨深履薄。褚斌杰、章必功曰：

周代天命觀與政治的關係特別密切，它不但與奴隸主統治在命運上休戚與共，……而且在內容上與奴隸主統治絲絲入扣，它的基本觀點，如「天命靡常」、「求民之莫」、「自求多福」、「上天譴告」等又是直接用來回答如何鞏固王者政權問題的，這種宗教世界觀其實是一種宗教政治觀。它所表現的哲學意義不過是這種宗教政治的副產品。㊱

�34 王夢鷗曰：「『就見之』三字似為疏解語。白虎通巡守篇引，無此三字。」見禮記今註今譯，頁一七○，商務印書館。

�35 漢書，卷二四上，頁一一二三，食貨志第四上，鼎文書局。

�36 褚斌杰、章必功「詩經中的周代天命觀及其發展變化」，北京大學學報一九八三—六，頁六九。

而上天有何憑據以斷定其有德或無德？尚書泰誓曰③：

天矜于民，民之所欲，天必從之。

天視自我民視，天聽自我民聽。

尚書酒誥曰：

古人有言曰：「人無於水監（鑑），當於民監」今惟殷墜厥命，我豈可不大監于時。

左傳桓公六年引季梁語：

夫民，神之主也，是以聖人先成民而後致力於神，……於是乎民和而神降之福。

周桂鈿曰：

西周統治者……最早把「民」和「天」聯系起來，認為，天是順從民的欲望的，……天的意志和人民的願望是一致的，；要知道天的意志，就要注意考察人民的願望，因此，應該把民情、民意作為自己的政治鏡子。……在先秦時代，有兩種「天」和最高統治者聯系在一起，「天子」是「天」的意志代表，「大人者與天地合其德」（周易，乾文言）。另外一種「天」，是和人民聯系在一起的，民心所向代表著上天的意志。③周王何以命人陳詩以觀民風，何以行人振木鐸徇于路以采詩③，何以諷誦箴諫各有官守，皆可瞭然矣。要言之，人民謂其有德或無德，實關乎天命之是否轉移，故周王極重視來自詩篇之諷諫。

作詩諷諫，當在制禮之後。毛詩注疏引鄭玄六藝論論詩曰：

詩者，弦歌諷喻之聲也。自書契之興，朴略尚質，面稱不為諂，目諫不為謗，君臣之接如朋友然，在於誠懇而已。斯道稍衰，姦偽以生，上下相犯。及其制禮，尊君卑臣，君

道剛嚴，臣道柔順；於是箴諫者希，情志不通，故作詩者以誦其美而諷其過。❹

君道臣道既立，尊卑剛柔以分；作詩諷喻，必須講究委婉含蓄，否則恐有不測之災。試觀韓非

子之文，此情可知矣，韓非子曰：

故度量雖正，未必聽也；義理雖全，未必用也。……故文王說紂而紂囚之，翼侯炙，鬼侯腊，比干剖心，梅

伯醢，夷吾束縛，而曹羈奔陳，伯里子道乞，傳說轉鬻……皆世之仁賢忠良有道術之士

也，不幸而遇悖亂闇惑之主而死。❹

又曰：

貴人有過端，而說者明言禮義以挑其惡，如此者身危。……凡說之務，在知飾所說之所

---

以下兩句，左傳昭公元年及孟子萬章上嘗引用，故可信。❸

周桂鈿天命論產生的進步意義，北京師範大學學報一九八六─五，頁五七至五八。❸

關於「采詩」之制，班固漢書食貨志曰：「行人振木鐸于路以采詩，獻之太師，比其音律，以聞於天子。」❸
而何休注公羊傳宣公十五年：「男女有所怨恨，相從而歌，飢者歌其食，勞者歌其事。」班固主張：王官下至各國「采
無子者，官衣食之，使之民間求詩。鄉移于邑，邑移于國，國以聞於天子。」夏承壽「采詩和賦詩」一文（載於江磯編詩經學論叢，頁五七）以為
詩。何休主張：各地自采，以獻天子。夏氏所舉疑點，固然不無道理，然詩三百必無自然會聚之理，而周朝確已
班、何兩說皆有可疑，故難成立。因此，與其廢班、何之說，不如兩存之。❹
然集詩成冊；因此，詩譜序正義。藝文印書館。❹
見毛詩注疏，頁四，
見陳奇猷韓非子集釋卷一，頁四八，難言。華正出版社。❹

---

矜而滅其所恥。……大意無所拂悟，辭言無所繫縻，然後極騁智辯焉，此道所得親近不疑而得盡辭也。……夫龍之為蟲也，柔可狎而騎也，然其喉下有逆鱗徑尺，若人有嬰之者則必殺人。人主亦有逆鱗，說者能無嬰人主之逆鱗則幾矣。⑫

詩人諷喻君主，除擬獲致箴諫之功效外，尚須為全身保生著想。故詩人或目睹政治黑暗，主上闇昧，或身受不白之寃，或歎世風日下……因而滿腔憤悶，不吐不快；卻又由於有所顧忌而不敢明白道出，遂改用含蓄委婉之隱喻法，以發抒內心豐沛之感觸；此作法即六義之「興」。「興」法盛行之後，無論譏刺或讚美，均大量出現此一隱喻式作品。因其詩旨隱誨，後人必須經由詩序之提示，方能了解「興」詩之本義。（詳見漢毛傳及宋朱子章）

春秋時代，道家視「天」為「自然」，否定天命思想。荀子所建立之儒家哲學，亦主張制天、用天，使天命論宣告破產；其弟子韓非、李斯轉而成為法家人物，助秦攻取天下；任武尚法，秦王終於完成統一大業。此後，歷代君王之天命思想已不如周朝君主之濃烈，故民情諷喻已不被視為必要，昔日採詩、獻詩、諷誦詩之官職悉遭裁撤，隱喻式之「興」體亦隨政治環境、制度之改變而淪入自生自滅之境地。漢武帝雖設樂府官署，然其政治意義與周朝採詩大有差別，是以詩三百與漢樂府以降之民間歌謠有本質上之差異。周朝諷喻之風仍然存其餘響於漢代，今

## 四、詩經教材

由前述「二、『以道德為根本』之教育政策」中所引古籍資料，可證明堯舜時已用詩樂作

文家「以三百篇諫」是也。

為施教之主要課程，周朝則秉承前人餘緒耳。左傳襄公二十九年，吳公子季札請觀周樂；當時樂工所歌周樂，即今詩經三百篇之樂章，唯次序與今本詩經略有參差；而此年，孔子為八歲幼童，是詩經早已流行定本之確證❸。何敬群寫「從三禮春秋傳探討詩在周代之應用」一文，其前言曰：

春秋時代，儒墨是對立之顯學，幾乎至於水火不相容之地步，段熙仲曰：

我們所以要作這樣的探討者，即是要明瞭詩歌作用之大、淵源之遠，並非始自周代，而是自唐虞至春秋，幾近二千年，中間並沒有中斷，才知道詩之所以毓孕我漢民族的深厚，才可以認識詩在周代所以發揮其偉大作用之因由，與周代之重視詩教，實「亦猶行古之道而已」耳。❹

❹　書同❹，卷四，頁二二一至二二四，說難。

❸　朱東潤「詩三百篇成書中的時代精神」一文（載於江磯編詩經學論叢，頁三五）謂左傳襄公二十九年（西元前五四四）季札觀樂一事是春秋後人所捏入，為不可靠之資料。朱氏謂：「季札所通者，為吳王夷末（昧），夷末嗣位在是年五月，季札至魯在六月，先君嗣位，新君居然請觀周樂，那麼，他至戚以後，就不應當備孫文子『君又在殯而可以樂乎？』假如杜預所言，季札所通者為吳王餘祭，餘祭即位在魯襄公二十五年，季札何以遲至二十九年，始到魯國？」今按：左傳襄公二十九年有「吳子餘祭觀舟，閽以刀弒之」，此或殺傷，未至喪命，故杜預以為季札所通者為吳王餘祭；而左傳所載閽人弒餘祭一事，杜預豈有不知之理？據陸峻嶺、林幹合編之中國歷代各族紀年表（大陸，內蒙古出版社）、臺灣，木鐸出版社），頁一二九，以為吳王餘祭卒於西元前五三一年；是季札所通者，吳王餘祭也；是季札觀樂之事為可信。

❹　何敬群從三禮春秋傳探討詩在周代之應用，珠海學報三期，頁七一，五九年六月。

我們細細地在兩家傳流的代表學者的著作中，卻找出了一點：儒墨主要學者都喜好引據兩部書——詩和尚書。❹

段氏指出墨家引詩與今行毛詩偶有出入，分爲四類：一是異文，二是異解，三是異體（文體），四是詩章次序有異。故段氏曰：

詩三百的名篇雖同，內容的理解則異。兩家的流派本來有別，取材於古文獻可以相同，見仁見智，在某種特殊情況下，出現共同的語言是可能的，一般地說，有不同卻可以是常態。❹

由此可見，孔子以前，詩三百已是流行於世之學術教材；儒、墨解詩，則是大同小異。潘師石禪論及詩經教材，曰：

看了季札觀樂詩，內容次序幾乎全與今本相同。惟齒風今本在風詩最後，歌詩在秦之前。可見三百篇規模先具，孔子不過稍加整理。所以周禮春官大師：「敎六詩，曰風，曰賦，曰比，曰興，曰雅，曰頌」，鄭注引鄭司農云：「古而自有風雅頌之名，故延陵季子觀樂於魯時，孔子尚幼，未定詩書，而曰爲之歌邶鄘衞，曰：是其衞風乎？又爲之歌小雅大雅，又爲之歌頌。論語曰：吾自衞返魯，然後樂正，雅頌各得其所；時禮樂自諸侯出，頗有謬亂不正，孔子正之。」可見詩三百篇是周代舊日施敎的課本，孔子仍然採用，不過稍加整理的工作而已。❹

## 五、詩、禮、樂結合

孔穎達於禮記經解正義云：

詩為樂章，詩樂是一而別教者，若以聲音干戚以教人，是樂教也；若以詩辭美刺諷諭以

教人，是詩教也。

禮記樂記云：

詩言其志也，歌詠其聲也，舞動其容也；三者本於心，然後樂器從之。

又前述「二、『以道德為根本』之教育政策」中，已徵引史料若干條，足證古時之教育，詩、

禮、樂、舞之關係極為密切。

宋朝程大昌、清朝顧炎武主張詩三百篇部分入樂，而宋朝鄭樵、元朝吳澂、清朝陳啓源、

馬瑞辰、魏源、皮錫瑞則主張詩三百皆可入樂；後說是也。

詩、禮、樂結合，是詩之典禮化，孔子曰：「依於禮，成於樂」，即其寫照、皮錫瑞曰：

周人於典禮中，除演奏規定之音樂外，另有餘興節目，名曰無算樂。

詩之入樂，有一定者，有無定者，如鄉飲酒禮間歌魚麗，笙由庚；歌南有嘉魚，笙崇

邱；歌南山有臺，笙由儀，合樂周南關雎、葛覃、卷耳，召南鵲巢、采蘩、采蘋。鄉飲

酒禮，合樂同。燕禮間歌，歌鄉樂，與鄉飲酒禮同。大射歌鹿鳴三終。左氏傳云：湛露、

王所以宴樂諸侯也。彤弓，王所以燕獻功諸侯也。文王，兩君相見之樂也。鹿鳴、四牡、

皇華，嘉鄰國、君勞使臣也，此詩之入樂有一定者也。鄉飲酒禮正歌備後，有無算樂，

㊺ 段熙仲詩三百與顯學爭鳴、經師異義，江磯編詩經學論叢，頁二八○。

㊻ 文同㊺，頁二八九。

㊼ 文同㉑，頁一六。

注引春秋襄二十九年吳公子季札來聘，請觀於周樂，此國君之無算；然則左氏傳載列國君卿賦詩言志，變風變雅，皆當在無算樂之中，此詩之入樂無一定者也。若惟正風正雅入樂，而變風變雅不入樂，吳季札焉得而觀之，列國君卿焉得而歌之乎？❹❽

儀禮保留上古禮制，其記載鄉飲酒禮所奏音樂，即詩經之篇章。儀禮曰：

樂正先升，立于西階東；工入，升自西階，北面坐；相者東面坐，遂授瑟，乃降。工歌鹿鳴、四牡、皇皇者華。……笙入，堂下，磬南，北面立；樂南陔、白華、華黍。……乃閒歌魚麗，笙由庚；歌南有嘉魚，笙崇丘；歌南山有臺，笙由儀。乃合樂周南關雎、葛覃、卷耳，召南鵲巢、采蘩、采蘋。工告于樂正曰：正歌備。樂正告于賓，乃降。❹❾

又曰：

說屨，揖讓如初，升坐，乃羞，無算爵，無算樂，賓出，奏陔。（「無算樂」下，鄭注曰：「燕樂亦無數，或閒或合，盡歡而止也。春秋襄二十九年，吳公子乎札來聘，請觀于周樂，此國君之無算。」）❺⓪

林耀潾先生曰：

周公制禮作樂，以化成天下，蓋以禮樂為國，治天下可示諸掌矣；然徒禮而無詩，禮必拘謹而束縛，徒樂而無詩，又何足以至一唱而三歎！故禮記仲尼燕居云：「不能詩，於禮繆。」又云：「志之所至，詩亦至焉；禮之所至，樂亦至焉。」古於祭祀朝聘宴享必歌詩以成禮，此典禮用詩之所由也。左傳云：「國之大事，在祀與戎。」祭祀為重要之政治活動，詩之寓教喻作用，於此見焉。而宴享之際亦必歌樂以成禮，以收賓主盡歡、融融洩洩之緻；此即禮樂用途之詩教也。❺❶

又曰：

祭祀、燕享所用之詩，於詩經本文中皆有之，而儀禮燕禮、鄉飲酒禮所載典禮運用之詩，則偏於宴享、大射儀、鄉射禮所載則為射禮所奏樂歌。……蓋祭祀祖先，則陳敬天畏祇之心，以慎終追遠之教；祭祀社稷，則祈豐年穰穰，冀萬億及秭，上足以事父母，下足以蓄妻子，又有餘力（原作遺力）用諸祭祀燕享也。燕饗之禮，則用以敦篤君臣友朋故舊之誼；君以之勞臣下，臣以之敬君上；使臣以禮，事君以忠，善頌善禱，雍容穆穆。而於射禮之中，亦必歌樂以成禮，揖讓而升，下而飲，其爭也君子。詩教之大義已由典禮之運用見之矣。（同上）

詩、禮、樂融合之「典禮化」教育，即古代中國傳統之教育；其最重大之收效，在於詩篇之普及化。舉凡國家典禮、酒會、慰勞使臣、射禮……皆須奏樂歌唱；奏樂即奏詩，是以知識分子人人通習詩篇；此一現象，正是上古「賦詩言志」得以暢行無阻之先決條件。

## 六、賦詩引詩言志之風

班固漢書藝文志詩家序錄曰：「誦其言謂之詩，詠其聲謂之歌。」是誦、歌有別。漢志於

㊽ 經學通論，頁五五，「論詩無不入樂，史漢與左氏傳可證」，商務印書館。
㊾ 儀禮卷九，頁八，中文出版社。
㊿ 儀禮卷一〇，頁五，中文出版社。
(51) 參見林耀潾周代典禮用詩之詩教意義，中華文化復興月刊一八卷五期，七四年五月。

詩賦家序錄又曰：「不歌而誦謂之賦」，黃振民先生遂主張「賦與誦相同，而與歌有別」[52]。

又曰：

賦詩多在正式場合中行之，而言語上之引詩否；賦詩係以詩文代替辭令，為辭令之主體，而言語上之引詩則係以詩文作強調或註解己意之用，僅屬辭令之部分。[53]

而蔣勵材先生則曰：

賦詩是「以聲節之」的「歌」詩，引詩則是「倍文」的誦詩。[54]

黃以為賦，歌有別，蔣以為賦、歌同類。再者，蔣先生謂「引詩則是『倍文』的誦詩」，則倍文，誦詩混同，然鄭玄注周禮大司樂：「倍文曰諷，以聲節之曰誦。」賈公彥疏云：「倍文謂不開讀之，直言無吟誦。誦亦背文，又為吟誦，以聲節之。」是倍文與誦詩不可混同也。

白惇仁先生曰：「賦、誦、歌三者，在周代不僅體例有異，且有專司的樂人，分任其事。……國語周語：公卿列士獻詩，瞽獻曲，史獻書，師箴，瞍賦，矇誦。職掌分明，並足以說明誦、賦是分工的，是不可相溷的。」[55]鄭玄注禮記文王世子：「誦謂歌樂，弦謂以絲播詩。」

孔穎達疏云：「誦謂歌樂，口誦歌樂之篇章，不以琴瑟歌。以絲播詩，以琴瑟播詩之音節。」

白惇仁先生又曰：「誦乃樂語，為大司樂所師傳；雖為不配奏琴瑟的徒歌，但卻有其聲節。……在誦詩的時候，當能在詩句的抑、揚、頓、挫、高、下、疾、徐、洪、細之間，發揮辭情和聲情之美感，表達其人的意願，足使聞之者入於耳而感於心。」（同上）可知，歌必被以管弦，而誦則否。至於賦、誦之別，白先生語焉不詳。

黃振民先生引左傳襄公十四年、二十八年記載賦詩之事，而作「誦詩」，以證「賦」與「誦」相同，而與歌有別，其言曰：

考賦、誦與歌之別，在賦、誦係以聲節之背文誦念，而歌則係用樂伴奏之歌詠。[56]

詩經小雅常棣，孔疏曰：

鄭答趙商云：凡賦詩者，或造篇，或誦古。所云誦古，指此召穆公所作誦古之篇，非造之也。

此乃賦詩、誦詩同類之旁證。蓋上古時代，詩樂不分，多被絲竹以歌詩；繼而詩、樂逐漸分離，賦詩、誦詩之風氣流行於交際應對之場合；其後，則風行言語之引詩。夏承燾曰：

春秋時代，詩三百篇在政治上的作用，詳見於左傳。左傳引詩，共一百三四十處；其中關於卿大夫賦詩的，共三十一處。他們有的拿詩來作為辦國際交涉的辭令，有的拿它作為官僚士大夫間互相贊美或互相諷刺和規勸的工具，也有拿它揭發政治階層的昏庸醜惡，為人民作呼籲，控訴的武器。[57]

春秋時代，各國使節聘問宴享、交涉專對之時，若賦詩得體，不僅令人尊敬，甚至能建立外交功勞。例如左傳襄公八年，晉范宣子聘魯，賦詩應對有方，君子以「知禮」譽之。左傳僖公二

[52] 黃振民論古人之賦詩及引詩，頁二。師大學報一五期。

[53] 同[52]。

[54] 蔣勵材孔子的詩教與詩經（上），孔孟學報二七期，頁八一。

[55] 白惇仁春秋時代誦詩考，孔孟月刊一一卷一二期，頁一五。

[56] 文同[55]。

[57] 夏承燾采詩和賦詩，江磯編詩經學論叢，頁六二。

十三年，重耳流亡至秦，趙衰助重耳賦詩應對，公子賦河水，公賦六月，終獲秦國相助❺。左傳成公二年，晉敗齊師于鞍地，齊之賓媚人為使，引詩以折晉人，遂能不質母后，又使齊國免於災殃。左傳襄公二十六年，齊、鄭賦詩，使晉國釋放衛侯。

至如左傳襄公二十七年、二十八年，齊慶封聘魯，賦詩不知相鼠、茅鴟。左傳昭公十二年，宋華定聘魯，魯為賦蓼蕭，弗知，又不答賦。左傳襄公十六年，齊高厚在晉賦詩不類，幾乎釀成戰禍。故在此人人賦詩言志之社會中，必須人人熟習詩篇，以免貽笑大方，或招致災禍；孔子曰：「不學詩，無以言」，其此之謂乎！

考周代言語引詩之功用，或引詩以論人，或引詩以證言，無不條達情意，無形中蔚成彬彬儒雅之風；其風教之雍容和穆可知。至於其言語引詩之方式，則可分四端言之，一曰直用詩義，二曰引申詩義，三曰斷章取義，四曰引詩譬喻❺。

賦詩、引詩皆屬詩三百之應用，故或與作詩之本意不合。清姚文田曰：春秋時，列國大夫賦詩見志，其所取往往非作者之意。余嘗考有女同車、山有扶蘇、籜兮，「子惠思我」（褰裳）諸詩，小序皆以為刺君；乃當日其國之卿，方並歌以為賓榮；賓亦稱曰：數世主。❻

魏源嘗論引詩、賦詩之現象有四：「可不計采詩之世」、「不必問作詩之事」、「與詩人之意可以違反乖剌」、「不必用作詩之本意」❻。故魏氏深知賦詩、引詩皆難證詩之本義。

㊶ 魏源詩古微，卷二，頁一一，毛詩義例篇上。

㊵ 姚文田邃雅堂集，卷一六，讀詩論。

㊴ 林耀潾周代言語引詩之詩教意義，東方雜誌，復刊一九卷三期，頁三六。

㊶ 其事又見於國語晉語。

# 第二章　孔孟荀論詩

## 一、孔子論詩

高師仲華曰：

史記說：「孔子以詩、書、禮、樂教，弟子蓋三千焉，身通六藝者七十有二人。」以詩教，是文學教育；以書教，是歷史教育；以禮教，是生活教育；以樂教，是藝術教育；這是孔子弟子所受的一般的教育。至於優秀的弟子，更要授以易與春秋；以易教，是思想教育；以春秋教，是政治教育。❶

又曰：

他（孔子）是一個最偉大的思想家，他是一個最偉大的教育家，這是舉世所公認的。

（同上）

孔子嘗整理詩三百以做爲教材，於詩教形成之歷程，實處於關鍵地位。然詩教淵源甚古，並非濫觴於孔子。周公曾作七月以陳王業之艱難，作鴟鴞以救亂；據國語周語，時邁、棠棣、

❶ 高師仲華孔子的詩教，高明孔學論叢，頁一六八，黎明六七年。

思文三詩，亦周公所作以明教戒。推而廣之，由周室之史所編之詩，均含有教戒之意義❷。根據尚書、周禮、禮記……之記載，學校以詩、樂教貴族子弟，是詩教之制度化，並非始於孔子；而對於教育之普及，孔子則功不可沒。何敬群先生曰：

大戴記：衛將軍文子問子貢曰：吾聞夫子之施教也，先以詩。孔子之施教，亦確是以詩為先的。論語：子所雅言，詩書執禮。他論政教，即在興於詩，立於禮，成於樂。他教弟子，即說：小子！何莫學夫詩。詩，可以興，可以觀，可以群，可以怨。這並不是孔子在以詩教為其理想中的烏托邦，而是詩教為幾千年以來，人性國情，陶冶之所自，已深植在天下人的心口之中。天如「未喪斯文」，則以後涵濡人性，陶鑄國情，也還是要以詩教為最適合。詩的作用，不只是「達於政事」，利於「專對」，而是在興觀群怨之能調達人情。尤其是群之一義，更為溝通人心，銷除爾虞我詐的救藥。……因此，孔子自衞反魯，便汲汲於正樂編詩，使雅頌各得其所。魯太師便立即採用其「始作，翕如也！從之，純如也！皦如也！繹如也！」的節奏。孔子所以贊之曰：師摯之始，關雎之亂，洋洋乎！盈耳哉！孔子除哭弔之日外，即不廢取瑟而歌。冉求也說：君子三年不為禮，禮必崩；三年不為樂，樂必壞。因之，孔門的弟子，便無不嫺於詩禮之教；曾皙為舞雩之遊，則風詠而歸；子游為武城之宰，則弦歌而治。❸

孔子詩教，意義重大，影響深遠，由此可見一斑。孔子教導其子伯魚曰：不學詩，無以言。（論語季氏篇）

女為周南、召南矣乎？人而不為周南、召南，其猶正牆面而立也與？（論語陽貨篇）

南容再三吟味詩大雅抑篇「白圭之玷，尚可磨也；斯言之玷，不可為也」，孔子見其謹言慎行，

謂南容「邦有道，不廢；邦無道，免於刑戮」（論語公冶長），故以姪女歸之。（論語先進

篇：「南容三復白圭，孔子以其兄之子妻之。」）夏承燾曰：

其實孔門詩教，除了「興、觀、群、怨」的文學內容之外，還有：㈠詩聲之教，史記孔

子世家所謂「三百五篇，孔子皆絃歌之」，這是音樂方面的的。㈡詩義之教，論語所謂

「通之事父，遠之事君」、「誦詩三百，授之以政……使於四方……」，這是倫理、政

治方面的的。㈢詩言之教，論語所謂「不學詩，無以言」、「子所雅言，詩書執禮，皆雅

言也」、「多識於鳥獸草木之名」，這是文字語言方面的的。❹

可知孔門詩學是一多層面之教育。

孔子曾闡發詩經之微言大義，爲漢朝四家詩之遠源，但齊、魯、韓、毛之詩學頗有歧異；

究其原因，除四家詩各具詩學環境外，孔子講論之方式，或不無影響。楊承祖先生曰：

如關雎，毛詩說是美文王「后妃之德」，魯詩、韓詩則說是刺康王宴起，所言本事既乖，

時世亦殊，美刺也大相逕庭。……既然都是孔門後學，師弟相承，何以對詩本事的解說，

會相去如此之遠呢？唯一可能的解釋，便是孔子並沒有把三百篇的本事完完全全傳授下

來。……孔子有無正箋，美刺的觀念姑且不論，卽使有，也一定沒有逐篇講定，所以才

會有毛以為美，三家以為刺的情形。❺

❷ 楊承祖詩經正變說解蔽——兼論孔子授詩的態度，孔孟月刊三卷三期，頁二七，五三年十一月。

❸ 夏承壽采詩和賦詩，江磯編詩經學論叢，頁六一，嵩高書社，七四年。

❹ 何敬群從三禮春秋傳探討詩在周代之應用，珠海學報三期，頁九〇，五九年六月。

❺ 林耀潾先秦詩敎義述，頁六四。孔孟學報五五期。

有關詩之要旨，論語爲政篇：

子曰：詩三百，一言以蔽之曰：思無邪。

朱熹注論語爲政篇「思無邪」，曰：

凡詩之言，善者可以感發人之善心，惡者可以懲創人之逸志；其用歸於使人得其情性之正而已。

高師仲華曰：

「思無邪」的詩，當其贊美時，不會流於諂媚；當其諷刺時，不會流於謗讟，所以能「正得失，動天地，感鬼神」（語見毛詩序），在人類社會裡發生好的影響。司馬遷說：「國風好色而不淫，小雅怨誹而不亂。」（見史記屈賈列傳）何以「好色」而能「不淫」？何以「怨誹」而能「不亂」？那就是由於作者的「思無邪」，由於作者有一顆純潔、真摯而切至的心。……論語子罕篇載有一首逸詩：「唐棣之花，偏其反而。豈不爾思，室是遠而。」孔子批評這首詩說：「未之思也！夫何遠之有？」……這首詩的作者借「室是遠而」來掩飾他的「未之思也」，還要虛偽地說「豈不爾思」，可見他的思想不夠純潔，他的感情不夠真摯，他不能夠做到「思無邪」，所以他的這首詩就不被收入詩經，而成爲逸詩了。❻

黃永武先生曰：

「思無邪」三字，當然是從「道德影響」的角度去鑑賞詩的。……孔門中，學習詩經最有心得的子夏，已將這種詩觀進一步地發揮講明，子夏在詩大序中說：「變風發乎情，止乎禮義」；「發乎情」就是「思」，「止乎禮義」就是「無邪」。變風尚且「思無

邪」，則推論之，正風乃是「發乎情，合乎禮義」，不必「止」而自然能「合」，更是思無邪。……荀子說：「詩者，中聲之所止也。」（勸學篇）所謂「中聲」就是孔子說的「樂而不淫，哀而不傷」，哀樂都是「思」，不淫不傷卽是「無邪」……。❼

可見「詩無邪」有助於道德之提昇。至於詩之功用，論語陽貨篇載：

子曰：小子！何莫學夫詩？詩，可以興，可以觀，可以羣，可以怨；邇之事父，遠之事君；多識於草木鳥獸之名。

分述如下：

（一）　**情志方面——可以興，可以觀，可以羣，可以怨：**

高師仲華曰：「孔子稱說子貢可與言詩，是由於『告諸往而知來者』。孔子稱說子夏可與言詩，是由於『起予』。所謂『告諸往而知來者』和『起予』，就是能『興於詩』，能從詩得到啓發。……『可以興』就是可以啓發人的情志。」❽劉彥和文心雕龍物色篇曰：

春秋代序，陰陽慘舒，物色之動，心亦搖焉。……歲有其物，物有其容；情以物遷，辭以情發。一葉且或迎意，蟲聲有足引心。況清風與明月同夜，白日與春林共朝哉！是以詩人感物，聯類不窮。流連萬象之際，沈吟視聽之區；寫氣圖貌，旣隨物以宛轉；屬采

❻　文同❶，頁一七五。
❼　黃永武釋「思無邪」，中華文化復興月刊一一卷九期，頁二六，六七年九月。
❽　文同❶，頁一七八、一八三。

附聲，亦與心而徘徊。

「詩人感物，聯想譬況也。王應麟曰：

聯類者，聯想譬況也。王應麟曰：

關關之雎，摯有別也；呦呦之鹿，食相呼也。德如鳲鳩，言均壹也；；德如羔羊，取絜潔也；仁如騶虞，不嗜殺也。鴛鴦在梁，得所止也；；桑扈啄粟，失其性也；；……相鼠碩鼠，疾惡也；；采葛采苓，傷讒也。❾

此「可以興」之例也。至於「可以觀」，詩序曰：治世之音安以樂，其政和；亂世之音怨以怒，其政乖；亡國之音哀以思，其民困。

蔣勵材先生曰：

風乃風誦、風教、風俗、風土、風刺之風，風俗風土無不與風諷、風教、風刺有關。風為草野之詩，其體溫厚婉善，故言之者無罪，聞之者足以戒。雅訓為正，兼謂正言正聲，主於備箴規，存勸戒，記四方之風俗與王政之興廢。雅為朝廷之詩，其體愷切敷陳，明白直告，無取諷辭，隱情畢見。頌本為容為誦，或歌或舞，主於揚盛德，敍成功，以告神明。……三者都是將詩與政事和教化，結合在一塊。所以孔子認定詩可以觀察風俗盛衰及政治得失，由此而通曉為政之道。……古時有所謂「獻詩」、「陳詩」、「采詩」、「求詩」的說法，大概也都是這種關係。❿

高師仲華以除詩之功用，除觀察作詩者之情志外，又可觀察讀詩者之情志。如論語先進篇，南容三復白圭，孔子觀察而知其為謹言慎行之人，故以其兄之子妻之。又如論語八佾篇，孟孫、叔孫、季孫只是魯國大夫，於祭祀完畢、收樽俎之時，歌雍詩「相維辟

公，天子穆穆」，孔子觀察得知三家懷有亂紀犯上之情志⑪。

至於「可以群」，高師仲華曰：

「群」是溝通人的情志，……孔子教導伯魚說：「不學詩，無以言」。……孔子說：「誦詩三百，授之以政，不達；使於四方，不能專對；雖多，亦奚以為！」……不管是內政或外交，都要做到溝通人的情志；而溝通人的情志，全靠語言文字的運用。詩是把語言文字運用得最巧妙，最美麗的，「學詩」就可學到這種表現技巧，所以古來的許多政治家、外交家都曾經學過詩，而且能運用詩，在左傳裡，這種例證是很多的。⑫

「可以怨」，可以宣洩人之情志也。詩經陳風墓門：「夫也不良，歌以訊之」，小雅節南山：「家父作誦，以究王詷」，孔子評關雎曰：「關雎樂而不淫，哀而不傷」（論語八佾篇），大雅烝民：「吉甫作誦，穆如清風」。鍾嶸詩品序曰：

至於楚臣去境，漢妾辭宮；或骨橫朔野，或魂逐飛蓬；或負戈外戍，殺氣雄邊；塞客衣單，孀閨淚盡；或士有解佩出朝，一去忘返；女有揚蛾入寵，再盼傾國。凡斯種種，感盪心靈，非陳詩何以展其義？非長歌何以騁其情？

皆是「可以怨」之說明。

---

⑨ 王應麟困學紀聞，卷三，頁二二，四部叢刊廣編，冊二六，商務。

⑩ 蔣勵材孔子的詩教與詩經（上），孔孟學報二七期，頁八四至八五。

⑪ 文同❶，頁一七九至一八一。

⑫ 文同❶，頁一八一至一八二。

（二）倫理方面——邇之事父，遠之事君：

王應麟曰：「子繋好晨風黍離，而慈父感悟；周磐誦汝墳卒章，而為親從仕；王裒讀蓼莪，而三復流涕；裴安祖講鹿鳴，而兄弟同食。」❸ 高師仲華曰：

在五倫裡，以父子這一倫為最近，以君臣這一倫為最遠。孔子說：「邇之事父，遠之事君」，舉最近與最遠的來說，而在其間的人倫關係，自然都包括在內。詩的功用，可以促進各種人倫的關係，這是孔子最重要的文學思想。孔子的思想是以倫理思想為中心的，其他的思想——包括政治思想、教育思想、文學思想等——都是圍繞著這個中心而開展的。何以說詩可以促進各種人倫的關係呢？即如我們讀到小雅蓼莪的詩，……能夠不感念父母的恩，而促進父母與子女的關係嗎？又如我們讀到小雅常棣的詩，……能夠不感念兄弟的情誼，而促進兄（姊）與弟（妹）的關係嗎？又如我們讀到鄭風女曰雞鳴的詩，……能夠不感念夫婦的諧和，而促進丈夫與妻子的關係嗎？又如我們讀到小雅伐木的詩，……能夠不感念友生的重要，而促進師生與朋友的關係嗎？又如我們讀到大雅棫樸的詩，……能夠不感念君臣的親厚，而促進領袖與部屬的關係嗎？詩可以促進各種人倫的關係，在荀子與韓詩外傳裏，記載孔子與子貢的對話，發揮得尤為盡致。❹

（三）智識方面——多識於鳥獸草木之名：

所謂「鳥獸草木」，邢昺疏論語曰：「言詩人多記鳥獸草木之名，以為比興，則因又多識於此鳥獸草木之名也。」

由於孔子有「多識於鳥獸草木之名」之說，而後，詩經學遂有研究名物一派，如吳陸璣著

毛詩草木鳥獸蟲魚疏，隋人著毛詩草蟲經；宋蔡卞著毛詩名物解，陸佃著詩物性門類，元楊泰

著詩名物編，許謙著詩集傳名物鈔；明馮復京著六家詩名物疏，林兆珂著毛詩多識編，吳雨著

毛詩鳥獸草木考、毛晉著毛詩陸疏廣要；清毛奇齡著續詩傳鳥名，姚炳著詩識名解，陳大章著

詩名物輯覽，丁晏有陸疏校正，焦循有陸氏疏，趙佑有毛詩草木鳥獸蟲魚校正，俞樾有詩名物

證古。此外，由詩經名物之研究，擴大為一切名物之研究，成為訓詁學中爾雅一派，如爾雅、小

爾雅、廣雅、埤雅、爾雅翼、駢雅、通雅、說雅、選雅、比雅、拾雅、疊雅、支雅等，保存豐

富資料，有助於考證⑮。

關於孔子刪詩，見第九章第三節「八、方玉潤」，茲不贅。

## 二、孟子論詩

史記孟荀列傳云：「天下方務於合從連橫，以攻伐為賢，而孟軻乃述唐虞三代之德，是以

所如者不合，退而與萬章之徒，序詩書，述仲尼之意，作孟子七篇。」孟子全書七篇，每篇皆

有引詩，計梁惠王篇八處、公孫丑篇三處、滕文公篇六處、離婁篇八處、萬章篇五處、告子篇

⑬ 書同⑨，卷三，頁七。

⑭ 文同❶，頁一八四至一八六。

⑮ 文同❶，頁一八八至一八九。

四處、盡心篇一處，凡三十五處。林耀潾先生曰：

孟子之學，以性善說及政治思想為主，其政治思想主以德服人之仁政，論及態度則以先王為典率，施行之對象則以鰥寡孤獨為起始，其內容則為注重民生及教化；於民生言，首須使民有恆產，故民事不可緩，復須人君與民同樂，推恩於民；於教化言，國家當即是時明其政刑之效及使民知孝悌之義。而孟子於申言此重要學說時，無不引詩以證，以增強其論，若天衣之無縫，令人不得不從。蓋孟子雖揭「以意逆志」及「知人論世」之說詩準則，然其詩教之大宗，實以證成其說為主；詩經幾成孟子學說之注脚矣。⓰

## （一）以意逆志：

孟子萬章篇：「故說詩者，不以文害辭，不以辭害志，以意逆志，是為得之。如以辭而已矣，雲漢之詩曰：『周餘黎民，靡有孑遺。』信斯言也，是周無遺民也。」此言說詩之法，不可以一字而害一句之義，不可以一句而害設辭之志，當以文意迎取作者之志，乃可得之。靡文開先生曰：

孟子舉大雅雲漢篇中，「周餘黎民，靡有孑遺」描述旱災慘重的兩句作為例子加以說明。照字面講，旱災已慘重到周朝的老百姓沒有半個留存的了。但實際情形，不致如此，這只是誇大的形容，以強調災情的慘重而巳。孑，無右臂；孓，無左臂，但「孑遺」不解為無右臂者的留存，要活用作「半個人的留存」講，這叫做「不以文害辭」。而知道「靡有孑遺」，只是形容災情的慘重，這兩句話只是天子祈雨時要天老爺和始祖后稷垂憐災情慘重，賜降甘霖而巳，這叫做「以意逆

志，是為得之」。⑰

「以意逆志」之讀詩法，堪稱美善，然而孟子兼採「斷章取義」之法，例如梁惠王下⋯

王曰：「寡人有疾，寡人好貨。」對曰：「昔者公劉好貨。詩云：『乃積乃倉，乃裹餱糧。于橐于囊，思戢用光。弓矢斯張，干戈戚揚，爰方啟行』⋯⋯。王曰：「寡人有疾，寡人好色。」對曰：「昔者大王好色，愛厥妃。詩云：『古公亶父，來朝走馬。率西水滸，至于岐下。爰及姜女，聿來胥宇。』⋯⋯。」

所引詩句，一出於大雅公劉，一出於大雅緜；詩僅言公劉之遷徙，孟子便斷公劉有好貨之志，詩僅言古公亶父之率其妃避狄難，孟子便斷古公亶父有好色之志。蓋發揚王道學說為孟子著書之重點，其主旨不在解說詩篇之本義，故「斷章取義」之例，不一而足。

(二) 知人論世：

孟子萬章下云：

孟子謂萬章曰：「一鄉之善士，斯友一鄉之善士；一國之善士，斯友一國之善士；天下之善士，斯友天下之善士。以友天下之善士為未足，又尚論古之人；頌其詩，讀其書，不知其人，可乎？是以論其世也，是尚友也。」

林耀潾先生曰：

⑯ 林耀潾孟子之詩教，中華文化復興月刊一八卷九期，頁二四。

⑰ 糜文開孟子與詩經（下），大陸雜誌三六卷二期，頁六〇。

孟子道性善，以為人若能充其本然之心，存其夜氣，則仁義不可勝用矣。然亦重環境予

人之影響，所謂「居移氣，養移體。」曾云：「今夫麰麥，播種而耰之，其地同，樹之

時又同，浡然而生，至於日至之時，皆熟矣；雖有不同，則地有肥磽，雨露之養、人事

之不齊也。」（告子上）以喻人性本善，其所以為惡者，乃受客觀環境之影響，是以認為

「文武興則民好善，幽厲興則民好暴。」（同上）「富歲子弟多賴，凶歲子弟多暴。」

（同上）雖亦有無待文王猶興者，然必期之於豪傑之士而後可，若夫凡民鮮有不受環境

之影響者。其論詩之重「知人論世」殆亦基此。⑱

孟子梁惠王上，引大雅靈臺篇，以證文王有與民同樂之德；梁惠王下引大雅皇矣，以證文王有

大勇之德；滕文公上，引小雅大田篇「雨我公田，遂及我私」二句，以證周雖行徹法，什一而

稅，但仍有助法，八家助耕中央公田之井田制度。後世學者重視文學家之生平、傳記年譜、時

代背景，皆是「知人論世」之實踐。

(三) 詩亡然後春秋作：

孟子離婁下：

孟子曰：「王者之跡熄而詩亡，詩亡然後春秋作——晉之乘、楚之檮杌、魯之春秋，一

也；其事則齊桓、晉文，其文則史；孔子曰：『其義，則丘竊取之矣。』」

顧震「虞東學詩卷首詩說」云：

蓋王者之政，莫大於巡狩述職；巡狩則天子采風，述職則諸侯貢俗；太師陳之，以考其

得失，而慶讓行焉；所謂跡也。夷、厲以來，雖經板蕩，而甫田東狩，烏芾來同，撻伐

震於徐方，疆理及乎南海，中興之跡，爛然著明，二雅之篇可考焉。洎乎東遷，而天子不省方，諸侯不入覲，慶讓不行，而陳詩之典廢，所謂跡熄而詩亡也。孔子傷之，不得已而託春秋以彰衰銖，所以存王跡筆削之文。

糜文開先生曰：

承繼詩經之大作——皆肩負美刺筆削之神聖使命。

詩三百特重諷諭，地位崇高；孟子爲發揚孔子學說，故因春秋寄寓褒貶之特質，遂將春秋譽爲附。⑲

孟子以前，沒有人講到春秋的，從孟子開始才推崇春秋，所以要與大家重視的詩經來比

## 三、荀子論詩

荀子詩經學影響後世極大，漢代齊、魯、韓、毛四家詩，與荀子書中所引詩句異文最少者，厥爲齊詩⑳。據汪中荀卿子通論，毛詩、魯詩，皆荀子之傳也；韓詩外傳引荀子說詩者四十有四，是荀卿之別子也。

荀子三十二篇，引詩經詩句者八十二次，不引詩句而論詩者十四次，去逸詩六次，其涉及

⑱ 同⑯，頁一七。

⑲ 同⑯，頁五九。

⑳ 裴溥言荀子與詩經，文史哲學報一七期，頁一八〇，五七年六月。

詩經者，凡九十次。茲述其詩教之大略：

（一）隆禮義，殺詩書：

　　孟、荀繼孔子之後，而思想路線大有不同；孟子繼孔子內聖一面，內轉爲心性論，主張人性本善，注重善心之啓發而臻於治世；荀子外轉而爲「禮義之統」，以爲人性本惡，「必將有師法之化、禮義之道，然後出於辭讓，合於文理，而歸於治。」（性惡篇）故主張「隆禮義而殺詩書」。韋政通先生曰：

　　禮義代表客觀之理想，故隆禮義。詩書之義，由主體發；孟子重主體，亦善言詩書。荀子不重主體，故「隆禮義而殺詩書」。隆是推尊，殺是貶抑。㉑

　　荀子以爲欲盡治道之責，必先識禮義之統類，即禮義而識其理，然後能「其有法者以法行，其無法者以類舉。」（王制）然後於「法教之所不及，聞見之所未至」時，能「舉統類而應之。」（儒效）是以言「禮義者，治之始也。」（王制）「禮者，治辨之極也，強國之本也。」（議兵）「養生安樂者，莫大乎禮義。」（彊國）

　　荀子勸學篇曰：「詩書故而不切。」楊倞注云：「詩書但論先王故事而不委曲切近於人。」

韋政通先生曰：

　　「故」言其非粲然明備，「不切」言不切近人事。不切近人事，故無用；非粲然明備，故不可言統。詩書雖能興發人，但無條理，無秩序；無條理，無秩序，即不足以「道貫」，而「不知貫不知應變」（天論篇）。

　　故依荀子，止於詩書之雜，是不足以言治道的。㉒

勸學篇又曰：

學之經，莫速乎好其人，隆禮次之。上不能好其人，下不能隆禮，安特將學雜識志，順詩書而已耳，則末世窮年，不免為陋儒而已！……不道禮憲，以詩書為之，譬之猶以指測河也，以戈舂黍也，以錐飡壺也，不可以得之矣。

裴普言先生曰：

在荀子的心目中，詩經的功用極大，其地位當然很重要，不可不讀，並以敦詩書為成雅儒的條件。但詩經的地位並不是最高的。他在勸學篇中說：「不能隆禮，安特將學雜識志，順詩書而已耳。則末世窮年，不免為陋儒而已。」荀子雖深於詩，喜歡引詩，但他認為六經中地位最高的應該是禮。所以他說：「始乎經，終乎讀禮……故學至乎禮而止矣。」[23]

## （二）詩者中聲之所止：

荀子樂論篇云：

夫樂者，樂也，人情之所必不免也。……故人不能不樂，樂則不能無形，形而不為道，則不能無亂；先王惡其亂也，故制雅頌之聲以道之，使其聲足以樂而不流，使其文足以

21 韋政通荀子與古代哲學，頁五，商務，七一年八月七版。
22 書同 21，頁八。
23 文同 20，頁一八三。

辯而不誣，使其曲直繁省廉肉節奏，足以感動人之善心，使夫邪汙之氣無由得接焉，是先王立樂之方也。

又曰：

姚冶之容，鄭衞之音，使人之心淫，紳端章甫，舞韶歌武，使人之心莊。故君子耳不聽淫聲，目不視姦色，口不出惡言，此三者，君子慎之。荀子論樂，既主張「樂而不流」，是以儒效篇曰：「詩者，中聲之所止也。」此即孔子「思無邪」、「關雎樂而不淫，哀而不傷」之義也；又即詩經關雎序「變風發乎情，止乎禮義」之義也。合乎中聲之詩樂，其效用如下：

樂中平，則民和而不流；樂肅莊，則民齊而不亂。民和齊則兵勁城固，敵國不敢嬰也。如是，則百姓莫不安其處，樂其鄉，以至足其上矣。然後名聲於是白，光輝於是大，四海之民莫不願得以為師，是王者之始也。（樂論）

樂行而志清，禮修而行成。耳目聰明，血氣和平，移風易俗，天下皆寧，美善相樂。

（同上）

## (三) 詩言聖道之志：

尚書舜典云：「詩言志，歌永言，聲依永，律和聲。」雖有「詩言志」之說，然不知所指之「志」究為「聖道之志」或為「情性之志」。詩經關雎篇詩序曰：

詩者，志之所之也；在心為志，發言為詩。情動於中，而形於言；言之不足，故嗟歎之；嗟歎之不足，故永歌之；永歌之不足，不知手之舞之，足之蹈之也。

又曰：

變風發乎情，止乎禮義：發乎情，民之性也；止乎禮義，先王之澤也。

是毛詩序所謂「詩言志」，指內心情感之抒發，但必須「止乎禮義」。至荀子，非相篇曰：

凡言不合先王，不順禮義，謂之姦言。

儒效篇曰：

聖人也者，道之管也。天下之道，管是矣；百王之道，一是矣，故詩書禮樂之道歸是矣。詩言是其志也，書言是其事也，禮言是其行也，樂言是其和也，春秋言是其微也。故風之所以為不逐者，取是以節之也；小雅之所以為小雅者，取是而文之也；大雅之所以為大雅者，取是而光之也；頌之所以為至者，取是而通之也；天下之道畢是矣。

則荀子所謂「詩言志」乃偏重聖道之志，而非情性之志。

牟宗三先生評荀子曰：

誠樸篤實之人常用智而重理，喜秩序，愛穩定，厚重少文，剛強而義；而悱惻之感、超脫之悟則不足。⓴

此評殆近其實。

⓴ 牟宗三荀學大略，頁一九九，中央文物供應社。

# 第三章　漢朝詩經學

## 第一節　漢朝經學概述

　　裴普賢先生於「孔子以前詩經學的前奏」一文曰：「無論孔子之前，賦詩引詩怎樣盛行，這只是詩三百篇的應用，不是對詩經的研究與批評，詩經學的開始，應推孔子對詩三百的討論；詩學正式的成立，則應到漢儒對詩經作專門研究的時代。」

　　秦皇焚書，使經籍斷喪殆盡，漢朝於劫後重建儒學，卻能大放異彩；皮錫瑞詩學歷史稱此期為「經學昌明時代」、「經學極盛時代」，豈偶然哉！

　　有關漢朝之經學背景、及其發展之概況，分述如下：

### (一)　社會富庶繁榮：

　　史記曰：

　　太史公曰：孝惠皇帝、高后之時，黎民得離戰國之苦，君臣俱欲休息乎無為；故惠帝垂拱，高后女主稱制，政不出房戶，天下晏然；刑罰罕用，罪人是稀；民務稼穡，衣食滋殖。❶

❶ 司馬遷史記卷九，呂太后本紀。鼎文冊一，頁四一二。

又曰：

孝文帝從代來，即位二十三年，宮室苑囿狗馬服御無所增益，有不便，輒弛以利民。嘗欲作露臺，召匠計之，直百金。上曰：「百金，中民十家之產，吾奉先帝宮室，常恐羞之，何以臺為！」上常衣綈衣，所幸夫人，令衣不得曳地，幃帳不得文繡，以示敦朴，為天下先。治霸陵皆以瓦器，不得以金銀銅錫為飾，不治墳，欲為省，毋煩民。……專務以德化民，是以海內殷富，興於禮義。❷

又曰：

漢興七十餘年之間，國家無事，非遇水旱之災，民則人給家足，都鄙廩庾皆滿，而府庫餘貨財。京師之錢累巨萬，貫朽而不可校。太倉之粟陳陳相因，充溢露積於外，至腐敗不可食。眾庶街巷有馬，阡陌之間成群，……故人人自愛而重犯法，先行義而後絀恥辱焉。❸

此一富庶繁榮之社會，實為漢朝經學得以滋長、茁壯之基礎。

（二）經書之復原：

秦朝施行愚民政策，焚書坑儒，十五年而國亡。漢高祖劉邦起自草野，蕭何入關，但收秦丞相御史律令圖書藏之，以具知天下阨塞戶口多少彊弱之處，未遑收詩書。及項羽引兵屠咸陽，燒秦宮室，火三月不滅，秘府之書悉成灰燼。

高祖不好儒，嘗溺儒冠、憎儒服；幸有近臣陸賈，時時前說稱詩書，弘揚仁政思想，首開兩漢學術風氣。

陸賈主張重視教育，新語道基篇曰：

民知畏法而無禮義，於是中聖乃設辟雍庠序之教，以正上下之儀，明父子之禮，君臣之義；使強不凌弱，眾不暴寡，棄貪鄙之心，興清潔之行。禮義獨行，綱紀不立，後世衰廢，於是後聖乃定五經，明六藝；承天統地，窮事□徹，原情之本以緒人倫，宗諸天地，□修篇章，垂諸來世。

至德篇曰：

興辟雍庠序而教誨之，然後賢愚異議，廉鄙異科；長幼異節，上下有差；強弱相扶，小大相懷；尊卑相承，鴈行相隨；不言而信，不怒而威。豈特堅甲利兵深刑刻法，朝夕切切而後行哉！

陸賈新語，每奏一篇，高帝未嘗不稱善，左右呼萬歲。由於陸賈之勸說，高祖亦實施祭孔之禮，並倡導孝道。

依秦律：「挾書則族」，至漢惠帝即位，始廢挾書之律，文景繼之，開獻書之途。逮乎孝武，乃建藏書之策，置寫書之官，於是經籍得以逐漸復原。

馬宗霍謂經書復原之途徑有三：

其一曰：傳自故老。……叔孫通、張蒼、制氏、竇公、伏生、浮丘伯諸人，或為秦之博

士，或為秦之御史，或為秦之儒生，或為六國時樂人，其於禮樂春秋詩書，皆講誦於秦火以前，而傳授於秦火以後。雖顯晦各殊，傳經之功一也。其一曰：發自孔壁。……劉歆移太常博士書曰：「魯恭王壞孔子宅，欲以為宮，而得古文於壞壁之中，逸禮有三十九篇，書十六篇，及春秋左氏丘明所修，皆古文舊書，多者二十餘通」漢書藝文志云：「武帝末，魯共王壞孔子宅，欲以廣其宮，而得古文尚書及禮記、論語、孝經，凡數十篇，皆古字也。」又云：「禮古經者，出于魯淹中及孔氏，與七十篇文相似，多三十九篇。」……其一曰：得自民間。漢書河間獻王傳曰：「獻王德修學好古，實事求是，從民得善書，必為好寫與之，留其真，加金帛賜以招之。繇是四方道術之人，不遠千里，或有先祖舊書，多奉以奏獻王者，故得書多，與漢朝等。」……又鄭玄詩譜云：「魯人大毛公為詩詁訓傳於其家，河間獻王得而獻之。」蓋獻王所獻書信多矣，然固皆來自民間也。其不由獻王者，則劉向別錄云：「武帝末，民有得泰誓於壁內者獻之。」論衡云：「孝宣皇帝之時，河內女子發老屋，得逸易禮尚書各一篇奏之，然後易禮尚書各益一篇，而尚書二十九篇始定。」……隋書經籍志云：「易失說卦三篇，後河內女子得之。」又云：「河內女子得泰誓一篇，獻之。」又云：「孝經遭秦焚書，為河間人顏芝所藏；漢初，芝子貞出之，凡十八章。」……凡此亦皆民間所得之經也。❹

(三)

獨尊經學：

史記儒林傳曰：

漢興，……尚有干戈，平定四海，亦未暇遑庠序之事也。孝惠、呂后時，公卿皆武力有

功之臣。……孝文帝本好刑名之言。及至孝景，不任儒者；而竇太后又好黃、老之術。

故諸博士具官待問，未有進者。

據此，則漢興至孝景時皆不任儒者。其間，陸賈首開兩漢學術風氣，已見前述。文帝時，賈誼以儒家思想爲本❺，擬議興革，如…改正朔、易服色、制法度、定官名、興禮樂，欲變法家制度爲儒家制度。其新書曰：

> 德莫高於博愛人，政莫高於博利人；故政莫大於信，治莫大於仁；吾慎此而已矣。（修政語上篇）

> 趙高傅胡亥而教之獄，所習者非斬劓人則夷人之三族也，故今日即位而明日殺人。周成王幼在襁褓之中，即以召公爲太保，周公爲太傅，太公爲太師。……道之以仁禮義，逐去邪人，不使見惡行。故太子初生，而見正事，聞正言、行正道，左右前後皆正人也。習與正人居之，不能毋正也，猶生長於齊之不能不齊言也。……孔子曰：「少成若天性，習慣成自然」，是殷周之長有道也。（保傅篇）

文帝雖極賞識其改革建議，然謙讓未遑。賈誼於梁王太傅任內，更提出規摹弘遠之治安策；其驚人之才情固招徠排擠，終於不得施展，然而，其崇儒之主張實已震撼漢初以來因循放任之政治精神，並遺留深遠之影響。

武帝劉徹自爲太子，即受田蚡、王臧之影響，醉心於儒學。即位之初，便下詔令選舉賢良

❹ 馬宗霍中國經學史，頁二一九至三三三，商務六八年。

❺ 賈誼兼俱儒家、道家、陰陽家思想，見黃師錦鋐西漢之孔學㈡，頁一四至一七，炎汜學報四期。

方正、直言極諫之士，由天子親自策問；其中以董仲舒之議論最稱旨意。時以竇太后好黃老之學，故武帝未敢大力鼓吹儒術。漢書卷六，武帝紀曰：

建元元年冬十月，詔丞相、御史、列侯、中二千石、二千石、諸侯相舉賢良方正直言極諫之士。丞相綰奏：「所舉賢良，或治申、商、韓非、蘇秦、張儀之言，亂國政，請皆罷。」奏可。

漢承秦制，出於法家；文帝本好刑名之學，景帝嘗學申韓之術於鼂錯，武帝好儒，實則屬行酷法。建元元年（西元前一四○年），丞相衛綰請罷法家一事，特當時有人資蘇秦、張儀之術，以客遊於諸侯王間，為朝廷所深惡。其所謂「請皆罷」，實僅罷去有縱橫意味之一部分人。然此一「罷黜」之舉，則為罷黜百家，獨尊儒術之重要機緣❻。建元六年（西元前一三五），竇太后崩，田蚡起為丞相，董仲舒、公孫弘等，本儒家教化，勸學修禮，革故鼎新。董仲舒天人策曰：❼

春秋大一統者，天地之常經，古今之通誼也。今師異道，人異論，百家殊方，指意不同，是以上無以持一統，法制數變，下不知所守。臣愚以為諸不在六藝之科、孔子之術者，皆絕其道，勿使並進。

武帝從之，由是罷黜百家，獨尊儒術。鄺士元曰：

漢人之尊六藝，實為古代之王官學。漢武帝立五經博士，欲復古者王官學之舊，以更易秦廷末世之所建。惟推其用意，實亦不出秦廷統一私學於王官，而以吏為師之故智。故漢之崇六藝而罷百家，若專就朝廷設官之用意言，則未見其勝於秦之泯詩書而守法家言也。❽

趙伯雄曰：

早在漢初，人們就已經意識到，「得天下」與「治天下」應該異道。……儒學在漢初七十年後上升於獨尊的地位，應該說是一種必然的歷史過程。即使沒有漢武帝，儒學遲早也要成為中國封建社會的統治思想，……呂思勉先生曾經正確地指出：漢代儒術之興，實是「風氣使然」、「時勢使然」、「不特非武帝若魏其、武安之屬所能為，並非董仲舒、公孫弘輩所能扶翼也。」……儒家尚德治，武帝卻重刑法；儒家重教化，武帝卻任用酷吏；儒家主張「使民以時」、「使民如承大祭」，而武帝則濫用民力，任意加重民眾的勞役負擔；儒家主懷柔，主張「柔遠能邇」，武帝則好大喜功，肆力於征伐，以武力開拓疆土。……至於漢武帝本人，從歷史記載上來看，他真正喜好的，乃是神仙之道。

❻ 徐復觀中國經學史的基礎，頁七四，學生七一年出版。

❼ 徐復觀曰：「據武帝紀，立五經博士，乃在建元五年（前一三六年）夏四月以前之事。武帝紀將仲舒對策繫於元光元年（西元前一三四年），即在立五經博士之後二年；若如此，則仲舒在對策中『皆絕其道，勿使並進』之言，……為無的放矢。因為既已立五經博士，即是已經不使智諸子百家之言者得以並進。所以王先謙在武帝紀『於是董仲舒、公孫弘等出焉』下謂『仲舒對策，實在建元元年（前一四○年），無可疑者』，這是正確的。」書同❻，頁七四。然朱維錚以為董仲舒對策不在建元元年，而在元光元年，所舉理由：建元元年，漢武帝年僅十五歲，過分年輕，「居然能決定采納不采納改變整個統治思想的建議這樣的大事，於邏輯上說得通嗎？」，又謂建元元年在竇太后嚴密監督下，董仲舒理當不敢提出「不在六藝之科、孔子之術者，皆絕其道，勿使并進。」……聊備朱說於此。（見朱維錚儒術獨尊的轉折過程，上海圖書館建館三十周年紀念論文集，頁二九一至三○五，一九八二年七月。）

❽ 鄺士元中國學術思想史，頁九五至九六，里仁出版，六九年。

……他深深地沉溺於迷信之中，對一切具有神學迷信色彩的東西都表現出了極大的興趣，求仙只是其中的一項而已。……與其說漢武帝好儒，倒不如說他好儒學中的神學迷信因素。……「上（指武帝）因尊公羊家，詔太子受公羊春秋，由是公羊大興。」「漢興，承秦滅學之後，景武之世，董仲舒治公羊春秋，始推陰陽，為儒者宗。」這「為儒者宗」一語，頗能說明當時董氏公羊學的地位。……董仲舒是最善於把陰陽五行家的神學觀念與儒家的經義糅合在一起的一個人。……對於春秋以外的其它儒家經典，漢武帝的興趣也是集中在其中的神學迷信因素上。❾

推究武帝之用心，鄺氏、趙氏之說皆可採信。梁啟超曰：

惟一儒術，而學術思想進步之跡自茲凝滯矣；夫進化之與競爭，相緣者也。競爭絕，則進化亦將與之俱絕。……故儒學統一者，非中國學界之幸，而實中國學界之大不幸也。❿

顧頡剛謂：由於董仲舒勸武帝統一思想，反而使封建思想又由儒家傳了下來，造成無數宗法組織極嚴密之家族，使人民上面忘了國家，下面忘了自己。⓫李威熊先生評顧氏之說曰：

如此說法，完全是誤解、歪曲了儒家思想，也小看了經學的作用。統一思想，並非限制思想，儒家六藝經教，要人由「明明德」、「修身」做起，進而還要「齊家」、「治國」、「平天下」，最後止於至善之境，並沒有讓人忘了自己，忘了國家。……今平心而論，中華民族能綿延數千年，董仲舒的尊崇六經，歸本儒術，功實不可沒。⓬

武帝尊儒，實因儒學高談唐虞三代、禮樂教化，極具盛世之憧憬，故特表彰六經。然儒家拘泥迂闊之作風，實與武帝好大喜功之性格大相逕庭，而儒者保守平和之主張，又妨礙武帝之雄心壯志；故其政治精神是恩威並立、法儒兼施；董仲舒等醇醇儒者，皆被尊而不用，不能得

志於朝廷⓭。

武帝晚年，因奢侈黷武太過，幾乎危亡中國，後世引以為戒，漢室逐漸形成捨法用儒之趨勢。元帝即位，親重蕭望之等賢臣，儒家勢力頓見高張，其所任用之丞相貢禹、薛廣德、韋玄成、匡衡無一非儒者出身。歷經成、哀、平及孺子嬰，朝廷成為儒家集團獨佔局面，法家集團衰落瓦解。

東漢光武帝極力提倡儒術、表彰氣節，朝野一片經學之聲。明帝嘗親赴太學，主持「大射」、「養老」等禮，並開講經書一章。章帝嘗親赴闕里祭祀孔子，出巡東郡時，先備弟子之禮，持經請舊師張酺講解尚書；又能敦行孝道，政府用人，以孝者為先，一時風氣蔚然，孝子輩出。皮錫瑞曰：

孔子道在六經，本以垂敎萬世；惟漢專崇經術，猶能實行孔敎。雖春秋太平之義，禮運大同之象，尚有未逮；而三代後，政敎之盛，風化之美，無有如兩漢者。⓮

臧云浦曰：

德治與法治，本來是統治者並用的兩手政策，缺一不可。問題是在不同情況之下，有所

⑨ 趙伯雄漢武帝與漢代經學的神秘主義傾向，內蒙古大學學報一九八四─二，頁六八至七五。

⑩ 飲冰室文集學術類㈠：中國學術思想變遷之大勢，第三節：儒學統一時代。新興書局。

⑪ 漢代學術史略，第九章：尊儒學而黜百家，頁六二，啟業書局。

⑫ 李威熊中國經學發展史論，頁一二九，文史哲七七年。

⑬ 傅樂成主編，鄒紀萬著中國通史──秦漢史，頁五六至六〇，眾文七五年。

⑭ 皮錫瑞經學歷史，頁一〇四，經學極盛時代。漢京出版，七二年。

（四）官學與私學：

（A）官　學：

1.博士之基本性格：

史記儒林傳是以五經博士爲骨幹而創立，可知博士在經學中之重要地位。

博士之基本性格，與孔教有密切之關係。論語「博學於文」爲孔門別異於其他諸子百家之

側重。孔子主張「道之以德，齊之以禮」，孟子主張行「王道」、施「仁政」，都力主加強「教化」。史稱（漢）文帝之時，「刑罰大省，斷獄四百，有刑措之風」（漢書刑法志）。元帝時，匡衡上書說：「保民者，陳之以德義，示之以好惡，觀其失而制其宜，故動之而和，綏之而安」。匡衡是個儒生出身的丞相，他的話正反映了儒家思想。……

西漢後期及東漢時期，儒家思想傳布甚廣，儒家的道德觀點成爲衡量人品的標準。東漢時的「茂才四行」：高功、久次、才、德尤異。「光祿四行」：敦厚、質樸、遜讓、節儉。以及「四科取士」：德行高妙、志節清白；學通行修，經中博士；明達法令，足以決疑；剛毅多略，遭事不惑；還要有孝悌廉公之行（後漢書百官志注引漢官儀），這些都是儒家的標準。所以顧炎武說：……後漢書儒林傳說：「三代以下，風俗之淳美，無尚於東京（指東漢）者。」

……故人識君臣之綱，家知達邪歸正之路。」這些都說明儒經對維護封建秩序，起了很大作用。❶⑤

重要學風與傳統之一。博學於文之「文」，固然以詩書六藝之文為主，但「夫子之至於是邦也，必聞其政」，亦當屬於「博」之範疇。

「士」本指精壯之農夫、武士，其後演進為政治中之下級屬僚。及至孔子，則努力於塑造士之新性格、新形像。

士志於道，而恥惡衣惡食者，未足與議也。（論語里仁）

士而懷居，不可以為士矣。（憲問）

志士仁人，無求生以害仁，有殺身以成仁。（衞靈公）

曾子曰：士不可以不弘毅，任重而道遠。仁以為己任，不亦重乎！死而後巳，不亦遠乎！」（泰伯）

將儒家博學之主張與新塑造之「士」結合，得出「博士」之名稱，乃自然之演進⑯。戰國策趙策云：

鄭同北見趙王，趙王曰：子南方之博士也，何以教之？

時南方楚國並無博士之官，此「博士」僅意謂博學之士；殆先有美名，後設此官歟？

## 2 雜學博士：

今日可考見之博士一官，首見於戰國時代之魯國公儀休，史記循吏列傳曰：「公儀休者，魯博士也。」據孟子告子下載淳于髠曰：「魯繆公之時，公子儀休為政，子柳、子思為臣。」趙岐以為公儀休與子思同時。又史記龜策列傳云：「夜牛，龜來見夢於宋元王曰……元王惻

⑮ 臧云浦兩漢經學的發展與影響，徐州師範學院學報一九八四—四，頁七至八。一九八四年十二月。

⑯ 書同⑥，頁六九至七〇。

然而悟，乃召博士衞平而問之。」胡秉虔漢西京博士考則曰：「案：宋至偃始稱王，即爲齊、魏、楚所滅。……此傳宋元王，當是宋王偃之誤。宋王偃或亦稱偃王。」春秋時代宋平公之子佐，謚元公，不稱宋元王；史記龜策列傳之宋元王應爲戰國宋王偃（或宋偃王）之誤。徐復觀先生亦曰：「以博士成立之文化背景言，不可能先出現於宋」[17]。魯、宋之外，魏亦有博士；漢書卷五一，賈山傳曰：「祖父袪，故魏王時博士弟子也。」賈袪既是博士弟子，魏國當有博士。此期之博士官職，無一定職掌與員額，地位不高，業非繁劇，見於記載者甚少。

漢書百官公卿表曰：「博士秦官，掌通古今。」秦始皇置博士，其官制乃定。史記秦始皇本紀曰：「始皇置酒咸陽宮，博士七十人前爲壽。」又曰：「侯生盧生相與謀曰：……專任獄史，獄史得親幸；博士雖七十，特備員勿用。」唐六典二十一國子博士注引應劭漢官儀：「（漢）文帝博士七十餘人。」黃彰健先生曰：

秦及漢初博士七十人，此顯與孔子弟子身通六藝者七十人有關。故錢穆先生説：「博士設官，源於儒術」。[18]

黃先生又謂：秦博士可考者，有伏生、叔孫通、羊子、黃疵、正先。其中不盡經術之士，如黃公（疵）之書，七略列於法家。而秦始皇本紀云：「使博士爲僊眞人詩」，又有占夢博士。殆諸子詩賦術數方伎，皆立博士，非徒六藝而已[19]。

博士在秦既成定制，故陳涉以戍卒揭竿，尚以孔鮒爲博士[20]。漢高祖於兵馬倥偬之際，亦以叔孫通爲博士。惠帝時，可考見之博士有孔襄。文帝置博士七十餘人。景帝時，可考見之博士，有董仲舒、轅固、胡毋生諸人，然實際不止此數。武帝於建元五年（西元前一三六）立五經博士，在此之前，諸帝王所立者，皆可名之爲「雜學博士。」李威熊先生曰：

到了文帝、景帝時，相繼設立了許多經學博士，如在文帝時，有魯申公、燕韓嬰，被立

為詩學博士，歐陽生為書博士；又據趙岐孟子題辭，當時論語、孝經、孟子、爾雅也都

置有博士。景帝時，又以轅固生為詩博士，胡毋生、董仲舒為春秋博士。自此以後，博

士一職才專指研究經學的經師而言。[21]

杜松柏先生則以為文、景所置博士並非專指研究經學之經師，其言曰：

蓋文帝之時，崇尚黃老，未注意儒學之提倡；沿用秦制，亦雜制博士而已。孝文本紀

云：「魯人公孫臣上書，陳終始五德事，言方今土德時，土德應，黃龍見，當改正朔服

色制度，……十五年，黃龍見成紀。天子乃復召魯公孫臣以為博士，申明土德事。」其

事亦見封禪書，是無專門專經置博士之官也；且其時僅有五經之名，論語、孟子、孝經、

爾雅未入經籍之列，苟文帝已立此數經博士官，武帝又何敢罷之乎？證以劉歆移讓博士

書云：「諸子傳記，猶得立於學官，廣置博士。」故專經博士之設，當自漢武帝始也。[22]

徐復觀先生亦以為文、景所置之博士為「雜學博士」，其言曰：

⑰　書同⑥，頁二四一。

⑱　黃彰健經今古文學問題新論，頁四六八。中研院史語所專刊之七十九，七一年十一月。

⑲　同⑲。

⑳　史記孔子世家：「孔鮒為陳涉博士，死於陳下」。史記儒林列傳：「於是孔甲為陳涉博士，卒與涉俱死」。

㉑　徐廣曰：「孔鮒，孔子八世孫，名鮒字甲。」

㉒　書同⑫，頁一二一。

㉓　杜松柏：博士官與今文經學，中華文化復興月刊一九卷二期，頁三四。

趙岐孟子章句題解謂「孝文帝欲廣文學之路，論語、孝經、孟子、爾雅，皆置博士」，此與劉歆讓太常博士書「至孝文皇帝……天下衆書，往往頗出，皆諸子傳說，猶廣立於學官，為置博士」之言相合，是可以信任的；但也容易引起誤解。劉歆之言，係用對比的方法，為古文爭立而發；實則孝文時，有的是以治「諸子傳說」、「論語、孝經、孟子、爾雅」出名，有的是以治「論語、孝經、孟子、爾雅」立博士。由此推之，韓嬰孝文時為博士，但並非為「諸子傳說」、「論語、設；這和賈誼此時為博士，並非為他所治的禮或左氏傳而設者正同。轅固、胡毋、董仲舒為景帝時博士的情形，也是如此。否則，武帝立五經博士時，不會發生董仲舒與江公為公羊與穀梁爭立之事，因為胡毋、董仲舒因治公羊而為博士了，何待此時之廷爭？王國維謂「是專經博士，文景時已有」之說，可斷言是錯誤的。這中間可能有一個例外，即是文帝「聞申公為詩最精，以為博士」，可能這是為詩立了博士；後漢書翟酺傳「孝文皇帝始置一經博士」，當指此而言。所以儒林傳贊言武帝立博士，僅稱時「書唯有歐陽，禮后，易楊，春秋公羊而已」，未嘗提到詩，因為詩早於文帝時立了。㉓

3. 五經博士：

漢武帝採董仲舒天人策之建議，於建元五年（西元前一三六），設五經博士。在武帝之前，博士執掌有二，即「通古今」與「掌詩書百家語」㉔，至此一變而純作「經師」。由於取士不用百家言，儒家典籍因而大為流行，郡國學校亦紛紛設置，推廣儒學教育㉕。曩昔博士僅以其知識而存在，至此則主要以其所代表之典籍而存在。因每一博士所代表

者僅爲一經，勢必走向與「博學」相反之「專經」之路，其知識來源較已往狹隘。

武帝於建元五年春設五經博士五人，因詩分魯齊韓三家，故武帝末年所設五經博士當爲七人；漢書霍光傳所載博士，不止五人，可以爲證，而漢書百官公卿表失記㉖

漢書八宣帝紀甘露三年（西元前五一年）「詔諸儒講五經同異（於石渠），太子太傅蕭望之等平奏其議，上親稱制臨決焉。乃立梁邱易、大小夏侯尚書、穀梁春秋博士」。而百官公卿，表序謂：「宣帝黃龍元年（西元前四九年）增（博士）員至十二人」，則石渠聚議後兩年，

㉓　書同⑥，頁七三。而蔣曉華「從經學博士看漢代社會」一文曰：「後漢書翟酺傳說：孝文皇帝始置一經博士。所謂一經，並非只有一部經書設博士，而是指通一經者即可設博士，如文、景時，張生、鼂錯爲尚書博士，齊轅固生、魯申公、燕韓嬰爲詩博士，胡母生、董仲舒爲春秋博士。但當時並未遍設專經博士，易與禮兩經都還沒有博士，直到漢武帝時才定下『五經』這個名稱，才將『五經博士』法典化。」但蔣氏同文又曰：「西漢初年，博士建置是百家並進、諸子兼容，漢武帝立五經博士，從根本上改變了漢初的博士建置。這一變化具有兩個基本特點：一是所建博士皆經學博士，形成了儒家一統學官的局面。」（見四川大學學報一九八九—一，頁九三至一〇〇，一九八九年三月）。張志哲「西漢經學評述」一文曰：「文帝設置了諸子專書博士與儒家的專經博士，其時博士有七十餘人。景帝雖立詩（齊詩）、春秋博士，但專治一經的博士始設於文帝。後漢書翟酺列傳記載翟酺上書說：『孝文皇帝始置一經博士』。這裏的『一經博士』，決非指僅設某一經博士，而是指專治一經的博士。」（見華東師範大學學報一九八七—五，頁五〇）蔣、張二說皆可存商。

㉔　黃彰健以爲秦博士之第二項職掌曾被秦始皇剝奪，其恢復則在漢惠帝四年「除挾書律」之後，故漢文帝時始又設詩書等者子傳記博士。（見經今古文學新論，頁四七一中研院史語所專刊七十九）。

㉕　傅樂成主編鄒紀萬著中國通史——秦漢史，頁五三至五四，衆文七五年版。

㉖　書同⑱，頁一三二。

又繼續有所增立，爲漢書所缺記。據王國維考證㉗，十二博士如下：「易則施、孟、梁邱，書

則歐陽、大、小夏侯，詩則齊、魯、韓，禮則后氏，春秋公羊、穀梁」。漢書儒林傳贊「至元

帝世，又立京氏易」，後漢書范升傳則曰：「京氏雖立，轉復見廢」。然黃彰健先生曰：

似京氏易在漢成帝卽位，石顯罷歸家，爰盎道死後，又復立於學官。……則元帝時博

士，應爲十三人。㉘

## 4. 博士弟子員：

春秋：公羊嚴、顏。㉚

禮：大戴、小戴。

詩：魯、齊、韓。

書：歐陽、大夏侯、小夏侯。

易：施、孟、梁邱、京。

嚴、顏，左氏及穀梁雖立博士，不久即廢；故光武所立博士爲十四人：

西漢末年，博士應爲十三人㉙，已如前述。至東漢光武即位，分禮爲大、小戴，公羊分爲

經，置博士」。按平帝及王莽時所增置博士，因禍變相乘，時間短促，未能影響東漢官學。

樂經，益博士員，經各五人」。荀悅漢紀：「劉歆以周官經六篇爲周禮。王莽時，歆奏以爲禮

漢書儒林傳贊：「平帝時又立左氏春秋、毛詩、逸禮、古文尚書」。王莽傳：「元始四年，立

王國維於漢魏博士考一文中曰：「又始皇本紀有諸生，叔孫通傳則連言博士諸生，是秦博

士亦置弟子」，又曰：「博士自六國時已有弟子，漢興仍之」。更引漢書賈山傳「祖祛，故魏

王時博士弟子也」，及叔孫通傳之「諸生」爲證。徐復觀先生則以爲：有一定員額、一定待遇，

其推選、考覈、任用皆有一定程序，並著爲功令之博士弟子員，始於漢武帝㉛

武帝元朔五年（西元前一二四年），採公孫弘建議，爲五經博士置弟子員五十人；每年考

課，能通一藝以上者，補文學掌故缺；其高第可以爲郎中者，太常籍奏㉜。

元光元年（西元前一三四），武帝從董仲舒之建議，命郡國「察孝舉廉㉚」各一人，推薦至

朝廷（元朔元年之後成爲定制），爾後關於察舉之詔令漸多，於政治、軍事、外交、文學、雜

伎有特殊才幹或專門知識者，皆可應詔上書。此一基層而廣泛之選拔制度，配合博士弟子員，

㉗ 王國維王觀堂先生全集，冊一，卷四，頁一六六，漢魏博士考。文華五七年出版。

㉘ 書同⑱，頁一三六。

㉙ 程發軔漢代經學之復興曰：「趙岐孟子題辭云：『孝文皇帝欲廣文學之路，論語、孝經、孟子、爾雅皆置博士；後罷傳記博士，獨立五經而已。』」又劉子駿移太常博士書：「『孝文時，天下衆書往往頗出，皆諸子傳說，猶廣立於學官，爲置博士。』……是西漢之末，易、書、詩、禮、春秋、論語、孝經、孟子、爾雅，除費直、高相二易外，皆立於學官。」（孔孟學報一四期，頁九八）按：論語、孝經、孟子、爾雅只立於漢文帝「雜學博士」時代，不立於武帝置五經博士之時；故西漢末年，當不立於學官。

㉚ 徐復觀所列東漢十四博士與諸家說法微異，其說如下：易：施、孟、梁丘（少京氏易）。書：歐陽、大小夏侯。詩：齊、魯、韓。禮：大戴、小戴、慶氏（多慶氏）。春秋公羊之嚴氏、顏氏。見中國經學史的基礎，頁二〇六。

㉛ 書同⑥，頁七七至七九。

㉜ 見史記儒林傳。

作培養人才之儲訓機構，兩種措施雙管齊下，使武帝後之中央政權形式起了巨大變革，由功臣集團壟斷進入文治政府之時代㉝。

漢書儒林傳贊曰：「自武帝立五經博士，開弟子員，設科射策，勸以官祿，訖於元始，百有餘年，傳業者寖盛，支葉蕃滋；一經說至百餘萬言，大師衆至千餘人，蓋祿利之路然也。」因祿利之故，當時儒生之肆經者，莫不遊學京師。皮錫瑞曰：「經學自漢元、成至後漢，爲極盛時代。其所以極盛者，漢初不任儒者，武帝始以公孫弘爲丞相，封侯，天下學士靡然鄉風。元帝尤好儒生，韋、匡、貢、薛，並致輔相。自後公卿之位，未有不從經術進者。青紫拾芥之語，車服稽古之榮。黃金滿籝，不如教子一經。以累世之通顯，動一時之羨慕。……經學所以極盛者，此其一。武帝爲博士官置弟子五十人，復其身。昭帝增滿百人。宣帝末，增倍之。元帝好儒，……更爲設員千人……成帝增弟子員三千人。……漢末太學諸生至三萬人，爲古來未有之盛事。經學所以極盛者，又其一。」㉞

漢朝博士弟子員課試之方法，可謂利弊參半。儒林傳所謂「則公卿大夫士吏，彬彬多文學之士」，然而，學術與利祿混同，眞正爲學術而努力者鮮矣。學術已然虛僞化、形骸化，開爾後科舉毒害之先河。

## (B) 私 學：

馬宗霍曰：「若夫私學，據漢書藝文志，易則民間有費、高二家之說，費氏經與古文同。詩則有毛公之學，自謂子夏所傳，而河間獻王好之，未得立。春秋則有鄒、夾之傳：鄒氏無師，夾氏未有書。據劉歆移讓博士書，古文尚書、春秋左氏民間則有魯國桓公、趙國貫公、膠東庸

生之遺。考諸儒林傳，貫公蓋受左氏傳於賈誼者，庸生蓋受古文尚書於都尉朝，朝又受之於孔

安國者也。然河間獻王學舉六藝，嘗立毛氏詩、左氏春秋博士，而膺博士之選者，即毛公與貫

公；則此二家雖曰私學，在當時已顯矣。又儒林傳稱韓嬰亦以易授人，推易意而爲之傳。燕趙

間好詩，故其易微，唯韓氏自傳之；斯又一私學也。」㉟又曰：「董鈞習慶氏禮，教授門生百

餘人。孔僖世傳古文尚書、毛詩，其子季彥守其家業，門徒數百人。楊倫亦習古文尚書，講授

於大澤中，弟子至千餘人。謝該亦明春秋左氏，避亂荊州，聚徒千餘人。

世名儒，門徒數百人。馬融兼通費氏易、古文尚書、毛詩，周官、左氏春秋，門徒四百餘人，

升堂進者五十餘生；此之諸經，在東京皆未得立，殆可謂之私學；而傳授亦頗盛，特不可與官

學較耳。然至季世，則易之施、孟、梁丘、京氏微而費氏顯，尚書之歐陽、大、小夏侯微而古

文顯，詩之齊、魯、韓三家微而毛詩顯，禮之大、小戴、慶氏微而周官古禮顯，春秋之公羊、

穀梁微而左氏顯；凡東西兩京之官學盛於一時者，轉不逮不得立者之能永其祀，其故何哉？蓋

自安帝覽政，薄於藝文，博士倚席不講，朋徒相視怠散。順帝時，學雖增盛，而章句漸疏，多

以浮華相尚，儒者之風衰矣，官學既衰，私學自代之而興。重以鄭玄晚出，括囊大典，網羅衆

家，既集古今學之大成，而其所注之經，則皆以古學爲主，自是學者咸宗鄭學，鄭學益昌，宜

博士之學一蹶而不復振也。」㊱

㉝　書同㉕，頁五六。

㉞　書同⑭，頁一○一。

㉟　書同④，頁四一。

㊱　書同④，頁五三至五四。

## (五) 師法與家法：

師法之名，首見於荀子，儒效篇曰：

有師法者，人之大寶也，無師法者，人之大殃也；人無師法，則隆性矣！有師法，則隆積矣！

又修身篇曰：

不是師法而好自用，譬之是猶以盲辨色，以聾辨聲也，舍亂妄無為也。

荀子儒效篇有「有師法者，人之大寶也，無師法者，人之大殃也」的話，沈欽韓們以為漢代師法的觀念係由此出，這是一種誤解、傳會。荀子是以「師」與「法」為兩事；所以儒效篇又說「故人無師無法而知，則必為盜……有師有法而知，則速通」。荀子之所謂師，固與漢人所說的師無異；他之所謂法，則是指「一制度，隆禮義」的「制度」「禮義」而言，比漢人以師之所言者為法，範圍廣得多。……但「師法」不是說以師為法，而是把師所說的，賦予法的權威性，這完全是新的觀念，此一新的觀念，……不能早到設置博士弟子員之前。㊲

又曰：

因有固定的弟子員進入到政府各部門各層級中去，博士的影響力加大。所謂「儒林之官，四海淵源」，可能主要由此而來。博士的教授，隨博士在經學中的合法權威地位而亦獲得合法權威的地位，「師法」的觀念遂由此產生。師法觀念，是為了維繫博士教授的權

咸而形成的，在學習上是一種限制，恐為前此所未有。㊳

江乾益先生則曰：

論者於師法、家法之嬗遞，每以黃綬利祿權勢言之，實則以家法學者言之則是，於師法則非允論也。蓋學術之發展攸關文化與地理之背景，爭競利祿本學術發展之末弊。……兩漢傳經事業，源遠流長，……戰國諸雄區域畛隔，文化發展之路徑異趨，兼以風俗民情不同，則諸侯之間殊禮異教，由來已久。史記稱夫子卒後，七十子之徒散游諸侯。……韓非顯學篇謂孔子之後，儒分為八，經嬴秦、項劉之遞變，學術發展之風貌自將無同。漢興之後，詩有三家，春秋為五，亦自然之勢也。由此以觀漢初經學之師法，乃得其情，豈以政治一端而可強圍之哉？梁啟超論先秦南北學術變遷之大勢，謂北學崇實際，主力行……南學崇虛想，主無為……而北學之中，鄒魯、東齊、秦晉與鄭宋之間，復有差異，……是故言漢學，溯承師法之根源，乃知其本先秦之緒業。㊴

由江先生所言，可知漢朝「師法」觀念得以形成之先決條件，益可見西漢重視師法，實為不得不然之情勢。而徐先生所言，則在強調設置五經博士及博士弟子員之權威式授受所造成之特有現象。無可否認，先秦已存在種種別異之學派，然而，武帝立五經博士之前，弟子遵從師說，蓋依自然，；師法之法制化、權威化，則始於立五經博士之後。杜松柏先生亦曰：「師法之起，

㊲ 書同⑥，頁九四。

㊳ 書同⑥，頁七九。

㊴ 江乾益陳壽祺父子三家詩遺說研究，頁二二二至二二三，師大國研所集刊三〇期，七五年六月。

始於五經博士之立」㊵。蓋漢武立五經博士之後，師弟傳受，必有憑依，於是師弟篤守，形成

師法，如四庫全書總目所云：

其初專門授受，遞稟師承，非惟訓詁相傳，莫敢同異，即篇章字法，亦恪守所聞。（經
部總敍）

漢書魏相傳：「相明易經，有師法。」李尋傳：「治尚書，與張孺、鄭寬中同師，寬中等守師

法教授。」又儒林胡毋生傳：「唯嬴公守學，不失師法。」魯不傳，不上疏云：「說經者傳先

師之言，非從己出，不得相讓；相讓則道不明，若規矩權衡之不可枉也。難者必明其據，說者

務立其義，……法異者，各令說師法，博觀其義。」後漢書吳良傳：「東平王蒼奏薦良治尚書

，學通師法，後良爲議部，每處大義，輒據經典，不希旨偶俗以徼譽。」

宣帝之後，廣立經學博士官，一經不專一家，如漢書儒林傳贊所云：「至孝宣帝世，復立

大小夏侯尚書，大小戴禮，施孟梁丘易，穀梁春秋。至元帝時，復立京氏易。平帝時，又立左

氏春秋、毛詩、逸禮、古文尚書。」詩各有家，書各有家等，是爲師法。某家之中，有某氏之

學，是爲家法㊶。後漢書，章帝詔曰：

其所謂「承師」，指師法，「名家」指家法。馬宗霍曰：

承師，亦別名家。㊷

蓋三代導人，教學爲本。漢承暴秦，褒顯儒術，建立五經，爲置博士。其後學者精進，雖曰

師法者，魯丕所謂：說經者傳先師之言，非從己出；法異者，各令自說師法，博觀其義

是也。家法者，范曄所謂：專相傳祖，莫或訛雜，繁其章條，穿求崖穴，以合一家之說

是也。或謂前漢多言師法，而後漢多言家法。……然學必先有所師，而後能成一家之言。

若論其審，則師法者溯其源，家法者衍其流。……今以漢書儒林傳證之，凡言某經有某

氏之學者，大抵皆指師法；凡言某家有某氏之學者，大抵皆指家法。❹❸

以詩經爲例，詩有魯、齊、韓三家，淵源各異，各立博士，是爲師法。魯詩有韋氏學，有

張唐褚氏之學，齊詩有翼匡師伏之學，韓詩有王食長孫之學，漢書儒林傳有許氏學，此即詩之家法。且家中更有家，

如山陽張生本魯詩家，張家又有許氏學，漢書儒林傳所謂「傳業者寖盛，支葉蕃滋。」是也❹❹。

後漢書儒林傳云：「立五經博士，各以家法教授。」宦者蔡倫傳云：「帝以經傳之文，多

不正定，乃選通儒謁者劉珍及博士良史詣東觀，各校讎家法。」❹❺是博士各守家法也。質帝紀

云：「令郡國舉明經，年五十以上，七十以下，詣太學。自大將軍至六百石，皆遣子受業。…

…四姓小侯先能通經者，各令隨家法。」❹❻是明經必守家法也。左雄傳云：「雄上言郡國所舉

孝廉，請皆先詣公府，諸生試家法。」❹❼是孝廉必守家法。

就師法與家法之殊異甚大者而言，師法重在微言大義，家法重在章句解說。師法之弊，在

❹❼　後漢書卷九一。

❹❻　後漢書卷六，質帝本紀，本初元年。

❹❺　蔡倫傳見後漢書卷一○八，宦者列傳。

❹❹　書同❸❾，頁二三。

❹❸　書同❹，頁三八至三九。

❹❷　後漢書卷三，章帝本紀，建初四年十一月。鼎文出版，頁一三七。

❹❶　同❹❿。

❹❿　同❷❷，頁三六。

「信口說而背傳記，是末師而非往古（見劉歆移讓太常博士書）」家法之弊在「分文析字，煩言碎辭，學者罷老不能究一藝」，漢書儒林傳所謂「一經說至百餘萬言」是也[48]。

## (六) 齊學與魯學：

就地域而言，漢朝經學有齊學與魯學。漢書儒林傳曰：

宣帝即位，聞太子好穀梁春秋，以問丞相韋賢、長信少府夏侯勝、及侍中樂陵侯史高，皆魯人也；言：「穀梁子本魯學，公羊乃齊學也，宜興穀梁」。

齊學、魯學始見於此。鄭康成曰：

漢承秦焚書，口相傳授，其始書之也，倉卒無其字，或以音類比方假借為之，趣於近之而已。受之者非一邦之人，人用其鄉，同言異字，同字異言，於茲遂生。故一經之學，數家競爽。[49]

據此，則齊魯學之別，初為字音字形之異而衍為異說。然而，究其學說之內涵，齊魯之學實另有大異之處。馬宗霍曰：

大抵齊學尚恢奇，魯學多迂謹。齊學喜言天人之理，魯學頌守典章之遺。蓋當戰國時，齊有騶衍善談天，深觀陰陽消息，而作怪迂之變。其語閎大不經，先序今以上至黃帝，因載其機祥度制，稱引天地剖判以來，五德轉移，治各有宜；於是流風所被，至漢不替。……魯當秦漢之際，陳涉為王，魯諸儒則持孔氏禮器往歸之。及高帝誅項籍，引兵圍魯，魯中諸儒尚講誦習禮，弦歌之音不絕。所謂聖人遺化，好學之國，愈于它俗；故雖處危亂，猶能守而弗失。……惟其迂謹，故動必依禮。……魯學之勝於齊學處，亦在

1.

鄺士元論陰陽五行學說之淵源與發展曰：「此種學說之成立，由於語義之演進，與官職之轉化及有關思想等方面而論。就語義之演進而論，在古代，陰陽與五行本是分頭發展，漸漸而形成抽象高深之理論系統，以至兩者之合流。就官職之轉化而論，其時或較前之官職，如掌火之官、五行之官等，其所掌之事與所具備之知識，均足以做成陰陽五行學說成立之憑藉。就有關思想方面而論，我國較早流行之思想如天命、災祥、重時令與封禪等，與其後形成陰陽五行學說思想頗多類似，經過時日之演變，上述各種觀念融為一體。而正式創立陰陽五行學說的是戰國後期人鄒衍，其創立之地點約在齊國。」又曰：「陰陽五行學說在戰國後期……漸漸滲透到儒、墨、名、道等各家，至漢代漸漸成為一種普遍盛行之思想。……其後又漸與八卦、姓氏、地支等互相配合，不斷擴充。……對兩漢政治、人事、社會、風俗等影響甚大。」[51]

陰陽五行學說之政治原理有三：

法天與君主責任觀：當日皇帝之權力可謂獨尊無二，唯有虛無而人格化之「天」得以限制

謹守，是以申公為詩經訓故，疑者則闕弗傳。……藝文志稱：「齊韓二詩，或取春秋、采雜說，咸非其本義，與不得已，魯最為近之。」蓋謂是也。而諳習典章，則亦以魯學為勝。[50]

[48] 同[22]，頁三六。

[49] 見陸德明經典釋文敍錄及馬宗霍中國經學史頁三八引，商務出版。

[50] 書同[4]，頁四六至四八。

[51] 書同[8]，頁八三至八四。

皇帝，不使濫用其權。儒者是以提倡「屈民伸君、屈君伸天」之主張，朝廷一切政治措施必須法天而行㊿；有善政，則天降以祥瑞，有惡政，則懲之以災異㊼。故天人感應與五行災異之學，可範圍、約束漫無限制之君權，進而加強君主責任觀，使之崇尚節儉，以仁義自責。

2. 崇德抑法：董仲舒時代，儒者將惡刑與善德分配於陰陽兩邊，陰陽運行一年，四季各居其定位，但陽位所居者是實行，而刑罰則避而不用。換言之，是以陽為主，陰為副，德為主，刑為副；當政者之措施亦當如此。

3. 人本思想：鄒衍創立陰陽五行之動機在於救世救人，而重點則在天與人之關係。董仲舒為提高人之地位，乃先建立一宇宙觀，將人與天、地、陰陽、木火土金水等視——同為構成宇宙份子之一。此一思想對儒者造成廣大、長遠之影響㊴。

天人相應之觀念源自上古時代，尚書召誥曰：
　肆惟王其疾敬德。王其德之用，祈天永命。

尚書多士篇
　惟帝不畀，惟我下民秉為，惟天明畏。

尚書多方篇
　昊天大降喪于殷，我有周佑命，將天明威，致王罰，敕殷命終于帝。……我其敢求位？

尚書多方篇
　惟帝降格于夏，有夏誕厥逸，不肯慼言于民；乃大淫昏，不克終日勸于帝之迪；圖帝之命，不克開于民之麗；乃大降罰，……乃大降顯休命于成湯，刑殄有夏。……厥

尚書立政篇：

嗚呼！其在受德睯，惟羞刑暴德之人，同于厥邦；乃惟庶習逸德之人，同于厥政；帝欽罰之。

詩經周頌我將：

我其夙夜，畏天之威，于時保之！

詩經周頌敬之：

敬之敬之，天維顯思。命不易哉。無曰：「高高在上」。陟降厥士，日監在茲。維予小子，不聰敬止。日就月將，學有緝熙于光明。佛時仔肩，示我顯德行。

詩經大雅雲漢為描寫周王憂旱之長詩，詩序曰：

雲漢，仍叔美宣王也。……遇災而懼，側身脩行，欲銷去之。

舉凡道德不修，行政失當，任用小人……皆可能招致天罰；此一觀念，由來久矣。至戰國後期之鄒衍，則正式創立陰陽五行學說，使天人相感之學術化、學派化。漢初學者，大多採陰陽家言以解說儒經，深信天道人事相互影響，因此，常以自然現象附會人事之禍福；董仲舒與劉向尤為此中大儒。　西漢末年，則由早期之天人說，災異說一變而為讖緯符命之學。

㊾ 徐彥春秋公羊傳疏隱元年傳「元年春王正月」下云：「故春秋說云：以元之氣正天之端，以天之端正王者之政。」是「以天統君」之義。

㊼ 董仲舒對策云：「以觀天人相與之際，甚可畏也。國家將有失道之敗，而天乃先出災害以譴告之；不知自省，又出怪異以警懼之；尚不知變，而傷敗乃至。」

㊻ 本鄺士元中國學術思想史頁八四、八五，而分類稍異。

讖是預言式之文字或圖畫，多以詭奇之隱喻道出未來大事。西周時代之讖語見於史記周本紀：

宣王之時，童女謠曰：「檿弧箕服，實亡周國」，於是宣王聞之；有夫婦賣是器者，宣王使執而戮之。逃於道，而見鄉者後宮童妾所棄妖子出於路者，聞其夜啼，哀而收之，夫婦遂亡，奔於褒。褒人有罪，請入童妾所棄女子者於王以贖罪。棄女子出於褒，是為褒姒。當幽王三年，王之後宮，見而愛之，生子伯服，竟廢申后及太子，以褒姒為后，伯服為太子。……褒姒不好笑，幽王欲其笑萬方，故不笑。幽王為烽燧大鼓，……褒姒乃大笑。幽王說之，為數舉烽火，其後不信，……西夷犬戎攻幽王。幽王舉烽火徵兵，兵莫至。遂殺幽王驪山下，虜褒姒，盡取周賂而去。[54]

西周宣王時之童女謠實爲讖語。秦始皇時代，亦有讖語，史記曰：[55]「燕人盧生使入海還，以鬼神事，因奏錄圖書，曰：『亡秦者胡也』。始皇乃使將軍蒙恬發兵三十萬人北擊胡，略取河南地。[56]」始皇見「亡秦者胡也」之讖語，而誤解讖意；裴駰史記集解引鄭玄曰：「胡，胡亥，秦二世名也。秦見圖書，不知此爲人名，反備北胡。」史記秦本紀又載：「今年祖龍死」，亦讖語也。

而符讖大量風行，則始於漢哀、平之際[57]。緯取「與經相輔」之意，是假託經義以推究災祥之書。周予同曰：「緯有廣狹二義：狹義專指七緯，即詩、書、禮、樂、易、春秋、孝經七經之緯；廣義則混讖及其它術數之書，如『圖』、『侯』等而言」[58]。陰陽災異學說對兩漢政治之影響甚鉅，自漢文帝起，每逢天災出現，皇帝往往下詔罪己，

或責免三公；在漢書帝紀及列傳中，其例屢見不鮮。漢成帝時，丞相翟方進因天災遞至，被成帝賜死❺❾。（2）力行惠政，籠絡人心。（3）獻納符瑞，顯示功績。（4）製造民意，頌揚功德。（5）榮加九錫，攝政稱帝。（6）杜撰古史系統，製造禪讓理論根據。（7）假借符命製讖緯，攘竊漢鼎❻⓿。及光武中興，其所倡儒術並不純醇，且十分迷信符讖。學者桓譚諫請光武禁絕讖緯，光武震怒，曰：「桓譚非聖無法」，將下斬之；譚叩頭流血，良久乃得解❻❶。其他學者，如鄭興、賈逵、張衡、尹敏、苟悅、王充皆不信讖緯，抨擊迷信。劉申叔國學發微曰：

及光武以符籙受命，……由是以讖緯為祕經，頒為功令，稍加貶斥，即伏「非聖無法」之誅。故一二陋儒，援飾經文，雜糅讖緯，獻媚工諛；雖何、鄭之倫，且沈溺其中而莫反；是則東漢之學術乃緯學盛昌之時代也。

戴君仁先生肯定天人災異學之正面價值，其言曰：

❺❺　史記卷四，周本紀。鼎文出版，頁一四七至一四九。
❺❻　史記卷六，秦始皇本紀。鼎文出版，頁二五二。
❺❼　後漢書張衡傳，衡上疏曰：「圖讖成於哀平之際」。
❺❽　見周予同庄皮錫瑞經學歷史頁一〇六，「讖緯」條。漢京出版。
❺❾　漢書卷八四，翟方進傳。
❻⓿　書同❶❸，頁八二至八五。
❻❶　後漢書卷五八，桓譚傳。

董仲舒一類今文經學大師，講天人相與，雖畏天而禍福繫於人們自身的行為，這在道德觀念上，是有鼓勵的意義的。當然這不免帶一點迷信，但不能以此責備二千年前的人。並且在人生的意義上說，也把人的生命延長了；使人生活得有遠景、有希望，可以使人奮發，竭力向善的方面上進。我們看兩漢國勢強盛，社會穩固，士尚名節，民知義方，有蓬勃的生氣，未始不是這種精神在鼓蕩著。……至於古文派，我們不能說他們完全革除了這種天人相與觀念，但是減輕了這種天人相與的議論，是不成問題的。⑫

至於陰陽五行災異學說對儒學之影響，皮錫瑞曰：

漢有一種天人之學，而齊學尤盛。伏傳五行，齊詩五際，公羊春秋多言災異，皆齊學也。易有象數占驗，禮有明堂陰陽，不盡齊學，而其旨略同。⑬

陳壽祺曰：

易有孟京卦氣之候，詩有翼奉五際之要，尚書有洪範災異之說，春秋有公羊災異之條，皆明於象數，善推禍福，以著天人之應。⑭

馬宗霍之說尤詳，意謂：易孟喜得易候陰陽災變書，京房亦以明災異得幸，梁丘賀於宣帝時，以善筮有應，由是近幸；別有高相治易，專說陰陽災異，自言出於丁將軍。尚書則伏生大傳，大談洪範五行，夏侯氏衍之于前，劉向敘之于後；歐陽大小夏侯尚書，出自伏生。詩則齊詩五際，翼奉以之言政。春秋則有董仲舒言公羊災異之變。凡此，皆齊學也⑮。

緯書之名目繁多，且怪異，如詩緯：含神霧、汎歷樞、推度災。尚書緯：璇璣鈐、考靈曜、刑德放、帝命驗、運期授、帝驗期、五行傳、尚書中候。皆針對經書而發，故有「內學」之稱。或魯學與齊學相對，主張遠紹三代，尊崇禮樂教化，其特色為迂謹，前已述及，茲不贅。或

謂齊學存微言，魯學明故訓；齊學多今文家言，魯學之中，

有今文，有古文，前者如申培魯詩、穀梁春秋、高堂生禮、魯論是也；後者如古文尚書、左氏

春秋、逸禮是也；後者皆屬秘藏古本，故爲古文。

(七)　**今、古文經學：**

(A)　今、古文經學：

(A)　今、古文爭執之經過：

古文經學並不始於劉歆，但自西漢末年，劉歆始提出「古文」一詞，以與「今文」相抗

衡；而後，古文經學日益壯大，今古文經學壁壘分明。經學史上，劉歆實居關鍵之地位。

劉歆字子駿；後改名秀，字穎叔 ⑥⑥ 。少以通詩書，能屬文召見，成帝時署爲黃門郎。成帝

何平年間，受詔與父劉向領校秘書。成帝綏和二年（西元前七年），劉向去世，歆任中壘校尉。

哀帝即位，王莽舉歆宗室有材行，遷爲騎都尉、奉車光祿大夫。貴幸，復領校五經，卒父前業。

歆乃集六藝群書，別爲七略，爲中國最早之目錄書；班固漢書藝文志即根據七略寫成。

先是向及歆皆治易；宣帝時，召向受穀梁春秋，十餘年，大明習。及歆校秘書，見古文春

⑥② 戴君仁兩漢經學思想的變遷——詩經部分，孔孟學報一八期，頁六〇。

⑥③ 書同⑭，頁一〇六。

⑥④ 陳壽祺尚書大傳箋序。

⑥⑤ 書同❹，頁四六至四七。

⑥⑥ 劉歆更改名字，在哀帝建平元年（西元前六年）。

秋左氏傳，歆大好之。時丞相史尹咸，以能治左氏，與歆共校經傳，歆略從咸及丞相翟方進受質問大義。初左氏傳多古字古言，學者傳訓故而已。及歆治左氏，引傳文以解經，轉相發明，由是章句義理備焉。歆以為左丘明好惡與聖人同，親見夫子，而公羊、穀梁在七十子後，丘明親見，公、穀傳聞，其詳略不同；歆數以難向，向不能非間也，然猶自持其穀梁義⑥。

及歆親近，欲建立左氏春秋及毛詩、逸禮、古文尚書皆列於學官。哀帝令歆與五經博士講論其義，諸博士或不肯置對，歆因移書太常博士，責讓之。其言甚切，諸儒皆怨恨。儒者師丹為大司空，奏歆改亂舊章，非毀先帝所立。歆由是忤執政大臣；為眾儒所訕；懼誅，求出補吏，為河內太守，徙守五原，後轉任涿郡。數年，以病免官。哀帝崩，王莽持政，白太后，太后留歆為右曹太中大夫，遷中壘校尉，使治明堂辟雍，封紅休侯（以上見漢書卷三六）。及王莽篡位，歆為國師，因其地位顯貴，故能為四種古文經設立博士。新莽迅即敗滅，古文經學遂受其牽累，罷而不立於東漢之學官。劉歆於西漢末年爭立古文經學，是今古文第一次爭執。黃彰健先生亦曰：

後世學者或指劉歆偽造古文經以媚王莽，此言失當，學者辨之詳矣。認周官為劉歆偽造以媚新莽，其說起於宋代，這是由於厭惡王安石之依周禮行新法而引起。及清儒重辨經今古文經說，劉逢祿謂歆偽造左氏書法以媚莽。至康有為遂更謂劉歆偽造古文諸經以媚莽，以佐成莽篡。此均由於不明瞭當時王莽之居攝即真主要係利用古文尚書經說所致。……劉歆在漢哀帝時之議立古文經學，純粹是站在學術上的立場。而王莽之於漢平帝時之立古文經學，則顯然欲利用古文經學，以實現他的政治上的野心。⑱

東漢期間，重大之於今古文爭執有三：其一，光武建武年間，尚書令韓歆上疏，欲立費氏易、左氏春秋博士，許淑、陳元贊同其議，博士范升反對。其二，章帝建初年間，賈逵（古文）與李

育爭論左氏傳與公羊春秋之優劣。其三，羊弼、何休師徒與服虔、鄭玄爭論春秋三傳之長短。

而後，今文學日漸式微。

皮錫瑞評述兩漢今古文經學之爭，多偏袒今文學，故其所論或未臻公允❻❾。

(B) 今、古文爭執之內涵：

漢朝經學，何以形成今、古文兩派之爭？何謂「今文」？何謂「古文」？其內涵不外以下

數端：

## 1. 文字之異：

漢代通行隸書，諸儒傳經，自必亦以隸體書之，自孔壁經籍出，而今古文之名乃相對而立。

❻❼ 李威熊中國經學發展史論頁一三二曰：「劉歆是劉向的最小兒子，初治易，後受穀梁、左傳；

歆父子領校秘書；向死後，歆任中壘校尉。」在此，有二事失察。其一，受穀梁者乃劉向，非劉歆。其二，

漢書卷三六曰：「及歆校秘書，見古文春秋左氏傳，歆大好之」，可知劉歆治左傳不在校秘書之前，李先生

之文失其次序。

❻❽ 書同⓰，頁一二三至一二五。

❻❾ 徐復觀嘗批評皮錫瑞曰：「劉歆移書，義正詞嚴，是非昭如日月，使當時的博士懾伏而不敢抗一言；龔勝、

師丹慚怒而不能置二辯；乃皮錫瑞生近二千年後，正學術自由，久蟄思奮之會，卻悍然倡『義以相反，安可並

置？既知其過，又何必存？與其過存，無寧過廢』之謬說，煽學術憑政治以專制的毒焰，構事實隨己意而有

無的疏言；自欺欺人，誣今誣古。康有爲對劉歆所舉的典籍，一概斥之爲出於劉歆的僞造。皮氏知康氏之說

難以成立，只好硬著頭皮講這種蠻橫的話。」（中國經學史的基礎，頁二〇四至二〇五）

所謂古文，其字體當是戰國文字，而非中國最古文字。

漢朝人以孔子「信而好古」，而孔壁本諸經又出於孔壁，故劉歆、許慎遂以孔子壁中書為中國最古之字體。故王莽時所定「六書」，即以「古文」為孔子壁中書，與壁中書異體之古文則為「奇字」[70]。漢志僅於得諸孔壁經，注明「古」字，此正表示其對孔壁本之重視。黃彰健先生曰：「吳大澂、王國維知壁中書為戰國時文字，而非我國最古文字，則因研究鐘鼎彝器，所見殷周文字較漢人為多，故能糾正劉歆，許慎以孔子壁中書為中國最古文字此一誤說」[71]。又曰：「在彰健看來，在漢代，篆書亦係今文」[72]。

文字之異是今文經學與古文經學區分之第一步。劉歆所欲立之古文經，魯壁本皆書以古文；而左氏傳並非出於孔壁，其流佈於民間者，皆書以漢朝文字，劉歆特於秘府中發現古文本。尚書、禮經亦以流佈於民間與否而類推，徐復觀先生嘗推斷其情況[73]。

## 2　地域之別：

劉師培先生曰：「西漢學派，祇有兩端，一曰齊學，一曰魯學。治齊學者，多今文家言；治魯學者，多古文家言。……而齊學昌明，則由秦末儒生，抱殘守闕。魯學昌明，則由河間獻王、劉歆之提倡。」[74]齊學多今文，魯學多古文，此言其大概耳。以魯學為例，古文尚書、左氏春秋、逸禮是古文；申培魯詩、穀梁春秋、高堂生禮、魯論是今文。

廖平曰：今學出齊魯，古學出燕趙[75]。蒙文通經學抉原曰：「今文之學源於齊魯，而古文之學源於梁趙。」[76]昔在六國，魏文侯師子夏，禮用段干木、李克。李克傳毛詩，魏文侯之相也，；吳起傳左氏春秋，魏文侯之將也。劉歆移讓太常博士書曰：「鄒魯梁趙頗有詩禮春秋，先

師皆起於建元之間。」毛詩傳於趙國毛萇，左氏傳於趙國貫長卿，二者並爲河間獻王博士；河間，故趙地也。而「今學出齊魯」一語自有例外，如魯壁所出者，皆爲古文。

### 3. 精神與學說之別：

徐復觀先生曰：「漢初的今文皆來自古文，而古文以隸書改寫後即爲今文。凡流佈中的字體是相同的，即同爲隸書。今古文的分別，乃在文字上有出入，及由文字上的出入而引起解釋上的出入。」[77] 蓋古籍於流傳之際皆已隸改，漢人已不使用古文書寫，故今古文之殊，當以精神爲主。例如毛詩之祖本必爲古文，但入漢而行於世者，必以今文書寫；故四家詩之異同不在神爲主。

[70] 見許愼說文解字敍。

[71] 書同[18]，頁五四五。

[72] 書同[18]，頁五。

[73] 書同[6]，頁二〇三。

[74] 劉師培國學發微，頁七，國民出版社，四八年。

[75] 廖平曰：「今古經本不同，人知者多；至於學官皆今學，民間皆古學，則知者鮮矣。知今學同爲齊魯派，十四博士同源共貫，不自相異；古學爲燕趙派，群經共爲一家，與今學爲敵而不自相異，則知者更鮮矣。」（今古學考，頁八五，學海出版）

[76] 蒙文通經學抉原，頁五七，晉學楚學第九，商務五五年。

[77] 書同[6]，頁一二七。

文字，而在「推詩人之意」之傳。黃彰健先生曰：

王國維先生認為：在史記中，「古文」是指秦統一天下以前六國行用的文字，包括孔子壁中書在內；至王莽時，「古文」始用以專指孔子壁中書；至班固漢書、許慎撰「五經異義」時，古文始兼用以指學派。㊞

荀悅申鑒曰：

秦之滅學也，書藏於屋壁，義施於朝野。逮至漢興，收撫散滯，固已無全學矣。文有磨滅，言有楚夏，出有先後；或學者先意有所借定，後進相放，彌以滋蔓，故一源十流，天水行而訟者紛如也。

就大體而言，今文多明微言大義，古文多詳名物訓詁。至於封建、井田、爵祿、昏、聘、祭祀……等禮制，亦因今古文而有差別。鄺士元嘗列舉今古文經學之相異處，凡十五項㊙，李威熊先生依據周紹賢之說，亦列舉十一項。㊚

### 4. 壟斷利益：

劉歆移讓太常博士書指責今文博士「抱殘守缺，挾恐見破之私意，而無從善服義之公心；或懷妒嫉，不考情實，雷同相從，隨聲是非。……深閉固拒……欲杜塞餘道，絕滅微學。……專己守殘，黨同門，妒道眞。」指出西漢今文博士之徹底自私心態，竟掩耳盜鈴，「以尚書爲備，謂左氏爲不傳春秋」。趙制陽先生曰：「今古文詩說，同多於異，其所以各成學派，互不相容者，實爲學術者少，爲利權者多。」㊛杜松柏先生曰：「……係利祿使然，今文經學立官已久，不容古文經學家繼立，分一杯羹也。而其關鍵，則在漢武帝，若今古文並立，則無此爭

矣」⑧。

今文學既壟斷利祿官學，然劉歆提倡古文之後，古文經學逐漸抬頭，於民間普遍風行。東漢杜林告誡時人曰：「（古文）雖不合時務，然願諸君子無悔所學。」充分顯示當時治古文學者之熱誠及自信心。

5. 反讖緯：

兩漢今文學之中，齊學特以陰陽五行、符讖之說聞名，前文（六齊學與魯學）已述及。西漢末年已風行讖緯之學，王莽因之篡漢，光武據以中興。東漢時期，讖緯之風愈熾。隋書經籍志云：

王莽好符命，光武以圖讖興，遂盛行於世。漢世又詔東平王蒼正五經章句，皆命從讖；俗儒趨時，益為其學，篇卷第目，轉加增廣，言五經者，皆憑讖為說。唯孔安國、毛公、王璜、賈逵之徒獨非之，相承以妖妄亂中庸之典，故因漢魯恭王、河間獻王所得古文，參而考之，以成其義，為之古學。

⑱ 書同⑱，頁五，引言。

㉙ 書同⑧，頁一○七至一○八。

㉚ 書同⑫，頁一五二至一五三。

㉛ 趙制陽今古文詩說比較研究，孔孟學報五三期，頁四一。

㉜ 文同⑳，頁三六。

是掃除讖緯妖妄之說，為古文家之使命之一。章帝建初四年（西元七九年），命群儒講五經異同於白虎觀，帝親稱制臨決；班固奉詔撰白虎通，多採今文家言，多據圖讖以正五經異說。然建初八年（西元八三年），章帝下詔曰：

五經剖判，去聖彌遠，章句遺辭，乖疑難正。恐先師微言將遂廢絕，非所以重稽古，求道真也。其令群儒選高才生受左氏學、穀梁春秋、古文尚書、毛詩，以扶微學，廣異義焉。

古文家雖不得立於學官，而其說平實可信，多退斥妖妄之說，故章帝亦能重視古學。其後，古學日盛，今學日衰，至鄭玄出，古文大獲全勝；然而，鄭玄亦兼治讖緯，乃受今文影響之故。

## 6. 反家法之瑣屑：

裴普賢先生引述錢穆先生今古文評議云：

漢初經師但傳訓詁，通其大義，「疑者則闕弗傳」。至宣帝時，博士官為：一便於教授，二便於博士弟子應試，三便於應敵起見，漸有章句之學興起。博士講經必分章斷句，具備原文而逐一詳解，遇有不可說處，已不能略去不說，於是不得不左右采獲，往往陷於勉強牽引，以為飾說。❸❸

漢武帝立五經博士，一經一博士，以致形成經學研究專門化。因專守一經，師法、家法易明，自易應科設策。宣帝又增置數家，由是崇尚家法，鈞深取極，一門深入，章句滋繁。班固漢書藝文志評章句之學曰：

後世經傳既已乖離，博學者又不思多聞闕疑之義，而務碎義逃難，便辭巧說，破壞形體，

說五字之文至於二三萬言；後進彌以馳逐。故幼童而守一藝，白首而後能言。

顏師古漢書藝文志注引桓譚新論，曰：

秦近君（當作秦延君）能說堯典篇目兩字之誼，至十餘萬言；但說「曰若稽古」，三萬言。

漢書卷八八儒林傳曰：

信都秦恭延君……恭增師法至百萬言，為城陽內史。

今文家重微言大義，然病在「不思廢絕之闕，因陋就寡，分文析字，信口說而背傳記，是末師而非往古。」（劉歆移讓太常博士書）又經層層引伸發揮，終於衍成繁雜瑣屑之章句之學；古文家則反是，特重訓詁，用辭簡潔易了，不憑空臆說。

(C) 今、古文爭執之影響：

1. 劉歆影響東漢經學：

不僅桓譚「數從劉歆、揚雄辨析疑義」，孔奮「少從劉歆受春秋左氏傳」，並且，東漢經學開山大師鄭興，「天鳳中將門人從劉歆講正古義」；賈逵之父賈徽「從劉歆受左氏春秋」，

❸ 裴普賢經學概述，頁二三二，經學派別。開明六一年二版。至其所述第三項「應敵」，錢穆曰：「應敵者，如石渠奏議，講五經異同，若不分章逐句為說，但訓故舉大誼，則易為論敵所乘也。故章句必具文；具文者，備具原文而一一說之。遇有不可說處，則不免於飾說矣。」（兩漢經學今古文平議，頁二○二，兩漢博士家法考。三民出版六○年）

馬融、鄭玄之緒，皆由此出⑭。蓋劉歆倡立古文，而後民間研究古文經之風大盛，使今文日漸式微。

### 2. 由古文演成古學：

劉歆所倡立之古文爲尚書、毛詩、逸禮、左氏春秋。降至東漢，由古文進而演成古學，故穀梁春秋遭博士排擠，章帝建初八年「詔諸儒各選高才生受左氏、穀梁春秋、古文尚書、毛詩」，由是四經遂行。靈帝光和三年六月「詔公卿舉通尚書、毛詩、左氏、穀梁春秋各一人，悉除議郎」，皆以穀梁春秋與古文同列。許愼、馬融始將周官說成古文，由是，古文學者亦習周官。

### 3. 驅除迷信荒誕之經説：

今文家多採用陰陽五行、災異圖讖之說，使經學步入怪誕之途，古文家以務實之精神，將經學帶入考據訓詁之路。

### 4. 影響魏晉之學官：

歷經東漢時期之競爭，古文經學因其平實可信之特色，加以大儒鄭玄之學術以古文爲主，流風所至，今文潰不成軍。優勝劣敗之形勢既已顯白，故魏晉時代，古文經多列入學官，兩漢今文之正統地位遂爲古文學所取代。

5. 促進小學之發達：

許慎說文謂「古文為孔子壁中書」，魯恭王得古文經於孔壁，今文學派以為不可信。爾雅、說文為文字學之寶典，其說多與古文經合。今文經學多重視微言大義，古文經學則重視名物訓詁；是以古文經學於文字學之發達有促進之功焉。

(八) 石渠閣與白虎觀會議：

漢朝經學盛行，嘗舉辦二次經學討論會，一在西漢宣帝甘露三年（西元前五一年），另一次在東漢章帝建初四年（西元九七年）。漢書卷八，宣帝紀，甘露三年：

詔諸儒講五經同異，太子太傅蕭望之等平奏其議，上親稱制臨決焉。

又卷八八，儒林傳曰：

甘露中，與五經諸儒雜論同異於石渠閣。

石渠閣位於長安未央殿北，為西漢藏書之處。此一會議之動機，本在平公羊、穀梁之同異，有施讎、戴聖等經學大師參與[35]，蕭望之當仲裁官，宣帝「親制臨決」。石渠議奏，有書四十二篇、禮三十八篇，春秋三十九篇，今皆亡佚。會後，增設梁丘易，大小夏侯及穀梁博士。此會未討論詩經，錢穆先生疑「詩分三家，且在石渠議奏後，石渠議奏不及詩，乃詩之爭議最少」。

[34] 書同❻，頁二○五。

[35] 據王先謙漢書補注引錢大昭之統計，參與此會而可考者有二十三人。

黃彰健先生則曰：

這因為詩分魯齊韓三家，在武帝時均已立博士，故對詩經之立學，不再討論。⑧

石渠會議直接助長家法與章句，以其必須應對、辯駁故也。

西漢末年，始有今古文之爭。東漢章帝建初四年，蘭臺校書郎楊終上疏云：

宣帝博徵群儒，論定五經於石渠閣。方今天下少事，學者得成其業，而章句之徒，破壞大體，宜如石渠故事，永為後世則。⑧

後漢書章帝紀云：

（建初四年）十一月壬戌，詔曰：「蓋三代導人，教學為本。漢承暴秦，褒顯儒術，建立五經，為置博士。其後學者精進，雖曰師承，亦別名家；孝宣皇帝……此皆所以扶進微學，尊廣道藝也。（光武帝）中元元年詔書，五經章句煩多，議欲減省。……孔子曰：『學之不講，是吾憂也。』『博學而篤志，切問而近思，仁在其中矣！』於戲，其勉之哉！」於是下太常、將、大夫、博士、議郎、郎官及諸生、諸儒會白虎觀，講議五經同異，使五官中郎將魏應承制問，侍中淳于恭奏，帝親稱制臨決，如孝宣甘露石渠故事，作白虎議奏。

刪減章句，始自王莽，然章句之穿鑿附會處尚未解決，分歧之經說亦未趨於一致，故建初四年有白虎觀會議。白虎觀位於洛陽城北宮，參與此會者，有廣平王羨、魏應、淳于恭、班固、賈逵、桓郁、李育、魯恭、樓望、成封、丁鴻、張輔、召訓、趙博、楊終諸人。其中，魏應、魯恭、張輔習魯詩，召訓習韓詩。白虎議奏之體例當如石渠議奏，惜今不傳。當時與議者，多今文經書；；今存者，為楊終、班固所撰集之白虎通議（又名白虎通德論，簡稱白虎通）。當時帝

王重讖，多以讖斷，故白虎通引書，即多先引讖緯，而後引經典。夏長樸先生曰：

根據清人陳立的白虎通疏證的分目，可以發現白虎通一書的一些特殊意義：1 這部書達

到了宣帝以來統一經說的目的。……至少把今文家的經說統一了，可以說這部書是兩漢

今文經說的結晶。2 就政治及社會的眼光而言，白虎通是漢代經說架構起來的一部具有

法典性質的著作。……從這些大綱及分目看來，上自天文，下至地理；陰陽五行災異

及政治社會的制度，教育學術的定規，鉅細靡遺，無所不包，是一部粗具規模的組織法，

也是自天子以至於庶人，立身行世的根本。就這一點而言，這部書的出現，象徵著漢帝

國成立以來，定思想於一尊的目標的實現。⑧

石渠閣、白虎觀會議對後世學術研討會有啓發之功。

# 第二節　魯齊韓毛四家詩

史記儒林傳曰：「今上即位，趙綰、王臧之屬明儒學，而上亦鄉之。於是招方正賢良文學

之士。自是之後，言詩，於魯則申培公，於齊則轅固生，於燕則韓太傅。」司馬遷指漢武帝時，

詩經有魯、齊、韓三家，蓋專就官學而言；或馬遷於毛詩，未嘗耳聞目睹歟！

⑧ 夏長樸兩漢儒學研究，頁三六，從石渠議奏到白虎議奏，臺大文學院六七年。

⑧ 後漢書楊終傳。

㊵ 書同⑫，頁一三五。

漢書藝文志曰：「漢興，魯申公爲詩訓故，而齊轅固、燕韓生皆爲之傳，或取春秋，采雜說，咸非其本義；與不得已，魯最爲近之」；三家皆列於學官。又有毛公之學，自謂子夏所傳，而河間獻王好之，未得立。」班固謂西漢詩經學有齊、魯、韓、毛四家。但因齊、魯、韓詩於兩漢皆立爲官學，宛若詩學正宗，故班氏奉命撰漢書，便專就齊、魯、韓三家，較其優劣；而不許毛詩。只在文末附帶提及毛詩，班氏所言「自謂子夏所傳」，「自謂」也者，其涵意爲「非官方說法」，而非微辭。蓋班氏所撰者，官書也，立於官方立場以發言，乃理所當然，總之，漢志非但未嘗絲毫褒貶、評價毛詩[89]，反而謂三家詩「或取春秋，采雜說，咸非其本義，與不得已，魯最爲近之」，此方爲貶辭。

## (一) 魯詩

### 1 淵源：

魯詩爲申培所傳，申公魯人，故稱其所傳之詩曰魯詩。申公曾與白生、穆生、楚元王劉交、夷王郢客，俱學於浮邱伯，浮邱伯爲孫卿門人；故申公之詩，源於孫卿。史記儒林傳曰：申公者，魯人也。高祖過魯，申公以弟子從師入見高祖於魯南宮。……及王郢卒，……（申公）長安，與劉郢同師。已而郢爲楚王，令申公傅其太子戊。……呂太后時，申公游學歸魯，退居家教，……弟子自遠方至受業者百餘人。申公獨以詩經爲訓以教，無傳疑，疑者則闕不傳。……今上初卽位，……使使束帛加璧，迎申公，……至，天子問治亂之事，申公時已八十餘，老，對曰：「爲治者不在多言，顧力行何如耳」……

弟子為博士者十餘人，……其治官民皆有廉節稱，其學官弟子，行雖不備，而至於大夫、

郎中、掌故以有數。言詩雖殊，多本於申公。

漢書楚元王傳曰：

元王旣至楚，以申公為中大夫。文帝時，聞申公為詩最精，以為博士。申公始為詩傳，號

魯詩。

2　魯詩之重要學者及其傳承：⑨⓪（圖見下頁）

通魯詩而授受不詳者如下：雷義、陳重、魯丕、魯恭、魯峻、韋孟、李咸、李炳、陳宣、

蔡朗。

魯詩傳至韋賢為最盛。據漢書韋賢傳，賢字長孺，魯國鄒人也。為人質樸少欲，篤志於學，

兼通禮、尚書，以詩教授，號稱鄒魯大儒。徵為博士，給事中；進授昭帝詩，稍遷光祿大夫。

宣帝時，以先帝師，甚見尊重，本始三年為丞相。少子元成，復以明經歷位至丞相；故鄒魯諺

曰：「遺子黃金滿籯，不如一經」。

㊿　皮錫瑞曰：「漢書曰：『又有毛公之學，自言子夏所傳。』自言也者，人不取信之詞也。」（見經學通論，詩經，頁十七，學海出版社。）黃彰健以為漢志「自謂子夏所傳」一句，是班固對毛詩有微詞之現象。（見黃彰健經今古文學問題新論，頁五四，中研院史語所專刊七十九）江乾益先生亦曰：「漢志於毛氏『自謂』之辭，似未深信，即其為古文之故；古文乃後起之學，而淵源特早（連按：殆指淵源於子夏），致啓人疑。」（見江乾益陳壽祺父子三家詩遺說研究，頁二五，師大國研所集刊三〇期，總頁一一三）皮、黃、江之說，或有可商。

3. 魯詩之著作：

漢志著錄「詩經二十八卷」，署「魯、齊、韓三家」。史記卷一二一儒林傳曰：

漢書卷八八儒林傳則曰：

申公獨以詩經為訓以教，無傳疑；疑者則闕不傳。

申公獨以詩經為訓故以教，亡傳，疑者則闕弗傳。

司馬貞史記索隱曰：

㉞ 從史記、漢書、後漢書等史料考索四家詩之傳授源流，並繪成簡圖，已有多位學者嘗試為之，雖諸文互有詳略，然已毋庸在此贅述史料，故僅繪簡圖以示。此類圖文甚多，茲舉數例如下：

明・朱睦㮮授經圖。

宋・章如愚山堂考索。

清・甘鵬雲經學流考。

民・裴普賢經學概述。

民・程發軔經學之復興，開明書局（六一年二版）。

民・黃振民漢代經學之復興，孔孟學報一四期。（五六年）

民・李新霖代經今文學述，中華文化復興月刊五卷七期。（六一年）

民・徐復觀中國經學史的基礎，第一章，師大國研所集刊二二期。（六六年）

民。江乾益陳壽祺父子三家詩遺說研究，頁一三三至一六一，學生書局。（七一年）

民・李威能中國經學發展史論，第三章，師大國研所集刊三〇期（七五年）。

民・李威能中國經學發展史論，第四章之附錄，文史哲出版（七七年）。

謂申公不作詩傳，但教授，有疑則闕耳。

申公果有著作乎？果無著作乎？今觀漢書藝文志詩類小序有「魯申公爲詩訓詁」之語，漢志並載魯故二十五卷、魯說二十八卷；魯故當爲申公所作，魯說則申公弟子所作。

此外，劉交著詩傳，韋氏著魯詩韋君章句[91]，許晏著魯詩許氏章句。明豐坊有詩說一卷，題申培撰，實豐氏僞作。

4. 魯詩之特色：

魯詩亡於西晉，其著作皆已亡佚。今人可由古籍中考得若干遺說，黃振民先生曰：例如魯詩詩說雖已失傳，然魯詩旣源於荀卿，故荀書言詩，自爲魯訓所本。太史公受業於孔安國，而安國又屬申公弟子，史記言詩，自當多屬魯詩之說。劉向爲元王之後，而元王習魯詩，則向所著列女傳、說苑、新序諸書所引諸詩說，自亦皆屬魯說無疑。以同理推知，其它古籍若王逸楚辭章句、蔡邕獨斷、王符潛夫論、徐幹中論等所引魯詩之說，亦所在多有[92]。

魯學之特色爲謹守，「疑則闕不傳」；而諳習典章，亦以魯學爲勝；是以三家詩雖「咸非其本義」，而「與不得已，魯最爲近之」。

今文家解詩，多注重微言大義之闡發，徐復觀先生曰：申公純厚，轅固剛正，王式嚴謹；而其出處之間，未嘗措心於利祿，則是完全一致的。申公在武帝前言爲政不至多言，其弟子之官民者「皆有廉節稱」。轅固在景帝前言湯武革命，戒公孫弘（原作宏）無曲學以阿世。儒家的微言大義，凜然如可捫觸，則訓傳的後

面，實有真精神的躍動；與宋明的程、朱、陸、王，實有血脈上的流注，而因時代關係，氣象的博大，或且過之。(93)

司馬遷學於孔安國，當屬魯詩，其運用詩義於史記，如外戚世家云：

自古受命及繼體守文之君，非獨內德茂也，蓋亦有外戚之助焉。夏之興也以塗山，而桀之亡也以妹喜；殷之興也以有娀，紂之殺也嬖妲己；周之興也以姜原及大任，而幽王之禽也，淫於褒姒。故詩始關雎，……夫婦之際，人道之大倫也。

劉向採詩書所載婦道貞義之事，著爲列女傳，以戒天子。其說苑亦引詩釋政，言治國理民之方；例如君道篇曰：

周公踐天子之位，布德施惠，遠而逾明，十二牧方三人出舉。遠方之民，有饑寒而不得衣食者，有獄訟而失職者，有賢才而不舉者，以入告乎天子；天子於其君之朝也，揖而進之曰：「意朕之政教有不得者與？何其所臨之民有饑寒不得衣食者，有獄訟而失職者，有賢才而不舉者乎。」其君歸也，乃召其國大夫，告用天子之言，百姓言之，皆喜曰：「此誠天子也，何居之深遠而見我之明也」故牧者所以辟四門、明四目、達四聰也，是以近者親之，遠者安之。詩曰：「柔遠能邇，以定我王」，此之謂矣。

所引詩句，出自大雅民勞。王充曰：「儒生不習於職，長於匡救」(94)，所謂匡救，即是諫諍。

(91) 經義考著錄，作「韋賢魯詩章句」；清王仁俊輯「魯詩韋氏說一卷」，題韋玄成撰。

(93) 黃振民漢魯、齊、韓、毛四家詩學考（上），中華文化復興月刊五卷七期，頁一七，六一年。

(95) 徐復觀中國經學史的基礎，頁一四五，四家詩的經文及分卷問題。學生七一年出版。

(94) 王充論衡程材篇。

漢書卷八八儒林傳云：

（王）式為昌邑王師。昭帝崩，昌邑王嗣立，以行淫亂廢，昌邑群臣皆下獄誅，……式繫獄當死，治事使者責問曰：「師何以無諫書？」式對曰：「臣以詩三百五篇朝夕授王，至於忠臣孝子之篇，未嘗不為王反復誦之也；至於危亡失道之君，未嘗不流涕為王深陳之也。臣以三百五篇諫，是以無諫書。」使者以聞，亦得減死論。

諷喩美刺，詩經時代已十分風行。儒家肯定諫諍之正面功能，故孝經諫諍章如是記載：

天子有爭臣七人，雖無道，不失其天下，諸侯有爭臣五人，雖無道，不失其國；大夫有爭臣三人，雖無道，不失其家；士有爭友，則身不離於令名；父有爭子，則身不陷於不義。

漢朝人非常重視孝道，亦能認同孝經所主張之諫諍精神。夏長樸先生曰：

孝經在漢代……和論語一樣，同為人所必習的基本書。漢自武帝起選吏舉孝廉，平帝元始三年，序庠置孝經師，而漢帝諡號上莫不冠以「孝」字，更充分顯示漢人的重視孝道。在孝道思想深入人心的情況下，「諫諍」的觀念亦勢必為君臣上下所接受，如昭帝元平元年，霍光等廢昌邑王賀時，王即持「聞天子有爭臣七人，雖無道，不失天下」語為自辯解；哀帝元壽二年，帝益封董賢二千戶，及賜孔鄉侯、汝昌侯、陽新侯國時，為丞相王嘉封還詔書，王嘉所堅持的理由也是「天子有爭臣七人，雖無道，不失其天下。」足見君臣之間的「諫諍」關係，已是人所公認的、牢不可破的觀念。桓帝延熹八年，劉瑜上書陳事，建言「設置七臣，以廣諫道」，更可為漢人有這種觀念的重要佐證。㊟

徐復觀先生曰：

一般知識分子的活動，……（漢）宣帝以後，則主要表現為儒生的奏議；在這些奏議中，

氣象博大剛正，為人民作了沈痛的呼號，對弊政作了深切的抨擊，這都是由經學教養中所鼓鑄而出，為以後各朝代所難企及。此正說明：經學的意義已由社會的層面升到政治的層面。……沒有經學，便不能出現這些擲地有聲的奏議。……兩漢經學，除死守章句的小儒外，乃是由竹帛進入到他們的生命，再由生命展現為奏議，展現為名節的經學；這除宋代的理學家外，與一般人所了解的經學，尤其是與兩部正續皇清經解所代表的清代經學，有本質上的差異。⑯

三家詩中，魯詩嚴謹，最近其眞，故學者如薛廣德、龔勝、魯恭等，皆因在位之便，引詩直諫。他如王符、王逸、蔡邕、徐幹、高誘等，皆承繼以三百篇為諫書之精神，善於忠諫。

(二) 齊　詩

### 1 創始及發展：

史記儒林傳曰：

清河王太傅轅固生者，齊人也。以治詩，孝景時為博士。……寶太后好老子書，召轅固生問老子書。固曰：「此是家人言耳。」太后怒，……今上初卽位，復以賢良徵固。諸諛多疾毀固，曰「固老」，罷歸之。時固已九十餘矣。固之徵也，薛人公孫弘亦徵，側

⑭ 夏長樸兩漢儒學研究，頁九五，經學在政治上的應用。臺大文學院六七年出版。

⑮ 書同⑬，頁二二三至二二四。

目而視固。固曰：「公孫子，務正學以言，無曲學以阿世！」自是之後，齊言詩皆本轅

固生也。諸齊人以詩顯貴，皆固之弟子也。

轅固諸弟子中，以夏侯始昌尤著；始昌明於陰陽，以齊詩、尚書教授。

齊詩傳至匡衡，臻於極盛。漢書匡衡傳曰：

匡衡字稚圭，東海承人也。……諸儒為之語曰：「無說詩，匡鼎來；匡說詩，解人頤」

……學者多上書薦衡經明，當世少雙，……（蕭）望之奏衡經學精習，說有師道，可觀

覽。……元帝即位……為太子少傳數年，數上疏，陳便宜；及朝廷有政議，傳經以對，

言多法義。……建昭三年，代章玄成為丞相，封樂安侯，食邑六百戶。

西京雜記曰：

（匡）衡能說詩，時人為之語曰：「無說詩，匡鼎來。匡說詩，解人頤。」鼎，衡小名

也；時人畏服之如是，聞者皆解頤懽笑。衡邑人有言詩者，衡從之與語質疑，邑人挫服，

倒屣而去，衡追之曰：「先生留聽，更理前論。」邑人曰：「窮矣！」遂去不返。❾⃝

其勝概可見一斑。翼奉與匡衡同師后蒼，然翼氏好律曆陰陽之占，將齊詩之陰陽災異學往前推

進，導入奇異而不可知之境界。

## 2　重要學者及其傳承：（圖見下頁）

通齊詩而授受不詳者如下：

荀爽——荀悅

陳寔——陳紀

樂恢──趙牧
崔發──申屠建
鄧禹、王烈、賈彪、李膺、韓融。

3. 齊詩之著作：

① 葛洪西京雜記，卷二，頁七，四部叢刊初編，冊二七，商務。

漢志著錄齊詩著作如下：

詩經二十八卷（魯、齊、韓三家）

齊后氏故二十卷（漢志不著撰者，當是后蒼授。）

齊孫氏故二十七卷

齊后氏傳三十九卷

齊孫氏傳二十八卷

齊雜記十八卷

此外，又有如下著作：

(1) 齊詩轅氏內外傳　轅固撰

見清姚振宗漢書藝文志拾補。按漢志，詩類小序云：「漢興，魯申公爲詩訓詁，而齊轅固、燕韓生爲之傳。」又荀悅漢紀曰：齊人轅固生爲景帝博士，作詩外內傳。今傳清黃奭輯本一卷。

(2) 齊詩伏氏章句　伏理撰　佚

見姚振宗漢志拾補。姚氏原不著撰者，惟按語下引陸璣詩疏卷末言四家詩源流云：…伏黯傳伏理家學，改定章句以傳嗣子伏恭；因謂伏黯所據爲藍本者，伏理章句也。

(3) 改定齊詩章句　伏黯撰　佚

見後漢志。

(4) 減定齊詩章句　伏恭撰　佚

見後漢志。伏恭，伏黯之子，少傳父學，以父章句繁多，乃減省浮詞，定爲二十萬言。清

錢大昭補續漢書藝文志作「齊詩章句」，顧懷三補後漢書藝文志作「刪定齊詩章句」。

(5)　詩解文句　景鸞撰　佚

見後漢志。清侯康補後漢書藝文志作「齊詩解」。

黃振民先生曰：

齊詩詩說亦早失傳，然班固家習齊詩，齊詩之說間或可於班固所著漢書、白虎通論中考知；又董仲舒、桓寬雖治公羊之學，然其學與齊詩相近，故於董所著春秋繁露、桓所著鹽鐵論中，亦可考知齊詩之說。⑱

4　齊詩之特徵：

(1)　齊詩學者兼通禮學：

齊學原尚恢奇，魯學多謹守，故魯學較能諳習舊章；言詩學，漢志曰：「與不得已，魯最為近之」。然入漢之後，由於師承之故，使齊詩學者亦兼通禮學。江乾益先生曰：史記儒林傳謂，禮本自魯高堂生，而魯徐生善為容，傳子至孫延、襄，以授瑕丘蕭奮。漢書儒林傳：孟卿事蕭奮，以授后蒼，蒼說禮數萬言，號曰后氏曲臺記，授大小戴及慶普。漢書藝文志謂魯高堂生傳士禮十七篇，訖孝宣世，后蒼最明，戴德、戴聖、慶普皆其弟子，后蒼為禮家之宗也。復由齊詩之授受源流觀之，后蒼師事夏侯始昌，通詩、禮，為博士；而齊詩與禮學因而合為一流。陳喬樅曰：「詩禮師傳既同出后氏，則儀禮及二

⑱
同⑯。

戴禮記中所引佚詩，當皆為齊詩之文矣。」今傳禮記與儀禮、周禮注皆出鄭玄，鄭氏注

三禮與詩箋異義，蓋禮家舊說，多本齊詩之義，而鄭據以為解者也。㊉

(2)　亦以詩三百為諫書：

齊詩亦極富諷諫精神，徐復觀先生曰：「（齊詩）其遺說見於漢書蕭望之、匡衡、師丹各

傳奏疏中的，多為（齊詩）諸家之通義。」⑩例如匡衡上疏：

又聞室家之道修，則天下之理得。故詩始國風，禮本冠昏；始乎國風，原情性而明人倫

也；本乎冠昏，正基兆而防未然也。福之興，莫不本乎室家，道之衰，莫不始乎梱內；

故聖人必慎后妃之際，別適長之位。（冶性正家疏）

臣又聞之師曰，匹配之際，生民之始，萬福之泉。婚姻之禮正，然後品物遂而天命全。

孔子論詩，以關雎為始，言太上者民之父母，后夫人之行，不侔乎天地，則無以奉神靈

之統，而理萬物之宜。故詩曰：「窈窕淑女，君子好逑。」言能致其貞淑，不貳其操；

情欲之感，無介乎容儀，宴私之意，不形於動靜，夫然後可以配至尊而為宗廟王。此綱

紀之首，王教之端也。（戒妃匹勸經學威儀之則疏）

(3)　雜陰陽五行之說：

有關齊學受陰陽五行說影響之概況，參見本章第一節「㈥齊學與魯學」。

援詩諷諫，乃齊詩之通義；而夏侯始昌以陰陽五行附會洪範言災異，其後學多採用緯書，

假經立義，依託象類，發怪異之論；因有「四始」、「五際」、「六情」之說，翼奉為此中之

尤著者。

詩緯汎歷樞曰：「大明在亥，水始也；四牡在寅，木始也；嘉魚在巳，火始也；鴻雁在申，

金始也。」[101]又曰：「卯，天保也；酉，祈父也；午，采芑也；亥，大明也。然則亥爲革命，一際也；亥又爲天門出入候聽，二際也；卯爲陰陽交際，三際也；午爲陽謝陰興，四際也；酉爲陰盛陽微，五際也。」（同上）

翼奉上封事曰：「知下之術，在於六情十二律而已。北方之情，好也，好行貪狼（狼），申子主之。東方之情，怒也，怒行陰賊，亥卯主之。……南方之情，惡也，惡行廉貞，寅午主之。西方之情，喜也，喜行寬大，巳酉主之。……上方之情，樂也，樂行姦邪，辰未主之。下方之情，哀也，哀行公正，戌丑主之。辰未屬陰，戌丑屬陽，萬物各以其類應。今陛下明聖虛靜以待物至，萬事雖衆，何聞而不諭，豈況乎執十二律而御六情！……乃正月癸未日加申，有暴風從西南來。未主姦邪，申主貪狼，風以大陰下抵建前，是人主左右邪臣之氣也。……以律知人情，王者之祕道也。」[102]

漢書又載：

上以（翼）奉爲中郎，召問奉：「來者以善日邪時，孰與邪日善時？」奉對曰：「……察其所錄，省其進退，參之六合五行，則可以見人性，知人情。難用外察，從中甚明，故詩之爲學，情性而已。五性不相害，六情更興廢。觀性以曆，觀情以律，明主所宜獨

● 江乾益陳壽祺父子三家詩遺說研究，頁七一，師大國研所集刊三〇期，總頁一五九，齊詩與禮樂之淵源。

● 書同⑬，頁一四八。

●[101] 詩汎歷樞，見守山閣叢書，第二函，古書微，冊四，藝文百叢本。

●[102] 漢書，卷七五，翼奉傳。鼎文版，冊四，頁三一六七至三一六八。

此種參雜讖緯之詩學，清儒孔廣森、迮鶴壽、陳喬樅、魏源……皆嘗闡發其凡。徐復觀先生曰：

翼奉傳所載翼奉「四始五際六情」之說，乃受夏侯始昌以陰陽五行傅會洪範言災異的影響，他把這一趨向，拓展於詩的領域，而更向旁枝曲徑上推演，以成怪異不經之說，既無與於詩教，亦非轅固之所及料。史記孔子世家中所稱四始，與毛詩四始之義相合；史公不習毛詩，蓋此乃諸家的通義；可知翼奉以「水始、木始、火始、金始」為四始，史公時尚未出現。乃有的清儒竟以此為齊詩的特徵，可謂誣妄之甚。❿❹

又曰：

班固把睢孟、夏侯始昌、夏侯勝、京房、翼奉、李尋六人彙為一傳，這是與緯書有密切關連，要把經學與天道從以陰陽災異為橋梁，演出各種奇特構想的歧途、別派。班固在贊中本張禹之意謂「……夫子之言性與天道，不可得而聞已矣」，又謂這種構想，是由「假設義，依託象類」而來，作這種構想的人，得不到好結果，所以「仲舒下吏，夏侯囚執，睢孟誅戮，李尋流放，此學者之大戒也」，這不是班氏一個人的意見，而是西漢末期在經學發展上必須有的迴轉。❿❺

(4) 三家詩

三家詩，齊詩亡佚最早（亡於魏），其學說大量參雜陰陽五行讖緯，殆所以速其亡也。

齊詩與風俗地理學之關聯：

江乾益先生曰：「鄒子受禹貢之影響，創大九州之說，其法則先列中國名山大川，物類所珍，因而推及海外人所不能睹者，陰陽家好相陰陽消長之外，並好言地理；天文地理之學，實出自齊學之畛域也。……班固著漢書，即據之以為地理志。……陳喬樅謂班氏家治齊詩，地理

志皆據齊詩之文。……漢書地理志顯受尚書及齊詩之影響，漢初傳尚書之伏勝，其後皆傳齊

詩；地理學本出自齊說，固不必從班伯說起也。……因詩樂合流而治，樂風與民俗相與為一，

早在左傳季札觀周樂，即論治道與樂詩之攸關。漢書藝文志曰：『古有采詩之官，王者以之觀

風俗，知得失，自考正。』民受上教，以成為俗，政之美惡，發為歌詩，采詩之官採之，王者

即據詩以考邦國之政教，為陟黜之所據，此齊詩並言地理風俗之另一因由也。……三家詩中，

齊詩開關風俗與地理之學說，影響後世者甚鉅」⑩。

(5) 篇名、篇數、章數、句數、用字與毛詩之差異：

齊詩篇名，有與毛詩異者，例如齊風還之篇，齊詩名營，見於地理志。今文家以三百五篇

為定本，無笙詩六篇，毛詩則增列六篇。章數與毛詩異者，如小雅都人士篇，無「狐裘黃黃」

之章。句數與毛詩異者，如周頌般之篇，有「於繹思」之句。至於用字，三家多用本字，毛多

假借，陳奐毛詩說：「革作鞠，喬作鷮，宛作畹，里作悝，皆毛用假借，而三家用其本義，此

常例也。毛詩考槃在澗，三家澗作干；澗本義，干假借。毛詩百卉具腓，三家詩腓作痱；痱本

義，腓假借，此又變例，百不居一矣。它如靖家室，陽如之何？碩大且篤，獷彼淮夷；三家

字義俱異者，彼各有其師承也。」⑩

⑩ 書同⑩，卷同，頁三一七〇。

⑩ 書同⑬，頁一四九，四家詩的經文及分卷問題。

⑩ 書同⑬，頁二三三，奏議中所直接提出的經學意義。

⑩ 書同⑲，頁七四，總頁一六二二。

⑩ 陳奐毛詩說，皇清經解續編，冊二二，頁九四二四，藝文印書館。

(三) **韓詩**

1. 創　始：

韓詩創始於燕人韓嬰，見史記及漢書儒林傳。韓嬰在漢書中有「嬰」、「韓生」、「燕韓生」三種稱謂，而「涿郡燕生」，是其後也❿。漢書儒林傳曰：

韓嬰，燕人也。孝文時為博士，景帝時至常山太傅。燕趙間言詩者由韓生，而作內外傳數萬言，其語頗與齊、魯間殊，然歸一也。淮南賁生受之。韓生亦以易授人，推易意而為之傳。燕趙間好詩，故其易微，唯韓氏自傳之。武帝時，嬰嘗與董仲舒論於上前，其人精悍，處事分明，仲舒不能難也。後其孫商為博士。孝宣時，涿郡韓生其後也，以易徵，待詔殿中，曰：「所受易即先太傅所傳也。嘗受韓詩，不如韓氏易深，太傅故專傳之。」

徐復觀先生曰：

韓嬰在文帝時為博士，魯申公與楚元王之子郢，在呂后時同事浮丘伯；而轅固生在景帝時為博士；是韓的年輩，在魯申公、齊轅固生之上，而與荀卿弟子浮丘伯的年輩相先後。❿

若欲溯其本源，則四家詩有同源之跡象。徐復觀先生曰：

在先秦以逮漢初，典籍因傳抄的分佈流傳，而文字上有所出入，有如帛書老子甲本乙本的情形，乃意料中事。至於訓詁上的不一致，即五經博士成立以後，同說一經，博士間亦不能無異說。所以三家詩在傳本上文字訓詁的小有異同，決不能成為分門立戶，各成

一家的根據。……以象徵意義言詩，各家可以不同；就本義以言詩，魯齊韓毛四家，並
無可以分門立戶的畛域。⑩

徐先生又舉述若干詩篇，證明四家詩同出一源，應屬可信。⑪

2　重要學者及傳承：

（西漢）

```
韓嬰 ─┬─ 賁生
      │
      ├─ 趙子 ── 蔡誼 ─┬─ 食子公 ── 栗豐 ── 張就
      │                │
      │                └─ 王吉 ─┬─ 長孫順 ── 髮福
      │                         │
      │                         └─ 王駿 ── 王崇
      │
      └─ 韓商 ──（啄）韓生 ── 蓋寬饒
```

⑩　徐復觀中國經學史的基礎，頁一四四，學生書局。
⑩　徐復觀兩漢思想史，卷三，頁七，韓詩外傳的研究，學生書局。
⑪　書同⑩，頁一〇至一八。

（東漢）

薛方回⑪──薛漢──┬澹臺敬伯
　　　　　　　　├杜撫──┬馮良
　　　　　　　　│　　　└趙曄
　　　　　　　　├韓伯高
　　　　　　　　└廉范

郅惲──郅壽
（公）沙穆──（公）沙浮
夏恭──夏牙
（馮緄之父）──馮緄
召訓──召休

賈徽──賈逵──許慎
　　　　　　張恭祖──鄭玄

　　至於通習韓詩而授受不詳，見於古籍可考者，列舉如下：尹勤、張匡、楊仁、李恂、唐檀、廖扶、陳嚻、杜喬、梁商、朱勃、韋著、胡碩、崔炎、杜瓊、張紘、何隨、祝睦、梁景、侯苞、田君、武梁、丁魴、馬江、樊安、閭葵廉、定生、王阜、馮煥、劉寬、陳修、濮陽闓、順烈梁皇后、董景道⑫。

　　3. 韓詩之著作：

　　漢志著錄韓故三十六卷，韓內傳四卷，韓外傳六卷，以上三種，韓嬰撰；又有韓說四十一卷，疑係韓嬰傳授，其門人編撰而成。

　　此外，另見於其它史籍記載者，尚有：薛氏韓詩章句二二卷（見隋志）、杜撫韓詩章句（見

後漢志）、杜撫詩題約義通（見補續漢志、侯氏補後漢志、顧氏後漢志、後漢志）、趙曄詩細

（見後漢志；顧氏補後漢志題趙煜撰，作煜者，避清聖祖諱也。）、趙曄韓詩譜（見後漢志）、

趙曄歷神淵（同上）、張匡韓詩章句（見補續漢志、侯氏顧氏補後漢志、後漢志）、侯芭韓詩

翼要十卷（見隋志，或作侯苞）、杜瓊韓詩章句（見顧氏補後漢志、補三國志、三國志）。

韓嬰之詩學著作，今唯存外傳，四庫提要「韓詩外傳十卷」下，載韓詩亡佚之情形，曰：

歲久散佚，惟韓故二十二卷，新唐書尚著錄。故劉安世稱：嘗讀韓詩雨無正篇。然歐陽

修巳稱：今但存其外傳。則北宋之時，士大夫已有見有不見。范處義作詩補傳，在紹興

中，巳不信劉安世得見韓詩，則亡在南北宋間矣！惟此外傳，至今尚存。

漢志載韓詩外傳，凡六卷，隋志所載，則有十卷；四庫提要曰：「蓋後人所分也。」近人楊樹

達以為：內傳於隋朝以前已合併於外傳之中，蓋漢志內傳四卷，外傳六卷，其合數恰與隋志十

卷本相合，故韓詩內傳未曾亡佚。徐復觀先生贊同楊說，曰：

按韓非子之內儲說、外儲說，及晏子春秋之內篇外篇，在性質與形式上，並無分別。以

意推之，或者先成的部分，稱之為內；補寫的部分，便稱之為外。所謂內外者，不過僅

指寫成的先後次序而言。據儒林傳「嬰推詩人之意而作內外傳數萬言」的話加以推測，

韓詩內外傳，在性質上完全相同。……內外傳合併後，應正名為「韓詩傳」；編隋志的

⑪ 唐書宰相世系表謂薛漢之父名方回，薛廣德之曾孫也。或謂薛漢之父名方邱（一作方丘），字夫子。見中國
歷代藝文總志，經部，頁一三三，中央圖書館七三年一月。

⑫ 參賴炎元韓詩外傳考徵，上冊，頁九至二三。及黃振民漢魯、齊、韓、毛四家詩學考（上），頁一五至一六。

雖屬猜測之辭，然不無此種可能，是以聊備一說。

考輯韓詩，昉自宋王應麟。比及有清、臧庸、范家相、宋縣初、阮元、馮登府、丁晏、王謨、陳喬樅、陶方琦、沈清瑞、顧震福等，或考證遺文，或采掇異義，使韓詩稍能重現於世。而周庭采、周宗杭、趙懷玉、陳士珂、吳棠、俞曲園先生，或拾遺、或校釋，皆嘗用心於韓詩外傳⑭。

## 4　韓詩之特色：

江乾益先生曰：

三家詩中，韓詩並無先秦傳承，與齊、魯不同，故博采為義，廣納為長，韓詩與魯詩多有相襲之處者，即著薛君章句之薛漢，唐書宰相世系表且謂漢父系方回，薛廣德之曾孫也。薛廣德以魯詩教授，則魯韓詩說必有相通可知也，觀劉向著列女傳、新序、説苑，多有與外傳文同者；而外傳引荀子説詩之文四十有四，視此，韓詩之采雜說之性質可見矣。⑮

黃振民先生曰：

其內傳已遺，不可稽考，惟就今存外傳而言，……係引敍周代種種故實，用以推演詩義，如以班志所稱「或取春秋，採雜説，咸非其本義」之語批評外傳説詩，實屬至當。⑯

徐復觀先生曰：

他（韓嬰）在外傳中，共引用荀子凡五十四次，其深受荀子影響，可無疑問。即外傳表

達的形式，除繼承春秋以事明義的傳統外，更將所述之事與詩結合起來，而成為事與詩的結合，實即史事與詩互相證成的特殊形式，亦由荀子發展而來。……韓詩外傳，未引詩作結者僅二十八處，而此二十八處，可推定為文字的殘缺。其引詩作結時，也多援用荀子所用的格式。……韓詩外傳，乃韓嬰以前言往行的故事，發明詩的微言大義之書。此時，詩與故事的結合，皆是象徵層次上的結合。……韓氏乃直承孔門「詩教」，並不否定其本義，但不僅在本義上說詩，使詩發揮更大的教育意義。[117]

韓詩外傳說詩之歷史淵源有三：1.以周代言語引詩為遠祖。2.以孔孟著述論詩為中祖。3.以荀子引詩說詩為近祖。其說詩之類型，或說詩經全書之義，或說詩經單篇之義，或說詩經單章之義，或說詩經數句之義，或說詩經單句之義，或說詩經單字之義。至於韓詩外傳說詩之融合特色，有三：1.「詩」與「史」、「理」融合。2.「詩」與「禮」融合。3.「詩」與「學」融合。林耀潾先生「韓詩外傳說詩研究」一文論述頗詳。

陳喬樅曰：

今觀外傳之文，記夫子之緒論與春秋雜說，或引「詩」以證事，或引事以明「詩」，使「為法者彰顯，為戒者著明」。雖非專於解經之作，要其觸類引伸，斷章取義，皆有合

⑰ 書同⑭，頁九至一○。

⑭ 見賴炎元韓詩外傳考徵，頁一，緒言。又見本文末附中國歷代詩經學著作總目草稿。

⑮ 江乾益陳壽祺父子三家詩遺說研究，頁三二一，師大國研所集刊三○期，七五年六月。

⑯ 黃振民漢魯、齊、韓、毛四家詩學考（上），中華文化復興月刊五卷七期，頁一九。

⑰ 書同⑭，頁七至九。

於聖門商、賜言「詩」之義也。況夫微言大義往往而有，上推天人性理，明皆有仁義禮智順善之心，下究萬物情狀，多識於鳥獸草木之名，考風雅之正變，知王道之興衰，固天命性道之蘊而古今得失之林邪？⑪

林耀潾先生曰：

梁任公曾有「情感哲學」、「理性哲學」之說，以為戴震之「孟子字義疏證」一書乃「以情感哲學代理性哲學」者，吾人觀韓詩外傳一書之兼融「詩」、「理」，則「情感哲學」、「理性哲學」兼而有之矣。⑪

㈣ 毛 詩

1. 著成時代與淵源：

漢朝四家詩，齊、魯、韓是今文，唯毛詩為古文經。有關毛傳著成時代之舊說，不外以下三端：

(1) 成於西漢初葉說：

漢書藝文志曰：

漢，……又有毛公之學，自謂子夏所傳，而河間獻王好之，未得立。

又曰：

毛公，趙人也。治詩，為河間獻王博士。（儒林傳）

按漢書河間獻王傳及景帝紀，均謂河間獻王於孝景帝前二年立，是毛傳之成，當在景帝之時。

(2) 成於先秦說：

詩關雎正義引鄭玄詩譜曰：

魯人大毛公為詁訓傳於其家，河間獻王得而獻之，以小毛公為博士。

又引鄭氏六藝論曰：

河間獻王好學，其博士毛公善說詩，獻王號之曰「毛詩」。

陸璣毛詩草木鳥獸蟲魚疏曰：

荀卿授魯國毛亨，亨作詁訓傳，以授趙國毛萇。時人謂亨為大毛公，萇為小毛公。⑫

陳奐曰：

卜子夏親受業於孔子之門，遂隱括詩人本志，為三百十一篇作序。數傳至六國時，魯人毛公依序作傳。……授趙人小毛公。⑫

(3) 成於西漢末年：

廖平古學考曰：

初以毛詩為西京以前古書；考之本書，徵之史漢，積久乃知其不然。使毛傳果為古書，移書何不引以為證？周禮出於歆手，今毛傳、序全本之為說；劉歆以前，何從得此偽說？

⑭ 陳喬樅韓詩遺說考，序。
⑲ 林耀潾韓詩外傳說詩研究，孔孟學報五八期，頁八一。
⑳ 陸璣毛詩草木鳥獸蟲魚疏，卷下，頁一八；四庫全書冊七〇，頁二一一。毛亨誤作毛享。
㉑ 陳奐詩毛氏傳疏，序。皇清經解續編冊十二，頁九〇三〇。

藝文志之「毛傳」、劉歆傳、河間獻王傳，後漢書儒林傳之「毛詩」字，皆為六朝以後校史者所誤竄，原文無此。⑫

康有爲新學僞經考曰：

史記河間獻王世家、儒林傳無毛詩，此是鐵案；南山可移，此文不可動也。歆為漢書，處處稱獻王，所以實毛詩、周官之事……。其云「毛公」者，真託於「無是公」也。⑭

又曰：

毛詩僞作於歆，付囑於徐敖、陳俠，傳授於謝曼卿、衞宏。⑭

至於有關毛詩之傳授源流，除上述康有爲之說外，另有二說。經典釋文引吳徐整曰：

子夏授高行子，高行子授薛倉子，薛倉子授帛妙子，帛妙子授河間人大毛公。毛公為故訓傳於家，以授趙人小毛公。小毛公為河間獻王博士。⑬

陸璣毛詩草木鳥獸蟲魚疏云：

孔子刪詩，授卜商，商為之序，以授魯人曾申，申授魏人李克，克授魯人孟仲子，孟仲子授根牟子，根牟子授趙人荀卿，荀卿授魯國毛亨。⑯

兩說大有差別。皮錫瑞曰：

史記儒林傳述漢初經師，……惟詩有三人……故漢初分立三博士……史記不及毛公，若毛公為六國時人，所著有「毛詩故訓傳」，史公無緣不知；此毛傳不可信者一。漢書藝文志雖列毛詩與毛詩故訓傳，而云：「與不得已，魯最為近之；三家皆列於學官。又有毛公之學，自謂子夏所傳，而河間獻王好之，未得立。」「自謂」者，人不謂然也。……

……班氏初不信毛……此毛傳不可信者二也。徐整、陸璣述毛詩傳授源流，或以為出荀卿，

兩漢以前皆無此說，此毛傳不可信者三。荀卿非十二子，有「子夏之賤儒」，是荀卿之
學非出子夏，……祖子夏，不應祖荀卿；祖荀卿，不應祖子夏，此毛傳不可信者四。…
…魯詩實出荀卿矣，若毛詩亦荀卿所傳，何以與魯詩不同？此毛傳不可信者五。漢志但
云毛公之學，不載毛公之名，亦無大、小毛公之分。鄭君詩譜曰：「魯人大毛公為詁訓
傳於其家，河間獻王得而獻之，以小毛公為博士」。陸璣曰：「荀卿授魯國毛亨，毛亨
作詁訓傳以授趙國人毛萇。時人謂亨為大毛公，萇為小毛公。」……鄭（玄）漢末人，
不應所聞詳於劉（歆）、班（固）；陸璣，吳人，不應所聞又詳於鄭；此毛傳不可信者

六。⑰

文。今人杜其容先生曰：

自來言詩毛氏傳成書之時代者，多就史傳中之記載推論，罕有就其內容作客觀之探討

儘管皮氏不信毛傳，而毛詩為古文經，與齊魯韓詩相對而存在，卻是不爭之事實。至於荀子非
十二篇譏子夏氏為賤儒，不足為兩人理論不同之根據，見孔祥驊「子夏氏西河學派初探」一

⑫ 廖平古學考，頁五一，開明書店，五八年。

⑬ 康有為新學偽經考，頁一三八，漢書儒林傳辨偽，世界書局，五一年。

⑭ 書同⑬，頁一九三，後漢書儒林傳斜謬。

⑮ 經典釋文，頁一〇，漢京文化事業公司。

⑯ 同⑳。

⑰ 經學通論，頁一八，商務印書館，五八年。

者；重以今古文門戶之見，與夫師法之爭，故其結論多不能中肯，未足憑信。[171]

又曰：

今作「詩毛氏傳引書考」，歸納毛傳所引成文，及其立說所本之書；然後分別考證其所引與所本各書之成書年代，以推斷毛傳確為何時何人所作，蓋就其本身之直接材料，以解決其本身之問題。[174]

杜先生詳加考證後，得一結論：毛傳成書當在西漢初葉。其言曰：

毛傳引書，既及漢初之作；其言事，又涉秦漢之制。據是二證，則毛傳成書，其不得早於秦末漢初，夫復何疑？此言其上至也。毛傳既引古逸之學（指仲梁子、孟仲子等為漢志所未著錄之專書），其學說既不見載於漢書藝文志，亦卽劉向所未見；劉向校書，始於漢成帝河平三年乙未，則是毛傳成書，必不至遲於是年；此言其下至也。（同前）

又曰：

劉向……至校書之歲，年已五十有四。向等校書，除據中祕之本外，復廣搜私家藏本，倘孟仲子、仲梁子等逸說，劉向曾於未校書以前，知有其書，亦必設法求得，以入於錄；觀乎朝廷命陳農求天下之書，則其事可見也。以此言之，是此類逸書，卽劉向幼時，亦未嘗知見。……毛詩出於河間獻王之說，證以毛傳引書之實際情形，其情勢恰合。知漢儒舊說，固信而有徵也。（同前）

徐復觀先生以爲毛詩淵源甚早，其言曰：

漢志談到毛詩時，說「自謂出於子夏」，後人多以此為傳疑之詞。但從先秦巳可找到毛詩的蹤影；河間以外，也有毛詩的蹤影的事實來說，其源遠流長，是無可置疑的。晏子

春秋、賈誼新書已有數處援引，韓詩外傳、新序、說苑、列女傳所援引有數十條之多；其為先秦舊典，應無疑問。晏子春秋中有十六次引詩，王先謙以著者為齊人，故即以所引者為齊詩。但晏子春秋集釋的吳則虞，認為「晏子引詩，多與毛合，而與齊、魯之說不同」，實較王先謙之說為有據；則是在先秦已可找到毛詩的蹤影。淮南子係集體著作，其中引詩者非僅出於一人。但泰族訓：「關雎興於鳥，而君子美之，為其雌雄之不乖居也。鹿鳴興於獸，君子大之，取其見食而相呼也」；這便不能不說是出於毛詩。河間、淮南兩王，均活躍於景、武之際，而聲氣不相及，則是在河間以外，尚可找到毛詩的蹤影。惜淮南一支，隨淮南的冤獄而被消滅了。若更推而上之，孔孟及春秋內外傳言詩，多與毛詩義合，前人多有言及。由此也可以說，傳毛詩的人，自謂其出於子夏，不可謂其無此可能。⑬

向熹曰：

在沒有更加可靠的材料來確定「毛詩詁訓傳」的作者是別的人以前，我們姑且相信鄭玄、陸璣等人的說法，即毛詩詁訓傳作於毛亨大毛公，而傳於毛萇小毛公；或者如孔穎達正義所說：「大毛公為其傳，由小毛公而題毛」。大約在西漢初年，毛詩還只是私家之詩，

⑫ 杜其容撰詩毛氏傳引書考，學術季刊，四卷二期，頁一○。

⑭ 同⑫。

⑬ 徐復觀中國經學史的基礎，頁一五○，學生七一年五月。

曰：

沒有得到漢王朝的承認，不曾立為學官，所以司馬遷在史記裏不曾提到它。[13]

至於廖平、康有爲之說，以爲毛傳出於西漢末年，後人又有誤從其說者，如戴君仁先生尋常認為毛詩是毛亨作傳，他是荀卿弟子，所以毛詩早於三家，這是靠不住的。清人崔述云：「詩序好取左傳之事附會之。蓋三家之詩，其出也早，左傳尚未甚行，但本其師所傳為說。毛詩之出也晚，左傳已行於世，故得以取而牽合之。」近代廖平也以為毛詩出於東漢。……他們的眼光是非常明銳的！……毛詩和周官左傳相應，卻是事實。周官、左傳至東漢始大行，那麼毛詩之出也晚，崔、廖所斷，是確鑿不易的。[14]

2 重要學者及傳承：

孔子—卜商—

　　曾申—李克—孟仲子—根牟子—荀卿—大毛公（毛亨）

　　高行子—薛倉子—帛妙子

毛亨—毛萇—貫長卿—解延年—徐敖—

　　陳俠—

　　　王璜

　　　謝曼卿—

　　　　賈徽—賈逵

　　　　衛宏—徐巡

　　　鄭興—鄭衆

　　馬融—鄭玄

　　尹敏

3. 著　作：

漢志著錄毛詩二十九卷、毛詩故訓傳三十卷，不著撰人。隋志著錄毛詩二十卷，云：「漢河間太傅毛萇傳，鄭氏箋」。新、舊唐志則著錄毛詩毛萇傳十卷。按：詩關雎正義引鄭玄詩譜曰：「魯人大毛公為詁訓傳於其家，河間獻王得而獻之，以小毛公為博士。」是毛詩故訓傳之作者當是毛亨。

毛傳之音義僅存於鄭玄箋注中，其餘毛詩諸家著作，多已亡佚。列述如下：呂叔玉著詩說（見漢志拾補、補續漢志），謝曼卿著毛詩訓（見侯氏補後漢志、後漢志）鄭眾著毛詩傳（同上），賈逵著毛詩雜議難十卷（見隋志、侯氏補後漢志、後漢志），馬融著毛詩注十卷（見隋志、補續漢志、侯氏補後漢志），荀爽著詩傳（見補後漢志、侯氏補後漢志、顧氏補後漢志、後漢志），鄭玄著毛詩箋二十卷、詩譜三卷（隋志、補續漢志、顧氏補後漢志、侯氏補後漢志）。齊、魯、韓、毛四家詩之著作中，尤以毛傳鄭箋影響後世最鉅。

4　毛詩之特色：

(1) 毛詩依序解詩：

姚際恆詩經通論曰：

[131]　向熹「毛詩傳」說，語言學論叢第八輯，頁一七七至一七八，北京商務印書館一九八一年八月。

[132]　戴君仁兩漢經學思想的變遷──詩經部分。孔孟學報一八期，頁五一。

毛傳不釋序，且其言亦全不知有序者。……大抵序之首一語為衛宏講師傳授，卽謝曼卿

之屬；而其下則宏所自為也。毛公不見序。

姚氏之言差矣，毛公非但見序，並多依序解詩。以周南關雎為例，詩序曰：「關雎，后妃之德

也，風之始也，所以風天下而正夫婦也。」毛公如未見詩序，必將直據詩篇之文句內涵以釋

之，曰：「祝賀新婚之詩」；而毛傳不然，乃曰：

興也。……后妃說樂君子之德，無不和諧，又不淫其色，慎固幽深，若關雎之有別焉，

然後可以風化天下。夫婦有別，則父子親；父子親，則君臣敬；君臣敬，則朝廷正；朝

廷正，則王化成。⑬

又如周南卷耳：「嗟我懷人，寘彼周行」，近人直據字面，殆將解釋為：「嘆我所想念之人，

留置於周之國道上」⑭。然而，詩序曰：

卷耳，后妃之志也。又當輔佐君子，求賢審官，知臣下之勤勞，內有進賢之志，而無險

被私謁之心，朝夕思念，至於憂勤也。

毛公闡揚詩序，故解前述詩句曰：

……思君子，官賢人，置周之列位。

毛公苟未見詩序，斷不作如此解釋。黃季剛先生嘗舉傳、序相應之例如下：

① 召南羔羊序：「鵲巢之功致也，召南之國化文王之政。在位皆節儉正直，德如羔羊

也。」傳：「小曰羔，大曰羊。古者素絲以英裘，不失其制。大夫羔裘以居（此說

『節儉』也）。委蛇，行可從跡也（此說『正直』也）。」

② 鄭風君子偕老序：「刺衞夫人也。夫人淫亂，失事君子之道。故陳人君之德（鄭

曰：『人君，小君也。』）、服飾之盛，宜與君子偕老也。」（序，倒敍）。傳：「能

與君子俱老，乃宜居君位，服盛服也。」（傳，順敍）

④
③
曹風鳲鳩序：「刺不壹也。在位無君子，用心之不壹也。」傳：「執義一則用心固。」

鄭風出其東門序：「憫亂也。公子五爭，兵革不息，男女相棄，民人思保其室焉。」

傳：「思不存乎相救急（此說『男女相棄』），願室家得相樂也（此說『思保其室

家』）。」[135]

(2) 釋義精當，可取者多：

古人所用詞語有其特殊之解釋，苟無毛傳，後人爭論必多。如鄘風定之方中，毛傳於「定

之方中，作于楚宮。揆之以日，作于楚室」下曰：「定，營室也」。按，營室乃星座名。又衞

風淇奧篇，「有匪君子，如切如磋，如琢如磨」下，毛傳曰：「治骨曰切，象曰磋，玉曰琢，

石曰磨。」毛傳亦引用上古軼事，使詩旨更加顯白，如大雅綿，「虞芮質厥成，文王蹶厥生」，

而毛公亦有不從詩序者，如豳風狼跋，詩序曰：

狼跋，美周公也。周公攝政，遠則四國流言，近則王不知，周大夫美其不失其聖也。

依詩序之說，則文中「公孫碩膚，赤舃几几」之「公孫」當指周公而言。然而，毛傳曰：「公

孫，成王也，豳公之孫也」，與詩序不同。

[133] 毛詩注疏，頁二○，「關關雎鳩，在何之洲」下，藝文印書館。

[134] 參屈萬里詩經釋義，頁二八，文化大學七二年出版。

[135] 黃季剛先生遺著詩經序傳箋略例，蘭州大學學報一九八二──三，頁七五，一九八二年七月。

傳曰：

質，成也。成，平也。踧，動也。虞芮之君相與爭田，久而不平；乃相謂曰：「西伯，仁人也，盍往質焉？」乃相與朝周。入其竟，則耕者讓畔，行者讓路。入其邑，男女異路，斑白不提挈。入其朝，士讓為大夫，大夫讓為卿。二國之君感而相謂曰：「我等小人，不可以履君子之庭。」乃相讓，以其所爭田為閒田而退。天下聞之而歸者四十餘國。

本節史事，史記周本紀，說苑君道篇等皆有記載，書大傳云：「文王受命一年，斷虞芮之訟」，即其事也。

毛詩傳共做注釋四千八百餘條，其中八百六十餘條用以解釋句意、章旨與詩之表現手法；此外，用以解釋詞義者，達三千九百餘條。向熹嘗歸納毛傳解釋詞義之方法與體例，共分十六類。向氏謂毛詩詁訓傳之內容與價值可由三方面言之：1.毛傳釋義為研究詞之本義與古詞義提供豐富之資料。2.為上古漢語同義詞之研究提供了資料。3.為上古語言研究提供了某些材料。⑭

⑶不信荒誕神奇之說：

王莽及東漢諸帝皆好符命圖讖之學，俗儒趨時，蔚成風氣；甚至鄭玄大儒之箋毛詩，亦頗雜讖緯思想。試溯其源，毛傳實有務實、反妖妄之特色，例如大雅生民，「履帝武敏歆」下，毛傳：

履，踐也。帝，高辛氏之帝也。武，跡。敏，疾也。從於帝而見于天，將事齊敏也。歆，饗。

又如商頌玄鳥，「天命玄鳥，降而生商」下，傳曰：

玄鳥，鳦也。春分，玄鳥降。湯之先祖，有娀氏女簡狄，配高辛氏帝，帝率與之祈于郊

祺，而生契。故本其為天所命，以玄鳥至而生焉。

毛傳固有崇實徵信之精神，然抹煞上古神話傳說，不惜曲解詩義，是其弊也；參第四章第二節

「五鄭、王學派爭執」之「3.鄭信讖緯，王退妖妄」。

(4)　獨標興體：

毛傳釋詩，標「興」者一一六篇，但言興而不及賦、比；因賦、比明白易曉，而興義較為

隱晦故也。文心雕龍比興篇曰：

毛公述傳，獨標興體，豈不以風通而賦同，比顯而興隱哉！故比者，附也；興者，起也。

附理者切類以指事，起情者依微以擬議。起情，故興體以立；附理，故比例以生。比則

蓄憤以斥言，與則環譬以寄諷。……觀夫興之託諭，婉而成章，稱名也小，取類也大。

關雎有別，故后妃方德；尸鳩貞一，故夫人象義。義取其貞，無疑于夷禽；德貴其別，

不嫌於鷙鳥；明而未融，故發注而後見也。……至如麻衣如雪，兩驂如舞，若斯之類，

皆比類者也。

潘師石禪曰：

……讀詩的人，是從詩經全部篇什分析得到三種寫作藝術：一是賦，如豳風七月：「七

月流火，九月授衣」，是據事直書，平鋪直敘，這種方法，就叫做賦。二是比，如衛風

碩人：「手如柔荑，膚如凝脂」，柔荑比手，凝脂比膚，用物相比，這種修辭的方法，

就叫做比。三是興，如齒風鴟鴞，周公以鳥子比管蔡，以鳥巢比周室，以興起愛護周室

之志，這種修辭的方法，就叫做興。……詩人遭遇特殊的時事，懷著堅強意志，鬱結滿腔感憤，非要吐露發抒不可，但是眼前環境，不容許他明白說出來；在這樣不許說而非說不可的情況下，迫使詩人創造出一種表現情感意志的方法，他將他的情志，寄託在事物身上，……解經家說的比顯而興隱，即是說，詩人的興起的事情，是隱藏在詩詞中；修辭家說興是隱喻，即是說，詩人所興起的事情是用暗示的方法使人明白。……因此詩序說：「上以風化下，下以風刺上，主文而譎諫，言之者無罪，聞之者足以戒。」鄭玄以「譬喻不斥言」解釋「風化」、「風刺」，可見興是寫詩抒情的最高藝術。⑭

又曰：

由於詩興的特點，是觸物起興，託事於物，故詩文多舉草木鳥獸以見意。爾雅是一部孔門教學的辭書，因此爾雅十九篇中，有釋草、釋木、釋魚、釋鳥、釋獸、釋畜的專篇。這些都是為輔助詩三百篇教學而編撰的教材，孔子鄭重叮嚀學生要多識草木鳥獸之名，因為通曉草木鳥獸之名，然後才能通曉三百篇託物起興的意義。⑭

高師仲華曰：

我們現在可以綜合各說，而得出如下的結論：(1) 賦、比、興皆是體認事物而抒情寫志的方法。(2) 賦為直陳鋪敍（兼事、義、文采而說），依事物以直寫其情志。(3) 比為比方譬喻，借事物以比類其情志。(4) 興為觸起興發，託事物以觸發其情志。⑭

若以現代修辭學術語相對照，六義之「比」，屬於「譬喻」，舉例如下⑭：

這的確是一雙令人難以了解的眼睛，像太空裡的星辰閃爍著寂寞的光芒。（逯耀東：揮手）

我的心像一座噴泉，在陽光下湧溢著七彩的水珠兒（張曉風：地毯的那一端）

六義之「興」，則屬於「象徵」，黃慶萱先生曰：

無論神話或者寓言，都是把整個故事作為象徵；因此，象徵幾乎可視一種體製，而不純為一種方法。把象徵當作一種修辭的方法，在漢語文學作品中，以詩最普遍。詩經六義中有「興」一法，文心雕龍比興篇說得好：「觀夫興之託諭，婉而成章，稱名也小，取類也大。關雎有別，故后妃方德；尸鳩貞一，故夫人象義。義取其貞，無從（王更生先生依范注，改「從」為「疑」）于夷禽；德貴其別，不嫌於鷙鳥。明而未融，故發注而後見。」把「貞一」、「有別」等抽象概念，透過關雎、尸鳩等具體意象而表達，這種「興」，就是我們所說的象徵了。劉勰認為「興」是「明而未融，故發注而後見」，表明了象徵具有高度的曖昧性。⑭

程俊英曰：

至於比興的作用，我個人認為可歸納為如下三點：㈠比興是一種形象思維，是塑造形象的一種傳統的常用的藝術手法。運用形象的語言刻劃詩中的人物與意境，可以增加詩的美與魅力。㈡比興手法可以加強作品的曲折性與深刻性，加強作品的感人力量。當然這種曲折性與深刻性是建築在詩人現實生活的基礎上與思想感情的基礎上的。㈢比興手法

137 潘師石禪著詩經興義的新觀察，孔孟月刊二二卷一二期，七三年八月。
138 潘師石禪孔門詩教初講，頁一六。孔孟月刊二十卷一二期。
139 高師仲華詩六義說與詩序問題，頁一一四。孔孟月刊二三卷五期。
140 黃慶萱修辭學，頁二三三，譬喻。三民七八年修訂三版。
141 書同⑭，頁三四一，象徵。

可以通過特殊以反映一般，可以增加作品的思想意義和社會意義。

比興之所以和賦不同，因為後者是直接的鋪敍，不一定通過具體的形象來表達；而前者是必須通過具體的形象的。形象這個客體和我這個主體，又必須取得有機的內在聯繫。

清代吳喬圍爐詩話中有一段極其精闢的話，他說：

> 文之辭達，詩之辭婉。書以道政事，故宜辭達；詩以道性情，故宜辭婉。意喻之米，飯與酒所同出，文喻之炊而為飯，詩喻之釀而為酒。文之措辭必付乎意，猶飯之不變米形，噉之則飽也。詩之措辭不必付乎意，猶酒之盡變米形，飲之則醉也。

吳喬的話，雖不全面，但他分析文（應指非文藝性散文）與詩的區別，同是表達思想（意），而方法不同：前者是採取直接表達的方式，後者則運用比興，通過形象來間接地表達。而這種形象，又不限形象本身的意義，而能夠通過個別以反映一般，也就是寄託。這種經過物我交融後的形象，就像米釀成酒一樣，已不是原來的形象，而是一個使人為之陶醉的、具有很強感染力的創造了。……唐末農民起義領袖黃巢有菊花詩二首：

> 颯颯西風滿院栽，蕊寒香冷蝶難來。他年我若為青帝，報與桃花一處開。（題菊花）

> 待到秋來九月八，我開花後百花殺。沖天香陣透長安，滿城盡帶黃金甲。（不第後賦菊）

菊花這個形象，在後來的農民革命領袖黃巢手下，卻能反映遠為廣闊的社會內容，這就說明了比興的重要作用。……這首詩不但刻劃了「蕊寒香冷蝶難來」的菊花形象，而且通過了人——掌握陰陽，旋轉乾坤的英雄形象。不第後賦菊，更洋溢著革命的浪漫主義氣息。……他是在想像著農民起義軍攻克長安，所以說「滿城盡帶黃金甲」，在此再聯繫「沖天」一句，就知道這的確是對起義隊伍的「力」與「美」的頌歌

了。這種通過特殊以反映一般的比興手法，是比較隱約、比較含蓄的。但是必須決定於作者的生活與思想感情，不是能夠虛造的。⑭⑨

張海珊曰：

中國人善於形象思維，中華民族是善於形象思維的民族。這也正是中國成為詩國的首要原因。……尚書盤庚……其中就以「顛木之有由蘖」比喻舊都和新都，以「予若觀火」比己之洞察，以「網之在綱」比君臣關係，以「火之燎原」比浮言或衆，以「射之有志」比行事之難，以「乘舟弗濟」比猶豫不決。……在西周春秋時期，這個歷史性發展有兩大標志，第一個大標志便是成書於西周初年的易經。……第二個大標志是詩經，……其首要的藝術特徵是大量運用比興，被取象為喻的動植物極多，故孔子說學詩可以「多識草木鳥獸之名」，……這個事實生動表明，中國人從自己地大物博的國情出發，已經創造了一個慣用的形象思維模式，並且已經在全國範圍內熟練地掌握了它。……不妨從詩經的第一篇談起，它是用鳥為喻的。以鳥而言，詩經裡就用了三十多種，而且各種鳥的比喻意義固定不變，如鳩比女子，鵲比男人，野雞比好人，貓頭鷹比壞人，脊令比兄弟，鳳凰比國王等等，全書都是一致。⑭⑧

張氏統言比興，實則，隱喻屬六義之「興」。⑭⑧ 趙沛霖敍述近年大陸學者對比興之新界說，分爲六種，見詩經研究反思，頁二八九至二九〇，其說與潘師石禪之主張大致相合，茲不贅。

⑭⑦ 程俊英略談詩經「興」的發展，華東師範大學學報一九八〇|四，頁四三至四八，一九八〇年八月。

⑭⑧ 張海珊中華民族是善於形象思維的民族，天津師大學報一九八九|六，頁五四至五九。

以關雎篇爲例，姚際恆不明其「興」義，其詩經通論遂曰：

毛傳云「摯而有別」，夫曰「摯」，猶是雎鳩食魚，有搏擊之象。然此但釋鳩之習性，

不必于正意有關會也。若云「有別」，則附會矣。孟子述契之敎人倫，曰「夫婦有別」，

此「有別」字所從出，豈必以夫婦字加于雎鳩上哉！詩人體物縱精，安能擇一物之有別

者以比夫婦，而後人又安知詩人之意果如是耶！

而駱賓基舉述六項論證，斷定雎鳩爲今日大雁之古稱，並證明其「摯而有別」之習性，其言

曰：

這裡有往事三憶：1少年時期讀關雎章的回憶：大約是一九二八年，……我開始讀詩經，

只「號書」，卻不開講，但年在二十左右的讀尚書的同學，卻依據詩經的釋注爲我講過

雎鳩，是一種吃魚的老雕，但爲甚麼拿深目而性猛烈的老雕來開頭？這和君子、淑女也

連不上呀！……2在吉林蛟河縣的見聞……一九五三年秋天，在蛟河韓恩農業社，碰到

這個社的業餘獵手，談天當中，有人進來喝水，興奮的告訴他拖拉機在北草甸子墾荒，

驚起一隻大雁來，是隻孤雁，向南飛了，飛的也不高，沒出半里路就「扎」到那片沼澤

地裡去了！說：「你要是背上槍，管保到沼澤地那邊的『柳荄通』裡還能撑起來！」我

說：「不會飛走了麼？」

「不會！」他抽著煙，還吐著一口一口煙圈，心不在焉的說：「孤雁難飛，總在這

一左一右的草甸子裡轉，趕起來，從南飛到北；再趕，又會從北往南飛，算是飛不出咱

們左右這塊草原了！」

「這是為甚麼呢？」

「離了群的雁，有翅難展呀！」

他突然思索著甚麼，說：「說不定原來就是雁奴，流落下來了！」

「甚麼是雁奴呢？」

「走，咱們到拖拉機開墾區看看去！」……

洋火就行了！你知道，大雁是最喜歡在江心島上的石頭灘上露宿的；雁奴呢？就是失掉了對兒的孤雁。因為牠不小心失落了牠的那一口子，在群雁裡就被那些公母成對的大雁瞧不起，淪為雁奴。夜裡，雁群都一對一對棲息了，孤雁得打更巡邏！」

「為甚麼不找另外的雁配對呢？」

「大雁的特性，母的失掉了公的，再不會和別的公雁去配對；公的失落了母的也一樣，可仁義啦！」

於是，我突然想到「摯而有別」的雎鳩。

關於獵人半夜潛伏在江流的中心島上，劃火以使打更巡邏的孤雁長鳴報警以後再立即吹熄，以離間群雁與「雁奴」的信任關係。不久，驚醒的群雁重新安頓下來，再次入睡。等島中心的河灘上在星空底下又完全恢復沉寂之後，獵人再二次劃火，而引起雁奴第二次長鳴告警的那瞬間再次吹熄。這一次在受驚的雁群四周觀察，毫無值得驚異的聲響和跡象之後就對打更巡邏的孤雁，群起圍攻，又噙又叨。以至第三次獵人劃火，打更的孤雁再也不敢告警了。獵人就可以潛行近前，用手招住雁脖子往口袋裡裝了。自然眼要看得準，手要靈，還得會把雁脖子盤到翅膀底下去，使牠叫不出聲來。原本是孤雁，自

然經此一場災難，雖然還是長鳴告警，但再也不敢隨群飛了！而且從此，在雁群中就出

現喪失配偶的幾隻孤雁，填補雁奴空出來的位置。……3.「情摯」一例……不久，我又

到蛟河縣另一個區裡去採訪了，還記得區委書記名丁信。……晚飯過後，……這個久久

不語的女委員就說……在動物中，還有一種飛禽，公母之間的感情超過生死，與人類沒

有差別，或者說，還勝於人們的夫婦關係呢！於是，在我的懇求下，她要求自己的愛人，

年輕的「老趙」講，老趙就說：「妳是說，那年我撿回來的大雁嗎？那妳講好了，我回

頭還得到飼養場去幫著老于頭兒鋤草呢！」……她說：「那還是秋後，豆子打過場了。

……他從新墾區回來，抱著一個大雁，是個母雁，一隻腿壞了，不知是給甚麼打的。我

就想留著等等看，說不定養好傷，明年春天還會下蛋呢！……一個冬天，這個母雁不但

養好傷，和人也熟了！隨著雞鴨進進出出，彷彿還合群兒，吃的也挺胖。誰想到，第

二年一開春，半夜就聽見大雁，半天空呱呱地一聲高一聲低的叫著，彷彿有呼有應似的。

……不知怎麼一來，突然聽見我們窗外的雞窩裡，那隻母雁也喳喳地向空中叫起來了！

還聽到雞窩裡鬧騰聲，鬧騰一陣，又聽見喳喳地叫，彷彿那隻母雁撞開雞窩門跑出來了！

……小趙也醒了，他說，去看什麼？有鐵絲網圍著，棚子門關的挺嚴，還會跑了牠啦？

……天又冷……就沒起來……等雞叫三遍，天亮了，我起來先到窗下去看看，……卻沒

想到腳底下差點兒沒踩扁一隻大雁，我奇怪牠怎麼跑出來，給甚麼東西咬死啦？再一看，

這個大雁和籠子裡的那隻母雁脖子纏著脖子，繞成一股繩了，它是用力往外拉那隻從鐵

絲網裡伸出頭來的母雁呢！天然，這原來是一對兒雁，牠聽到母雁的呼喚聲才一頭扎下

來的，……牠們哪裡會想到，兩隻脖子相纏，拉起來固然有力，卻會由於用力過猛窒息

而死呢？……扁扁的嘴上都有凍結的血，地下也是有血結的冰珠，而且牠們那兩隻脖子

纏繞如繩，同樣緊緊的凍結在一起，我怎樣也辦不開了……。」⑭

然而，春秋戰國以降，因天命思想之衰落，導致探詩、獻詩、諷誦詩之制度不復存在，「興體

諷喻」已無必要，故後世詩道與周朝大異其趣。文心雕龍比興篇曰：

黃季剛先生曰：

炎漢雖盛，而辭人夸毗，諷刺道喪，故興義銷亡。於是賦頌先鳴，故比體雲構。……曰

用乎比，月忘乎興，習小而棄大，所以文謝於周人也。⑭

自漢以來，詞人鮮用興義，固緣詩道下衰，亦由文詞之作，趣以喻人，苟覽者恍惚難明，

則感動之功不顯。用比忘興，勢使之然。……用比者，歷久而不傷晦昧；用興者，說絕

而立致辯也。當其覽古，知與義之難明；及其自為，亦遂疏與義而稀用；此興之所以寖

微寢滅也。⑭

如唐朝陳子昂曰：

而，儘管「興」之作法日趨沒落，而鄭康成、王肅，乃至六朝、隋唐之學者多能明瞭其義，例

自漢以來，詩人以隱喻方式作詩之風氣逐漸衰微，季剛先生指出其中因由，說極精當。然

僕嘗暇時觀齊、梁間詩，彩麗競繁，而興寄都絕，每以永嘆。思古人常恐逶迤頹靡，風

⑮ 黃季剛文心雕龍比興篇札記，王更生文心雕龍讀本比興篇「解題」引，文史哲出版，下篇，頁一四四。

⑭ 駱賓基詩經新解與古史新論，頁三七至四二，山西人民出版社一九八五年九月。

夏傳才曰：

他（陳子昂）的詩歌新理論，包括「風骨」和「興寄」兩個主要內容。……所謂「興寄」，就是運用比與寄托的表現手法，通過委婉而形象的抒寫，寄寓對國事民生的意見和理想。……從此以後，風雅比興就成為引導唐詩興盛的一面旗幟。[147]

又如白居易與元九書曰：

雅不作，以耿耿也。[146]

「故聞『元首明，股肱良』之歌，則知虞道昌矣。聞五子洛汭之歌，則知夏政荒矣。言者無罪，聞者足戒（原作：作戒），言者聞者莫不兩盡其心焉。」[148]

「洎周衰秦興，採詩官廢，上不以補察時政，下不以洩導人情。乃至於謠成之風動，救失之道缺。於時六義始刓矣。」（同上）

「至於梁、陳間，率不過嘲風雪、弄花草而已。噫！風雪花草之物，三百篇中豈捨之乎？顧所用何如耳。設如『北風其涼』，假風以刺威虐也；『雨雪霏霏』，因雪以愍征役也；『棠棣之花』，感華以諷兄弟也；『采采茉苢』，美草以樂有子也。皆興發於此而義歸於彼。反是者，可乎哉！然則『餘霞散成綺，澄江淨如練』、『離花先委露，別葉乍辭風』之什，麗則麗矣，吾不知其所諷焉。」（同上）

至宋朝朱子，於「興」義獨創新解，曰：

本要言其事，而虛用兩句鉤起，因而接續去者，興也。

反指先儒皆不知興義。潘師石禪嘗撰文詳論之[149]，使「興」之真面目重現於世。至於「興」之時代背景、起因，已在第一章略作探討。

興之定義，當以潘師之說爲的論。

蓋「興」爲古人所命名、所通用；依朱子之說，似以爲古時無一人知其定義與用法，甚至

爲「興」命名者亦不自覺其非眞知也，可乎？如此，則好比父母不識其子矣！

古人所謂「興」，乃隱喻之義；今人將隱喻歸入「比」類，另將「聯想式」、「戴帽式」

取名爲興⑮，難免鵲巢鳩佔之嫌。試想，在一風行「諷喻」之社會裡，隱喻式之表達受詩人最

大之重視，寧不爲之命一專名乎？乃至於將隱喻附屬於「比」類乎？

譬如關公被奉爲武聖，人所皆知；今人或將關公與岳飛做一比較，遂曰：「關爲敗將，岳

爲勝將」，於是擬將「武聖」之美譽轉奉岳飛，可乎？曰：使不得。其一，關羽被奉爲武聖，岳

實因其懍然正義；此一特點，他人無可取代。其二，自古以來，「武聖關公」不僅成爲民間不

移之信仰，而且載於典籍者，不知凡幾，後人若以「武聖」轉奉岳飛，則將爲歷史典籍製造不

可勝數之混淆與誤解。其三，岳飛盡忠勇武，今人可於「武聖」之外，另覓美譽以奉之。

有此認識，即可明瞭：何以朱子以前之學者一概被指爲「不確知『興』之定義」。今人多

附和朱子，殊不知已將「武聖」轉奉岳飛矣！

「聯想式」、「戴帽式」確可成立，故寧可廓充「六義」爲「七義」或「八義」爲得也。

⑯ 郭紹虞「六義說考辨」一文引陳子昂與東方左史虯修竹篇序，中華文史論叢第七輯，上海古籍出版社。

⑰ 夏傳才詩經研究史概要，頁一二○，中州書畫社一九八二年九月。

⑭ 白居易白氏長慶集，卷二八，大本原式四部叢刊正編，册三六，頁三一三，商務。

⑭ 同⑬。

⑮ 劉德漢詩經概述，詩經研究論集，頁六七，黎明文化事業公司。

5. 東漢時期，三家日微，毛詩代興：

西漢爲今文學獨盛時期，東漢則毛傳代興，然東漢官學仍舊是三家今文學。

(1) 賈逵

後漢書卷三六賈逵傳云：「逵數爲帝言古文尚書與經傳爾雅詁訓相應。詔令撰歐陽、大小夏侯尚書古文同異。逵集爲三卷，帝善之。復令撰齊、魯、韓詩與毛氏異同。幷作周官解故。八年，乃詔諸儒各選高材生，受左氏、穀梁春秋、古文尚書、毛詩，由是四經遂行於世。皆拜逵所選弟子及門生爲千乘王國郎，朝夕受業黃門署，學者皆欣欣羨慕焉。」據黃彰健先生研究，賈逵撰尚書今古文異、齊魯韓毛詩同異，當在建初元年至八年間⑮，惜今已失傳。

賈逵卒於永元十三年（西元一○一年），後漢書賈逵傳贊云：「論曰：鄭（鄭興、鄭衆）、賈之學，行乎數百年中，遂爲諸儒宗。」東漢時，古文經學之復興，賈逵之功甚偉。康有爲新學僞經考卷八，頁一五八云：「鄭衆傳費易、毛詩、周官、左傳，而不光大。」又云：「蓋自劉歆僞經之後，今古水火，至賈逵乃始行焉。鄭玄之前，創業祖功，守成宗德，應推逵矣。」

(2) 許愼

後漢書儒林傳曰：「許愼，字叔重，汝南召陵人也；性淳篤，少博學經籍。馬融常推敬之，時人爲之語曰：『五經無雙許叔重』。……初愼以五經傳說臧否不同，於是撰爲五經異義，又作說文解字十四篇，皆傳於世。」許愼另有淮南子注、孝經古文說，但除說文外，皆已亡佚，康氏此言，除「僞經」外，頗得情實。

僅存清人輯本。

許慎曾參與章帝建初四年白虎觀會議，得聞諸儒講論五經異同。又章帝建初八年，下詔：「扶微學，廣異義」；而白虎通多以讖斷，並未廣錄五經家異說，故許慎有五經異義之作。舊唐書經籍志及新唐書藝文志著錄「許慎五經異義十卷，鄭玄駁。」鄭玄駁五經異義卷，似由後人鈔附於許氏原書之後。陳壽祺考評其輯本，曰：

　許君五經異義，今學古學粲然眉列，……洵所謂博問通人，允而有證，解謬誤，達神怡者也。[152]

西漢劉向撰五經通義，通論五經，而當時學者以專守一經爲主。班固撰白虎通、許慎撰五經異義，而後，兼治各經之風氣始開，如馬融著三傳異同說，鄭玄著駁五經異義、六藝論，魏邯鄲綽著五經析疑，譙周撰五經然否論……。

許慎說文解字，不僅功在文字學，亦爲解經不可或缺之寶典。其解詩經，或從今，或從古，不尙偏解，亦無門戶之見，舉例如下[153]：

① 毛詩爲假借字，三家爲正字，說文字從三家，義本毛傳：

　說文士部「墫，舞也。從士，尊聲。詩曰：墫墫舞我。」考小雅伐木，毛傳云：「蹲蹲舞貌。」毛詩作蹲，蹲，舞貌。王先謙曰：「魯蹲作墫，說曰：墫墫，喜也。」可知許君字

⓭ 黃永武許慎之經學，中華六一年出版。

⓬ 陳壽祺五經異義疏證，自序。

⓫ 黃彰健經今古文學問題新論，頁一七五，賈逵與古文經學。中研院史語所專刊七九。

② 從魯詩，訓則仍本毛傳。說文蹲，踞也，非舞之本義。而埠，釋文引說文原作「士舞也」，士舞爲其本義。

說文中，有一詩兩引，從毛而並存三家之例，蓋因毛與三家皆非假借字，故兼存三家：

說文永部，「羕，水長也。從永，羊聲。詩曰：江之羕矣。」考周南漢廣毛傳云：「永，長也。」毛詩作永。王先謙曰：「魯永作羕。」蓋爾雅釋詁云：「羕，長也。」與毛傳正合，許必曰水長者，以字形從永也。許於永下引毛詩，於羕下引三家詩，蓋永、羕於水長之義俱非假借，故兩引之。

③ 若三家與毛有異文，說文列以爲重文者，則不別字之正借，許君雖引三家之文，亦不以毛詩爲假借：

說文蓐部，「薅，拔去田艸也。從蓐，好省聲。薅，或從休。詩曰：既茠荼蓼。」考周頌良耜篇，毛詩：「以薅荼蓼」，作薅字，許引詩在茠下作茠，王先謙曰：「魯薅作茠」。毛於薅字無訓，鄭箋云：「薅，去荼蓼之事。」是鄭箋與許意合。說文薅、茠爲重文，凡許君引爲重文者，則不別字之正借。然茠從休聲，與許義較近。

④ 三家詩爲本字本義，許書有字、義並從三家者，以其較毛詩爲長也，而毛詩之字，必非本字本義。

說文禾部，「穎，禾末也。從禾，頃聲。詩曰：禾穎穟穟。」考大雅生民毛傳云：「役，列也。穟穟，苗好美也。」毛詩穎作役。王先謙曰：「三家役作穎。」許氏所

引為三家之文，字與義均不同毛。段玉裁曰：「役者，穎之假借字，古支耕合韻之理也。列者，梨之假借，禾穎也，此穎通穰言之。」段氏欲牽合毛許之說，謂役即穎之入聲，然毛傳當云役，穎也，何必訓為列，而列又為梨之假借，梨為黍穰，始與穎意相近，展轉迂曲，說恐非是。而下章「實穎實栗」，毛又訓穎為垂穎也，不言同列或同役，若穎即役，傳例何必分訓？龔自珍曰：「穎與役大異，足見詩不專稱毛，凡同義異文，可云假借，此實異義，非假借，乃經師各家耳。」按龔說是也，此乃字，義皆從三家之例也，以三家為長也。

(3) 馬融

馬融字季長，東漢扶風茂陵人（西元七九至一六六），才高學博，為世通儒，共注十一經，生徒四百餘人，盧植、鄭玄等皆出其門下。馬氏所注各經，今皆不傳，諸書偶有徵引，但為數寥寥。其研經特色，李威熊先生列舉如下：[154]

① 集東漢古文經學之大成。
② 精於訓詁，成為說經的。
③ 雜糅今古文說，為鄭玄注經融會今古文之先導。
④ 深受讖緯之影響。
⑤ 並採陰陽五行學說。
⑥ 馬氏注經，博採群書之說。

[154] 李威熊中國經學發展史論，頁一四三至一四八，馬融在經學上的成就。文史哲七七年十二月。

⑦歸本人事，以發經義之微旨。

⑧舉史實以證經義之不誣。

⑨師法、家法已混而難分。

(4) 鄭玄

鄭玄，字康成，北海高密人（西元一二七至二○○年），是東漢最偉大之經學家。後漢書本傳曰：

玄少為鄉嗇夫，得休歸，常詣學官，不樂為吏。遂造太學受業，師事京兆第五元先，始通京氏易、公羊春秋、三統歷、九章算術。又從東郡張恭祖受周官、禮記、左氏春秋、韓詩、古文尚書。以山東無足問者，乃西入關，因涿郡盧植，事扶風馬融。……靈帝建寧二年，玄與同郡孫嵩等四十餘人俱被禁錮。玄遂杜門，隱修經業，注古文尚書、毛詩、論語。「思述先聖之玄意，整百家之不齊。」自述云：「遭黨錮之事，逃難注禮。黨錮事解，……為袁譚所逼，來自元城，乃注周易。」[155]

其治經以古文學派為主，兼採今文，可謂集兩漢經學之大成。章權才謂兩漢經學實際分三派，即：今文學派，以董仲舒為代表；古文學派，以劉歆為代表；綜合學派，以鄭玄為代表。綜合學派之特色有三：1.混淆家法。2.突出禮教。3.詳於訓詁[154]。茲略述鄭玄之詩經學如下：

① 刪裁繁蕪，力求簡約：

後漢書鄭玄傳論曰：

自秦焚六經，聖文埃滅。漢興，諸儒頗修藝文；及東京，學者亦各名家。而守文之徒，滯固所稟，異端紛紜，互相詭激，遂令經有數家，家有數說，章句多者，或乃百餘萬

言，學徒勞而少功，後生疑而莫正。鄭玄囊括大典，網羅衆家，刪裁繁誣，刊改漏失，自是學者略知所歸。

西漢末年，秦延君釋尚書一經即有萬言，釋堯典「曰若稽古」即三萬言。王莽時，省五經章句皆爲二十萬言。及王莽死，章句字數又復繁多，後又漸趨減省。光武時，博士薛漢習韓詩，以章句著名，而其弟子杜撫定韓詩章句，於薛漢章句字數，或有減省。凡此，雖從減省，然一經有數家，家有數說，章句繁多，「學徒勞而少功，後生疑而莫正」。及鄭氏出，折衷今古文經說作注，其文辭力求簡約，是以風行一時，學者有所歸，而前人蕪雜之章句多廢。

② 兼用四家：

鄭玄初從張恭祖受韓詩之學，間亦雜治齊、魯。其六藝論曰：「注詩宗毛爲主。毛義若隱略，則更表明；如有不同，更下己意，使可識別。」是其箋詩，以毛傳爲宗。陳壽祺曰：

鄭君箋詩，其所易傳之義，大抵多本之齊、魯、韓三家。如讀素衣朱繡爲綃，讀他人是愉爲偷，解豔妻爲屬王后，解阮、徂、共爲三國名，此魯說也。讀邦之媛也爲援助之援，讀可以樂饑爲療餓，此韓說也。詩緯多用齊詩，漢書翼奉傳曰：「臣奉竊學齊詩，聞五際之要，十月之交篇，如日蝕地震之效。」又引詩緯汎歷樞云云，皆齊詩也。詩緯汎歷樞曰：「十月之交，氣之相交；周之十月，夏之八月。」十月之交箋云：「周之十月，

⑮ 黃彰健經今古文學問題新論，頁二九七，鄭玄與古文經學。

⑯ 章權才論兩漢經學的流變，學術研究一九八四—二，頁七三，廣東人民出版社。

夏之八月也。日為君，辰為臣；辛，金也，卯，木也。」是箋亦用齊詩說。[157]

賴炎元先生著毛詩鄭氏箋釋例，於第三章「鄭箋用三家詩說例」詳述鄭玄探三家詩說以改毛、申毛、補毛之例，說極詳備。

③ 鄭氏箋詩之方法：

學者恆言鄭箋有破字不破字之辯，毛傳例不破字，但通其訓詁而已，箋則常破字以釋義。關雎詩「君子好逑」，箋本魯詩之義，破「逑」為「仇」以易之，此即破字之理也，而毛傳本身，或有義同字異，前後互表者，箋亦破字以釋之。菀柳詩：「上帝甚蹈」，傳云：「蹈，動。」鄭以「蹈」、「悼」原本一字，故於菀柳下云：「蹈讀為悼」，箋為檜風傳：「悼，動也。」鄭以「蹈」、「悼」原本一字，故於申傳而非易傳也。長發：「幅隕既長」，傳云：「隕，均也。」玄鳥傳：「員，均也」是毛傳長發之「隕」字，即玄鳥傳之「員」字之假借，故箋於長發之下云：「隕當為圓，圓周也。」圓員為一字，故箋破「隕」為「圓」亦為申毛，非易毛也。學者於此等處探析鄭氏箋詩之方法，乃知鄭氏箋詩原本訓辭，不出軌範，鄭箋為有方法也[158]。

近人蔣善國原著鄭氏箋詩十四條例，江乾益先生據蔣氏三百篇演論，得九條條例，加以段玉裁周禮漢讀考序一條，共計十條。

(A) 引群經訓義以釋詩：鄭箋引據群書，或引述原文，或據經意而為文，其所引據之經傳，有周禮、儀禮、禮記、尚書、周易、論語、孟子、孝經、春秋經並及三傳、國語、與雜家著作，圖讖之文，可謂網羅竟蒐，並能刪裁繁誣，刊削漏失。此所謂「以經解經」之法也。

(B) 箋用三家詩以易毛、申毛、補毛[159]。

(C) 古今字異，箋皆從今字為釋：鄭氏於古今字異，皆從今字為訓，野有死麕：「白茅純

束」，傳云：「純束，猶包之也。」純爲絲名而無包束之義，箋云：「純讀如屯。」純爲古文

假借，屯始有屯束之義，故箋讀純爲屯，即明其爲屯束也。

（D）經文一字，箋往往重言以釋之：谷風：「有洸有潰」，毛傳：「洸洸，武也；潰潰，

怒也。」陳奐曰：「凡經文一字，傳用疊字者，一言不足，則重言之，以盡其形容也。」蓋經

文約簡，傳箋之申明，借重言之語以盡形容也。殷其雷，箋云：「猶雷殷殷然。」菁莪：「我

心則休」，箋云：「休者，休休然」者是也。

（E）引漢制以證古制：今制常爲古制之留傳，以今證古，雖不能無失，要在愼其所擇也。

君子偕老：「副笄六珈」，箋云：「珈之言加也。副旣笄而加飾，如今步搖上飾，古之制所有

未聞。」鄭即以漢制之步搖況詩中之副，而又謹爲擇取，故謂「古制所有未聞」也。采茇：

「邪幅在下」，箋云：「邪幅，如今行縢也。」有瞽：「簫管備舉」，箋云：「簫，編竹小管，

今賣餳者所吹也」，皆以今制喩古制，而得其彷彿之似。

（F）以今語釋古語：庭燎：「夜未央」，箋云：「未央者，猶云夜未渠央也。」「未渠央」

爲漢時語，鄭引以解詩。終風：「願言則嚔」，箋云：「女思我心如是，我則嚔也。今俗人嚔，

云：『人道我』，此古人之遺言也。」

（G）經中大義往往與群經注相互發明：鄭學閎通，故治經能深明群經之大義，箋詩在注禮

⓱　江乾益陳壽祺父子三家詩遺說研究，頁一七八引。

⓲　書同⓱，頁一八一。

⓳　詳見賴炎元毛詩鄭氏箋釋例，頁一六六至一八四，師大國研所碩士論文。

之後，詩禮固能相互發闡，而群經逸注，亦往往相通。長發：「帝立子生商」，箋云：「帝，黑帝也」。商以水德色黑，周禮小宗伯注曰：「五帝，蒼曰靈威仰，赤曰赤熛怒，黃曰含樞紐，白曰白招拒，黑曰汁光紀。」箋詩之際，與群經註相互照應，此鄭學所以宏雅通貫之處。

(H) 箋詩詳略互表：或文具於前而略於後，如青蠅：「豈弟君子」，箋云：「豈弟，樂易也。」而旱麓、泂酌、卷阿之「豈弟」即不加注。或文具於後而略於前，頌弁：「實維伊何」，箋云：「實，猶是也。」韓奕：「實墉實壑，實畝實藉」，箋云：「實當是寔，趙魏之間實寔同聲是也。」文已具於韓奕，於頌弁則不詳加注。又或前後俱詳者，如雄雉：「自詒伊阻」，箋云：「伊當為繄，繄猶是也。」蒹葭：「所謂伊人」，東山：「伊可懷也」，白駒：「所謂伊人」，箋皆詳注而不厭，是也。

(I) 經文相同，而箋義往往而異：如召南草蟲，箋云：「草蟲鳴，阜螽躍而從之。異種同類，猶男女嘉時以禮相求呼。」出車：「喓喓草蟲，趯趯阜螽」，箋云：「草蟲鳴，阜螽躍而從之，天性也。喻近西戎之諸侯，聞南仲既征玁狁，將伐西戎之命，則跳躍而鄉望之，如阜螽之聞草蟲鳴，晚秋之時也。此亦以其時所見而興之。」治經貴通大義，適時體會，不可拘泥一說，此召南草蟲之男女嘉時而會，周禮謂「仲春之月，令會男女」，非晚秋之時甚明，故鄭箋詩亦以召南阜螽與出車之經文相同，箋義亦因文而異也。

(J) 箋詩常訂正經文之誤：段玉裁云：「鄭君之學，不主於墨守，而主於兼綜；不主於兼綜，而主於獨斷。其於經字之當定者，必相其文義之離合，審其音韻之遠近，以定眾說之是非，而已爲之補正。凡擬其音者，例曰讀如、讀若，音同而義略可知也；凡易字者，例曰讀爲、讀曰，謂易之以音相近之字，而義乃瞭然也；凡審知爲聲相近，形相似二者，則曰當爲，謂非六

書假借，而轉寫紕繆者也。漢人作注，皆不離此三者，惟鄭君獨探其本源。」古籍流傳，展轉抄寫，訛舛不少，後人復以意改，書遂不可讀。鄭於箋詩之際，於字或以形近而誤，或聲近而訛者，並據群經用字，或審上下文義而改訂之，使文義豁然通貫，而古籍遂完也。若曹風鳲鳩：「其弁伊騏」，箋云：「騏當作璂，以玉爲之」，此以聲近而字誤，鄭以正字改之也；魯頌泮水：「戎車孔博」，箋云：「博當作傅，甚傳緻者，言安利也。」此以形近而誤，鄭據文義而改之也。

④　詩　譜：

文心雕龍書記篇曰：「總領黎庶，則有譜、籍、簿、錄……譜者，普也。注序世統，事資周普，鄭氏譜詩，蓋取乎此。」孔穎達曰：

鄭於三禮、論語，爲之作序，此譜亦是序類，避子夏序名。以其列諸侯世及詩之次，故名譜也。[161]

漢書地理志云：

凡民含五常之性，而其剛柔緩急，音聲不同，繫水土之風氣，故謂之風；好惡取舍，動靜無常，隨君上之情欲，故謂之俗。孔子曰：移風易俗，莫善於樂。鄭玄上推孔子刪正之意，以爲詩有諷諭君上、移風易俗之作用，故列述三百篇之國土、世次、風物，製爲詩譜，以建立完整之詩學理論；使詩三百之正變，美刺得以昭鑒後世。

[160] 孔穎達毛詩正義，藝文出版，頁七，第一欄。

詩譜爲詩經三百篇之敍言，十五國風分國列譜，小大雅合譜，三頌分譜，譜前有序，即詩譜序是也。詩譜本勒爲一書，至孔穎達作毛詩正義，始拆置各國詩之前。至其形式，可由周南召南譜爲例，見其一斑：1.先揭一國地理之宜。2.次顯一國始封之主。3.論國勢盛衰，與詩上下。4.標舉詩篇，作爲典型。5.論詩之用。6.分譜作結⑯。

# 第三節　阜陽漢簡詩經

安徽省文物工作隊、阜陽地區博物館、阜陽縣文化局於一九七七年發掘阜陽縣雙古堆一號墓，發現銅器、漆器、鐵器、陶器等文物二百餘件，又有竹簡、木簡、木牘等，內容相當豐富，詩經簡片，是其中之一。墓主是西漢開國功臣夏侯嬰之子夏侯灶，卒於文帝十五年（西元前一六五年）。因此，阜陽漢簡之下限不得晚於此年。

阜陽漢簡詩經（簡稱阜詩，資料編號冠以 S，詩經之意也。）殘存長短不一之簡片一百七十餘條，包含國風、小雅。國風共有殘詩六十五首，或僅存篇名，檜風未見。小雅則僅存鹿鳴之什中四首詩之殘句。

阜詩與齊、魯、韓、毛四家詩頗有異文，故胡平生、韓自強曰：漢詩並沒有將漢初治詩經各家叢括。阜詩既不屬於魯、齊、韓、毛四家，是否與元王詩（楚元王劉交）有關也無從考證，我們只好推想它可能是未被漢志著錄而流傳於民間的另外一家⑰。

王先謙以爲邶、鄘、衛三國不分，毛傳誤分之，今考阜詩，邶、鄘、衛分爲三。阜詩有若

干殘簡，編入附錄，其附錄二收錄三殘簡：

1. 后妃獻

2. 風（諷）□□□（刺？）風□

3. 風（諷）君□□□

與毛詩序之風、刺格式相類，當是阜詩詩序殘文，故能否定「唯毛詩有序」之臆測。胡平生、韓自強曰：

因為阜詩的下限為漢文帝十五年（前一六五年），所以詩序作者的時代自然不能晚於這一年；而阜詩的詩序同毛詩序相比，儘管文字不能全同，但體例和基本的意思仍相當接近，這就說明它們的淵源應當是相同的，可能出自一位老師。……（詩序）大概是春秋戰國以來儒家學派傳授時所用的統一提綱。至於後來，老師多講幾句，學生多記幾句，詩序也就越來越長。（同上）

⑯ 詳見江乾益鄭康成毛詩譜探析，中華文化復興月刊一七卷六期，頁三八至三九。

⑯ 胡平生、韓自強阜陽漢簡詩經簡論，文物一九八四—八，頁一七，一九八四年八月。

# 第四章　魏晉詩經學

## 第一節　經學中衰之原因與歷史背景

王國維曰：

自董卓之亂，京洛為墟。獻帝託命曹氏，未遑庠序之事。博士失其官守，垂三十年。❶

黃彰健先生引通典卷一三曰：

獻帝建安中，侍中鮑衡奏……按：王制立大學小學，……故能致刑措之盛，立太平之化。……今學博士並設，表章而無所教授。兵戎未戢，人並在公，而學者少。可聽公卿二千石子弟在家，及將校子弟見為郎舍人，皆可詣博士受業。其高才秀達，學通一藝，太常為作品式。從之。❷

王氏之說與通典鮑衡之奏不符。但由於時局混亂，「兵戎未戢，人並在公，而學者少」，亦可

❶ 王國維觀堂集林，卷四，漢魏博士考。王觀堂先生全集，冊一，頁一七一，文華五七年。

❷ 黃彰健經今古文學問題新論，頁四四五，中研院史語所專刊七九。今按：通典卷一三無黃先生所引鮑衡奏章，殆誤標出處。

知漢末經學確已十分寥落。三國志魏志卷一三裴松之注引魚豢魏略云：

正始中，有詔議圜丘，普延學士。是時郎官及司徒領吏二萬餘人，雖復分佈，見在師者尚且萬人，而應詔與議者，略無幾人。又是時朝堂公卿以下，四百餘人，其能操筆者未有十人，多皆相從飽食而退。

此去漢靈帝熹平四年，熹平石經立於太學，僅七十年；離一代經學大師鄭玄之死，亦不過四、五十載。東漢末年，以及魏、晉時期，經學由昔日極盛之景況迅速中衰，究其原因與歷史背景，約有如下數端：

## (一) 經學極盛而衰之必然規律：

兩漢四百多年，經師輩出，今文、古文各放異彩，至鄭玄，而「括囊大典，網羅眾家；刪裁繁蕪，刊改漏失，自是學者略知所歸。」❸可謂集今、古文之大成，兩漢經學，臻於登峰造極之境。「於是鄭易注行，而施、孟、梁丘、京之易不行矣；鄭書注行，而歐陽、大小夏侯之書不行矣；鄭詩箋行，而魯、齊、韓之詩不行矣；鄭禮注行，而大小戴之禮不行矣；鄭論語行，而齊、魯論語不行矣。」❹李威熊先生曰：

任何事情，由發生一直到過了高原期以後，勢必會走下坡。……兩漢四百多年間，出了不少的經學大師，在他們的努力下，給經學建立了崇高的地位。但事窮則變，經學過了此期，在傳注的工夫上可說是成了強弩之末，開始慢慢走向衰境。❺

## (二) 漢末黨錮之禍打擊學術界：

東漢光武帝提倡經學，表彰氣節，頗能造就貞烈之士。然中葉以降，政治逐漸腐敗，自命清流之學者於是起而抨擊宦官群小，衝突劇增。桓帝延熹九年（一六六年），「司隸校尉李膺等二百餘人受誣爲黨人，並坐下獄，書名王府。」靈帝建寧二年（一六九年），「中常侍侯覽諷有司奏前司空虞放、太僕杜密……皆爲鉤黨，下獄。死者百餘人，妻子徙邊。諸附從者，錮及五屬。制詔州郡，大舉鉤黨，於是天下豪傑及儒學行義者一切結爲黨人。」熹平元年，又拘捕太學生一千餘人，熹平五年，再申黨禁 ❻ 。學界遭受嚴重打擊，學者飽受戕害，造成學術風氣低落不振。士族破落，使社會失去道德瞻依。

**（三） 曹魏重法輕儒之風：**

東漢末年，曹操當權，於建安十年至二十二年之間，陸續下達「魏武三詔令」❼ ，聲明但求治術，不重名節，冀圖以「循名責實」之法家精神建立其新政權。曹操舉士令曰：

> 夫有行之士，未必能進取，進取之士，未必能有行也。

曹丕與吳質書云：

❸ 見苍曄後漢書卷六五，鄭玄傳論。
❹ 皮錫瑞經學歷史，頁一四九，漢京出版。
❺ 中國經學發展史論，頁二〇一，文史哲出版社。
❻ 後漢書卷七、卷八、桓、靈本紀，及卷九七，黨錮列傳。
❼ 傅樂成主編、鄒紀萬著中國通史──魏晉南北朝，頁二三，頁一〇四，眾文圖書公司。

觀古今文人，頗不護細行，鮮能以名節自立。此皆不合儒家思想。因缺乏一高層次之政治理想，以致曹魏一代無忠貞守節之士，群臣競尚功利。曹操以「權術」自喜，刻薄寡恩，其子孫承之，尤以「苟待皇族」著名。其「禁防壅隔，同於囹圄」，以致骨肉悲哀，欲降身為布衣而不能得 ⑧。傅玄舉清遠疏曰：

近者魏武好法術，而天下貴刑名；魏文慕通達（原作遠），而天下賤守節。其後綱維不攝，

而虛無放誕之論，盈於朝野。 ⑨

魚豢儒宗傳序曰：

從初平之元至建安之末，天下分崩，人懷苟且，綱紀既衰，儒道尤甚。 ⑩

魏董昭上疏云：

竊見當今年少，不復以學問為本，專更以交游為業。國士不以孝弟清修為首，乃以趨勢游利為先。 ⑪

杜恕上疏曰：

今之學者，師商、韓而尚法術，競以儒家為迂闊，不周世用，此則風俗之流弊。 ⑫

## （四） 政局混亂與恐怖：

東漢黨錮之禍造成社會不安，已見前述。此外，外戚宦官爭權奪利，兼併土地，壓榨百姓；水利不修，水旱連年，使民眾陷入饑餓流亡之絕境，終於爆發黃巾之亂。董卓、曹操舉兵，各地軍閥互相攻伐，形成三國混亂之局。及至晉朝，賈后干政，八王之亂，永嘉之禍，五胡亂華接踵而來。造成中國史上空前之人口流動及死亡，土地荒蕪、生產凋敝之景象。

東晉劉裕北伐之前⓭，佔據中原之胡族國家四分五裂，爭戰、掠奪、殘殺不斷，形同人間鬼域，史書謂「百姓死幾絕」、「關中人皆流散，道路斷絕，千里無煙」，殘破至極⓮。戰亂篡奪之環境下，文人動輒得咎，命如雞犬，如孔融、禰衡、楊修、丁儀、丁廙、何宴、嵇康、張華、石崇、陸機、陸雲、潘岳、劉琨、郭璞相繼遇害。使人心漸趨於厭世與消極，學風轉向無為而治、超世絕俗之道家、黃老思想；而講究積極經世之儒家學說，於焉中衰。

(五) **清談與玄學盛行：**

清談是拋開現實，專尚理辯之談論。清談淵源於東漢大學中之清議，東漢學者叢聚，相互品題，激揚名聲，自必兼顧談吐與言論措辭，音節之美妙。三國魏志武帝紀注引張璠記鄭泰談董卓云：「孔公緒能清談高論，噓枯吹生。」李賢注後漢書鄭泰傳曰：「枯者，噓之使生；生者，吹之使枯。」言談論有所抑揚也，亦即臧否人物之意。抱朴子疾謬篇提及清談者三條：

⓭ 同❼，頁二二三。

⓮ 傅玄集，舉清遠疏，見漢魏六朝百三家集，卷三九，頁二七。四庫全書薈要，冊四六九，世界出版。

⓫ 魚豢魏略輯本，卷一六，頁一，儒宗傳。三國志附編，頁六五，鼎文七五年三版。

⓫ 三國志卷一四，魏志董昭傳。

⓬ 三國志卷一六，魏志杜畿傳，杜恕乃杜畿之子。

⓭ 劉裕兩次北伐，一在義熙六年（四一〇年），一在義熙十二年（四一六年）。

⓮ 傅樂成主編、鄒紀萬著中國通史——魏晉南北朝，頁六三，衆文圖書公司。

不聞清談論道之言，專以醜辭嘲弄為先。

雖不能三思而後吐清談，猶可息譏調以防禍萌也。

俗閒有戲婦之法……或清談所不能禁……

可見抱朴子眼中之清談，是一種非常嚴蕭之學問；因抱朴子乃反對老莊玄虛之談最力者，故其所讚美之清談，自然與玄學無涉⑮。

清議、清談之原貌略如上述。然自黨錮禍起，名士不敢明白抨擊時政，於是談論之風遂由評論時事、臧否人物變為脫離實際而趨於抽象事物之探討。政治腐敗、戰爭不斷、社會混亂、民生疾苦，而東漢繁瑣之訓詁考據學已無義理可言，曹操重法術、用人唯才之主張，在在迫使儒學走入窮極必變之境地。輕訓詁、重義理，乃成為學術之主流。魏正始年間，王弼、何晏出而提倡玄理虛勝之言，祖述老莊，參以周易，通稱「三玄」，為清談之主要內容。故就內容所代表之意義而言，此時之清談即玄學；就形式而言，則清談為名士生活間盛行之一種風氣。東晉以降，佛學亦摻入清談之領域中。清談之風對政治之影響，是苟且偷安，不務實際；對社會之影響，是造成消極頹廢之人生觀，對學術之影響，則認六經為蕪穢，以仁義為臭腐，所謂教育，實非人性之自然要求，六經亦非人生必然之準則。嵇康之難自然好學論，曰：

故吾子謂六經為太陽，不學為長夜耳！今若以講堂為丙舍，以諷誦為鬼語，以六經為蕪穢，以仁義為臭腐；睹文籍則曰嚬，修揖讓則變傴，襲章服則轉筋，譚禮典則齒齲；於是兼而棄之，與萬物為更始，則吾子雖好學不倦，猶將闕焉！則向之不學，未必為長夜，六經未必為太陽也。

此玄論派之清談也。此外，另有才性名理派之清談，則主張尊儒崇學，應另當別論⑯。

清談與玄學之風對經學亦有補裨之處，使學者改變治經之態度，從漢儒之偏重訓詁考據，一變而為自由申述義理之學，另闢經學新途徑。

(六)　**唯美文風之負面作用：**

兩漢以經學為重，文學處於次要地位，實則，文學觀念尚未成熟。至魏晉六朝，文學理論逐漸成熟，文學與經、子始分道揚鑣。魏晉文章，漸有駢儷體裁，講究技巧；至南北朝，而唯美文風極盛。文人既專意於詞章華藻，經學成績自然無法與文學相埒。

## 第二節　魏晉詩經學概況

(一)　**有關經學博士之制度與兩漢不同：**

三國志魏書杜畿傳裴注引魏略儒宗傳云：

> 樂詳，字文載。……黃初中，徵拜博士。於時太學初立，有博士十餘人。學多褊狹，又不熟悉，略不親教，備員而已；惟詳五業並授。

又魏書高堂隆傳：

- ⑮　鄭士元著中國學術思想史，頁二七○，里仁書局。
- ⑮　晉朝傅玄、裴頠、袁瓌、范甯皆屬才性名理派之清談者，見鄭士元中國學術思想史，頁二八○。

景初中（二三七——二三九年），（魏明）帝以蘇林、秦靜等並老，恐無能傳業者，乃詔……科郎吏高才解經義者三十人，從光祿勳隆、散騎常侍林、博士靜，分受四經三禮。主者具為設課試之法。

可知當時博士，每人所授，不止一經。所謂「有博士十餘人，學多褊狹」，當指今文經學博士⑰。

魏、西晉時，鄭學與王肅之學並行，而東晉（元帝）立博士九人，置周易王氏、尚書鄭氏、古文尚書孔氏、毛詩鄭氏、周官鄭氏、禮記鄭氏、春秋左傳杜氏、服氏、論語孝經鄭氏博士各一人，僅立鄭注，而無王肅注，因王肅竊改孔子家語，作聖證論以譏短鄭玄，不獲學者同情，是以王學寢衰。黃彰健先生曰：

魏、晉博士十九人，……並不規定一經一家一博士。東晉元帝時，立博士九人，一經一家一博士，論語孝經合置一博士，這是東晉偏安時臨時所定。其後增為「博士十六人，不分掌五經」，則係恢復魏、晉初年博士制度，惟員額少三人而已。由於不分掌五經，博士可就自己所長予以講授，而不需守家法。這與東漢時博士講授需依家法不同。⑱

（二）**今文經學衰退，古文經學綿延不絕：**

王國維撰漢魏博士考，曰：

自董卓之亂，京洛為墟，……今文學日微，而民間古文之學乃日興月盛，逮魏初，復立太學博士，已無復昔人；其所以傳授課試者，亦絕非曩時之學，……魏時所立諸經，已

又曰：

非漢代之今文學，而為賈、馬、鄭、王之古文學矣。

魏之時，……十九博士中，惟禮記、公、穀三家為今學，餘皆古學，……齊、魯、韓之詩……皆廢於此數十年之間，不待永嘉之亂，而其亡可決矣。學術變遷之在上者，莫劇於三國之際，而自來無能質言之者。⑲

皮錫瑞曰：

晉所立博士，無一為漢十四博士所傳者，而今文之師法遂絕。⑳

隋書經籍志曰：

齊詩魏代已亡，魯詩亡於西晉，韓詩雖存，無傳之者。

黃彰健先生曰：

在黃初五年，立太學於洛陽，定制博士十九人，其時博士「學多褊狹」，則其時今文經學並未廢於學官，亦正因其時無博士一經一家一人之硬性規定，亦正因其時古文經學盛行，故博士弟子研習今文經學者少，故當永嘉之亂，今文諸家之書遂亡；即不亡，亦「有書無師」，或「殆無師說」。這完全是今古文經學俱立於學官，自由競爭之結果。㉑

黃彰健著經今古文學問題新論，頁四四八，中研院史語所專刊七九。

同●，頁六七。

王國維觀堂集林卷四，頁一二至一三。河洛六四年。

經學歷史，頁一六○，漢京出版。

同⑮，頁四五九。

又曰：

由於就立於學官的經注自由講授，不限定遵依家法，故今文經學，遂因年久，講授傳習者稀，經亂而散失不傳，或有書無師。而魏晉博士制度與東漢博士制度不同，此則由魏晉時人尊重古文經學所致。㉒

㈢ 學術重鎮轉移：

曰：

自漢末，學校制度廢弛，博士傳授之風止息，學術之傳，遂以門第、家族為中心。馬宗霍

兩漢經學之盛，初本皆在官學，官學掌之博士，博士傳之太學諸生。及桓靈之間，黨議禍起，太學首罹其難，……官學之徒，一時幾盡。……從初平之元，至建安之末，天下分崩，人懷苟且，綱紀既衰，儒道尤甚；於是學乃不在朝而在野，教乃不在官而在師。先是鄭玄亦坐黨錮，教授不輟，弟子數百人。訖黨禁解，而玄已年近六十，最為大師。

㉓ 降至三國，孫吳朝廷並非真正獎掖學術，會稽典錄曰：

（盛）憲素有高名，策深忌之。初，憲與少府孔融善，融憂其不免禍，乃與曹公書曰……由是徵為騎都尉，制命未至，果為權所害，子匡奔魏。㉔

張昭傳曰：

昭忿言之不用，稱疾不朝。權恨之，土塞其門。昭又於內以土封之。……權因出過其門，呼昭，昭辭疾篤；權燒其門，欲以恐之，昭更閉戶，權使人滅火。㉕

曹魏屢發興學重儒之令㉖，然口是心非，不過虛應故事而已。

樂詳，字文載。……黃初中，徵拜博士。於時太學初立，有博士十餘人，……略不親教，備員而已。㉗

太學始開，有弟子數百人。至太和、青龍中，中外多事，人懷避就，雖性非解學，多求請太學；太學生有千數，而諸博士粗疏，無以教弟子，弟子亦避役，竟無能學習，冬去

㉒ 同⑰，頁四六七。

㉓ 中國經學史，頁六一，商務印書館。

㉔ 三國志卷五一，孫韶傳裴注引會稽典錄。

㉕ 同上，卷五二。

㉖ 建安八年，曹操下令曰：「喪亂以來，十有五年，後生者不見仁義禮讓之風，吾甚傷之。其令郡國各修文學，（按：此「文學」指經術，與「文章」有別）……庀幾先王之道不廢，而有以益於天下。」（三國志卷一，武紀）曹丕即位，改元黃初，即開太學，招生徒，魚豢魏略云：「黃初元年之後，新主乃復始掃除太學之灰炭，補舊石碑之缺壞，備博士之員錄，依漢甲乙以考課，申告州郡，有欲學者，皆遣詣太學，太學始開，有弟子數百人。」（三國志卷一三王蕭傳裴注引魏略）。太和二年，明帝下詔曰：「尊儒、貴學，王教之本也。……其高選博士，才任侍中、常侍者，申敕郡國，貢士以經學為先。」（三國志卷三，明帝紀）太和四年，又詔曰：「兵亂以來，經學廢絕，……其郎吏學通一經，才任牧民，博士課試，擢其高第者，亟用。其存華不務道本者，皆罷退之。」（三國志卷三，明帝紀）

㉗ 三國志卷一六，杜畿傳裴注引魏略儒宗傳。

董昭上疏云：

春來，歲歲如是。㉘

竊見當今年少，不復以學問為本，專更以交游為業；國士不以孝悌清修為首，乃以趨勢游利為先。㉙

正始中，劉靖上疏云：

自黃初以來，崇立太學二十餘年，而寡有成者，蓋由博士選輕，諸生避役，高門子弟，恥非其倫，故為學者；雖有其名，而無其人，雖設其教，而無其功。㉚

陳寅恪曰：

……一為自漢末亂後，魏世京邑太學博士傳授學業之制，徒為具文，學術中心已不在京邑公立之學校矣。二為當東漢末，中原紛亂，而能保持章句之儒業，講學著書，如周生烈、賈洪、隗禧之流，俱關隴區域之人，則中原章句之儒業，自此之後，還逐漸向西北轉移，其事深可注意也。㉛

故所謂學術重鎮之轉移，一則中央官學形同虛設，學術傳遞之重責大任多由私家講學肩負。二則因中原地區，戰亂頻仍，或王室崇儒不力，是以儒者四處遷徙㉜，「除蜀之外，魏、吳二國之學術中心，皆不在京師，而在州郡」㉝。

（四）**北學、南學漸有分野：**

湯錫予先生魏晉玄學論稿曰：

魏晉時代，思想界頗為複雜，表面上好像沒有甚麼確切的「路數」，但是，我們大體上

仍然可以看出其中有兩個方向，或兩種趨勢：即一方面是守舊的，另一方面是趨新的。

前者以漢代主要學說的中心思想為根據，後者便是魏晉新學。……新學就是通常所謂

「玄學」。當時「舊學」的人們，或自稱儒道。……新學則用老莊的「虛無之論」作基

礎，……漢朝末年，中原大亂，上層社會的人士，多有避難南來，比較偏於保守的人們

大概仍留居在北方。所以新學最盛的地方，在荊州和江東一帶，至於關中、洛陽乃至燕

齊各處，仍是舊學佔優勢的地方。㉞

㉘ 三國志卷一三，王肅傳裴注引魏略。

㉙ 同⑪。

㉚ 三國志卷一五，劉馥傳。

㉛ 陳寅恪先生論文集，頁一九，隋唐制度淵源略論稿，三人行出版社，六三年。

㉜ 汪惠敏三國時代之經學曰：
由於戰亂而轉徙四方者，大抵可分如下數地區：
一、或北走幽、冀，或遠渡遼東。
二、或入河西、凉州。
三、西入巴蜀、漢中。
四、或南渡江左，或入揚州。
五、或入荊州，或下交阯。

㉝ 汪惠敏著三國時代之經學，結論。輔仁學志（文學院之部）九期，頁二九一。

㉞ 魏晉玄學論稿，頁一三二，魏晉思想的發展，廬山出版社。

自永嘉之禍發生，東晉偏安，北方由胡人割據，史稱十六國時期。此期中，一則由於胡族缺乏統治中國之經驗，並意圖消滅漢人反胡心理，於是必須借重漢族之知識分子鞏固其政權；後趙石勒重用張賓，前秦苻堅尊崇王猛，即其顯例。碩學名儒與高門士族皆是胡族政權籠絡之對象，後趙、前秦、後燕皆明令予以士族免役與仕進之特權，石勒曾將漢族衣冠人物集為「君子營」，特加保護，並頒布「不得侮易衣冠華族」之令[35]。二則由於中國文化雍容平和之精神、衣冠文物之盛，使胡人產生欽仰之心，故皆提倡禮教，酷愛儒學[36]。馬宗霍中國經學史曰：

考晉書載記，劉曜立太學於長樂宮東，小學於未央宮西，簡百姓年二十五以下十三以上、神志可教者千五百人，選朝賢宿儒明經篤學以教之。……石勒在襄國立太學……又以裴憲、傅暢、杜嘏領經學祭酒，勒親臨大小學，考諸生經義，立秀孝試經之制；既稱帝，命郡國立學官，……石季龍又令諸郡國立五經博士，……又遣國子博士詣洛陽寫石經，校中經于祕書。……慕容廆以平原劉讚儒學該通，引為東庠祭酒，命世子皝率國胄束脩受業；皝尚經學，及即位，立東庠于舊宮，學徒甚盛，至千餘人，復親臨考學生。…符堅廣修學宮，……親臨太學，考學生經義優劣，品而第之，問難五經博士，禁老莊圖讖之學。……韋逞母宋氏，家世以儒學稱，……傳其父業，……得周官音義，……就宋氏家立講堂，置生員百二十人，周官學復行于世。姚萇立太學，下書令留臺諸鎮各置學官，勿有所廢。……姚興時，天水姜龕、東平淳于歧、馮翊郭高等，皆耆儒碩德，經明行修，各門徒數百，教授長安，諸生自遠而至者萬數千人，……諸生訪道藝，往來出入，勿拘常限，于是學者咸勸，儒風盛焉。……乃至馮跋據燕，規模已隘，亦營建太學，……禿髮據涼，祚為尤促……亦建立學官，簡公卿以下子弟及二品士門二百人為

太學生。㊲

馬氏又曰：

如石趙之寫石經，符秦之禁老莊，則知微尚所契，猶在漢學，玄虛之習，無自而染，僞託之書，不得而亂也。其後，南學、北學各異其趣，蓋已肇端於此時矣。（同前）

自東晉元帝立博士九人，用鄭玄，擯王肅，而後無論南學、北學，詩經皆宗毛、鄭。詩經既非三玄之一，又一統於毛、鄭，似乎南、北學之分野與詩經全不相干，實則不然，研究風氣已因地域之或南或北而有差。汪惠敏曰：

魏晉之時，玄學思想興盛，清談流行……除老、莊、易時謂之三玄……其餘經書，多未染玄風；然時代風尚，其影響於經說者，蓋重於義理之發揮，適足以補訓詁之弊，可謂予經學以新生力，而經學亦得以更上層樓。㊳

(五) 鄭、王學派爭執：

王肅字子雍，東海郯人，王朗之長子，生於漢獻帝興平二年（西元一九五），卒於魏高貴鄉公甘露元年（西元二五六），享年六十二。嘉平初，為光祿勳，徙河南尹。後遷中領軍，加

�35 同❼，頁一二八。

㊱ 李威熊著中國經學發展史論，頁二三四，文史哲出版社。

㊲ 馬宗霍著中國經學史，頁七〇，商務印書館。

㊳ 汪惠敏著南北朝經學初探，頁五二。嘉新水泥基金會出版，六八年。

散騎常侍，卒後追贈衞將軍，諡曰景侯。

三國志魏志本傳云：「肅善賈、馬之學，而不好鄭氏，采會同異，為尚書、詩、論語、三禮、左氏解，及撰定父朗所作易傳，皆列於學官。」其著作著錄於隋書經籍志及侯康補三國藝文志者，計二十餘種；詩經方面，有：毛詩注二○卷、毛詩義駁八卷、毛詩奏事一卷、毛詩問難二卷，以申毛駁鄭，今皆佚，惟存清人所輯之殘卷。

漢朝今、古文之爭，至此變為鄭、王之爭。王肅之女適司馬文王，即文明皇后，生晉武帝司馬炎，政治影響學術，勢所難免。王肅所撰尚書、詩、論語、三禮、左氏解，及其父朗所作易傳，魏時皆列於學官，王學形成一股極大之勢力；然鄭學素已根基穩固，未可輕易駁倒。

王肅集聖證論以譏短鄭玄，孫叔然則駁而釋之；肅改易鄭玄舊說，而王基作毛詩駁，以申鄭難王。晉孫毓作毛詩異同評，黨於王；陳統作難孫氏詩評，又申鄭義。蜀李譔治詩，「皆依準賈、馬，異於鄭玄，與王氏殊隔，初不見其所述，而意歸多同。」[39]

歐陽修引王肅釋衞風擊鼓五章，謂鄭不如王[40]。清胡承珙毛詩後箋、馬瑞辰毛詩傳箋通釋，間亦採擇王說。今考釋其佚文，知其言確有不可廢者。

茲略述王肅詩經學如下：

### 1. 毀譽參半

王肅詩學，似乎以攻鄭為目的，其於孔子家語序云：「鄭氏學行五十年矣，是以奪而易之」，可見其用心。既欲奪鄭玄之席，恐不相勝，乃偽造孔子家語，孔叢子以為其聖證論之根據，此固難辭其咎者也。陳澧東塾讀書記記曰：「肅之病，在有意奪易，此其心術不端；雖有學問，徒足以濟其奸耳。」姚姬傳儀鄭堂記曰：「學者由是習為輕薄。自鄭、王異術，而風俗人心之厚

薄以分。」此攸關治學態度，失足之憾，足為學者戒。本田成之曰：

趙宋傑出的學者出，後來的元明諸儒，悉不能脫其範圍；同樣，三國時代，大體不過是追隨前後漢諸儒的，……王肅、何晏、王弼例外，在某種意味上，是不為兩漢所因的，寧說對於六朝以後的學問思想界開一新方向的人物。㊶

鄺士元曰：

假令王肅祖述鄭玄，恰如元明諸儒宋儒之說作纂疏，愈是成為沒有生命的學術，同樣，鄭學反而更衰是無疑的。王肅所以出詭曲的異說，是由易代革命不得已，與個性敏銳，不堪立於人下所致。……啟示自由研究的風氣，實後來經學上偉大的功績。㊷

2
解詩兼採古、今文：

今古文家法，自馬、鄭之後已混而難分，鄭、王注詩，皆不為今、古文所拘限；古文是則取古文，今文是則取今文。如小雅雨無正：「淪胥以鋪」，鄭箋：「胥，相；鋪，徧也。」王肅曰：「鋪，病也」，即從今文韓詩說㊸。詩大雅生民：「厥初生民，時維姜嫄。生民如何？克禋克祀，以弗無子。履帝武敏，歆，攸介攸止，載震載夙，載生載育，時維后稷。」鄭箋依

㊴ 三國志卷四二，李譔傳。

㊵ 見歐陽修著詩本義卷二，頁九，通志堂經解本。

㊶ 本田成之中國經學史，頁一八五，古亭書屋。

㊷ 中國學術思想史，頁一四二，里仁書局。

㊸ 惠棟九經古義，卷五，頁六三，叢書集成新編，冊一〇，新文豐七四年。

今文說，以為后稷無父感天而生，云：

祀郊祺之時，時有大神之跡，姜嫄履之，足不能滿。履其拇指之處，心體歆歆然，其左右所止住，如有人道感己者也。於是遂有身，而肅戒不復御。後則生子而養，名之曰棄。

王肅從毛詩古文說，以后稷為帝嚳之子，而反對感生說，其言曰：

帝嚳有四妃，上妃姜嫄，生后稷。……帝嚳崩後，十月而后稷生，蓋遺腹也。雖為天所安，然寡居而生子，為眾所疑，不可申說。姜嫄知后稷之神奇，必不可害，故棄之以著其神，因以自明。

3. 鄭信讖緯，王退妖妄：

隋書經籍志曰：

王莽好符命，光武以圖讖興，遂行於世。漢世又詔東平王蒼正五經章句，皆命從讖；俗儒趨時，益為其學；篇卷第目，轉加增廣。言五經者，皆憑讖為說；唯孔安國、毛公、王璜、賈逵之徒獨非之，相承以為妖妄，亂中興之典。故因漢魯恭王、河間獻王所得古文，參而考之，以成其義，謂之古學。當世之儒又非毀之，竟不得行。魏代王肅推引古學，以難其義；王弼、杜預從而明之，自是古學稍立。

漢朝五經章句已參雜讖緯，大師鄭玄亦不能免。前述大雅生民一例，毛傳、王注皆反對無父感生說，與鄭箋不同，毛、王二氏殆以為「妖妄之說」一概不可信。試再舉一例：商頌玄鳥：

「天命玄鳥，降而生商」。毛傳曰：

玄鳥，鳦也。春分，玄鳥降。湯之先祖有娀氏女簡狄，配高辛氏帝。帝率與之祈於郊祺

．162．

而生契。故本其為天所命，以玄鳥至而生焉。

鄭箋於此不從毛傳，改從三家，其言曰：

降，下也。天使鳦下而生商者，謂鳦遺卵，有娀氏之女簡狄吞之，而生契。

據此，似可將毛、王二氏與鄭玄區分為退妖妄、信讖緯二種。實則，鄭箋勝毛、王，理由如下：

(1)「無父感生」說，「簡狄吞鳦卵生契」說，其來有自，應是源自上古之神話，非鄭玄曲解詩義，只毛、王二氏不之信耳。史記殷本紀記載商之始祖契：「母曰簡狄，有娀氏之女，為帝嚳次妃，三人行浴，見玄鳥墮其卵，簡狄取吞之，因孕生契。」

(2) 上古民智未開，謠傳易售，詩人載之篇章，正是「迷信」之痕跡。

(3) 此「妖妄」之傳言，正迎合王者之心態，王者樂於宣揚之。因君權神授之說亟需證據，方可取信於民，進而使民心不敢蠢動。然證據不易從王者本身覓得，故徒託空言，神化其祖先；如此一來，王者便能自異於天下百姓，而人民稱臣矣。

(4) 古代，一民族之興起，常有此類傳說。如蒙古之始祖，傳說寡婦夢金色神人而有身；滿洲之始祖，則為天女吞朱果而孕；可為旁證[44]。

(5) 大雅生民篇，王肅之說自相矛盾。既欲退妖妄，然其言曰：「姜嫄知后稷之神奇，必不可害，故棄之以著其神，因以自明。」較之鄭箋，值五十步笑百步耳。

4. 鄭依禮制，王本人情：

[44] 戴君仁兩漢經學思想的變遷——詩經部分，孔孟學報一八期，頁五九。

王應麟困學紀聞曰：「鄭學長於禮，以禮訓詩，是案跡而議情性也。」㊺詩禮互為表裡，鄭箋多能發揮其長處，然亦有泥禮過度，以致不惜改字之例，如邶風綠衣：「綠兮衣兮，綠衣黃裡。」毛詩正義引王注曰：「夫人正嫡而幽微，妾不正而尊顯是也。」鄭箋改「綠」為「緣」，曰：

「緣兮衣兮者，言緣衣自有禮制也。諸侯夫人祭服之下，鞠衣為上，展衣次之，綠衣次之。次之者，眾妾亦以貴賤之等服之，鞠衣黃，展衣白，綠衣黑，皆以素紗為裡；今綠衣反以黃為裡，非其禮制也。故以喻妾上僭。

此王說得之，「綠」字不必改。

5. 王氏翼傳有功：

簡博賢先生曰：「鄭氏箋詩，多以三家易毛。陳喬樅著毛詩鄭箋改字說四卷，考得一百二十二條，皆以三家今文改毛之古文也。子雍述毛，故凡箋之所改，必據毛與奪。毛氏古義纂亂於三家，而釐然可徵者，子雍翼傳之功也。」㊻

6. 對於詩序與「興」之見解與鄭同：

王肅信從詩序，一如鄭玄。有關詩序之作者，經典釋文引沈重曰：

按鄭詩譜意，大序是子夏作，小序是子夏、毛公合作。卜商意有不盡，毛更足成之。然今存鄭譜並無子夏、毛公合作詩序之意，沈重臆測之言不可信。鄭玄主張詩序是子夏所作，詩常棣疏引鄭志曰：「此序子夏所為，親受聖人。」王氏亦然，其言曰：「子夏序詩，即今毛詩序也。」（家語註）

至於六義之「興」，鄭玄、王肅亦有一致之解釋，興乃隱喻，朱子及後人失察耳，茲不贅。

㈥ **詩經學家舉例：**

1. 魏：

王肅：（已見前述）。

隗禧：字子牙，京兆人，治齊、魯、韓、毛四家義。

王基：子伯輿，東萊曲城人，著毛詩駁五卷，持玄議，與王肅抗衡。[47]

2. 蜀：

杜瓊：字伯瑜，成都人。著韓詩章句十餘萬言。（三國志卷四二）

許慈：字仁篤，南陽人，善毛詩鄭氏學。（同上）

李譔：字欽仲，梓潼涪人。治毛詩，依準賈馬，異於鄭玄，多與王肅同。（同上）姚振宗補三國藝文志著錄其毛詩注，亡佚。

3. 吳：

⑮ 困學紀聞卷三，頁五，四部叢刊續編，商務。

⑯ 見簡博賢著王肅詩學及其難鄭大義，孔孟學報三八期，頁一三一。

⑰ 三國志卷一三，王肅傳裴注引魏略。

諸葛瑾：字子瑜，琅琊陽都人。治毛詩。（三國志卷五二裴注引吳書）

張紘：字子綱，廣陵人，學韓詩。（三國志卷五三裴注引吳書）

韋昭、朱育：韋昭字弘嗣，吳郡雲陽人；朱育，山陰人。合著毛詩答雜問四卷。

### 4 晉：

孫毓：字仲，泰山人，著毛詩異同評一○卷。本書辨析毛、鄭、王三家異同，屬申王派。

陳統：字元六，著難孫氏毛詩評四卷，屬申鄭派。

陸璣：字元恪，與詩人陸機（字士衡）並非同一人。著毛詩草木鳥獸蟲魚疏二卷，以釋毛傳之名物為主，是毛詩博物學派之開端；後世所謂辨證名物派，如宋蔡卞毛詩名物解、清俞樾詩名物證古，皆受其影響。

# 第五章 南北朝詩經學

南北朝承魏、晉以來混亂之局面，戰事頻傳，社會動盪不安；如梁朝侯景之亂，死傷極為慘烈，臺城男女十餘萬口，甲士二萬餘盡遭屠戮，史稱「橫屍滿路」、「爛汁滿溝」，絢爛之健康名城，化為一片廢墟。

此期之政治，可謂混亂而衰弱，然其學術卻能蓬勃發展；據錢穆先生之統計，此時代經、史、子、集著作之數量，超乎其前、後代 ❶。尤須注意者，其學術實居承先啟後之地位，經學亦不例外。

有關南北朝之經學環境與詩經學之概況，舉述如后：

## 一、各種文體欣欣向榮，使經學旁落一隅：

由於語言技巧與聲律觀念之進步，又逢形式主義擡頭、文學理論建立……使南北朝之學術繁榮發展。

蕭統昭明文選辨別經史諸子與文學之差異，採錄「其讚論之綜緝辭采，序述之錯比文華，事出於沈思，義歸乎翰藻」之文，不僅樹立選文之里程碑，而偏重形式技巧、華藻辭采之文風

❶ 錢穆著略論魏晉南北朝學術文化與當時門第之關係，新亞學報五卷二期。

亦蒙受莫大之鼓舞。昔日漢賦，至此發展爲俳賦。沈約四聲八病之說，創爲永明體。昔日詩歌，

多是全篇一韻，沈約諸人，變爲兩句、四句或八句換韻，於平仄、音調，日趨講究。詩中長短

句雜用之體裁，亦在此時以「有規律」之長短體出現，如同詞體之雛形。又有小詩興起，與唐

人絕句相類。此外，講究韻律與對偶之律體，逐漸形成，爲唐詩之先聲。

謝靈運、謝朓、酈道元……則促使山水文學蔚然興起。南朝荒淫無度之宮廷、貴族生活，

當然產生無數色情文學。

由於文學觀念日益明晰、文學形式日漸講求，文學批評之著作乃應運而生，劉勰文心雕龍、

鍾嶸詩品爲當日文學批評之尤著者。

清談類、志怪類之小說頗能反映此一時代現況；前者記述士大夫之生活言行，如宋劉義慶

之世說新語，後者伴隨宗教之流行而昌盛。

各種文體宛如百花齊放，於是，經學幾爲形式主義之洪流所吞沒。例如朝廷所選派往來南

北之使臣，齊有斐昭明、蕭琛、范縝、范雲；梁有劉潛、徐陵、沈炯、諸葛潁、顏之推、蕭愨、

劉瑨、蕭僞、蕭圓肅、王褒、宗懍、裴政、庾季才、何妥、蕭吉、陳有毛喜、

周弘正、江德藻、劉師知、傅縡、江總、許善心；後梁有蕭詧、蕭巋、劉臻、沈重、柳

譬；北魏有李彪；東魏陽休之、李諧、盧元明、魏收。此諸人中，僅范縝與沈重以經學見長，

其餘均以文學知名 ❷ ，可見此時大勢之所趨。

## 二、南學、北學各有淵源、各具特色：

南朝沿襲魏晉經學，一脈相承，受清談、玄風、佛學之影響，治經側重義理之發揮。北朝

承繼東漢學風，說經著重章句訓詁，未染玄風。

王夫之謂永嘉亂後，經學傳統猶延一脈於河西 ❸。陳寅恪隋唐淵源略論稿云：

西晉永嘉之亂，中原魏晉以降之文化轉移，保存於涼州一隅，至北魏取涼州，而河西文化遂輸入於魏。

又曰：

河隴一隅，所以經歷東漢末、西晉、北朝長久之亂世，而能保存漢代中原之學術者，不外前之所言家世與地域二點。易言之，即公立學校之淪廢，學術之中心移於家族；太學博士之傳授，變為家人父子之世業。……當中原擾亂，京、洛丘墟之時，苟邊隅之地尚能維持和平秩序，則家族之學術亦得藉以遺傳不墜。劉石紛亂之時，中原之地，悉為戰區，獨河西一隅，自前涼張氏以後，尚稱治安；故其本土世家之學術，既可保存，外來避亂之儒英，亦得就之傳授。……此河隴邊隅之地所以與北朝及隋唐文化學術之全體有如是之密切關係。

魏晉混亂時代，河西一隅保存東漢中原學術，下開北朝經學。汪惠敏曰：

因河西地理上之獨立性，故雖屬漢廷直轄，而中原爭戰，鮮遭波及。……漢末、西晉間，中原鼎沸，征戰連年，人民疲弊已極。黃河下流，連歲饑饉，加以蝗害頻仍，人民流亡失所，斃於匪，死於饑者，不可勝數（晉書卷三〇食貨志）。繼之五胡亂華，兵戈不息，

❷ 汪惠敏南北朝經學初探頁六一，考諸史書本傳，謂李彪、劉璠、蕭大圜、何妥、周弘正、蕭薈等皆有經學著作；然諸人既以文學見長，經學或其餘事耳。

❸ 王夫之讀通鑑論，卷一五，頁四九七，劉宋文帝之一三，何咎六五年。

又曰：

「人皆流散，道路斷絕，千里無煙」（同上）。而此際之河西，史傳載長安歌謠云：「秦川中，血沒腕，惟有涼州倚柱觀。」又稱「于時，天下喪亂，秦雍之民，死者十有八、九，惟涼州獨全。」（晉書卷六八，張寶傳）蓋有如世外之桃源也。❹

如張軌、李暠皆漢族世家，即以經學、文藝著稱（各見晉書本傳）。張、李等先後出任涼州刺史，立學校、崇儒術，故漢之儒學得滋長於河西。且河西由於地居東西要衝，為貿易中心，西域諸國，皆詣涼土販貨，經由商業之往還，胡族得與漢文化接觸。……北地質樸保守，較易墨守舊說，故經學多採漢之章句，而師承漢之家法。❺

佛教盛行於北朝，然不與儒學之義理混雜。牟潤孫曰：……然湯用彤謂北方朝野上下之奉佛，仍首在建功德求福田饒益，與南朝之重在談義理者異趣，是也。其時北土之儒生未習乎清談，使言名理，則格格不能入；引之信佛，亦惟有以章句之傳統訓解釋典；其所以與僧徒契合者，蓋不在義學，而在訓詁。因之，其所受於佛徒，移而治經者，亦祇為章疏之學，取沙門訓釋佛經名相義旨之法以解儒書之訓詁名物。❻

（北魏）孝文重儒術而善談老莊，尤精釋義，並能講說。

南齊書劉讞傳云：「晉尚文章，故經學不純」。南朝治經，多承襲魏晉；而玄談風氣，更勝往日，加以佛學流行、唯美文風如日中天；故其經學與北朝迥異。皮錫瑞曰：如皇侃之論語義疏，名物制度，略而弗講；多以老、莊之旨，發為駢儷之文，與漢人說經相去懸絕。此南朝經疏之僅存於今者，即此可見一時風尚。❼

此言南朝經學受老、莊思想及駢儷文風之影響也。本田成之曰：

在南朝諸儒之間，玄學流行；只此，經學可說是不純粹了。北朝其所用的經注，皆用兩漢之不雜老、莊趣味的；只此，可說有一種不染當時風調的醇處。……皇侃底論語義疏，在中國雖佚，而獨傳於日本。……其文駢儷整齊，當時底如何重文藻，可以知道。同時，又可據此以考知當時底時代思潮哩！例如論語「季路問事鬼神」（先進），皇侃底疏：「外教無三世之義，見乎此句也。周孔之教，唯說現在，不明過去未來」，自以儒教為外教。這因為是疏，不是皇氏一家言，當時一般以佛教為內教，以儒教為外教，很可明白了。講經書的儒者這樣說，所以世間一般佛教怎樣旺盛，僅此一語已昭然若揭了。❽

牟潤孫曰：

梁武帝蓋以儒書與莊、老、涅槃等視之，……其所繼承而發揚者，實為清談家彙合儒、玄、釋為一之傳統。顏氏家訓勉學篇曰：「洎乎梁氏，茲風復闡。莊、老、周易總謂三玄，武皇、簡文躬自講論」當為實錄。❾

又曰：

❹ 南北朝經學初探，頁一，前言。嘉新水尼基金會。

❺ 同❹。

❻ 牟潤孫著論儒釋兩家之講經與義疏，新亞學報四卷二期，頁三五三。

❼ 皮錫瑞經學歷史，頁一七六，漢京出版。

❽ 本田成之中國經學史，頁二一○，古亭書屋。

❾ 同❻。

宋明帝置總明館，有儒、玄、文、史四科，……夫宋文帝立儒學館，以雷次宗主之，無論次宗受業慧遠，為儒釋兼修之士，即以儒玄同立館言，已足見其非專崇儒。……宋齊兩代非無儒，無純一不雜之儒也。……梁武帝所用以講學授徒之人物，與其自身大抵皆頹似；以此而提倡儒學，其不能一反清談玄學之風而納之於兩漢之舊軌，自為必然者矣。陳氏之學，承自梁代，儒林人物，均無異蕭梁。⑩

顯然，南朝經學大受玄學、佛學影響。馬宗霍曰：

要之，南方水土和柔，兼被清談之風，其學多華。北方山川深厚，篤守重遲之俗，其學多樸。華，故侈生新意；樸，故率由舊章。⑪

潘師石禪亦曰：

據北史（儒林傳序）、隋書（經籍志），釋文之言，知兩漢經學行於北朝，魏晉經學盛於南朝。大抵北朝崇舊，篤守師說；南朝趨新，頗矜博采。北學以鄭玄為宗師，南學採王、杜之新變。⑫

北史儒林傳序曰：「南人約簡，得其精華；北學深蕪，窮其枝葉。」皮錫瑞之言，可為此句之說明，其言曰：

經本樸學，非頹家莫能解，俗目見之，初無可悅。北人篤守漢學，本近質樸；而南人善談名理，增飾華詞，表裡可觀，雅俗共賞。⑬

鄺士元曰：

唐人謂「南人約簡，得其精華」，不過明言清談已滲入經學，及其創新風格而已。北學的「窮其枝葉」，實指認入仍篤守鄭服一派的名物訓詁之經學而已，殊非指北方經學缺

點而言。⑭

## 三、士族門閥維繫經學：

衣冠世族享有免徭役之特權，經濟實力非常雄厚，東漢末年已然，後世愈演愈烈。鄒紀萬描述南北朝時期之門閥曰：

占山封澤、兼併土地之外，世族又挾蔭戶口以作私附，他們私有的部曲賓客、佃戶奴婢數量驚人已極；部曲是私屬軍隊，奴隸在必要時可改編為軍隊，所以世族不但經濟力量雄厚，便是軍事上也極具勢力，並以此實力維護其政治、法律、婚姻的特權；因此，南渡以後，世族勢力整個籠罩江南新土，成為牢不可破的門閥社會。⑮

既有特權與厚利，門閥亟需鞏固其既得利益。錢穆先生曰：

蓋當時人所采於道家言者，旨在求處世；而循守儒科，則重在全家保門第。政府治亂、朝代更迭，已群感其非力所及，亦遂置之不問，而所資退守自保者，則為各自之門第。

⑩ 同⑥。

⑪ 馬宗霍中國經學史，頁七八，商務出版。

⑫ 潘師石禪著五經正義探源，華岡學報一期，頁一三。

⑬ 書同⑦，頁一九三至一九四。

⑭ 鄺士元中國學術思想史，頁二八八，里仁出版。

⑮ 傅樂成主編，鄒紀萬著中國通史——魏晉南北朝，頁一〇七，衆文出版。

欲保門第，不得不期有好子弟……。欲求家庭有好子弟，則儒家所傳禮法教訓便不得放棄。⑯

毛漢光嘗列舉五十個大夫族，「除少數例外，似乎皆經學文章相繼，以別的途徑發展成功爲士族者，若要欲長久維持家聲，都從學業與品德下功夫，因此成爲當時士族的特性了」⑰。顏氏家訓勉學第六曰：「士大夫子弟數歲以上，莫不被教，多者或至禮傳，少者不失詩論」。由是觀之，於政治倱亂、儒學衰微之南北朝時期，經學猶能緜延不絕者，士族門閥實有維繫之功焉。

# 四、北朝較南朝重視經學：

南朝與北朝之國勢相比，北朝勝於南朝，鄭紀萬曰：

北方世族歷經動亂艱苦的磨勵，精神反而轉爲新健。北方諸胡也因長期受漢文化的浸染，能與北方士大夫們合作，因此其政治教化能夠日上軌道；比起南朝諸帝及臣僚忙於淫亂奢侈的生活，自然要勝上一籌。⑱

經學之流行與其國勢之強弱一致，亦北盛而南衰。鄭紀萬又曰：

南方的氏族，因爲具有優越的政治、經濟及社會地位，所以不屑於再竭智盡心，經營世務，彼此互以老莊玄虛之學相高，而崇尚「清談」。……北方的世族，因爲不能驅逐異族，只有隱忍合作，勉立功業以圖存全，所以相率以經術政務爲尚，通過參與胡人政權的機會，逐漸將中國傳統文化及文物制度灌注給異族。不但使中國的儒統未曾中斷，反而比南方所保存的，發揚了更廣大的精神。⑲

焦循曰：

逮晉南渡，經學盛於北方。大江以南，自宋及齊，遂不能為儒林立傳。梁天監中，漸尚儒風，於是梁書有儒林傳。陳書嗣之，仍梁所遺也。（北）魏儒最隆，歷北齊、周、隋，以至唐武德、貞觀，流風不絕，故魏書儒林傳為盛。[20]

宋書、南齊書無儒林傳；梁、陳二書雖有傳，然其源流授受，亦未如魏書、北齊書之詳也。南史儒林傳序云：

自中原橫潰，衣冠道盡，江左草創，日不暇給。以迄宋齊，國學時或開置，而勸課未博，建之不能十年，蓋取文具而已。是時鄉里莫或開館，公卿罕通經術。朝廷大儒，獨學而弗肯養眾；後生孤陋，擁經而無所講習。[21]

南朝初年，經學積衰不振，由此可見。稍後，偶有曾提倡儒學之君主，如南朝宋文帝元嘉十五年（西元四三八）尚能立儒學，以雷次宗為教授。南齊高帝建元四年（西元四八一）立國子學，有生員二百人，以王儉為祭酒。梁武帝天監四年（西元五○五），詔開五館，建立國學，總以

⑯ 同①。
⑰ 毛漢光著兩晉南北朝士族之研究，頁六三，中國學術著作獎助委員會出版。
⑱ 同⑮，頁七一。
⑲ 同⑮，頁一一八。
⑳ 焦循雕菰集，卷二二，頁一八一，國史儒林文苑傳議。叢書集成新編，冊六九，新文豐七四年。

五經教授，置五經博士各一人。館有數百生，給其餼廩；其射策通明經者，即除爲吏，於是懷經負笈者雲會。然武帝晚年崇信佛法，政治腐敗，竺乾之典日密，周孔之言日疏，南學卒未大昌。及陳武創業，時經喪亂，敦獎未遑，天嘉以後，稍置學官，雖博延生徒，成業蓋寡。故皮錫瑞曰：

南朝以文學自矜，而不重經術；宋、齊及陳，皆無足觀。惟梁武起自諸生，知崇經術……四方學者靡然向風，斯蓋崇儒之效。而晚惑釋氏，尋遘亂亡。②

至於北朝，自拓跋珪建立北魏後，即下詔提倡經學，並將經義應用於政治世務上。北史儒林傳序曰：

魏道武初定中原，……始建都邑，便以經術爲先。立太學，置五經博士，生員千有餘人。天興二年春，增國子太學生員至三千人。……明元時，改國子爲中書學，立教授博士。太武始光三年春，起太學於城東。後徵盧玄、高允等，而令州郡各舉才學。於是人多砥尚，儒術轉興。天安初，詔立鄉學。……太和中，改中書學爲國子學，建明堂辟雍，尊三老五更，又開皇子之學。及遷都洛邑，詔立國子太學、四門小學。……劉芳、李彪諸人以經書進。……宣武時，復詔營國學，樹小學於四門，大選儒生以爲小學博士，員四十人。雖醼宇未立，而經術彌顯。時天下承平，學業大盛，故燕、齊、趙、魏之間，橫經著錄，不可勝數；大者千餘人，小者猶數百。……周文（宇文泰）受命，雅重經典，……徵沈重於南荊。及定山東，明皇纂歷，敦尚學藝。內有崇文之觀，外重成均之職。……降至尊而勞萬乘，待熊安生以殊禮。是以天下慕嚮，文教遣章。㉓

蓋北人俗尚純樸，未染清言之風、浮華之習，故能專宗漢學。考其成效，北史儒林傳序曰：

衣儒者之服，挾先王之道，開豐舍、延學徒者比肩，勵從師之志，守專門之業，辭親戚、甘勤苦者成市。雖通儒盛業，不逮晉魏之臣，而風移俗變，抑亦近代之美也。（同上）

魏書目錄序云：

拓跋氏乘後燕之衰，蠶食并、冀，……其始也，公卿方鎮，皆故部落酋大，……其國力亦凌駕南朝之上，皆爲不可否認之事實。至於南朝，民風奢侈浮華，儒學受玄學之影響，不黷守漢儒瑣碎之訓詁學，而邁入推闡義理之途，此固經學發展之必然途徑。故南朝經學具有趨新、活潑之特質，北朝經學則呈現守舊、拘謹之特質；以致北朝經學雖比南朝盛行，而政治上，當北朝統一南朝之後，經學反而南朝統一北朝。

北史儒林傳序所謂「雖通儒盛業，不逮晉魏之臣，而風移俗變，抑亦近代之美也」，魏書目錄序所謂「其文章儒學之流，既無足紀述」，可見經學之於北朝，確有移風易俗之功效；然純守漢學，卻未見超越漢學而能自成一家者，故皆「無足紀述」。而北朝力崇經學，因而改善風俗，不責禮義，故士無風節，貨賂大行，故俗尚傾奪。遷洛之後，稍用夏禮，……其文章儒學之流，既無足紀述；將帥功名，又不可希望。[20]

㉑ 南史卷七一。

㉒ 同❼，頁一七九。

㉓ 北史卷八一及八二。

㉔ 魏書，冊四，頁三○六三，鼎文書局。

# 五、詩經方面，毛傳、鄭箋一支獨秀：

南朝與北朝之經學，除詩、禮之外，各有所尚，北史儒林傳序云：

江左，周易則王輔嗣，尚書則孔安國，左傳則杜元凱；河洛，左傳則服子慎，尚書、

周易則鄭康成，詩則並主於毛公，禮則同遵於鄭氏。

又曰：

漢世鄭玄並為眾經注解，服虔、何休各有所說，（鄭）玄易、詩、書、禮、論語、孝經，

虞左氏春秋，休公羊傳，大行於河北。

皮錫瑞曰：

北學，易、書、詩、禮皆宗鄭氏。左傳則服子慎。鄭君注左傳未成，以與子慎，見於世

說新語，是鄭、服之學本是一家；宗服卽宗鄭，學出於一也。南學則尚王輔嗣（弼）之

玄虛，孔安國之偽傳，杜元凱（預）之臆解，此數家與鄭學枘鑿，亦與漢儒肖馳。[25]

自東晉元帝廢王蕭之學[26]，南北朝承其制，王學遂一衰再衰。詩經亦不例外，魏、西晉時代之

鄭、王相爭，已成歷史陳跡，毛、鄭詩學，定於一尊；而鄭箋特重於北方[27]。

北朝詩學專崇鄭氏，南朝詩學，雖主毛、鄭，然間或雜採王說，如伏曼容、郭璞、虞喜、

劉和、劉宣、阮侃、徐邈、蔡謨、江惇、裴松之、徐爰、劉孝孫、許懋、嚴植之、賀瑒、陸雲、

劉獻、關康之、劉瓛、全緩、龔孟舒、許亨、江熙、殷仲堪、徐廣、孫暢之、何偃、謝曇濟、

何允、張璣、顧越、舒援、梁武帝、梁簡文帝，皆出入鄭、王二家者也[28]。隋書經籍志序詩云：

「唯毛詩鄭箋至今獨立」，可知，王蕭詩學至隋代而日益沉淪。唐陸德明撰經典釋文，孔穎達

撰毛詩正義，皆嘗引用王肅注，則上述南朝詩經學者，於王學之留傳，實有功焉。

## 六、義疏之學興起：

南北朝時期，義疏之學大興；，溯其來源，則爲漢人章句、晉人經義，兼採佛典疏鈔之體製。

漢初經師但傳訓詁，通其大義，「疑者則闕弗傳」。至宣帝時，博士官爲：一便於教授，二便於博士弟子應試，三便於應敵起見，漸有章句之學興起。應敵者，如石渠奏議，講五經異同，若不分章逐句爲說，但訓故舉大義，則易爲敵所乘也。故章句必具文，即分章斷句，具備原文而逐一詳解，遇有不可說處，已不能略去不說，於是不得不左右采獲，往往陷於勉強牽引。以爲飾說[29]。清沈欽韓曰：

章句者，經師指括其文，敷暢其義，以相教授。左宣二年傳疏，服虔載賈逵、鄭衆、或人三說，解叔祥曰子之馬然也，此章句之體。……章句各師具有，煩簡不同耳。[30]

### 註

[25] 同[7]，頁一七〇。

[26] 東晉元帝立博士九人，用鄭學，廢王學，前章已述及。

[27] 甘鵬雲經學源流考，頁九八，學海出版社。然周估治清代詩經學頁一五，曰：「南北朝崇鄭崇王，唐代兼重毛鄭」，此言待商，蓋南北朝崇鄭鄭而不崇王，至於學者所言「北朝崇鄭學，南朝採杜、王之新變」一語，乃指杜預左傳與王弼周易，與王肅詩經固不相步，周氏失察耳。

[28] 同[27]，頁九九。

[29] 裴普賢經學概述，頁二三二二，開明六一年二版。又錢穆兩漢經學今古文平議，頁二〇二，三民六〇年。

[30] 王先謙漢書藝文志補注轉引。

戴君仁先生曰：

章句不是——或不僅是——零星的詞和字的解釋，而是整段逐句的文義解釋。至於解故，現存漢人經注，……毛傳多為單詞隻字的解釋，而沒有逐句文義的說明；何休解詁也不逐句解釋，只是微言大義的申發。據此，解故想是預備傳世之作，不是講的；而章句則是對弟子們講的，如現在學校中的講義。講義可以印出來，章句也可以寫定。我想漢儒的章句，應是南北朝義疏之祖。㉛

桓譚新論曰：

秦近君（當作：延君）能說堯典篇目兩字之說至十餘萬言，但說「曰若稽古」三萬言。㉜

又如漢書藝文志謂「說五字之文，至於二三萬言」，皆指漢朝章句之學過於繁瑣。南北朝義疏之體，不似漢朝傳注之精簡，而近於漢之章句。

漢書藝文志有歐陽尚書說義二篇，以「義」名篇，殆以此為最早。魏劉瓛著毛詩義，晉釋遠亦著毛詩義；易經方面，晉人以「易義」名書者甚夥㉝，戴君仁先生曰：「這些所謂『義』者，是講義理的著作，不是訓詁字義的著作。」㉞

義疏之著作，始於晉朝，如伊說著尚書義疏，謝沈著毛詩義疏是也。至南北朝而義疏之學大盛，其著作見於隋書經籍志者約三十種，然只皇侃論語義疏為僅存。

義疏之文體，儒釋有類似之點，一為其書之分章段，二為其書中之有問答。皇侃論語義疏，學而第一，疏云：

論語是此書總名，學而為第一篇別目。中間講說，多分為科段矣。

皇氏首言中間多分科段，則其講論語時，分科段之處自當不少；至唐宋人著正義，分章分段則

又轉詳。分章分段之法，或始於漢朝章句辯駁講論之時。

至於問答形式，尤以公羊義疏尤爲顯著，戴君仁先生以爲此一形式起源於漢朝經師之辯難。

湯用彤謂「梁世皇侃作論語集解義疏，其行文編制，頗似當世佛經注疏。」㉟此爲儒家義

疏受佛典影響之證據。

## 七、詩經學家舉例：

1. 周續之 毛詩注
周續之字道祖，劉宋鴈門廣武人。其毛詩注爲謹守毛傳之作，蓋南朝風氣如此。

2. 梁簡文帝 毛詩十五國風義二十卷

3. 何胤 毛詩隱義十卷
何胤字子季，梁廬江人。是精於鄭箋之學者。

4. 崔靈恩 集注毛詩二十二卷

㉛ 戴君仁經疏的衍成，經學論文集，頁一〇八，黎明七〇年。

㉜ 漢書藝文志顏師古引。

㉝ 據朱彝尊經義考所載，以「易義」名書者，有衛瓘等十餘家。

㉞ 書同㉛，頁一一八。

㉟ 湯用彤漢魏兩晉南北朝佛教史，下冊，頁三九。

崔靈恩，梁清河東武城人。其著作以宗毛申傳爲主。

5. 劉宋雷次宗著毛詩義一卷、張氏著毛詩義疏五卷、舒援著毛詩義疏二十卷。北周沈重著毛詩義疏二十八卷，此外隋志著錄佚名之毛詩義疏，有四卷至二十九卷等六種，今皆亡佚。

# 第六章　隋唐詩經學

## 第一節　隋朝詩經學

中國歷史，自東漢末年，而後三國鼎立，經兩晉、南北朝，至隋文帝南下滅陳，統一南北，方結束近五百年之混亂局面。隋朝之歷史地位與秦朝相類，秦有統一之功，十五年而亡，漢朝盛世繼其後；隋朝亦有統一之功，二十九年而亡，大唐盛世代之而起；故秦、隋兩朝均為混亂通往太平之過渡時期。

有關隋朝之經學背景與詩經學之概況，略述如下：

(一)　**隋皇輕視教育、猜忌兇殘、奢侈放蕩，因而國祚短促：**

隋文帝初年，頗能倡導儒學，然虎頭蛇尾，成效不彰；煬帝之於儒學，其情況大致與文帝相同。北史儒林傳序曰：

隋文……平一寰宇，頓天網以掩之，……於是四海九州強學待問之士靡不畢集。……齊、魯、趙、魏，學者尤多。負笈追師，不遠千里。講誦之聲，道路不絕。中州之盛，自漢、魏以來，一時而已。及帝暮年，……不悅儒術，……遂廢天下之學，……煬帝即位，復

開庫序，國子郡縣之學盛於開皇之初。徵辟儒生，遠近畢至，使相與講論得失於東郡之下。……既而外事四夷，……其風漸墜。……方領矩步之徒亦轉死溝壑。凡有經籍，因此湮沒於煨燼矣。

又隋書經籍志稱，文帝開皇三年（西元五八三），秘書監牛弘表請分遣使人搜訪異本書，每書一卷，賞絹一疋，校寫既定，本即歸主。於是民間異書，往往間出；及平陳以後，經籍漸備，內外之閣，凡三萬餘卷。煬帝即位，祕閣之書，限寫五十副本，分為三品，於東都觀文殿東西廂構屋以貯之。然二帝之晚年，皆荒廢儒學。

論者以為隋皇無宏遠之政治理想，崇尚功利主義，輕視教育，資性刻薄凶殘，加以煬帝之奢侈放蕩，勞民傷財，是隋朝迅速亂亡之原因❶。

（一）北學併於南學：

南朝與北朝經學，各有所承，各有所主，各具特色，已見前述。本田成之曰：
所謂南學北學，因是從學問地性質上說，不是從地域上說的。不待說，南人也有習北學的，北人也有習南學的。崔靈恩原是北人，而歸於南；沈重原是南人，而歸於北者。顏之推也是南人，而仕於北的。……褚暉、顧彪、魯世達、張沖皆南人，為隋之煬帝所重。偽孔古文底費甝底義疏，……是北魏時輸入於北方的。據隋書經籍志，易在南朝有鄭、王二注，列於國學，但在北齊唯傳鄭義，至隋而王注始盛行，鄭學浸微矣。書在南方講鄭孔二家，在北齊只傳鄭義；至隋雖傳鄭孔並行，然鄭氏甚微。春秋北方唯傳左氏服義，至隋而杜氏盛行，服義浸微。鄭、服衰而偽孔、王、杜之所以盛行的，皆是隋時。❷

隋朝不僅統一南北政治，亦統一南北經學。政治方面，北併南；經學方面，北併於南。隋唐經學，北學亡而爲南學所統一，究其原因，約有如下三端：

1. 南方佔心理優勢：

自永嘉之亂，晉室南遷，中原衣冠、禮樂、文物齊集江左，中原淪落胡人手中，故士人大夫每以南方爲正朔所在。南人文采風流，北人常稱羨之。南儒往北，一致見推；北儒來南，不免依違。如南方沈重入周❸，甚爲周武所禮重，諸儒共推之，北儒崔靈恩、孫詳、蔣顯之入梁❹，崔靈恩所治左氏服解，不爲江東所喜，乃遷就南人，改說杜義；孫、蔣音革楚夏，學徒不至。唐張鷟朝野僉載云：

溫子昇作韓陵山寺碑，（庾）信讀而寫其本。南人問信曰：「北方文士何如？」信曰：「惟有韓陵山一片石堪共語；薛道衡、盧思道少解把筆，自餘驢鳴狗吠，聒耳而已」。❺

可見當時文人心理，多輕視北方學術。

❶ 傅樂成中國通史——隋唐五代史，頁一八、頁三三至三四，衆文出版，七四年。

❷ 本田成之中國經學史，頁二一六，古亭書屋六四年。其說源自皮錫瑞經學歷史，頁一九六，漢京版

❸ 沈重初仕梁，爲五經博士，北周武帝禮聘至京師，詔令討論五經，授驃騎大將軍，露門博士。傳見周書卷四五儒林傳及北史卷八二儒林傳。

❹ 崔靈恩，初仕魏，後入梁。傳見南史卷七一儒林傳及梁書卷四八儒林傳。

❺ 張鷟朝野僉載卷六，頁八〇，叢書集成新編，冊八六，新文豐出版，七四年三月。

2. 南學、北學之特色所致：

皮錫瑞曰：「經本樸學，非顓家莫能解，俗目見之，初無可悅。北人篤守漢學，本近質樸；而南人善談名理，增飾華詞，表裡可觀，雅俗共賞。故雖以亡國之餘，足以轉移一時風氣，使北人舍舊而從之。」❻南朝經學具有趨新、活潑之特質，北朝經學則呈現守舊、拘謹之特質，特色不同，勝敗斯分。

3. 唐朝所修正義，重南輕北：

唐太宗命孔穎達等撰修五經正義，以為考試定本；因諸經正義多沿南學，遂令南學獨尊天下。

(三) 劉焯與劉炫：

劉焯與劉炫是隋朝最具代表性之經學家。劉焯字士元，信都昌亭人，生於東魏孝靜帝武定二年（西元五四四），卒於隋煬帝大業六年（西元六一○），享年六十七。文帝開皇中，劉焯被舉為秀才，對策甲科，於國子與諸儒共論古今滯義，以精博著稱，曾奉敕與劉炫等考訂洛陽石經。後與炫議論，深挫諸儒，遂為飛章所謗，除名歸里。煬帝時，又舉為太學博士。撰有尚書義疏、毛詩義疏、五經述義、稽極、曆書❼。

劉炫字光伯，河間景城人，少以聰敏見稱，與劉焯結為盟友，閉戶讀書，十年不出。炫眸子精明，視日不眩，強記默識，左畫方，右畫圓，口誦，目數，耳聽，五事同時並行，無所遺

失。吏部尚書韋世康問其所能，答曰：「周禮、禮記、毛詩、尚書、公羊、孝經、論語、孔、鄭、王、何、服、杜等之注凡十三家，雖義有精粗，並堪講授。周易、儀禮、穀粱，用功稍少。史、子、文集、嘉言美事，皆誦於心。天文律曆，窮覈微妙。至於公私文翰，未嘗假手。」❽吏部竟不詳試。時牛弘奏請購求天下逸書，炫遂僞造書百餘卷，題連山易、魯史記等，錄上送官，後爲人發覺，論死罪，幸經赦免。劉炫之經學著述如下：尚書述議、毛詩述議、毛詩集小序、毛詩譜注、春秋述議、春秋規過、春秋攻昧、孝經述議、孝經稽疑、論語述議、五經正名等十二種，又有其它著作七種。二劉著作，大多亡佚，只劉焯之尚書義疏，劉炫之尚書述議、毛詩述議、春秋述議、春秋規過、春秋攻昧、孝經述議有佚文存焉；而孝經述議猶有東瀛古鈔本殘卷見存於世。

隋書儒林傳序曰：

　二劉拔萃出類，學通南北，博極今古，後生鑽仰，莫之能測。所製諸經義疏，搢紳咸師宗之。

傳後「史臣曰」有云：

　劉焯道冠縉紳，數窮天象，旣精且博，洞幽究微，鉤深致遠，源流不測；數百年來，斯人而已。劉炫學實通儒，才堪成務，九流、七略無不該覽。雖採賾索隱，不逮於焯，裁

❻ 皮錫瑞經學歷史，頁一九三至一九四，漢京版。
❼ 陳金木劉焯劉炫之經學，頁一五〇三，政大博士論文，七八年。
❽ 隋書劉炫傳。

成義說，文雅過之，並道亞生知。[9]

即對二劉推崇備至，論劉焯「數百年以來，斯人而已」，劉炫為「並道亞生知」。陳熙晉曰：

竊謂集兩漢之大成者，康成也；集六朝之大成者，光伯也。[10]

二劉學通南北，其尚書經疏、毛詩經疏是唐修尚書正義、毛詩正義所據之藍本。劉炫春秋左傳經疏為唐修春秋正義所據之藍本。劉炫孝經述議可供輯佚校勘研究之取資。此乃二劉對經學之四大貢獻[11]。

陳金木先生嘗評述二劉撰作經疏之態度，曰：

二劉先生於撰述時，乃以謹慎慎小心之態度，忠於學衛之良心；於諸經之異，或以秦火燼書，或以師有異讀，（因而不擅改經文），其治學之態度令人感佩，於前賢之注解，亦能擇善而從，不專主一家，不曲為解說；於其所不知，不妄加臆測，以闕疑待考存之。[12]

潘師石禪頗推崇二劉，云：

間嘗反覆遺疏，深覺劉君忠於學衛之心，實足卓絕千古。左氏文十三年「其處者為劉氏」疏云：「討尋上下，其文不類，深疑此句或非本旨。蓋以為漢室初興，損棄古學，左氏不顯於世，先儒無以自申，劉氏從秦從魏，其源本出劉累，插注此解，將以媚於世。」又襄二十四年「在周為唐杜氏」疏云：「炫於『處秦為劉』，謂非丘明之筆，『豕韋唐杜』，不信元愷之言。己之遠祖，數自譏訐，或聞此義，必將見嗤；但傳言於人，懼誤後學，意之所見，不敢有隱，唯賢者裁之。」檢此兩疏，互相證明，知皆光伯之筆。觀其識解之卓，用心之公，雖與日月爭光可也。舊說塵埋，古人之精意蘊而不宣者何限，溫故知新，舊疏之考求其又曷可緩乎？[13]

北史儒林傳敍北朝詩經學之傳授源流，曰：「通毛詩者，多出於魏朝劉獻之。獻之傳李周仁。周仁傳董令度、程歸則。歸則傳劉敬和、張思伯、劉軌思。其後能言詩者，多出二劉之門。」又隋書儒林傳謂江左、何洛之經學，詩並主毛公，劉焯、劉炫同受詩於劉軌思；劉軌思爲劉獻之之三傳弟子，是當時言詩之專家。二劉得名家之裔傳，且能相互鑽研切磋，故隋書儒林傳謂二劉「所製諸經義疏，搢紳咸師宗之」。孔穎達毛詩正義序載二劉以前爲義疏者，雖有全緩、何胤、舒瑗、劉軌思、劉醜等五人，然獨推二劉，曰：

焯、炫並聰穎特達，文而又儒，握秀幹於一時，騁絕轡於千里，固諸儒之所揖讓，曰下之所無雙，其於作疏內，特爲殊絕。

而孔氏所撰正義之體例，堅守疏不破注之原則，故評二劉之經疏曰：

然，焯、炫等負恃才氣，輕鄙先達，同其所異，異其所同，或略而反詳，或宜詳而更略，準其繩墨，差亦未免，勘其會同，時有顛躓。今則削其所煩，增其所簡；唯意存於曲直，非有心於愛憎。（毛詩正義序）

毛詩正義四十卷之作，乃據二劉經疏爲底本。孔穎達亦不諱言，故曰：

⑨　隋書，卷七五，頁一七○七，一七二六至一七二七，鼎文書局。

⑩　陳熙晉，春秋述議拾遺，自序，頁一。光緒十七年廣雅書局校刻，臺大文學院圖書館藏。

⑪　同⑦，頁一五一六至一五二一。

⑫　同⑦，頁九○一，又頁一五一一。

⑬　潘師石禪尚書舊疏新考，學術季刊四卷三期，頁一，四五年三月。

今本敕刪定，故據以爲本。……今則削其所煩，增其所簡。（同上）

四庫全書總目提要於毛詩正義下曰：

其書以劉焯毛詩義疏、劉炫毛詩述義爲稿本。

陳金木先生評毛詩正義曰：

此書實爲劉襲二劉先生之經疏，僅削刪去其姓氏而已，劉文淇、劉毓崧、劉師培、潘重規四氏辨之，舉證歷歷，似成定論。……評論毛詩正義者，亦可謂之評論二劉先生之經疏也。⑭

毛詩正義歷經二次修訂，於疏家名氏多所刪削，孔氏之於二劉疏，既稱「據以爲本」，而全書僅有二處爲二劉經疏，是以二劉學說之存於毛詩正義者，必然難以勝數，卻又不易明白指出。今紹承馬國翰之後，陳金木先生嘗重輯二劉之毛詩經疏，其中輯自毛詩正義者有三十五條，輯自左傳正義者亦有三十五條，輯自孝經述議者有十二條，共計八十二條；其中爲馬氏所輯者二條，爲劉文淇所揭出者十四條⑮。

今存敦煌毛詩音殘卷中，潘師石禪取倫敦藏斯二七二九號，與列寧格勒藏一五一七號相校，適相吻合，蓋一卷分裂爲二，而又散在異域也。潘師嘗取釋文與此周南音一百三十五字互校，且推及全卷一千一百餘字，而作如下結論：

比較觀之，知此卷爲劉炫一家之音，而釋文則陸德明集眾家音義之作，二者系統不同，而體製亦顯然異趣。

詳見潘師所撰「巴黎倫敦所藏敦煌詩經卷子題記」、「倫敦藏斯二七二九號及列寧格勒藏一五一七號敦煌卷子毛詩音殘卷綴合寫定題記」二文。

(四)　其他詩經學家：

隋朝重要詩經學家，除劉焯、劉炫外，隋書卷七五儒林傳記載如下數家：

元善：河南洛陽人，通五經。

辛彥之：隴西狄道人，撰五經異義。

蕭該：蘭陵人，通詩。

包愷：東海人，明五經。

房暉遠：恆山眞定人，治詩。

魯世遠：餘杭人，撰毛詩章句義疏四十二卷。

王孝籍：平原人，徧治五經，注詩。

## 第二節　唐朝詩經學

唐繼隋後，政治與學術更臻統一、穩定；因其經學大多淪爲科舉之附庸，科舉明經，考生作答不能與正義學說相違背；此一拘束，妨礙經學研究之進步，故缺乏卓異之經學作品。更由於佛學發達，才智之士群趨研究佛學，以致正統儒家思想呈現衰落現象。

⑭　同❼，頁九○六。

⑮　同❼，頁七八三。

（一） 唐朝之學術風氣：

唐高祖即位之初，即致力於文教。新唐書卷一九八儒學傳載：

高祖始受命，鉏類夷荒，天下略定，即詔有司立周公、孔子廟于國學，四時祠；求其後，議加爵土。國學始置生七十二員，……太學百四十員，……四門學百三十員，……上郡學置生六十員，……上縣學置生四十員，……又詔宗室、功臣子孫就書外省，別為小學。

武德七年（西元六二四），又詔諸州、縣及鄉並置學校；明經之士皆訂獎勵，如有明一經以上者，經有司測試則加以階敍。

唐初中央官學，有所謂「六學二館」。六學是國子學、太學、四門學、律學、書學、算學，均由國子監管轄；二館是弘文館與崇文館，不隸於國子監。

諸學之中，太學始創於漢代，國子學始創於西晉武帝，四門學創立於北魏孝文帝時。弘文、崇文等館，始置於唐代；唐高祖武德四年（西元六二一）於門下省置修文館，九年，改名弘文館；崇文館設於貞觀十三年（西元六三九）。學館生徒之錄取資格，不在學生之教育程度，而在其父祖之政治地位。父祖政治地位最高者，入崇文館及國子學，其次，入弘文館及太學，再次入四門學；低級官吏及平民子孫則入律、書、算學。國子學生名額三百人，太學生名額五百人，四門學生名額一千三百人，律學生名額五十人，書學及算學各三十人。六學之教師，有博士、助教、直講等⑯。課程方面，國子、太學、四門三學，弘文、崇文館（及廣文館）皆以經學為主。

高祖武德四年（西元六二一），太宗為天策上將軍，即開設文學館，招聘杜如晦、房玄齡、

虞世南、褚亮、姚思廉、李玄道、蔡允恭、顏相時、蘇勗、蓋文達、于志寧、蘇世長、薛收、李守素、陸德明、孔穎達、許敬宗等為十八學士，與議天下事⑰。

新唐書儒學傳曰：「嘗論之，武為救世砭劑，文其膏粱歟！亂已定，必以文治之」⑱。唐太宗深明此理，資治通鑑載貞觀元年，春，正月丁亥，上宴群臣：

上曰：截亂以武，守成以文，文武之用，各隨其時。⑲

太宗極力推崇儒學，資治通鑑載其言：

上曰：……朕所好者，唯堯、舜、周、孔之道，以為如鳥有翼，如魚有水，失之則死，不可暫無耳。⑳

貞觀政要載太宗之學政曰：

太宗初踐祚，卽於正殿之左置弘文館，精選天下文儒，令以本官兼署學士給以五品珍膳，更日宿直。以聽朝之隙，引入內殿，討論墳典，商略政事，或至夜分乃罷。……貞觀二年㉑，詔停周公為先聖，始立孔子廟堂於國學，稽式舊典，以仲尼為先聖，顏子為先師。

⑮ 書同❶，頁一五一至一五二。

⑯ 新唐書，卷一〇二，褚亮傳。武德七年（西元六二四），薛收卒，以劉孝孫補之。

⑰ 新唐書，卷一九八，鼎文出版，冊七，頁五六三七。

⑱ 司馬光資治通鑑，卷一九二，唐紀。蒲公英出版社（內頁題：藍燈文化事業公司），冊八，頁六〇三〇。

⑲ 書同⑲，卷同，頁六〇五四。

⑳ 舊唐書卷一八九上儒學傳，唐會要卷三五亦作「貞觀二年」，新唐書卷一九八儒學上作「貞觀六年」。

……是歲大收天下儒士，賜帛給傳，令詣京師，擢以不次；布在廊廟者甚眾，學生通一大經以上，咸得署吏。……太宗又數幸國學，令祭酒、司業、博士講論畢，各賜以束帛。四方儒生員書而至者，蓋以千數。俄而吐蕃及高昌、高麗、新羅等諸夷酋長，亦遣子弟請入于學，……儒學之興，古昔未有也。㉒

新唐書卷一九八儒學上曰：

帝又讎正五經繆缺，頒天下示學者，與諸儒稡章句為義疏，俾久其傳。因詔前代通儒梁皇侃、褚仲都、周熊安生、沈重、陳沈文阿、周弘正、張譏、隋何妥、劉炫等子孫，並加引擢。二十一年，詔「左丘明、卜子夏、公羊高、穀梁赤、伏勝、高堂生、戴聖、毛萇、孔安國、劉向、鄭眾、杜子春、馬融、盧植、鄭玄、服虔、何休、王肅、王弼、杜預、范甯二十一人，用其書，行其道，宜有以褒大之，自今並配享孔子廟廷。」於是唐三百年之盛，稱貞觀，寧不其然！

唐代官學，以太宗時為最盛，當時四方儒士，雲集京師；四裔諸國，相繼派遣子弟來中國求學；六學二館之學生，多至八千餘人，此即史上著名之貞觀之治。然自高宗嗣位，重文吏而薄儒術，提倡進士科考試，學校日趨衰敗。武后時，學校隳廢怠盡。玄宗即位，亦積極倡導經術，造成開元之治。儒學傳上又云：

玄宗詔群臣及府郡舉通經士，而褚无量、馬懷素等勸講禁中，天子專禮，不敢盡臣之。置集賢院部分典籍，乾元殿博彙群書至六萬卷，經籍大備，又稱開元焉。

及安史亂起，官學生徒盡散，而後，官學仍在奄奄一息境況下，維持至唐末。

(二) 科舉明經：

隋文帝於開皇中消去九品中正制，改採薦舉法，命京官及地方官保舉人才。至煬帝，置進士科，始依考試任官，但其時尚不甚盛，是科舉制度之萌芽階段。

及至唐初，科舉制度已臻完備。唐代取士之主要途徑有三：一是禮部主持之各地士人之考試，名爲鄉貢。二是中央官學畢業生之考試，名爲生徒。三是皇帝下詔徵求，名爲制舉。前兩種考試經常舉辦，制舉則依需要舉行，並無定期。所謂科舉，主要指鄉貢而言。由於參加鄉貢之士人不拘資格，故鄉貢爲平民進身之階❷。

鄉貢之科目甚多，有秀才、明經、進士、明法、明字、明算、道舉、童子等八科，其中以明經、進士二科最爲士人所好。明經之試題以經義爲主，新唐書卷四四選舉志云：

凡禮記、春秋左氏傳爲大經，詩、周禮、儀禮爲中經，易、尚書、春秋公羊傳、穀梁傳爲小經。❷

凡通二經者，即可爲明經；二經是一大經、一小經，或兩中經。考試之法，先行筆試，謂之「帖經」。帖經者，以其所習經，掩其兩端，中間唯開一行，裁紙爲帖，凡帖三字，隨時增損，

❷ （唐）吳競貞觀政要卷七，崇儒學。四部叢刊廣編冊二二，頁一二六，商務印書館。

❷ 同❶，頁一五〇。

❷ 據此，儀禮爲中經，公羊爲小經。皮錫瑞經學歷史以公羊爲中經，儀禮爲小經，蓋偶誤。見經學歷史，頁二一〇，漢京出版。

可否不一，或得四，或得五，或得六，為通㉕。帖經及格後，再行口試，謂之「經問大義」，凡十條。口試及格，再試時務策，凡三題㉖。

明經考試多重記憶注疏，忽略經書之義理旨趣，加以朝廷提倡文學，故高宗永徽之後，進士科獨盛。

李威熊先生以為科舉明經對唐代治經取向之影響有六：一、促成經籍標準本之出現。二、擴大讀經風氣。三、造成前代群經注、疏之亡佚。四、群經未能平衡發展。五、未見有深度經學著作。六、開宋儒以義理解經之先河㉗。

(三) 陸德明經典釋文：

陸元朗字德明，以字行，蘇州吳人。善名理言，受學於周弘正。陳太建中，後主為太子，集名儒入講承光殿，德明始冠，與下坐。國子祭酒徐孝克敷經，倚貴縱辯，眾多下之，獨德明申答，屢奪其說，舉座咨賞。陳亡，歸鄉里。隋煬帝大業間，遷國子助教。唐滅隋，高祖召博士徐文遠、浮屠慧乘、道士劉進喜各講經，德明隨方立義，偏析其要；帝大喜曰：「三人者誠辯，然德明一舉輒蔽，可謂賢矣！」賜帛五十匹，遷國子博士，封吳縣男，卒。後太宗閱其書，嘉德明博辯，以布帛二百段賜其家㉘。

陸德明於陳後主至德元年（西元五八三）著手撰述經典釋文，凡三十卷，釋文序曰：

癸卯之歲（西元五八三），承乏上庠，循省舊音，苦其太簡，況微言久絕，大義愈乖，攻乎異端，競生穿鑿。……遂因暇景，救其不逮，研精六籍，采摭九流，搜訪異同，校之蒼雅，輒撰集五典、孝經、論語及老莊、爾雅等音，……古今並錄，括其樞要，經注畢

儒家經典歷經魏晉南北朝長期之動亂，有關經籍之異文、音讀、訓義等，學者各師成心，異說紛如；陸氏之作，「古今並錄，括其樞要，經注畢詳，訓義兼辯」，爲經學求一定是。釋文序又曰：

> 漢魏迄今，遺文可見，或專出己意，或祖述舊音，各師成心，製作如面；加以楚夏聲異，南北語殊，是非信其所聞，輕重因其所習，後學鑽仰，罕逢指要；夫筌蹄所寄，唯在文言，差若毫釐，謬便千里。

陸氏是南方人，故釋文易主王弼，書主僞孔傳，左傳主杜預，皆屬南學；於北方大儒如徐遵明諸人，皆不一引，蓋未見北儒之書也。馬宗霍對經典釋文備極推崇，曰：

> 其書本主於作音，然前此為諸經音者……皆止於音，且止音經；而陸氏則不惟作音，兼釋經義，不惟音經，亦且音注，故體例獨別，而能集諸家之成。……又陸氏凤以易稱，故周易釋文尤為精博，雖主於輔嗣，而所采有子夏、孟喜、京房、馬融、荀爽、鄭玄、劉表、虞翻、陸績、董遇、王肅、姚信數十家。餘如詩之韓嬰、書之馬融，亦存其概。獨惜服之春秋，鄭之書、易，江左不行，不得賴以流傳。然漢魏古音古注，片義單言，

㉕ 見杜佑通典卷一五「選舉三」，宋鄭樵通志卷五八「選舉略」、元馬端臨文獻通考卷二九「選舉考」亦轉錄。

㉖ 書同❶，頁一五一。

㉗ 李威熊中國經學發展史論，頁二七六至二八〇，文史哲出版，七七年。

㉘ 新唐書，卷一九八，儒學上。鼎文出版，冊七，頁五六三九至五六四〇。

藉此而存者，已如碎金屑玉，嘉惠來學，良非淺鮮，固不得以南學而忽之也。

(四) 訂正群經文字：

1. 顏師古五經定本：

顏師古字籀，唐京兆萬年人，（西元五八一至六四五），顏之推之孫。少博覽，精訓詁學。高祖時，累遷中書舍人。太宗時，晉秘書少監，封琅邪縣男。

貞觀四年（西元六三○），太宗詔顏師古考訂五經文字，舊唐書卷七三本傳曰：

太宗以經籍去聖久遠，文字訛謬，令師古於秘書省考定五經，師古多所釐正。既成，奏之。太宗復遣諸儒重加詳議，于時諸儒傳習已久，皆共非之。師古輒引晉、宋以來古今本，隨言曉答，援據詳明，皆出其意表，諸儒莫不歎服。

七年，頒其書於天下，命學者習焉，是為新定五經。而諸經定本之名，昉自六朝，並非創自唐代。顏師古之新定五經雖為「唐五經定本」之創始，然非「五經定本」之創始。王重民先生敦煌古籍敍錄曾以「定本章句在篇後」，而謂英倫所藏伯斯七八九、斯三三三○、斯六三四六號三殘卷，題為「毛詩定本（？）」[20]。潘師石禪則據伯二六六九號之大雅、伯二六九號之國風、斯六三四六號毛詩大雅殘卷，得知六朝唐人毛詩卷子，章句或在經文前，或在經文後，紛見錯出，非如王重民先生所言「定本章句在篇後」。潘師又曰：

齊隋以前，六朝人已多定本，……倘據正義所云定本以當顏籀之書，其去真實至遠。[30]

蘇瑩輝先生曰：

釋文、正義兩書所引之詩定本，……釋文所引之定本，必非顏氏定本，則可斷言。蓋師

古受詔考定五經，在貞觀四年（西元六三〇），至七年（西元六三三）始頒行，……若釋文，

則成於貞觀（西元六二七）以前，其時師古尚未承詔，遑論定本？故余謂毛詩釋文所引之

「定本」，決非顏氏定本，而確為隋以前之定本也。

顏師古之祖之推，初亦南人，晚始歸北，師古承其家學，故新定五經，斷從南本。

## 2　字樣學及其相關作品：

當中國文字從隸而楷，曾造成書寫之混亂，據顏之推顏氏家訓雜藝篇，當時北朝「以百念

為憂，言反為變，不用為罷，追來為歸，更生為蘇，先人為老，如此非一，遍滿經傳」，故顏

氏有「從正則懼人不識，隨俗則意嫌其非，略是不得下筆也。」之歎[31]。於此歷史背景下，俗

字學與字樣學乃應運而生，前者如服虔通俗文、王義小學篇、阮孝緒文字集略是也。至於字樣

之學，則在確定楷書之筆劃，如顏師古字樣、杜延業群書新定字樣、顏元孫干祿字書、唐玄度

九經字樣是也。唐宋以後，儒家典籍之雕板，字體都依開成石經、張參五經文字、唐玄度九經

字樣為準，中國字體不致隨「俗」浮沈，而獲致穩定統一，此皆字樣學之功績[32]。

朱彝尊五經文字跋云：「唐大曆十年（西元七七五），有司上言經典不正，取舍莫準，乃

[29]　王重民敦煌古籍敍錄，頁四四，木鐸出版，七〇年。

[30]　潘師石禪巴黎倫敦所藏敦煌詩經卷子題記，新亞書院學術年刊一一期，五八年九月。

[31]　顏之推顏氏家訓，卷下，書證篇十七，頁二九，（新頁三九），大本原式四部叢刊正編，冊二二，商務。

[32]　林師景伊文字學概說，頁三五，正中六六年。

詔儒官校定經本，送尚書省並國子司業張參，辨齊魯之音，考古今之字，詳訂五經，書於論堂東西廂之壁。」㉝五經文字舊題張參撰，或謂本書乃顏傳經所作，王昶五經文字跋曰：

參所刊定五經文字，既書於壁，慮其歲久泯沒，（顏傳經）因撮其要領，撰成此書，即五經文字也。

今考古經解彙函所蒐五經文字，前有張參序例，末署「大歷十一年六月七日司業張參序」；是五經文字為張參奉代宗之詔而撰訂，而後，顏傳經加以重修。

唐文宗開成年間，唐玄度撰九經字樣，其序曰：

大歷中，司業張參掇眾字之謬，著為定體，號曰五經文字，……臣今參詳，頗有條貫，傳寫歲久，或失舊規；今刪補冗漏，以正之。又於五經文字本部之中，採其疑誤舊未載者，撰成新加九經字樣一卷，凡七十六部，四百二十一文。

朱彝尊九經字樣跋亦曰：

唐玄度依司業舊本，參詳改正，撰新加九經字樣一卷，請附五經文字之末。

是九經字樣乃正補五經文字之著作。

開成石經始刊於唐文宗太和七年（西元八三三），成於開成二年（西元八三七），舊唐書卷一一七，文宗本紀曰：

開成二年，……宰臣判國子祭酒鄭覃進石壁九經一百六十卷。時上好文，鄭覃以經義啓導，稍折文章之士，遂奏置五經博士，依後漢蔡伯喈刊碑列於太學，創立石壁九經，諸儒校正訛謬。

開成石經只採各家注本之經文，而未刊注文，所刻經典有周易、古文尚書、毛詩、周禮、儀禮、

禮記、左傳、公羊傳、穀梁傳，謂之九經；又有孝經、論語、爾雅，合稱爲十二經；末附五經

文字、九經字樣。刻成之後，當日學者並無佳評，前引文宗本紀又曰：

上又令翰林勒字官唐玄度復校字體，又乖師法。故石經立後數十年，名儒皆不窺之，以

爲蕪累甚矣。

雖唐儒不置佳評，但北宋刊印群經，經文多依據開成石經。而今人所見開成石經已非原貌㉞，

苟有誤字，未可盡咎唐人。

五經文字、九經字樣、開成石經之主旨皆在求得群經文字之一致，爲經書求一標準本。

（五）　群經義疏：

唐太宗命顏師古考訂五經文字，又命孔穎達等撰修五經正義，由文字之統一，進而要求經

義一致。貞觀政要曰：

貞觀四年，太宗以經籍去聖久遠，……又以文學多門，章句繁雜，詔師古與國子祭酒孔

穎達等諸儒撰定五經疏義，凡一百八十卷，名曰五經正義，付國學施行。㉟

㉝ 朱彝尊曝書亭集，卷四九，頁九，五經文字跋。大本原式四部叢刊正編，冊八一，商務七○年。

㉞ 顧炎武撰金石文字記，其卷五考校唐石經，謂繆戾頗多。然馮登府唐石經誤字辨自序曰：「開成去古未遠，猶爲純備，幾經後人之手，一誤于乾符之修改，再誤于後梁之補刊，三誤于北宋之添注，四誤于（王）堯惠之謬作，遂失却。唐之舊狀。」嚴可均撰唐石經校文十卷，亦辨正顧說。

㉟ 書同㉒，頁一二九。至於舊唐書卷一八九，儒學列傳謂五經義疏凡一百七十卷，蓋偶誤，當作一百八十卷。

（鼎文版，冊六，頁四九四一）

纂修五經正義之動機，約有以下數端：1.典籍散佚。2.篇卷錯亂。3.儒學多門，章句繁雜。4.以便提倡文教㊱。五經正義雖出眾儒之手，而孔穎達以位高望重，故專其名。

孔氏字仲達（亦作沖遠），冀州衡水人，（西元五七四至六四八）。八歲就學，誦記日千餘言，闇記三禮義宗。及長，明服氏春秋、鄭氏尚書、詩、禮記、王氏易。嘗造同郡劉焯，焯名重海內，初不之禮。及請質所疑，遂大畏服。隋大業初，舉明經高弟，授河內郡博士，唐太宗時，穎達與顏師古、司馬才章、王恭㊲、王琰受詔撰五經義訓，凡百餘篇，號義贊，詔改爲正義云㊳。

五經正義於貞觀十六年完成，據唐書藝文志，其內容如下：周易正義十六卷（孔序云十四卷，與唐書藝文志微異）、尚書正義二十卷、毛詩正義四十卷、禮記正義七十卷、春秋正義三十六卷。孔氏卒後，博士馬嘉運指摘正義之缺失，至相譏詆，高宗詔令修正，功未就。永徽二年（西元六五一），詔長孫無忌等增損考正之；永徽四年（西元六五三），頒行天下。自此，經義以五經正義爲標準，每年明經，依此考試。

義疏之學，盛行於南北朝時代，唐朝諸儒修纂群經正義，可謂集南北朝義疏學之大成。本田成之曰：

如果沒有六朝諸儒底義疏，在唐要新作正義，恐怕是不容易的事。總之，唐之正義成，六朝底義疏就枯了。㊴

然而，承南北朝之經學，五經正義側重南學，馬宗霍曰：

穎達正義本奉敕而作，觀貞觀十四年表章先儒之詔，爲梁皇侃、褚仲都，周熊安生、沈重，陳沈文阿、周弘正、張譏、隋何妥、劉炫等。中惟熊安生純爲北學，餘多南人，或

北人而兼通南學者，此五經正義所以亦多從南學也。[40]

有關五經正義之得失，鄺士元謂其優點有二：1.國定標準之教科書。2.統一師說宗派之紛紜。又謂其缺點有三：1.導致鄭、服之學衰微。2.經學精神之硬化。3.著作少而膚淺[41]。皮錫

瑞曰：

議孔疏之失者，曰彼此互異、曰曲徇注文、曰雜引讖緯。案著書之例，注不駁經，疏不駁注；不取異義，專宗一家；曲徇注文，未足為病。讖緯多存古義，原本今文；雜引讖緯，亦非巨謬。惟彼此互異，學者莫知所從；既失刊定之規，殊乖統一之義。……官修之書，不滿人意，以其雜出眾手，未能自成一家。[42]

劉文淇曰：

襄二十九年傳：「為之歌頌」。疏云：……。此疏似前為唐人之說，及檢詩關雎序「頌者，美盛德之形容」疏，文義與此大同，惟刪去「劉炫又云」四字，據詩疏知此疏皆光

㊱ 鄺士元中國學術思想史，頁二八九至二九○，里仁書局，六九年。

㊲ 李威熊中國經學發展史論，頁二五七，作「司馬才、章王恭」，點斷未妥。文史哲出版，七七年。

㊳ 書同㉙，卷同，頁五六四三至五六四四。

㊴ 本田成之中國經學史，頁二三一一，古亭書屋，六四年。

㊵ 馬宗霍中國經學史，頁九四，商務六八年。

㊶ 書同㊱，頁二九三。

㊷ 書同⑥，頁二○一。

伯語，據此疏知詩疏皆非沖遠筆也。㊸

劉申叔先生曰：

沖遠正義非惟排黜舊說也，且掩襲前儒之舊說以諱其所從來。……沖遠說經，無一心得之說矣。以雷同勦說之書，而欲使天下士民奉爲圭臬，非是則黜爲異端，不可謂非學術之專制矣。㊹

二先生指孔穎達掩襲前儒舊說而又諱其所從來，然潘師石禪曰：「觀沖遠諸正義序，實皆明言所本」，又曰：

沖遠五經正義，本名義贊，蓋即依據前人義疏而贊明之。故其序皆臚陳六朝舊疏之目，而加以評騭，且一一明言「今據以爲本」，即其正義所據之主要藍本。然後刪其所短，博取諸家之長以補之。如覺舊說皆違，則特申己見，今疏中有云今贊、今刪定知不然者，即沖遠之新說。……沖遠尊崇前人，故書名義贊，朝廷矜尚體制，故改名正義也。永徽諸儒刊改沖遠之書，於徵引舊說名氏，多所刊削，使後之讀者誤以爲沖遠有意攘竊，要亦非沖遠之咎也。㊺

是孔穎達無心攘竊，學者毋需苛責。

毛詩正義四十卷，以毛傳、鄭箋爲作疏之依據，本劉焯毛詩義疏、劉炫毛詩述議之說，詳見隋朝詩經學（三）「劉焯與劉炫」。四庫提要卷一五評毛詩正義「能融貫群言，包羅古義，終唐之世，人無異詞。」可謂推崇備至。馬宗霍曰：

其實唐人義疏之學，雖得失互見，而瑕不掩瑜。名宗一家，實採衆說，固不無附會之弊，亦足破門戶之習。……詩則訓詁本諸爾雅，而參以犍爲舍人、樊光、李巡、孫叔然諸家

之注，使爾雅古義有賴是以存。陸璣毛詩草木蟲魚疏亦間及焉。制度本諸群經，而益之以王肅之難、王基之駁、孫毓之評、崔靈恩之集注，佐之以鄭氏易注，書注，賈服左傳注。他若鄭志、駁五經異義諸書，亦咸萃焉。雖有二劉在前，足備採擇，而取舍之間，實具卓識；終唐之世，人無異詞，固其宜也。⑪

至於毛詩正義之乖謬處，簡博賢先生嘗試言之，曰：一則以爲毛氏傳詩，大抵依文立解；鄭玄作箋，多本魯、韓詩詩說；其間差異，實不容混同。而孔氏詩疏，依回二家，強而同之；有強毛從鄭，有依箋改經，又有從鄭義而改箋字，致滅裂詩義而乖乎古訓。二則以詩疏中二南后妃夫人說、詩之四始說、笙詩六篇說中有雜以五行五際，或附會穿鑿者也。三則有引書之誤、句讀之誤、師心之誤、訓詁之誤、回護一家而曲爲申說之誤者。故其結論爲「孔穎達五經義疏，大抵瑕瑜互見，未可一端論也。惟五經義疏之爲後世詬病不已者，厥爲割裂舊疏，橫加刪截取，致首尾不貫，此五經義疏之所以多形柄鑿，而前後義舛也」。⑫

清儒以漢學植名，魏晉六朝以至唐人義疏之說，多遭排詆，如馬宗霍所引閻若璩、戴震、段玉裁、江聲、江藩、沈欽韓之說，莫不衆口一詞，貶抑唐人正義⑬。而潘師石禪則頗重唐人

⑬　劉文淇左傳舊疏考正，皇清經解續編，冊一二，卷七四七，頁八六三五。復興書局，六二年二月。

⑭　劉師培國學發微，在劉申叔先生遺書中。

⑮　潘師石禪五經正義探原，華岡學報一期，頁一九。

⑯　書同⑭，頁九八至九九。

⑰　書同⑭，頁九八至九九。

⑱　簡博賢今存唐代經學遺籍考，頁四七至五七。師大國研所碩士論文，五九年。

⑱　書同⑭，頁九七至九八。

義疏之價值，曰：

余嘗以為六朝義疏之學，百川並流，而以唐人正義為壑谷。蓋六朝義疏之製，實漢學之津梁；而唐人經疏，又六朝說之總匯。唐疏之底蘊明，而後六朝之經說出。㊽

繼五經正義而作者，有賈公彥周禮、儀禮義疏，並宗鄭注。公彥禮學，傳自張士衡；士衡禮學，來自劉軌思、熊安生、劉焯，是淵源於北學。又有楊士勛穀梁傳疏，宗范甯注；徐彥公羊傳疏，宗何休注。此四經皆非奉敕而作。至於孝經，賈公彥嘗作孝經疏，孔穎達嘗作孝經義疏；而唐玄宗自注孝經後，詔元行沖作御注孝經疏，立於學官，此為宋邢昺孝經正義之所本。

朱子論群經正義，周禮最好，詩、禮次之，書、易為下。蓋詩、禮、周禮皆主鄭氏，義本詳實；名物制度，疏解亦明，故以為優；而賈疏周禮，成於一手，牴牾便少，是以特稱精審。易主王弼，本屬清言；書主偽孔，亦多空詮，故以為下。

（六）**反群經義疏及其他重要詩經學著作：**

皮錫瑞經學歷史曰：「自正義、定本頒之國胄，用以取士，天下奉為圭臬。唐至宋初數百年，士子皆謹守官書，莫敢異議矣。故論經學，為統一最久時代」㊿，此就官學與經學主流言之也。

五經正義頒行後，科舉明經，準此考試，考生作答，不能與正義學說相違，以致只求背誦，不重義理，學術思想為之沈滯；因此，衍生一支「反正義」之旁流。

舊唐書儒學傳曰：

（武后）長安三年，（王元感）表上其所撰尚書糾繆十卷、春秋振滯二十卷、禮記繩愆三

十卷，並所注孝經、史記稿草，請官給紙筆，寫上秘書閣。詔令弘文、崇賢兩館學士及成均博士詳其可否。學士祝欽明、郭山惲、李憲等專守先儒章句，深譏元感持擿舊義；元感隨方應答，竟不之屈。……尋下詔曰：王元感質性溫敏，博聞強記，手不釋卷，老而彌篤。擿前達之失，究先聖之旨，是謂儒宗，不可多得。……魏知古嘗稱其所撰書曰：信可謂五經之指南也。 ㊿

王元感首開反對正義之例，其後，玄宗刊定禮記月令，命李林甫、陳希烈、徐安貞等注解，即擅改舊本次第。元澹（行沖）曾疏禮，勇於樹立新說，然意諸儒間己，而作釋疑以自辯 ⓼。代宗大曆以降，經學多標新立異，不守舊說。新唐書曰：

大曆時，（啖）助、（趙）匡、（陸）質以春秋，施士丏以詩，仲子陵、袁彝、章彤、韋苢以禮，蔡廣成以易，強蒙以論語，皆自名其學。……贊曰：……啖助在唐，名治春秋，摭訕三家，不本所承，自用名學，憑私臆決，尊之曰：「孔子意也」，趙、陸從而唱之，遂顯于時。 ⓽

舊唐書曰：

㊾　文同 ㊺，頁二二。

㊿　書同 ⑥，頁二〇七。

⓼　舊唐書，卷一八九下，儒學。鼎文版，冊六，頁四九六三。

⓼　新唐書，卷二〇〇，儒學下。鼎文版，冊七，頁五六九〇至五六九三。

⓽　書同 ⓼，卷同，頁五七〇七至五七〇八。

陸質，……本名淳，避憲宗名改之。質有經學，尤深於春秋，少師事趙匡，匡師啖助；

助，匡皆為異儒，頗傳其學，由是知名。�❺④

葉國良先生謂孔穎達五經正義成，而當代學者說經，已有異論，有致疑於作者與著成時代

者，如韓愈以為孟子非軻自著之書，啖助、趙匡以為左傳非左丘明所作等是也。其謂經書編次

不當者，如唐宣宗年間，毛詩博士沈朗進新添毛詩四篇，置關雎之前；沈氏不僅移易風、雅之

次，且以新作補經。其刪經文者，如林慎思著續孟子，寓刪於續是也。其逡補佚書者，如白居

易補湯征、陳黯補語諧等是也。其謂春秋有必非聖人之文者，如司空圖是也。然唐人之疑經改

經，猶不成風氣㊺⑤。

其它如盧仝全撰春秋摘微，主張解經不用傳，成伯璵毛詩指說，李翱易詮，陸希聲易傳，高

重春秋經傳要略，陳岳春秋折衷論等，都好以己意解經，或擅改經文，與正義相對，形成經學

新派，故馬宗霍曰：「蓋自大曆而後，經學新說日昌，初則難疏，繼則難注，既則難傳，於是

離傳言經」㊻⑥。

成伯璵生平不可考，撰毛詩指說一卷，旨在探討作詩之大旨、文體措辭、以及齊魯韓毛之

師承源流。書凡四篇，一曰興述，二曰解說，三曰傳受，四曰文體。成氏以為眾詩之小序，子

夏惟裁初句，其餘為毛公所續；宋人或疑詩序非一人所作，成氏實有以啓之。成氏又撰毛詩斷

章，今已亡佚，崇文總目謂：大抵取春秋賦詩斷章之義，抄取詩語，彙而出之。

施士丐為代宗大曆年間人，韓愈為志墓，言士丐明毛鄭詩，通春秋左氏傳。所著春秋傳與

施氏詩說，今已亡佚；馬國翰玉函山房輯佚書輯其詩說四條。新唐書謂其說詩「自名其學」

（見前引），蓋一家之說也。因其說詩頗多新義，一時不少名流趨往聽講。宋朝王讜唐語林卷

二載劉禹錫「與柳八韓七詣施士丐聽毛詩」一事，劉禹錫絞述施士丐解甘棠詩「勿翦勿拜」如下：「甘棠詩勿拜，召伯所說，『拜』言如人身之拜，小能屈也，上言勿翦，終言勿拜，明召伯漸遠，人思不得見也」[57]，施士丐反對鄭玄「拜之言拔也」之說，實有劃時代之意義，後世學者逐漸推闡，眞相終能大白於世，參見拙著「還『拜』字眞面目」一文[58]。

許叔牙，潤州句容人，少精於毛詩、禮記，著毛詩纂義。當時御史大夫高智同嘗謂人曰：「凡欲言詩者，必須先讀此書」，惜其書已亡佚。

(七) **敦煌學之詩經資料：**

中、英、法、蘇所收藏之敦煌本詩經卷軸，計三十餘卷，論其種類，可分爲詁訓傳、疏、音釋、白文等。

茲表列敦煌詩經寫卷如下，有關其寫定朝代，暫時依專家意見標出，以便參考。

1　斯〇〇一〇　毛詩詁訓傳國風殘卷

❺❹　書同❺❶，卷同，頁四九七七。

❺❺　葉國良宋人疑經改經考，頁一六七至一六八，臺大中研所六七年碩士論文。

❺❻　書同❹❶，頁一〇五。

❺❼　馬國翰玉函山房輯佚書所輯施氏詩說云：「拜言人心之拜，小低屈也，上言勿翦，終言勿拜，明召伯漸遠，人思不忘也。」文字與唐語林略有出入。

❺❽　拙著還「拜」字眞面目，載於國文天地四卷六期，頁八〇至八三，七七年十一月。

從邶風燕燕起，至靜女止，存九一行，屬六朝或隋朝卷子，卷背作音。

2. 斯〇一三四　毛詩詁訓傳豳風七月殘卷

豳風七月。唐卷子。

3. 斯〇四九八　毛詩正義殘卷　（疏）

大雅民勞篇正義。三七行。凡「民」字皆作「人」，潘師石禪云：「此殘卷蓋唐寫毛詩正義之僅存者」。

4. 斯〇五四一　毛詩邶風詁訓傳殘卷

從邶風匏有苦葉起，至旄丘止。殘存三九行。唐寫本。

5. 斯〇七八九　毛詩國風殘卷　（白文）

從周南漢廣起，至鄘風干旄止。七四行。或以為初唐寫本，黃瑞云以為晚唐人所寫⑤。

6. 斯一四四二　敦煌豳風殘卷

從豳風鴟鴞起，至狼跋止。經文大字行十三、四字不等；傳箋夾行，行十五、六、七字不等。

7. 斯一七二二　毛詩周南關雎詁訓傳　（白文）

從周南關雎起，至麟趾止。可能是南朝卷子。不諱世字、民字、治字。

8. 斯二〇四九　毛詩詁訓傳殘卷

從豳風七月起，至小雅鹿鳴之什杕杜止。

9. 斯二七二九　毛詩音殘卷　（音）

從周南關雎起，至唐風蟋蟀止。存一六九行，或說存一二九行⑥。世字、民字不諱。潘師

石禪認爲是劉炫所作，並謂可與列寧格勒一五一七號綴合。

10. 斯三三三〇　毛詩詁訓傳小雅殘卷

從小雅鴻雁之什庭燎起，至十月之交止。唐寫本。

11. 斯三九五一　毛詩周南殘卷　（白文）

從周南卷耳起，至汝墳止。存二八行。不諱民字，或以爲是六朝卷子；黃瑞云以爲可與伯二五二九綴合，並以爲是晚唐卷子。

12. 斯五七〇五　毛詩詁訓傳周頌殘卷

周頌臣工之什。存八行。六朝或初唐卷子。

13. 斯六三四六　毛詩大雅殘卷　（白文）

從大雅棫樸起，至公劉止。唐寫本。

14. 伯二一二九　毛詩殘卷

小雅鴻雁之什。僅存標題。

15. 伯二五〇六　毛詩詁訓傳小雅殘卷

從小雅南有嘉魚之什六月序起，至南有嘉魚之什末止。八紙。治字不諱，或以爲六朝卷子。背記殘日曆一節，有詞四首，中有武后新字——「國」寫成「囻」。

16. 伯二五一四　毛詩詁訓傳小雅殘卷

⑤ 黃瑞云敦煌古寫本詩經校釋札記（二），敦煌研究一九八六─三。

⑥ 王利器跋敦煌唐寫本劉炫毛詩述議，文獻一七期，一九八五年。

從小雅鹿鳴之什鹿鳴起，至南陔、白華、華黍序止。十三紙。六朝卷子。不諱世字、民字。

17. 伯二五二九　毛詩詁訓傳國風殘卷

從周南汝墳起，至陳風宛丘止。五八一行。黃瑞云以爲可與斯三九五一號綴合，並以爲是晚唐卷子。

18. 伯二五三八　毛詩詁訓傳國風殘卷

從邶風柏舟起，至菀有苦葉止。一一一行。唐卷子。

19. 伯二五七〇　毛詩詁訓傳小雅殘卷

小雅鹿鳴之什出車。三紙另二行。六朝卷子。治字不諱。

20. 伯二六六〇　毛詩詁訓傳周南殘卷

從周南螽斯起，至桃夭止。僅存八行。民字不諱。

21. 伯二六六九　毛詩詁訓傳大雅國風殘卷

大雅，從文王之什文王起，至文王有聲止；國風，從齊風雞鳴起，至魏風末止。大雅八紙，國風五紙。此卷大雅之章句在經文前，並於卷背作音，蓋六朝音隱之遺製。

22. 伯二九七八　毛詩詁訓傳小雅殘卷　（白文）

從小雅節南山之什小旻起，至甫田之什瞻彼洛矣止。三紙半，行三十至三十五字不等。

23. 伯三三八三　毛詩音殘卷　（音）

從大雅文王之什旱麓起，至蕩之什召旻止。存九六行。潘師石禪以爲是徐邈之後、經典釋文之前，專家之舊音。

24. 伯三七三七　毛詩詁訓傳三頌殘卷

從頌清廟之什起，至商頌那止。八紙半。

25. 伯四○七二四　毛詩小雅北山鼓鐘詁訓傳殘卷
小雅谷風之什北山、鼓鐘。存九行。

26. 伯四六三四 B　周南關雎詁訓傳殘卷　（白文）
從周南關雎起，至召南采繁止。存四二行。

27. 伯四九九四　毛詩詁訓傳小雅殘卷
從小雅鹿鳴之什杕杜起，至鹿鳴之什末。一紙，共一六行。世字、治字不諱。

28. 列寧格勒一五一七　毛詩音殘卷
存一七行。潘師石禪謂此卷可與斯二七二九號卷子末九行綴合⑥。

29. 敦煌北魏寫本毛詩殘葉
從小雅節南山之什巧言起，至何人斯止。存一三行，一八七字。此卷發現於民國三十三年八月。國立敦煌藝術研究所修建職員宿舍時，於後園土地祠殘塑中發現經卷雜文等六六種，此乃斯、伯兩氏攜敦煌卷子去後之第一次發現。其毛詩寫卷無年月題記，但同時發現之其它經卷多為北魏寫本，又根據書體相近，故斷為北魏寫本。蘇瑩輝先生推斷此卷為王肅本子⑥。

�

� 同⑨。

⑥ 潘師石禪倫敦藏斯二七二九號暨列寧格勒藏一五一七號敦煌卷子毛詩音殘卷綴合寫定題記，新亞學報九卷二期，頁一至四七，五九年九月。

⑥ 蘇瑩輝「從敦煌北魏寫本論詩序眞偽及孝經要義」及「敦煌六朝寫本毛詩注殘葉斠記」兩文，載於孔孟學報一期、三期。

## （八）敦煌詩經卷子之價值：

潘師石禪嘗撰文評介敦煌詩經卷子之價值❻，茲簡要敍述如下：

1. 可覘六朝、隋、唐詩經學之風氣：

據北史儒林傳序、隋志、經典釋文敍錄，知六朝隋唐詩經學，呈現毛傳鄭箋大一統之局面；今巴黎、倫敦、列寧格勒詩經卷子皆可印證此說，因以上殘卷無一非毛詩詁訓傳，即使是白文，亦皆標題「鄭氏箋」。至於前述第二九敦煌北魏寫本毛詩殘葉，雖蘇瑩輝先生指爲王肅本子，但經典釋文敍錄謂王肅「述毛非鄭」，可見敦煌詩經卷子均符合北史儒林傳序「詩則並主於毛公」之現象；；齊、魯、韓詩，或佚或隱，乏人問津。

2. 可覘六朝、隋、唐傳本之舊式：

（1） 置序於每篇經文之前：

詩經南陔、白華、華黍「有其義而亡其辭」，依鄭箋之說，此一現象乃是由於詩序原本合編，與詩分立，故得以保存；至毛公爲詁訓傳，方置詩序於各詩之前。今所見敦煌詩經卷子，序文與經文每篇皆相連屬，承詁訓傳之舊式。

（2） 章句或在篇前，或在篇後：

段玉裁毛詩詁訓傳定本小箋據孔穎達所言「定本章句在篇後」，因而認爲孔氏正義本之章句置於篇前。王重民先生於敦煌古籍敍錄卷一著錄英倫所藏斯七八九、斯三三三〇、斯六三四六號殘卷時，依「定本章句在篇後」之主張，題爲毛詩定本，實有未當。因六朝時代已有「定本」，「定本」之名非顏著所得專❻；況且，敦煌卷子之章句，或在經文之前，如伯二六六九

號之大雅；或章句在經文後，如伯二六六九號之國風；故難斷言師古之定本，其章句究在經文前，或在經文後。可見，此一體式足資考證之用。

(3) 五經正義原本與經注別行：

五經正義，自唐迄宋，皆與經注別行，斯四九八號毛詩大雅民勞篇正義殘卷，即其舊式。

(4) 詩音位置不一：

敦煌詩經卷子之詩音，以別行者居多，如斯二七二九號毛詩音、伯三三三八三號毛詩音是也。亦有書於卷背者，如斯一〇號、伯二六六九號是也。亦有書於字側者，如斯五七〇五號周頌殘卷是也。注音於字側，最便誦讀，此蓋宋人注疏本與釋文合刻之先河。

(5) 毛詩詁訓傳分爲二十卷：

段玉裁毛詩詁訓傳定本小箋題辭受漢志「毛詩經三十九卷」，毛詩詁訓傳三十卷」之影響，遂因周南關雎故訓傳第一至那故訓傳第三十之舊，定爲三十卷，以復漢志。羅振玉以爲段氏如此分卷，未必遂合漢志。依潘師石禪之考證，詁訓傳之約爲二十卷，當始於後漢馬融，而爲鄭玄、王肅所承用[55]；今敦煌詩經詁訓傳皆分爲二十卷，可資佐證；益知段氏分卷之不妥。

3. 可覘六朝、隋、唐人抄寫字體之情況：

[64] 潘師石禪「敦煌詩經卷子研究論文集序」及「巴黎倫敦所藏敦煌詩經卷子題記」兩文，前文載於華學月刊五二期，頁一至三，六五年四月。後文載於新亞書院學術年刊一一期，頁二五九至二九〇，五八年九月。

[65] 參本章「四」、訂正群經文字，1、顏師古五經定本」條。

[66] 文同[64]所引第二文，伯二五二九號題記。

由顏氏家訓雜藝篇、張守節史記正義論字例，可知六朝以來寫本，訛字紛飛。觀現存敦煌卷子，及潘師石禪主編之敦煌俗字譜⑰，可見當時之俗字訛文，變體簡寫，盈目滿紙，與顏、張所言若合符節。唐代字樣學實非無端而起，學者之於字體流變之緣由，至此了然於心。

⑰
潘師石禪敦煌俗字譜，石門圖書公司六七年出版。金師榮華敦煌俗字索引，石門圖書公司六九年。

# 第七章　宋朝詩經學

宋太祖建隆元年（西元九六〇）至恭帝德祐二年（西元一二七六），南北宋總計三一七年。

此期間，外患頻仍，初有契丹、遼、金、西夏，後有蒙古；強敵壓境，國土分裂。然其學術卻能獨創新局，蓬勃發展，「宋學」與「漢學」逐分庭抗禮。

## 第一節　宋朝經學背景

㈠　重文輕武之政策：

唐代之亡，亡於藩鎮；武人坐大，國君力弱，造成尾大不掉之弊端，此宋太祖親歷而深知者也。唐末五代，兵燹不斷，無暇修文，將門子弟亦不好學，故後唐明宗有「將家子，文非素習，徒取人竊笑」之語❶。後漢樞密使楊邠，素不喜書生，常言：

國家府廩實，甲兵強，乃為急務。至於文章禮樂，何足介意！❷

❶ 資治通鑑卷二七八，後唐紀七。蒲公英（藍燈）出版社，冊一一，頁九〇七。
❷ 書同❶，卷二八八，後漢紀三。冊一二，頁九三九二。

宋太祖即位，便抑制武將兵權，削弱地方勢力，並積極提倡文治。宋史曰：

乾德元年，先諭宰相曰：「年號須擇前代所未有者。」三年，蜀平，蜀宮人入內，帝見其鏡背有志「乾德四年鑄」者，召竇儀等詰之。儀對曰：「此必蜀物，蜀主嘗有此號。」乃大喜曰：「作相須讀書人。」由是大重儒者。❸

又曰：

（趙）普少習吏事，寡學術，及為相，太祖常勸以讀書。晚年手不釋卷，閣戶啟篋取書，讀之竟日。❹

又曰：

五季亂極，宋太祖起介胄之中，踐九五之位，……名藩大將，俯首聽命；四方列國，次第削平，……建隆以來，釋藩鎮兵權，繩贓吏重法，以塞濁亂之源。……治定功成，制禮作樂。……遂使三代而降，考論聲明文物之治，道德仁義之風，宋於漢、唐，蓋無讓焉。❺

范文瀾曰：

趙匡胤看到了奪帝位的容易，他想了許多辦法來維護自己的統治。宋代對外是最屈辱的，但對內部的辦法則很多。拉攏地主階級的知識分子，這是宋代維護自己統治的基本辦法。唐代進士及第的名額，一榜最多只有三十名；五代時，一榜只有十八名，宋代大大放寬進士及第名額，多到四、五百名。做官的道路很多，不只是科舉一途。……宋代的大官，不管犯甚麼罪，都不殺頭，只是充軍邊地；這些措施都是為了爭取士的擁護。❻

然重文輕武政策使宋朝國力積衰不振，無法抗敵，遺害甚大。葉適上孝宗皇帝箚子曰：

國家規模特異前代，本緣唐季陵夷，藩方擅命，其極為五代廢立、士卒斷制之禍，是以收攬天下之權，銖分以上，悉總於朝。上獨專操制之勞，而不獲享其富貴之逸，故內治柔和，無狡悍思亂之民……此其得也。然外網疏漏，有驕橫不臣之虜，雖聚重兵勇將而無一捷之用，不免屈意損威以就和好，此其失也。❼

其「奏議紀綱二」曰：

譬如一家，藩籬垣墉所以為固也，堂奧寢處所以為安也；固外者宜堅，安內者宜柔；使外亦如內之柔，不可為也。唐失其道，化他地為藩鎮，內外皆堅而人主不能自安，本朝反其弊，使內外皆柔，雖欲自安，而有大不可者。❽

又其「兵總論」曰：

自府衛變為召募，召募之法壞，而邊兵始重，於是藩鎮之亂起。收藩鎮之重勢，而人主聚兵，以自將為名，竭天下之力以養之；及人主不能自用，而柄任已不專於諸將矣，則四顧茫然，無所統一；於是，內則常憂其自為變，而外不足以制患，至於有莫大之兵，

❸ 宋史卷三，太祖本紀。鼎文版，冊一，頁五〇。

❹ 宋史卷二五六，趙普。鼎文版，冊一一，頁八九四〇。下文又謂趙普所讀者，論語二十篇也。

❺ 宋史卷三，太祖本紀。鼎文，冊一，頁五〇至五一。

❻ 范文瀾經學史講演錄，歷史學一九七九—一，頁一四，一九七九年三月。

❼ 葉適水心先生文集，卷一，頁七，大本原式四部叢刊正編，冊五九，商務七〇年。

❽ 書同❼，卷五，頁五九。

而受夷狄無窮之悔。 ⑨

(二) 崇尚氣節：

自隋唐五代以來，社會風尚，只求榮利，不講行誼，如五代時馮道，歷仕四姓十君，不以為恥，反自命為「長樂老人」，士人亦多不重氣節。宋太祖即位，力圖移風易俗，扭轉前代頹風；表彰韓通之忠節，尊崇种放之高隱。

程運先生曰：

宋代士風中特別崇尚氣節，……宋史言士大夫忠義之氣，至於五季變化殆盡。藝祖首褒韓通，次衛融，以示意嚮。後范仲淹矯厲尚風節，胡瑗、孫復以師道明正學，田錫、王禹偁、歐陽修以直言讜論倡於朝。於是風氣一變，士存正氣，知以名節為高，廉恥相尚，盡去五季之陋。 ⑩

如程先生所舉，北宋末年，太學生徐揆為營救徽、欽二帝，以身殉國。吳革等密結軍民，謀襲敵營以救二帝，事敗，殉難者百餘人。至南宋，死節者尤多，如李誠之受學於東萊，嘗謂真西山曰：「篤信好學，守死善道，吾輩八字箴也」，金人來犯，力戰而死⑪。文天祥兵敗被執，囚於燕京，四年不屈，從容就義；衣帶中有贊曰：孔曰成仁，孟曰取義，惟其義盡，所以仁至。讀聖賢書，所學何事？而今而後，庶幾無愧。

謝枋得死節事見宋元學案卷八四存齋晦靜息庵學案，謝氏與李養吾書曰：人可回天地之心，天地不能奪人之心。大丈夫行事，論是非，不論利害；論逆順，不論

成敗；論萬世，不論一生。志之所在，氣亦隨之，氣之所在，天地鬼神亦隨之。⑩

此外，宋儒死節者尙有伊川之子程端中，晦翁之孫朱浚，南軒後人張唐（即張鏜），雙峰高弟趙良淳，鶴山高弟許月卿，及唐震呂大圭之徒，實更僕難數。又長沙之陷，嶽麓諸生荷戈登陣，死者十九，惜姓名多無考⑬。

宋儒尊崇孔孟之學，勉人進德修業。張載曰：「爲天地立心，爲生民立命，爲往聖繼絕學，爲萬世開太平」，證諸宋人死節事，孰謂斯言大而無當哉！

(三)　**刊印經書：**

唐朝已有雕版印刷，然所刻書籍，多爲佛經、曆書、私人文集。據五代會要，後唐明宗長興三年（西元九三二），馮道、李愚奏請依石經文字刻九經，此爲雕板經書之始；後漢、後周繼續其事，至後太祖廣順三年（西元九五三）九經皆成。此項工作係由國子監任之，故所刻本曰「監本」；所刻內容，係據唐石經刻經文⑭，又附以經注本之注文⑮；今皆亡佚。

⑨　書同⑦，卷五，頁六八。
⑩　程運兩宋學術風氣之分析，政大學報二一期，頁一二〇。
⑪　宋元學案，重編本，冊三，卷六六，頁八三二，麗澤諸儒學案。正中四三年。
⑫　謝枋得疊山集，卷五，頁二四上欄，四部叢刊廣編，冊四二，商務七〇年。
⑬　書同⑪，卷冊同，頁八三二，「麗澤諸儒學案傳授表」之末，全祖望之語。
⑭　唐石經惟刻經文，無注文。
⑮　王國維五代兩宋監本考，王觀堂先生全集，冊一一，頁四三二一，文華五七年出版。

因雕板印刷術之改良，宋人大量翻刻經書，普遍流傳，直接帶動經學研究之風氣。

北宋太宗拱元年（西元九八八），司業孔維等奉敕校勘孔穎達五經正義百八十卷，詔國子監鏤板行之；其中，詩則「李覺等五人再校，畢道昇等五人詳勘，孔維等五人校勘，淳化三年（西元九九二）壬辰四月以獻」⑯，至淳化五年（西元九九四），前後歷七年，五經正義刊刻完成。眞宗咸平元年（西元九九八），劉可名上言諸經板本多誤，上令崔頤正詳校劉可名所奏詩、書正義差誤事，孫奭等改正九十四字；咸平二年（西元九九九），五經正義始畢。故四年（西元一〇〇一），又續刻周禮、儀禮、公羊、穀梁、孝經、論語、爾雅等七經正義。故北宋所刻單疏本凡十二種；此十二經單疏本，南宋紹興十五年，臨安府有重刻本（取入國子監中，即南宋監本也）。

宋朝單疏本傳世甚少，毛詩正義有日本內藤虎次郎藏本，缺首七卷。

至於經注本，五代刊刻之後，一因田敏臆改，頗傷穿鑿，二因摹印歲深，字體訛缺，故宋眞宗時再行刊刻。

北宋經注本並非一時刻成，而是因舊本之訛缺，陸續刊刻而成。兩宋所刻經注本，除十二經外，又附刻五經文字、九經字樣、經典釋文，甚至孟子亦有單刻本，凡十四卷，用趙岐注。

經、注、疏（或又加經典釋文）合刻本，始於南宋高宗紹興年間，以黃唐「茶鹽司本」所刻八經（周易、尚書、毛詩、周禮、禮記、春秋、論語、孟子，後三種為茶鹽司續刻）為最佳。宋代書坊所刻者，多應科舉考試之需，對正義、釋文任意刪削，又益以纂圖、互註、重言、重意等名目，愈出愈濫，去古愈遠；此等板本，

名曰監本，實非監本；尤以「十行本」影響後世最大 ❶ 。

儘管刻本之優劣不一，然較之傳鈔本，實有過之。馬宗霍曰：

蓋自有鏤板，學者無復筆札之勞，經籍流布，由是益廣，斯實文藝上一大發明。且各經皆詳加校定而後頒行，則舛誤亦自較傳鈔為少；宋槧之見寶於後世，實在於此。是故唐以前但有官學，宋以來又有官書，其於扶翼聖道，豈曰小補之哉 ❶ ！

（四）**學校與書院：**

宋初，太祖曾增築國子監學舍。仁宗慶曆四年（西元一〇四四），范仲淹極力批評當時不重教而重選之政策，主張廣設學校，凡應科舉者，須先受學校教育。仁宗下令於地方設置學校，詔「有司其務嚴訓導，精察舉，學者其務進德修業，無失其時」；中央亦擴充學生員額。神宗時，王安石建議改革教育，興辦學校；命諸州置學官，給田贍士，置小學教授，創立大學三舍法，增太學生至千人，使教育更平民化、普及化 ❶ 。

宋朝之官學，有所謂京師四學，即國子學、太學、四門學、宗學；此外，尚有小學、廣文館、諸王宮學、內小學等。中央官學以太學為最盛，太學生於兩宋學術、政治上，佔重要地位。

❶ 王應麟玉海，冊二，卷四三，頁一五，端拱校五經正義。華文（華聯）五六年再版。
❶ 于大成經書的板本，孔孟月刊一二卷一一期，頁二九，六三年七月。
❶ 馬宗霍中國經學史，頁一〇九，商務六八年。
❶ 李威熊中國經學發展史論，頁二八七至二八八，文史哲出版，七七年。

223

地方學校則有府、州、軍、監、縣各立之學校，宋初不甚完備，仁宗時始大興地方之學。

南宋中葉以後，地方學校漸衰[20]。

而宋朝最負盛名者，則是書院教育。

秦漢時，已有所謂「精舍」、「精廬」、「講堂」，爲學子講學之處。較具規模之書院，約始於唐代；入宋之後，書院蓬勃發展，北宋有湖南衡陽之石鼓書院、江西廬山之白鹿洞書院、湖南長沙之嶽麓書院、河南商丘之應天府書院（又稱睢陽書院）、河南嵩山之嵩陽書院（又名太室書院），是爲五大書院。南宋書院更盛，總計南北宋書院近五百所[21]。兩宋書院有官立、私立之分，如白鹿洞、嶽麓皆爲官立，應天府則由私立改爲官立[22]。

書院教育除經藝傳授之外，更重品德修養，教席皆以經師而兼人師，言教而兼身教。程運先生以爲：重人倫之精神、重實踐之精神、重禮節之精神、重組織之精神、重合作之精神等五項，是書院教育之特點[23]。李威熊先生曰：

後人對書院制度雖有許多的批評，但不可否認的，它是融學術於生活最佳的教育方式，也培養出不少人格修養極高的大師。更爲政府訓練政治人才，並對時政提供一些建言，及促進平民教育的普及，這些都是書院的正面作用。又它主要的教材是中國的經書，因此，書院對經籍的整理、研究和弘揚，都有相當大的貢獻。[24]

（五）　**理學發達：**

宋代之傳統經學爲理學之聲勢所掩蓋，因而相形失色。宋史於儒林傳之外另立道學傳，所傳即兩宋之理學家。

宋儒治學之精神，與前人大異其趣者，即不再斤斤於文字之考訂與訓釋，而從事思想之探討與批評；注重經籍中心思想，重視義理，講究精微，故稱「理學」或「宋學」。理學以韓愈、李翱為濫觴，宋初胡瑗、孫復為先河。宋朝理學，以儒學為主，並受佛、道二家之影響，由宇宙論，談及人生心性。范文瀾曰：

（宋學）以倫常為基礎，同時又與佛、道結合。宋學內容很多是佛老的東西，漢學是漢人的東西。[25]

仁宗時，胡瑗講學於南方，孫復授業於北方。范仲淹之學與孫復相近，而傳予張載，稱為關派。周敦頤繼胡瑗而講學於南方，傳予程顥、程頤兄弟，稱為洛派。周敦頤、張載、程顥、程頤是「北宋理學四大家」，與邵雍合稱「北宋五子」。

理學至二程時，更加發揚光大，至南宋而愈臻頂峰。朱熹受張載、程頤之影響，偏於道問學，又集宋代理學之大成。陸九淵受周敦頤、程顥之影響，偏於尊德性，見解與朱子略有不同。

此外，呂祖謙、薛季宣、陳亮、陳傅良、葉適諸人，講儒家之道，但不恥言利，為理學開一

---

❷ 傅樂成主編中國通史王明蓀著宋遼金元史，頁一二一，衆文出版，七五年。

❷ 吳萬居宋代書院與宋代學術之關係，七五年政大中研所碩士論文。

❷ 同❷。

❷ 文同❶，頁一二九至一三一。

❷ 書同❶，頁二八八。

❷ 范文瀾遺作經學史講演錄，歷史學一九七九—一，頁一七。

「浙東學派」㉖；而呂祖謙屬文獻派，葉適則屬事功派。

顧炎武以爲捨經學則無理學，理學乃從經學發展而出，而理學大盛之後，頗影響治經之內涵。如陸九淵提出心即宇宙、心即是理、心即是道，以六經皆我註腳，以爲當先發人之本心，若不明心，雖爲學日益，反爲道日損。而朱子主張即物窮理以致其知，既求理於外，故亦以讀書爲窮理致知之要。朱子注釋群經，不遺餘力；雖重義理，亦兼及訓詁名物；此與漢唐經師差異不大。至於朱子退五經，進四書，是其獨到之見解。

(六) 科舉制度與王安石變法：

宋代科舉制度大體分爲二大類：

1. 常舉：即經常性之貢舉，名目甚多，有進士、九經、五經、開元禮、三禮、三史、三傳、學究、明經、明法等科；另有武舉，其中以進士科爲尤著。

2. 特選：即非常科，有制舉、童子舉、道舉等。

考試方式，先經地方州郡之取解試，再經京師禮部之省試，而後參加殿試；殿試及格者，謂之及第。宋初科舉考試並無定制，至英宗後始定爲三年一試㉗。

唐朝科舉明經考試，多重記憶注疏，而不求其義。唐高宗永徽以後，形成進士科獨盛之局；至唐玄宗時，進士考試始尚詩賦，應試者若帖經成績過差，亦可以詩代替，謂之「贖帖」㉘。

宋仁宗慶曆三年（西元一〇四三），范仲淹進改革之議，主張重策論，抑詩賦，主經義以裁士㉙；此爲日後王安石變法所取則。

仁宗嘉祐三年㉚，王安石「上仁宗皇帝言事書」曰：

夫課試之文章，非博誦強學、窮日之力則不能；及其能工也，大則不足以用天下國家，小則不足以為天下國家之用。……然明經之所取，亦記誦而略通於文辭者則得之矣；彼通先王之意，而可以施於天下國家之用者，顧未必得與於此選也。[31]

安石別有「取材」一文，指當日科舉之缺失，曰：

然其策進士，則但以章句聲病，苟尚文辭，類皆小能者為之；策經學者，徒以記問為能，不責大義，類皆蒙鄙者能之。[32]

故主張：

策進士者，……使之以時務之所宜言之，不直以章句聲病累其心。策經學者，……各傳經義以對，不獨以記問傳寫為能。（同上）

神宗熙寧四年（西元一○七一），依安石意，詔定貢舉新制：

進士罷詩賦、帖經、墨義，各占治詩、書、易、周禮、禮記一經，兼以論語、孟子。每

---

㉖ 祈學功利思想，北宋仁宗時，即有李覯發其端；王安石之思想可說是承李覯之緒。

㉗ 書同⑳，頁一二一。

㉘ 傅樂成主編中國通史——隋唐五代史，頁一五○至一五一，衆文七四年出版。

㉙ 宋史卷三一四本傳曰：「進士先策論，後詩賦；諸科取兼通經義者賜第以上，皆取詔裁。」

㉚ 清蔡上翔王荊公年譜考略及于大成王荊公年譜皆繫是年。

㉛ 王安石臨川先生文集卷三九，頁二四六下欄，及頁二四九上欄。四部叢刊初編，冊五一，商務。

㉜ 書同㉛，卷六九，頁四四三，上欄。

程元敏先生論其事曰：

「時務策」三道、禮部五道、中書撰大義式頒行。㉝

試四場——初本經，次兼經並大義十道，務通義理，不須盡用注疏；次「論」一首；次

下準式，最稱宜當。㉞

新制專以經義裁士，雖有他書，應舉人皆得束之高閣矣。試經義「不須盡用古注舊疏」，是五經正義等書亦非必讀矣。又因策學者以大義，令務通義理，造作策論，舊經解已不足以適應需要，故新經義之修撰，勢在必行；而求致「道德一於上，習俗成於下」，應舉人讀經有定本，典試評卷不患無所依據，則新經解若由朝廷命學者撰修頒行，以為天

於是熙寧六年（西元一○七三），建官設局，修撰新經義。王安石任提舉，呂惠卿任修撰，王雱、呂升卿為同修撰，余中等十二人任檢討官。所撰尚書義十三卷、詩經義二十卷，據二書安石序，皆王雱訓辭，而安石訓義，其實雜出眾手也；唯周官新義二十二卷，由安石親筆獨撰㉟，合稱三經新義。

尚書新義於熙寧七年（西元一○七四）即已上進，八年六月，又進周禮與詩，隨即頒行，作為取士之標準。于大成先生曰：

周官新義為安石手撰，尚書新義則熙寧七年四月，安石第一次罷相之前，即已上進，以故二者皆未發生問題。獨詩義自安石第一次罷相後居金陵，雖仍提舉經義局，而呂惠卿在京同提舉。惠卿小人，借機會打擊安石，凡所以下石馬者無不為，所以對於安石父子的詩義，也大事改竄，安石再相，對此事頗不懌。㊱

熙寧八年九月，安石上劄請改復詩義，重加論定，即因惠卿兄弟之改竄也。元豐三年（西元一

〇八〇）八月，安石箚乞改正三經誤字，於詩義則爲二改。

三經新義外，王安石尚有字說二四卷、易解二〇卷、論語解一〇卷、孟子解四二卷，並科
場要籍。當時，如蔡卞著尚書解及毛詩名物解，陸佃著爾雅新義、詩物性門類及禮記解，王昭
禹著周禮詳解，林之奇著周禮講義，方愨、馬晞孟（各）著禮記解，皆援王學以解經；故陳振
孫曰：

王氏學獨行於世者六十年，科舉之士，熟于此乃合程度，前輩謂如脫鞾然，按其形模而
出之爾。㊲

蘇軾答張文潛書曰：

文字之衰，未有如今日者也；其源實出於王氏（安石）。王氏之文未必不善也，而患在
於好使人同己。自孔子不能使人同：顏淵之仁，子路之勇，不能以相移；而王氏欲以
其學同天下。地之美者，同於生物，不同於所生；惟荒瘠斥鹵之地，彌望皆黃茅白葦；
此則王氏之同也。㊱

㉝ 李燾續資治通鑑長編，卷二二〇，頁一，世界書局。

㉞ 同㉝。

㉟ 程元敏三經新義修撰通考，孔孟學報三七期，頁一三八，六八年。

㊱ 陳振孫直齋書錄解題，卷二，頁五，「書義十三卷」條。中文出版社，六七年。

㊲ 于大成王安石三經新義，孔孟月刊一一卷一期，頁二五。

㉘ 蘇軾蘇東坡全集，前集卷三一，上冊頁三七六，何洛出版社，六四年。

呂祖謙曰：

熙寧中，王安石以新義頒天下，其後章、蔡更用事，概以王氏說律天下士，盡名老師宿儒之緒言餘論為曲學，學輒覆斥。當是時，內外校官非三經義、字說不登几案；它書雖世通行者，或不能舉其篇帙。❸

陳師道曰：

王荊公改科舉，暮年乃覺其失，曰：「欲變學究為秀才，不謂變秀才為學究也。」蓋舉子專誦王氏章句而不解義。❹

朱子曰：

經義大不便，分明是侮聖人之言。❹

蘇軾之言是也，「王氏之文未必不善也」，而患在於好使人同己」，以新經義取士，獨行於世六十年，其影響不可謂不互。然而哲宗即位，用司馬光、呂公著為相，安石新法，廢毀淨盡，國子司業黃隱，妄意迎合當政，竟焚其書板，每見生員試卷引用，輒加排斥。自是之後，安石之書，遂佚不傳；周官新義原本二二卷，清初從永樂大典中輯出，僅存十六卷；詩、書二種，並輯本亦不得矣。故當日崇安石者太過，後之反安石者亦太過。

# 第二節　宋朝經學之發展趨勢

(一) 宋初為唐學之餘響：

北宋初年，治經者多信守注疏。太宗時，刊刻五經正義；真宗咸平年間，除校正五經義疏

外，又續刻七經正義，使群經義疏多達十二種；鏤板國學，著爲功令，而經筵進講，亦依傍注疏。楊安國在仁宗經筵爲侍講二十七年，講說一以注疏爲主，無它發明[42]，孫復爲邇英殿說書，講說多異先儒，楊安國即說於上而罷之[43]。眞宗景德二年（西元一○○五），考生賈邊論「當仁不讓於師」，解「師」爲「衆」，參知政事王旦議曰：「捨注疏而立異論，輒不可許，恐士子從今放蕩，無所準的」，遂取李迪而黜賈邊[44]。眞宗大中祥符二年（西元一○○九），詔曰：

> 讀非聖之書及屬辭浮靡者，皆嚴譴之。[45]

在此，宋初朝野之治經取向，已昭然可見。至於太祖時，王昭素著易論，不守注疏[46]，若此之類，蓋寥寥耳。

## (二) 慶曆以降之變革：

❸❾ 馬宗霍中國經學史，頁一一八引。商務印書館，六八年。

❹⓿ 陳師道後山叢談，卷一，頁五，叢書集成新編，冊八六，新文豐出版。

❹❶ 黎靖德編朱子語類，卷一○九，頁二六九七，華世出版，冊七。

❹❷ 宋史卷二九四，本傳。

❹❸ 書同[33]，卷四六。

❹❹ 書同[33]，卷五九。

❹❺ 宋史卷七，眞宗本紀二。

❹❻ 晁公武郡齋讀書志卷一上曰：「（王）昭素，居酸棗。太祖時，嘗召令講易，其書以注疏異同，互相詰難，蔽以己意。」

## 1 捨訓詁而趨義理：

司馬光論風俗劄子曰：

新進後生，未知臧否，口傳耳剽，翕然成風。讀易未識卦爻，已謂十翼非孔子之言；讀禮未知篇數，已謂周官為戰國之書；讀詩未盡周南、召南，已謂毛、鄭為章句之學；讀春秋未知十二公，已謂三傳可束之高閣。循守注疏者謂之腐儒，穿鑿臆說者謂之精義。[47]

可見慶曆以後，學者大多輕忽章句、注疏，而偏於義理。如歐陽修易童子問、程頤易傳、蔡沈書集傳、陳大猷尚書集傳或問、歐陽修毛詩本義、王質詩總聞、王安石新經周禮義、衞湜禮記集說、孫復春秋尊王發微、王晳春秋皇綱論等，均不止於典章文物制度之訓詁考證，亦十分著力於義理之闡揚[48]。

宋人輕訓詁而趨義理之原因，約有四端：其一，經學內部自然演變。訓詁名物等考據之學盡，則義理之學代興，是以東漢一變而為魏晉六朝，唐正義一變而為宋學[49]。其二，經世致用之思想盛行。儒家思想經漢代之陰陽化，及魏晉六朝之玄虛化，已頗失本眞。自唐韓愈「原道」、李翺「復性」之作，使儒家思想邁入新境界；講究修己治平之道，著力於做人之功夫；此一觀念，至宋儒而發揚光大。宋元學案載胡瑗門人劉彝之言曰：「臣師當寶元、明道之間，……以明體達用之學授諸生，……故今學者明夫聖人體用，以爲政教之本，皆臣師之功。」[50]范仲淹曰：「蓋聖人法度之言存乎書，安危之幾存乎易，得失之鑒存乎詩，是非之辯存乎春秋，天下之制存乎禮，萬物之情存乎樂。故俊哲之人，入乎六經，則能服法度之言，察安危之幾，陳得失之鑒，析是非之辯，明天下之制，盡萬物之情；使斯人之徒，輔成王道，復何求哉？」[51]經

世致用之思想既已盛行，儒者遂不務訓詁考據，而趨尚義理之探索。其三、受外學影響。宋儒

治經，多非純儒。試觀熙寧五年（西元一〇七二），王安石與神宗之對話，可見一斑：

安石曰：「『柔遠能邇』，詩、書皆有是言，別作言語不得。臣觀佛書，乃與經合；蓋

理如此，則雖相去遠，其合猶符節也。」上曰：「佛西域人，言語卽異，道理何緣異？」

安石曰：「臣愚以為苟合於理，雖鬼神異趣，要無以易。」上曰：「誠如此。」[52]

安石喜佛書，常援釋典說儒經；及其罷相，歸老鍾山之定林，著有楞嚴經疏解若干卷[53]。朱子

稱宋朝解經者有三，即儒者之經、文人之經、禪者之經[54]，分別受道學、文學、佛學之影響，

是其捨訓詁而趨義理，固無足怪也歟！其四、象山學派主於尊德性，不以道問學為事。象山曰：

蓋心，一心也。理，一理也。至當歸一，精義無二；此心此理，實不容有二。[55]

心、理為一，則一己之道德行為，即此心之展開，而無需任何外在條件；故不以讀書為必然。

［47］司馬光傳家集，頁三九〇，四庫全書，冊一〇九四，商務。

［48］書同［19］，頁三四三，兩宋的新經學。

［49］參「結論」章，茲不贅。

［50］（重編）宋元學案，卷一，安定學案，頁八。正中四三年。

［51］范文正公集，卷九，頁七三，上時相議制舉書。四部叢刊初編，冊四五，商務。

［52］書同［33］，卷二三三，頁一四。

［53］于大成王安石著述考，國立中央圖書館館刊，新一卷三期，頁四四。

［54］書同［41］，卷一一，頁一九三。

［55］陸九淵陸象山全集，卷一，頁三，與曾宅之。世界書局。

據象山年譜：

鵝湖之會，論及教人，元晦之意，欲令人泛觀博覽，而後歸之約。……此頗不合，先生更欲與元晦辯，以為堯舜之前，何書何讀？復齋止之。㊻

象山嘗曰：「學苟知道，六經皆我註腳。」或勸象山著書，答曰：「六經註我？我註六經？」

此一學派以發明本心為主，既以泛觀博覽為次要，遑論斤斤於瑣碎之訓詁考據學！

2　喜好新奇，好以己意解經：

陸游曰：

唐及國初，學者不敢議孔安國、鄭康成，況聖人乎？自慶曆後，諸儒發明經旨，非前人所及。㊼

吳曾曰：

國史云：慶曆以前，學者尚文辭，多守章句注疏之學，至劉原父為七經小傳，始異諸儒之説。㊽

王應麟曰：

自漢儒至於慶曆間，談經者守訓故而不鑿。七經小傳出而稍尚新奇矣。至三經義行，視漢儒之學若土梗。㊾

宋朝經學，論者咸以仁宗慶曆年間（西元一○四一至一○四八）為從墨守變為趨新之轉型期。宋儒好逞己意，發為新說，究其原因，容有三端：其一、繼續唐末反義疏之風，而發揚興盛。其二、與科舉制度有關。皮錫瑞曰：

科舉取士之文而用經義，則必務求新異，以歆動試官；用科舉經義之法而成說經之書，則必創為新奇，以煽惑後學。……一代之風氣成於一時之好尚，故立法不可不慎也。……安石自撰周禮義，使雱撰詩、書義，名為三經新義，頒行天下。夫既名為新義，則明教人棄古說，以從其新說。❻⓪

其三、與新興之理學有關，而禪學亦有以啟發之。酈士元曰：

漢儒、宋儒雖皆宗孔子，崇經籍，但前者重在書本，重在章句訓詁，是客觀的，是偏於道問學的；後者重在心性，重在義理修養，是主觀的，是偏於尊德性的。由經學一變而為理學，是由外而內的，由客觀的記誦箋注之「博」而反之於主觀的存養省察之「約」。而學風之轉變則由外來的佛教之禪學以重大的啟示。❻①

趨新之風既開，孫復上范仲淹書曰：

執事亟宜上言天子，廣詔天下鴻儒碩老，……取諸卓識絕見大出王、韓、左、穀、公、杜、何、毛、范、鄭、孔之右者，重為註解，俾我六經廓然瑩然，如揭日月於上，而學

❺❻ 書同❺❺，卷三六，頁三二三，年譜，厚熙二年條。

❺❼ 語見王應麟困學紀聞，卷八，頁二二，經說。四部叢刊廣編，冊二八，商務。

❺❽ 吳曾能改齋漫錄，卷二，頁二六，庄疏之學。叢書集成新編，冊一一，頁四二六，新文豐。

❺❾ 書同❺❼，頁二一。

❻⓪ 皮錫瑞經學歷史，頁二七七，經學積衰時代。

❻① 酈士元中國學術思想史，頁三八七至三八八，宋明理學發展與影響。里仁六九年出版。

者庶乎得其門而入也」；如是，則虞夏商周之治，可不日而復矣。⑫

陳經撰尚書詳解，自序曰：

以古人之心求古人之書，吾心與是書相契而無間，然後知典謨訓誥誓命皆吾胸中之所有，亦吾日用之所能行。

陳氏所謂「以古人之心求古人之書」，固無可厚非；然而，若撥棄諸經傳注，自我為法，前無古人，（如孫復之主張），而欲求「吾心與是書相契而無間」，則不啻緣木求魚。朱子序呂氏家塾讀詩記曰：

唐初諸儒，為作疏，因訛踵陋，百千萬言，而不能有以出乎二氏（毛、鄭）之區域。至於本朝，劉侍讀、歐陽公、王丞相、蘇黃門、河南程氏、橫渠張氏，始用己意，有所發明；雖其淺深得失，有不能同，然自是之後，三百五篇之微詞奧意，乃可得而尋繹；蓋不待講於齊魯韓氏之傳，而學者已知詩之不專於毛、鄭矣。

宋儒解詩，多發明創新之精神，朱子對此一現象頗表嘉許。始則歐陽修詩本義，辨毛、鄭之失，而斷以己意。朱子詩集傳，亦不主毛、鄭，以鄭、衛為淫詩。而有關詩序之存廢，尤為宋儒所爭論不休之問題。

宋朝之前，鄭玄、王肅、陸璣皆主張子夏作詩序⑯。沈重曰：「案鄭詩譜意，大序是子夏作，小序是子夏、毛公合作。」⑯，今考鄭玄詩譜，並無子夏、毛公合作詩序之意，沈氏之言不確。隋書經籍志：「先儒相承，謂毛詩序子夏所創，毛公及衛敬仲又加潤益。」成伯璵毛詩指說小序辨，謂眾篇之小序，「子夏惟裁初句耳，至『也』字而止。『葛覃，后妃之本也』、『鴻雁，美宣王也』，如此之類是也；以下皆大毛公自以詩中之意而繫其辭也」。凡此，皆以

爲子夏與詩序有關。而韓愈「詩之序議」曰「子夏不序詩」，其主張對宋儒不無影響。宋儒歐陽修詩本義「序問」曰：「詩之序，非子夏之作。」王安石以爲詩序乃詩人所自製⑥。二程以爲大序是孔子所作，小序是國史所爲⑥。蘇轍詩集傳，以詩之小序反覆繁重，類非一人之辭，疑爲毛公之學，衞宏所集錄；因惟存其一言，以下餘文，悉從刪汰。王得臣以爲詩序首二句是孔子所題，其下「乃毛公發明之」⑥。曹粹中以爲毛傳初行，尚未有序，其後門人互相傳授，各記其師說⑥。程大昌以爲開頭兩語是古序，不可廢；二語之外，爲衞宏所續申⑥。朱章如愚以爲：詩序非子夏所作，實出於漢之諸儒也⑦。鄭樵則主張詩序乃村野妄人所作⑦。朱子詩序辨說云：「詩之作，說者不同。……皆無明文可考，惟後漢書儒林傳以爲衞宏作毛詩

㉒ 孫復孫明復小集，寄范天章書二。四庫全書，冊一○九○，頁一七二，商務。

㉓ 詩常棣疏引鄭志曰：「此序子夏所爲，親受聖人。」此鄭玄之說也。王肅家語庄曰：「子夏所序詩，即今毛詩序也。」陸璣草木鳥獸蟲魚疏云：「孔子刪詩授卜商，商爲之序。」

㉔ 經典釋文，卷五，頁一，毛詩音義「之德也」下引，鼎文版。

㉕ 朱彝尊經義考，卷九九，頁四引。四庫全書，冊六七八，頁三○四，商務。

㉖ 參本章第三節呂祖謙之「（三）、尊崇詩序」條。

㉗ 同㉕。

㉘ 書同㉕，卷同，頁九引。

㉙ 程大昌考古編，卷二，頁一一，詩論十。叢書集成新編，冊二一，（新頁五三九），新文豐。

㉚ 王允莉「詩序之時代與作者」一文引山堂考索，載孔孟月刊二二卷三期。（又參：書同㉕，卷同，頁二二至二七引。）

㉛ 書同㊶，卷八○，冊六，頁二○七六，詩一，綱領，引鄭漁仲詩辨妄。

序，今傳於世，則序乃宏作明矣⑫。至於王柏，則曰：「愚不敢觀序，止熟讀正文」⑬，所作詩疑，極斥詩序。

自歐陽修首開宋朝議序之風氣，又經歷代推衍，詩經學不得不一改舊觀。程元敏先生曰：詩序自歐公疑之，王雪山去之，朱紫陽辨之，明，清諸子爭之；其間，宋李樗、黃櫄稱首句為上序，餘為下序；云下序本於上序。明朱朝瑛僅取首句，其下稱衍序。清吳汝綸稱首一語為古序，餘為續序；續序，衛宏攪入。計由十二世紀晚葉朱子詩集傳成，至十八世紀後期崔述讀風偶識著，六百年間，賴諸家力揭序短，序幾為詩絕去，遂不為世知。⑭

無怪乎清人偶見詩序，卻以為奇貨祕笈⑮。

然有關詩序作者之各種說法，「子夏說」來自鄭玄、王肅，時代最古，應屬可信。其它說法，多經學者辯駁而不能成立⑯。

宋儒好以己意說經，新則新矣，實則得失互見。就諸經而言，皮錫瑞之論，正中其缺失：

宋人盡反先儒，一切武斷；改古人之事實，以就我之義理；竊三代之典禮，以合今之制度；是皆未敢附和以為必然者也。⑰

又曰：

宋人說經之書傳於今者，比唐不止多出十倍，乃不以為盛而以為衰者，唐人猶守古義而宋人多矜新義也。……又自宋末元、明，專用宋儒之書取士，注疏且束高閣，何論注疏之外！於是唐以前古籍之不亡於兵燹者，盡亡於宋以後。所以唐人經說傳世寥寥。⑱

3. 疑經、改經之風盛行：

宋學之懷疑精神，唐代經師如啖助、趙匡、陸質、施士丐……等已開其端緒；唐人甚至有移易、刪補經文者，（參前章第二節之㈥、「反群經義疏及其它重要著作」條），然而，疑義、改經猶不成風氣。

疑經、改經，漢儒已然，但皆偶一為之耳，皮錫瑞曰：

世議鄭康成好改字，不知鄭箋改毛，多本魯、韓之說；尋其依據，猶可徵驗。……儀禮之喪服，禮記之玉藻、樂記，雖明知為錯簡，但存其說於注，而不易其正文。先儒說經，如此其慎，豈有擅改經字者乎？[79]

[72] 見叢書集成新編，冊五五，頁三四四，新文豐。

[73] 王柏書疑，卷七，頁三，多士多方疑。

[74] 程元敏之反對詩序運動及其影響，中山學術文化集刊，第二集，頁一四，總六三三。五七年。

[75] 崔述讀風偶識曰：「余見世人讀詩，……偶見衛宏詩序，輒據以為奇貨祕笈。」（卷一，頁四，自序）

[76] 參見潘師石禪詩序明辨、王禮卿詩序辨、姚榮松詩序管窺、趙制陽詩序評介、王允莉詩序之時代與作者；但後兩文之結論，以詩序為衛宏作，誤；參本章第三節「朱熹」篇。

[77] 皮錫瑞經學歷史，頁二五七，經學變古時代，漢京七二年出版。

[78] 書同[77]，頁二八○，經學衰變時代。

[79] 書同[77]，頁二六四，經學變古時代。

宋太宗時，樂史疑儀禮，舉五證疑儀禮非周公作[80]，則宋儒疑經有非聖人所作之第一人也。

真宗天僖年間，范諤昌著易證墜簡，以為十翼之部分乃文王、周公作，啓宋儒疑十翼非孔子作

之端[81]。陸游曰：

唐及國初，學者不敢議孔安國、鄭康成，況聖人乎？自慶曆後，諸儒發明經旨，非前人

所及。然排繫辭，毀周禮，疑孟子，譏書之胤征，顧命，黜詩之序，學者不難於議經，

況傳注乎？[82]

屈萬里先生曰：

北宋初年的學者，對於經學的解釋，還謹守著漢唐人的注疏。到慶曆年間，風氣漸變，

像劉敞的七經小傳，和王安石的三經新義，都能獨抒己見，不再受漢唐人的拘束。……

他們固然是懷疑古人經說，而不是懷疑經文。可是，懷疑經文的風氣也恰好起於此時。[83]

慶曆以後，朝廷功令亦帶動疑經風氣，葉國良先生曰：

慶曆而後，主文者則往往以辨偽（此處只指經書）策問學子，其最先行者，蓋為歐陽修，

以為周禮可疑者二，策題雖未明言其偽，學子依其文意而推之，甚易得周禮為偽之結論。

楊簡曰：「時文習尚順，罕有駁議。」（慈湖遺書卷一四）足資證明。蘇軾、蘇轍兄弟、

歐陽修所取士也，其後皆著論以為周禮非周公之書，以此例觀之，則其影響不可謂非鉅

也。[84]

又曰：

歐公而後，策問士子以學術資料之審定，亦蔚為風氣，……如王十朋問中庸，林之奇問

孟子與王制、周禮之不同等是也。……宋代朝廷之措施，助長疑經之風氣者，蓋以此為

最大。吾人觀宋代疑經改經者，大抵為進士出身，則其中消息，明眼人自能洞悉也。

（同上）

此外，宋儒講學，多倡導「疑」字。張載曰：

在可疑而不疑者，不曾學，學則須疑。譬之行道者，將之南山，須問道路之出自；若安坐，則何嘗有疑。[85]

袁燮曰：

學者讀書，不可無所疑，所謂疑者，非只一、二句上疑也，要當疑其大處。[86]

朱子曰：

看文字，須是如猛將用兵，直是鏖戰一陣；如酷吏治獄，直是推勘到底，決是不恕他，方得。[87]

[80] 葉國良宋人疑經改經考，第四章第二節，臺大中研所六七年論文。

[81] 書同[80]，第一章第一節。

[82] 同[57]。

[83] 屈萬里宋人疑經的風氣，大陸雜誌二九卷三期，頁二三，五三年。

[84] 書同[80]，頁一八二。

[85] 張載張橫渠集，卷八，頁一三〇，經學理窟四，學大原下。叢書集成新編，冊七四，新文豐。

[86] 袁燮絜齋家塾書鈔卷四，頁二九。見張壽鏞輯四明叢書第七集，冊二五，新頁一七七，新文豐七七年。

[87] 書同[41]，冊一，頁一六四，讀書法上。

王柏曰：

読書無疑者，須敎有疑；有疑者，卻要無疑，到這裡，方是長進。
讀書有所疑，有所見，自不容不論。其不立論者，只是讀書不到疑處耳。
讀書，始讀未知有疑，其次則漸漸有疑，中則節節是疑；過了這一番後，疑漸漸解，以
至融會貫通，都無所疑，方始是學。

就地域特色而言，南學多倡新說，晁說之曰：

読書不能無疑，疑而無所考，缺之可也，可疑而不知疑，此疏之過也。

南方之學，異乎北方之學，古人辨之屢矣，……師先儒者，北方之學也；主新說者，南
方之學也。

又曰：

今南方之學，辭必論，句必議，字必辨，最為穿鑿傅會之端。

朱弁曰：

慶曆間，人材彬彬，號稱衆多，不減武、宣者，蓋諸公實有力焉，然皆出於大江之南。
信知山川之氣，蜿蜒磅礴，真能為國產英俊也。

據葉國良先生研究，宋人疑經，可分為七方面：一是懷疑經書全部或部分非前儒所公認聖賢之
書，二是懷疑經書非古本原貌而予以復原，三是考訂錯簡，為一較有系統之整理，四是疑經義
之不合理，五是考史實之誤謬，六是論章句之分合，七是校字句之脫衍等。又據葉先生之統
計，凡兩宋曾疑經改經者，檢得一百三十人；若分別南北宋，北宋得四四人，南宋得八六人，
是南宋疑經改經承繼北宋而烈於北宋。若以一人一經為一單位，則北宋得八二單位，南宋得一

七三單位，是亦可見南宋疑經改經之風盛於北宋⑨。

宋人疑改詩序，已見前述，而詩序並非詩經之本身。至於有關宋儒疑詩改詩之例，葉國良先生言之詳矣，略述如下：⑨

(1) 謂詩三百中雜有偽篇：車似慶、方岳、王柏、金履祥、車若水、陳鵬飛等主之。王柏議刪召南野有死麕、邶風靜女、鄘風桑中、衛風氓、王風丘中有麻、大車、鄭風將仲子、遵大路、有女同車、山有扶蘇、蘀兮、狡童、褰裳、東門之墠、丰、風雨、子衿、野有蔓草、溱洧、秦風晨風、齊風東方之日、唐風綢繆、葛生、陳風東門之池、東門之枌、東門之楊、防有鵲巢、月出、株林、澤陂等三十一篇。又指出召南行露首章、小雅小弁「無逝我梁」以下四句亦是漢儒竄入。方岳指牆茨、桑中之類爲漢儒偽纂。陳鵬飛著詩解二〇卷，不解商、魯二頌，以爲商頌當闕，而魯頌可廢。王柏等非謂淫詩乃漢儒偽作，而謂漢儒取孔子刪詩之餘以補秦火

⑨ 書同⑧，冊一，頁一八六，讀書法下。
⑨ 書同⑧，冊一，頁一。
⑧ 書同⑥，冊一，頁一九〇，讀書法下。
⑨ 王柏詩疑，卷二，風序辨。
⑨ 晁說之景迂生集，卷十三，頁一七，南北之學。四庫全書，冊一一一八，商務。
⑨ 書同⑨，卷一五，頁二五，答錢申伯書。
⑨ 朱弁曲洧舊聞，卷一，頁八，叢書集成新編，冊八四，新文豐。
⑨ 書同⑧，頁一。
⑨ 書同⑧，頁一七七至一七八。
⑨ 書同⑧，頁九九至一一六。

後之殘缺；其說不可信。

(2) 考訂標卷、篇什、篇名、篇第：標卷方面，程大昌謂「國風」之名不古；以爲依樂而言，古詩有南、雅、頌三類，而無「國風」。篇什方面，毛詩小雅，自南陔至湛露，凡十篇，爲南陔之什；以下每十篇爲一什，依次爲彤弓之什、祈父之什、小旻之什、北山之什、桑扈之什、爲各有十三篇，魚藻之什有十四篇，與「什」義不協。蘇轍詩集傳，鹿鳴之什、南有嘉魚之什、都人士之什。呂祖謙著呂氏家塾讀詩記，依六月後序，改南陔之什之篇第爲：南陔、白華、華黍、由庚、南有嘉魚、崇丘、南山有臺、由儀、蓼蕭、湛露；於小雅篇什，則從蘇轍所改。朱子本儀禮爲說，以爲南陔當在杕杜之後，爲鹿鳴之什之最後一篇；而白華、華黍、魚麗、由庚、南有嘉魚、崇丘、南山有臺、由儀、蓼蕭、湛露十篇當稱白華之什；以下則同於蘇、呂二氏所改。朱子弟子輔廣著詩童子問，篇什從朱子所改。篇名方面，王柏以爲桑中、權輿、大東三篇篇名，當以取篇首字爲題之例，改爲采唐、廈（夏）屋、小東。孔穎達嘗謂名篇之例，義無定準，以作非一人，故名無定目❼；王柏必欲求其劃一，殆未必然。篇第方面，宋儒或以爲世傳毛詩篇第有非孔子刪定之舊者，如蘇轍曰：

列國之詩，皆以世爲先後，……今載馳之一章曰：「言至于漕」，戴公之詩也，而列於文公之下；王之兔爰，桓王之詩也，而列於平王之上；鄭之清人，文公之詩也，而列於莊、昭之間；皆非孔氏之舊也，蓋傳者失之矣。（詩集傳卷三）

蘇轍主張載馳、兔爰、清人、雅篇次，今已亡佚。王柏承諸儒之後，改易最多，除刪「淫詩」之外，又勇於變更篇次先後，程元敏先生所著王柏之生平與學術第伍編考述甚詳，資亦失次。項安世著毛詩前說，考定風、黃樗所探信。李樗考周頌閔予小子之什，謂桓、清人皆失次，爲李樗、

王柏之結論如下：

召南：

鵲巢、采蘩、草蟲、江有汜、小星、摽梅、羔羊、采蘋、行露、殷其靁、騶虞。

邶、鄘、衛（王柏未論及三衛詩全部篇第）：

（鄘）柏舟、（衛）淇澳、碩人、（邶）綠衣、終風、日月、燕燕、柏舟、（鄘）載馳、（衛）竹竿、河廣、（邶）泉水、雄雉、（鄘）定之方中、干旄。

文王之什：

文王、大明、綿、棫樸、旱麓、思齊、靈臺、下武、文王有聲。

(3)

維天之命、清廟。

清廟之什：

考訂錯簡：王質謂文王有聲有錯簡，以為「王后丞哉」二章為頌文王，而「皇王丞哉」二章為頌武王；主張「皇王丞哉」二章當移「武王丞哉」二章之後。王柏以為碩人之第三、四章當互易，下泉之第四章乃小雅黍苗之錯簡重出者，「小東大東」一章當與「有饛簋飧」一章先後互易。王柏又謂閟宮有錯簡，前後為改本二，其後說以為閟宮雖魯僖公之詩，而所述征荊舒、徐、淮之事，乃美伯禽之武功，當接於伯禽受賜山川土田一段之後。

然而，在此疑經、改經風氣下，亦有志在恢復古經書原貌者，如朱震著漢上易集傳，薛季宣著書古文訓，陳傅良著詩解詁，是為主流外之旁支。

97　毛詩正義「周南關雎詁訓傳第一」下孔疏。

綜觀宋人疑經改經之風氣，可謂得失參半，馬宗霍曰：

夫有秦火而後，經有殘脫，本是事實，史漢所言，昭昭可考；故劉歆、荀悅皆有不全之歎。必謂經無可疑，未免失之過拘；惟當疑而不改，付諸蓋闕，或如漢儒作注，遇有可疑者，但存其說於注下，而不更易正文，以俟學者之心通其意，則自無誣古之嫌。宋儒不此之效，往往喜奮私意，矜為創獲，輕肆剪伐，盡變面目，至王魯齋（柏）輩而已極；縱極補綴之工，其能免割裂之誚乎！[98]

葉國良先生曰：

十三經義理宏深，所載史實又多不一，先儒於其難通、矛盾處，往往委曲穿鑿。宋儒本懷疑精神以觀其可疑之處，因而推考其作者或著成時代，實有「實事求是，不作調人」之精神。吾人若以此著眼，則不忍以宋人疑經改經為病，刓後人能辨別經書之偽，不惑於所謂聖人之言，多賴宋人啓發乎？竊嘗以為宋人疑經，所以尊經也；疑此經，所以尊它經；疑此經之一部分，所以尊此經之它部分。[99]

經文苟有不當，疑之改之，非但不可厚非，甚且有功於經學。然而，「目不見睫」，古有明訓，學者不可過分自信；故擅改經書者，當附註其原貌，使後世學者有跡可考。

## (三) 宋朝詩經學著作之分類：

宋代詩經學著作，依其特色，可分為八派：

1. 議論毛傳鄭箋派：

歐陽修著詩本義，論正毛傳、鄭箋之不通處。劉宇著詩折衷，凡毛、鄭異義，折衷從一。項安世著毛詩前說，考定風雅篇次而爲之說。

2. 刪削唐人注疏派：

魏了翁著毛詩要義，取毛詩正義之文而刪節之，存其簡當，去其煩冗；於毛傳、鄭箋則間取之。析其辭爲各條，據事列類而錄之。魏氏所見正義，猶是善本，可正今本之訛；惜阮氏校勘，未之見也。又魏氏刪削唐人義疏之繁冗，啓後學一新途徑，如清人臧琳九經小疏便是 ⑯。

3. 廢小序派：

程大昌著詩論、鄭樵著詩辨妄、王質著詩總聞、朱熹著詩序辯說、楊簡著慈湖詩傳、輔廣著詩童子問、朱鑑編詩傳遺說，皆主張廢小序。

4. 存毛鄭小序派：

范處義著詩補傳、呂祖謙著呂氏家塾讀詩記、陳傅良著詩解詁、嚴粲著詩緝、段昌武著毛詩集解、林岊著毛詩講義、李公凱著毛詩句解，多宗毛、鄭與詩序。

⑯ 書同⑱，頁一二六，宋之經學。
⑲ 書同⑤，頁一八五。
⑰ 莫伯驥五十萬卷樓藏書目錄初編，冊一，原刻頁六八，新頁一五六，廣文書局五六年。

5. 名物訓詁派：

蔡卞著毛詩名物解、陸佃著毛詩物性門類、楊泰之著詩名物編、王應麟著詩地理考、錢文子著詩訓詁、吳良輔著詩重文說、吳棫著毛詩叶韻補音、輔廣著詩經協韻考異、鄭庠著詩古音辨。

6. 圖譜派：

歐陽修著補注毛詩譜、楊甲著毛詩正變指南圖、馬和之著毛詩圖。

7. 藉詩寓意派：

謝枋得著詩傳註疏。謝氏生板蕩之朝，抱黍離之痛，說詩見志，於小雅憂傷哀怨之什，恆致意焉。解無衣之與子同仇，寓高宗南遷之失；論皇父之不遺一老，刺似道誤國之姦；至疏蓼莪之四章，詳明愷惻，令人讀之欲淚⑩。

8. 三家詩派：

王應麟著詩考，專輯齊、魯、韓三家詩遺說。

（四）詩經學著作簡介：

1. 歐陽修　詩本義十六卷

（後有專文）

## 2. 蘇轍　詩解集傳二十卷

字子由，一字同叔，自號潁濱遺老，眉山人，卒諡文定（西元一〇三九至一一一二）。著詩解集傳二十卷；授經圖作「詩集傳二十八卷」；藝續、四庫皆作「詩集傳二十卷」；叢子著錄兩蘇經解，作「潁濱先生詩集傳十九卷」；郡讀作「蘇氏詩解二十卷」；元脫脫等宋史藝文志作「蘇轍詩解集傳二十卷」；馬端臨文獻通考作「蘇子由詩解二十卷」，頗多異名。蘇轍以為小序乃毛公之學，徧宏所集錄，又因小序反復繁重，類非一人之詞，故惟存其首一言，以下餘文，悉從刪汰。詩解集傳，於經文之說解，多採自毛傳、鄭箋；毛、鄭有未安處，乃以己意說之。四庫提要評之曰：「轍於毛氏之學，亦不激不隨，務持其平者。」周中孚評之曰：「其所爲集解，亦不過融洽舊說，以就簡約，未見有出人意表者」[102]。

## 3. 陸佃　詩物性門類八卷

字農師，號陶山，越州山陰人（西元一〇四二至一一〇二）；著詩物性門類八卷，旨在藉名物訓詁以通詩義。據陳振孫直齋書錄解題，本書不著名氏，多取說文，乃陸佃所作埤雅稿也，後易名埤雅。

[101] 書同[⑩]，新頁一六六。
[102] 周中孚鄭堂讀書記，卷八，頁六至七，世界五四年。

## 4. 蔡卞 毛詩名物解二十卷

字元度，與化仙遊人（西元一○五八至一一一七）。爲蔡京之弟，王安石之婿。所著毛詩名物解，又名詩學名物解，多用王安石字說，書凡十一類，曰釋天、釋百穀、釋草、釋木……等，大略似爾雅，陳振孫評之曰：「瑣碎穿鑿，於經無補也」❶❶❸，然四庫提要以爲因安石變法，「下則傾邪姦憸，犯天下之公惡，因其人以及其書，群相排斥」，故陳氏之評，或有「因人廢言」之嫌；；蔡氏之作，實亦有出於孔穎達正義及陸璣草木蟲魚疏之外者。

## 5. 李樗 毛詩詳解三六卷

字迂仲，自號迂齋，學者稱迂齋先生，閩縣人，受業於呂本中。直齋書錄解題著錄其毛詩詳解三十六卷，宋志作四十六卷。疑係字之訛。至於四庫全書所收「毛詩集解四十二卷」，不知何人所編，集李樗、黃櫄兩家詩解爲一編，四庫提要曰：「疑是書爲建陽書肆所合編也」。通志堂經解亦收有「李迂仲黃實夫毛詩集解四十二卷，首一卷」，與四庫全書所收者同，皆非李、黃之原著。李樗著毛詩詳解三十六卷；黃櫄著詩解二十卷，總論一卷，本自分行也。直齋書錄解題稱李書「博取諸家說，訓釋名物文意，末用己意爲論以斷之」。論及詩序，樗取蘇轍之說，以爲毛公作而衞宏續。

## 6. 吳棫 毛詩叶韻補音十卷等

字才老，福建建安人（西元？至一一五四）。所著毛詩叶韻補音，又名詩補音；創叶韻說，

為朱子所採用。孔廣森詩聲類序曰：

吳才老大暢叶音之說，而作韻補。要其謬有三：一者，若「慶」之音「羌」，「皮」之

讀「婆」，此今音訛，古音正，而不得謂之叶。二者，古人未有平聲仄聲之名，一東三

鍾之目，苟聲相近，皆可同用，而不必謂之叶。三者，凡字有一定之部類，豈容望文改

讀，漫無紀理，以至行露「家」字二章音「谷」，三章音「公」，於嗟乎騶虞首章「五

加反」，次章「五紅反」，抑重可嗤已！

吳氏又著韻補五卷，乃古音學有專書之始，吳氏專就廣韻二百六韻，注明「古通某」、「古轉

聲通某」、「古通某或轉入某」是謂韻補之三例。依吳氏所注通轉歸類，得東、支、魚、眞、

先、蕭、歌、陽、尤，爲古韻九類；其分合頗疏，蓋草創故也。陳師伯元曰：

其最為後世所詬病者，乃在其所采材料，漫無準則。陳振孫書錄解題云：「自易、

書、詩而下，以及本朝歐、蘇，凡五十種，其聲韻與今不同者，皆入焉。」雖然吳氏之

書缺失甚多，然畢竟有其功勞。錢大昕云：「才老博考古音，以補今韻之闕，雖未能盡

得六書之原本，而後儒因是知援詩、易，楚辭以求古音之正，其功已不細。古人依聲寓

義，唐、宋人久失其傳，而才老獨知之，可謂好學深思者矣。」⑩

7.

鄭樵　詩辨妄六卷等

⑩ 陳振孫直齋書錄解題，頁九六，廣文出版，五七年。

⑩ 陳師伯元音略證補，頁八四，古韻。文史哲六八年再版。

字漁仲，人稱夾漈先生，興化莆田人（西元一一○四至一一六二），著六經奧論、夾漈詩傳二十卷、詩辨妄六卷。鄭氏以爲詩序乃村野妄人所作，陳振孫評之曰：專指毛、鄭之妄，謂小序非子夏所作，可也；盡削去之，而以己意爲之序，可乎？樵之學雖自成一家，而其師心自是，殆孔子所謂「不知而作」者也。⑩

## 8. 程大昌 詩論一卷

字泰之，卒諡文簡，休寧人（西元一一二三至一一九五），所著詩論一卷，經義考作「詩議」，江南通志作「毛詩辨正」。是書，曹溶本作十八篇，朱彝尊引陸元輔之言，作十七篇，其差別在於末兩篇之合併與否。四庫提要評詩論曰：

近時蕭山毛奇齡據樂記……表記引詩……又引詩……以駁詰大昌，不知大昌之意，惟在求勝於漢儒，原不計經義之合否。……觀其於左氏所言季札觀樂，合於己説，則以傳文爲可信；所言「風有采繁采蘋」，不合己説者，則又以傳文爲不可信；顛倒任意，務便己私，是尚可與口舌爭乎？

黃忠愼先生曰：

左傳實乃程氏新解之主要憑據，然傳中若有不利於己之記載，程氏必找理由，曲爲之説，此益可見程氏詩論之破綻迭見也。……程氏之新解不夥，其勇於建立新説之治學態度是否可取，見仁見智，而其新説之提出，使吾人不得不對傳統之説予以重新檢討，乃至於適度修正；此則程氏即令有不得焉，而吾人亦已有所得矣。⑩

## 9.　王質　詩總聞二十卷

字景文，其先鄆州人，後徙興國（西元一一二七至一一八八），紹興三十年進士，官至樞密院編修，出通判荊南府，改吉州。錢曾讀書敏求記載黃丕烈之說云：

陳振孫曰：其書有聞音，謂音韻；聞訓，謂字義；聞章，謂分段；聞句，謂句讀；聞字，謂字畫；聞物，謂鳥獸草木；聞用，謂凡器物；聞跡，謂凡在處山川土壤、州朝、鄉落之類；聞事，謂凡事類；聞人，謂凡人姓號，共十聞，每篇為總聞；又有聞風、聞雅、聞頌等。[107]

南宋之初，廢詩序者三家，鄭樵、朱子、王質是也；王質廢詩小序與朱子同，說則各異，自稱覃精研思三十年始成是書。瞿鏞鐵琴銅劍樓藏書目曰：「雪山（王質）登第，後於朱子十二年，其著此書，亦當在朱子後」[104]，因朱子詩集傳所採，未嘗及於雪山，故瞿說可信。詩總聞成書之後，櫝藏於家，且五十年，韓公從其孫宗旦求此書，淳祐癸卯（西元一二四三），始由吳興陳日強鋟版於富川[109]。四庫提要評此書曰：

❶⓵ 陳振孫直齋書錄解題，卷二，頁一五。廣文五七年。

❶⓸ 黃忠慎南宋三家詩經學，頁一五二至一五三，商務七七年八月。

❶⓻ 錢曾讀書敏求記，頁一三六，廣文書局。

❶⓸ 瞿鏞鐵琴銅劍樓藏書目，頁一八三，廣文出版。

❶⓽ 錢曾讀書敏求記，頁一三六，及四庫總目提要「詩總聞二十卷」條。

然，其冥思研索，務造幽深，穿鑿者固多，懸解者亦復不少；故雖不可訓，而終不可廢焉。

10. 范處義　詩補傳三十卷等

號逸齋，金華人，紹興中登進士第。著詩補傳三十卷、詩學一卷、解頤新語十四卷。詩補傳序曰：

補傳之作，以詩序為據，兼取諸家之長，揆之情性，參之物理，以平易求古詩人之意；文義有闕，補以六經史傳，詁訓有闕，補以說文篇韻。

范氏之作，淳實嚴謹，尊崇詩序，與鄭樵廢序之論迥異。至其引據偽書孔叢子，信序太過，必以為尼山之筆，是其瑕疵。

11. 朱熹　詩集傳二十卷等

（後有專文）

12. 呂祖謙　家塾讀詩記三十二卷等

（後有專文）

13. 戴溪　續呂氏家塾讀詩記三卷

字肖望，永嘉人，淳熙五年（西元一一七八）為別頭省試第一，歷官工部尚書，文華閣學士，理宗紹定間賜謚文端。所著又名岷隱續讀詩記、戴溪續讀詩記、續讀詩記，原本久佚，今

所見者，輯自永樂大典，存十之七、八，仍釐爲三卷。此書以毛傳爲宗，折衷衆說，於名物訓詁尤爲詳悉。謂呂氏於字訓章旨已悉，而篇意未貫，故以續記爲名；其實自述己意亦多，不盡用小序。例如有狐爲國人憫鰥夫；摽有梅，父母之心也；求我庶士，乃擇婿之辭，其新說若此。

14. 嚴粲　詩緝三十六卷

字明卿，一字坦叔，邵武人。所作詩緝，或稱詩輯、詩集、詩緝略。善本書室藏書目載明味經堂翻刊本，曰：

前有竹溪林希逸序，次淳祐戊申夏華谷嚴粲自序，謂錖之木，便於童習。次袁蒙齋手帖，云泰離、中谷有蓷、萬萵不用舊說，獨能得詩人優柔之意，其它時出新意，可與言詩也已矣！次條例，次清濁音圖，次十五國風地理圖，次毛詩綱目。其書以呂氏讀詩記爲主，而雜採諸說以發明之；舊說未安，則斷以己意；而於音訓疑似，名物異同最爲精覈。卷中之字，往往與今本不同，猶存宋刻之舊。⑪

四庫提要稱此書：

宋代說詩之家，與呂祖謙書並稱善本，其餘莫得而鼎立，良不誣矣。

15. 李公凱　毛詩句解二十卷

字仲容，宜春人。所著又名東萊毛詩句解，尊尚小序，以東萊讀詩記爲宗，而隱括其意。

16. 楊簡　慈湖詩傳二十卷

字敬仲，學者稱慈湖先生，卒諡文元，慈谿人（西元一一四〇至一二二五）。慈湖詩傳二十卷，朱彝尊經義考注曰：已佚。清館臣自永樂大典鈔出，已非全書。四庫提要曰：

是書大要，本孔子無邪之旨，反覆發明。而據後漢書之說，以小序爲出自衛宏，不足深信。篇中所論，如謂左傳不可據，謂爾雅亦多誤，謂陸德明多好異音，謂鄭康成不善屬文。甚至自序之中，以大學之釋淇澳爲多牽合，而詆子夏爲小人儒。蓋簡之學出陸九淵，故高明之過，至於放言自恣，無所畏避。……然其於一名一物一字一句，必斟酌去取，旁徵遠引，曲暢其說……可謂折衷同異，自成一家之言。

17. 林岊　毛詩講義五卷

字仲山，古田人（西元一一五四至一二四一），所著毛詩講義五卷，已佚，清人從永樂大典輯出，釐爲十二卷。福建通志稱林氏在郡九年，頗多惠政，重建清湘書院，與諸生講學，勉教實行，郡人祀之柳宗元廟。四庫提要曰：

是編皆其講論毛詩之語，觀其體例，蓋在郡時所講授，而門人錄之成帙者。大都簡括箋疏，依文訓釋，取裁毛、鄭，而折衷其異同。雖範圍不出古人，然融會貫通，要無枝言曲說之病。當光甯之際，廢序之說方盛，岊獨力闡古義，以詔後生，亦可謂篤信謹守者矣。

18. 朱鑑　詩傳遺說六卷

字子明，徽州婺源人（西元一一九〇至一二五八）。所編詩傳遺說，又名朱氏詩說補遺。是編乃朱鑑於理宗端平乙未，重輯朱子集傳，而取文集、語錄所載論詩之語足與集傳相發明者，彙而編之；以朱子之說，明朱子未竟之義。

19. 王柏　詩辨說二卷等

字會之，一字仲會，自號長嘯，爲朱熹三傳弟子，宋金華人（西元一一九七至一二七四）。王氏著詩可言二十卷、詩辨說二卷，後者又名詩疑。共提出毛詩辨、風雅辨、王風辨、二雅辨、賦詩辨、幽風辨、風序辨、詩亡辨、經傳辨等十辨。攻駁毛、鄭，以及詩序，不僅攻駁經文，進而刪削之；此自有六籍以來，第一怪變事也。

20. 王應麟　詩地理考六卷　詩考五卷等

字伯厚，號深寧，又號浚儀遺民，鄞縣人（西元？至一二九六）。詩地理考序曰：據傳箋、義疏、參之禹貢、職方、春秋、爾雅、說文、地志、水經、網羅遺文古事，傳以諸儒之說，列鄭氏譜十首，爲詩地理考。

此書兼採異聞，徵引賅洽，足爲考證之資；然皆探錄遺文，得失往往並存，兼持兩端，而不作決斷。王氏另有詩考五卷，或題韓魯齊三家詩考；乃檢諸書所引三家詩逸文，集以成帙，對三家詩遺文之蒐探、考徵，實有篳路藍縷之功。此外，王氏尚有玉海紀詩一卷，困學紀詩一卷、

詩辨、詩草木鳥獸蟲魚廣疏六卷等著作。

# 第三節　歐、呂、朱之詩經學

## (一) 歐陽修

歐陽修字永叔，晚號六一居士，宋廬陵人。生於眞宗景德四年（西元一○○七年），卒於神宗熙寧五年（西元一○七二年），享年六十六歲，諡文忠。

仁宗天聖八年（一○三○）舉進士，試南宮第一，擢甲科，調西京推官。始從尹洙游，為古文，議論時事，迭相師友。又與梅堯臣游，為歌詩相倡和，遂以古文冠天下。慶曆三年（一○四三）知諫院，後歷任龍圖閣直學士、禮部侍郎，翰林院侍讀學士，樞密副使、參知政事，進封開國公，⋯⋯。以其議論正直剴切，為小人所忌，故屢遭貶遷。神宗熙寧年間，因反對王安石之新法，遂以觀文殿學士太子太師致仕，歸居潁州，次年卒。

歐陽修所著詩本義，又名毛詩本義；古籍著錄其卷帙亦有十四卷、十五卷、十六卷之不同⑪。

詩本義之內容如下：卷一至卷十二為本義一百二十四篇，卷十三為一義解及取舍義，卷十四為時世論、本末論、豳問、魯問、序問，卷十五為統解九篇，卷十六又稱附錄，包含詩圖總序、鄭氏詩譜補亡及詩譜補亡後序。

詩本義應以十四卷為正，卷十五統解九首又見於歐公外集卷十；外集於卷末有編集者之案

語曰：「公墓誌等皆云詩本義十四卷，江、浙、閩本亦然，仍以詩圖總序、詩譜補亡附卷末。

惟蜀本增詩解統序，並詩解凡九篇，共爲一卷；，又移詩圖總序、詩譜補亡自爲一卷，總十六卷；

故錦州於集本收此九篇，它本則無之，今附此卷中。」今考其卷十五詩解九首，與前十四卷或

內容重複，或立論矛盾。宋沈作喆所著寓簡卷八曰：「歐陽公晚年，嘗自竄平生所爲文，用思甚

苦。其夫人止之曰：『何自苦如此！當畏先生嗔耶？』公笑曰：『不畏先生嗔，卻怕後生笑。』」

⑫ 何澤恆曰：「竊疑詩解九篇爲歐公早年之作，本義則作於嘉祐四年，歐公五十三歲，編次是

書時，其說已多見更易，故不復錄入。江、浙、閩諸本皆無此九篇，獨蜀本增入，蓋後人編輯

刊行時所加也。即如居士集五十卷，乃公親訂，亦不收此九篇；而後人編集，特將蜀本所增者

抽出，附於外集耳。……詩解九篇……應爲較早年之作。蓋歐公於毛鄭所疑既多，而晚年論時，

態度愈見審愼謹嚴，必詳其終始而牴牾，質諸聖人而悖理者，始爲之改易也。……夫詩解九篇，

歐公自訂文集、本義時，皆所不取，殆以其說仍多見牽強，倘傳後世，怕遭後生之笑歟？」⑬

茲概述歐陽修之詩學如下：

⑪ 如吳充所撰行狀，韓琦所撰墓誌銘，及歐陽修之子歐陽發所撰先公事跡，宋神宗實錄，神宗舊史等，皆題
詩本義十四卷。晁公武郡齋讀書志作：「歐陽詩本義詩十五卷」陳振孫直齋書錄解題作：「詩本義十六卷，
圖譜附。」脫脫宋史藝文志云：「歐陽修詩本義十六卷，又補注毛詩譜一卷。」倩四庫全書所錄，題曰：
「毛詩本義十六卷」。

⑫ 沈作喆寓簡，卷八，頁六一。叢書集成新編，冊一一，新文豐出版。

⑬ 見何澤恆著歐陽修之詩經學，孔孟月刊十五卷三期。

## 1 倡詩有本末論：

歐陽修謂學詩者不出四類：詩人之意、太師之職、聖人之志、經師之業。其言曰：「詩之作也，觸事感物，文之以言；善者美之，惡者刺之，以發其揄揚怨憤於心，此詩人之意也。古者國有采詩之官，得而錄之，以屬太師，播之於樂，於是考其義類，而別之以為風雅頌；而比次之以藏於有司，而用之宗廟朝廷，下至鄉人聚會，此太師之職也。世久而失其傳，亂其雅頌，亡其次序，又采者積多而無所擇。孔子生於周末，方修禮樂之壞，於是正其雅頌，刪其繁重，列於六經，著其善惡以為勸戒，此聖人之志也。周道既衰，學校廢而異端起；及漢，承秦焚書之後，諸儒講說者，整齊殘缺以為之義訓，恥於不知，而人人各自為說，至或遷就其事以曲成其己學；其於聖人有得有失，此經師之業也。」[114]

而四者之中，又分本末，其言曰：「何謂本末？作此詩，述此事，善則美，惡則刺，所謂詩人之意者，本也。正其名，別其類，或繫於此，或繫於彼，所謂太師之職者，末也。察其美刺，知其善惡，以為勸戒，所謂聖人之志者，本也。求詩人之意，達聖人之志者，經師之本也；講太師之職，因其失傳而妄自為之說者，經師之末也。今夫學者，得其本而通其末，斯盡善矣；得其本而不通其末，闕其所疑，可也。」又曰：「蓋詩人之作詩也，固不謀於太師矣；今夫學詩者，求詩人之意而已，何害乎學詩也？」此乃歐陽修之重要主張，影響深遠。所謂詩本義，即在求得詩人之本意。朱子曰：「歐陽公有詩本義二十餘篇，煞說得有好處[115]。有詩本末論，又有論云：『何者為詩之本？何者為詩之末？詩之本，不可不理會；詩之末，不理會得也無妨。』其論甚好。」

## 2 改易毛鄭之說：

四庫全書總目提要評詩本義云：「自唐以來，說詩者莫敢議毛鄭，雖老師宿儒，亦謹守小序。至宋而新義日增，舊說幾廢，推原所始，實發於修。……修作是書，本出於和氣平心，以意逆志。故其立論，未嘗輕議二家（毛、鄭），亦不曲徇二家。」

歐陽修詩譜補亡後序曰：「先儒之論，苟非詳其終始而牴牾，質諸聖人而悖理，害經之甚，有不得已而後改易者；何以徒為異論以相訾也？毛鄭於詩，其學亦已博矣，予嘗依其箋傳，考之於經而證以序譜，惜其不合者頗多。」陳振孫直齋書錄解題曰：「其書先為論以辨毛鄭之失，然後斷以己見。……大意以為毛鄭之已善者皆不改，不得已乃易之，非樂求異於先儒也。」詩本義一一四篇，皆為評論毛鄭之錯誤、探求詩之本義而作；其體例，每篇分前後兩段，前段論毛鄭之失，首冠以「論曰」兩字；後段申述一篇本義，則冠以「本義曰」三字；然亦有僅發論而無本義者，此乃因論而見義者也。

詩本義有所謂「一義解」，其意在辨毛鄭說詩之局部不妥之處，而不及全部，以其餘毛鄭已得其是，故不復言之也。如召南甘棠：「蔽芾甘棠，勿翦勿伐，召伯所茇。」毛鄭訓蔽芾為「小兒」，惟此一義不妥，歐陽修云：「蔽，能蔽風日，俾人舍其下也；芾，茂盛皃。蔽芾乃

⑭ 見詩本義卷十四。

⑮ 歐陽修詩本義，改易毛鄭之說凡一百十四篇，而朱子於此，特謂二十餘篇說得好。

大樹之茂盛者也。」[116]

一義解外，復有「取舍義」；取舍義者，或舍鄭而取毛，或舍毛而從鄭也。

賴炎元先生生歸納詩本義所評毛鄭之失如下：

(1) 誤解美刺：如邶風靜女、曹風鳲鳩，毛鄭以爲贊美詩，歐陽修據詩序，以爲諷刺詩。

(2) 誤解賦比興：如衛風竹竿，毛鄭以爲興之作法，歐陽修以爲賦之作法。

(3) 誤分章句：如小雅巧言，毛鄭分六章，歐陽修依據詩義，分爲七章。斷句之誤，如小雅車舝「雖無德與女式歌且舞」，鄭箋于「德」字斷句，歐陽修于「女」字斷句。

(4) 誤解詩之寫作時代：如周頌昊天有成命，毛鄭以爲成王時詩，歐陽修以爲昊天有成命乃康王以後之詩，執競爲昭王以後之詩。

(5) 解釋迂疏：如鄘風相鼠、鄭風叔于田、小雅正月，詩義原本簡易明白，毛鄭迂曲解釋，反而遠離本義。

(6) 解釋穿鑿：如陳風衡門，毛鄭無所依據，以己意解釋詩文。

(7) 各篇相同詞句之解釋不一致：如王風、鄭風、唐風皆有揚之水篇，而毛鄭解釋揚之水之意義不一致。又如大雅板、蕩兩篇，毛鄭釋其「上帝」兩字，與它篇不同。

(8) 一篇之中，前後章句之解釋，文意不相連貫：如周南卷耳，毛鄭解釋第一章，與二、三章之解釋不連貫。又如召南野有死麕，毛鄭之解釋，亦前後文意不相貫。[117]

詩本義於毛鄭之中，較推崇毛傳，是以批評毛鄭之共同錯誤外，又指出鄭箋之瑕疵，曰：

改字以就己說，以禮說附會詩義、以讖緯汩亂詩義。[118]

3.　説詩重視人情常理：

詩本義卷六出車篇云：「詩文雖簡易，然能曲盡人事，而古今人情一也，求詩義者，以人情求之，則不遠矣。然學者常至於迂遠，遂失其本義。」晁公武郡齋讀書志云：「歐陽公解詩，毛鄭之說已善者，因之不改；至於質諸先聖則悖理，考於人情則不可行，然後易之，故所得比諸家最多。」例如卷一螽斯篇云：「螽斯，大義甚明而易得，惟其序文顛倒，遂使毛鄭從而解之失也。螽斯，蝗類微蟲耳，詩人安能知其心不妒忌？此尤不近人情者。螽斯，多子之蟲也，詩人偶取其一以為比爾。所比者，但取其多子似螽斯也。今其文顛倒，故毛鄭遂謂螽斯有不妒忌之性者，失也。」又如卷十三取舍義云：「玄鳥，祀高宗也。其詩曰：天命玄鳥，降而生商。……古今雖相去遠矣，其為天地人物，與今無以異也。毛氏之說，以今人情物理推之，事不為怪，宜其有之；而鄭謂吞鳦卵而生契者，怪妄之說也。」

　　說詩重視人情常理，此乃秉承孟子「以意逆志」之法；詩本義卷一關雎篇、卷五破斧篇、詩解統十月之交下均引用孟子之語。

⑯　見詩本義卷十三。

⑰　以上八項，見賴炎元著歐陽修的詩經學，中國國學六期，頁二二八。

⑪　同⑰。

## 4 以文學家之立場解經，故能擺脫泥滯：

朱子語類卷八十論詩本義云：「毛鄭所謂山東老學究，歐陽會文章，故詩意得之亦多。但是不合以今人文章如他底意思去看，故皆局促了詩意。古人文章有五、七十里不回頭者，蘇黃門詩說疏放覺得好。」歐陽修精於文章、詩、詞，為唐宋古文八大家之一。與晏殊並稱宋初詞壇領袖。又嘗與梅聖俞、蘇子美輩歌詩唱和，蔚成流派。故朱子以「會文章，故詩意得之亦多」稱許之，然歐陽修將詩經當今人文章去看，或有局促詩意之弊端。

以文學家之立場論經學，時或免於純粹經學家泥滯不通、穿鑿附會之缺失。舉例如下：

小雅鹿鳴之什，皇皇者華二章：「周爰咨諏」。毛傳云：「忠信為周。訪問於善為咨。咨事為諏。」鄭箋云：「見忠信之賢人，則於之訪問，求善道也。」三章至五章，咨謀、咨度、咨詢，毛傳云：「咨事之難易為謀」、「親戚之謀為詢」。歐陽修以為毛鄭之失，在於用魯穆叔之說為箋傳，故穿鑿泥滯，於義不通，乃辨之曰：「其（指毛鄭）忠信為周，訪問為咨，意謂大夫出使，見忠信之賢人，就之訪問。今詩文乃曰：『周爰咨諏』，是出見忠信之賢人，止一周字，豈成文理？若直以周為周詳、周徧之周，則其義簡直，不解自明也。又曰：『訪問何者為非事？而獨以咨諏為咨事，其下『咨謀』、『咨度』、『咨詢』，非事而何？其又以謀事之難易為咨謀，而穆叔直謂咨難易為謀，若書曰：『汝有大疑，謀及卿士庶人』，則凡問於人，皆可曰謀矣。又書云：『爾有嘉謀，入告於君』，則又不止問於人為謀，以事告人亦曰謀矣。其又以咨禮義所宜為度，而穆叔止云咨禮，二說亦自不同；且其又以親戚之謀為詢，書曰：『詢于眾』，豈皆度，忖度也，施於何事不可？奚專於咨禮哉？其又以親戚之謀為詢，書曰：『詢于眾』，豈皆

此其類甚多。」

親戚乎？若此之類甚多，故可知其穿鑿泥滯，於義不通，亡德之說可廢也。」此先引書以明毛

鄭訓詁之失，繼而言其本義曰：「……諷、謀、度、詢，其義不異，但變文以叶韻爾。詩家若

### 5. 多引用詩序：

詩本義卷十四本末論曰：「作此詩，述此事，善則美，惡則刺，所謂詩人之意者，本也。

……今夫學者，知前事之善惡，知詩人之美刺，知聖人之勸戒，是謂知學之本而得其要，其學

足矣，又何求焉。」歐陽修堅信美，刺乃作詩之本意，故多採信詩序以說詩；詩本義卷十四曰：

「自聖人沒，六經多失其傳，一經之學，分爲數家，不勝其異說也。當漢之初，詩之說分爲齊

魯韓三家，晚而毛氏之詩始出；久之，三家之學皆廢，而毛詩獨行，以至於今不絕。……自漢

以來，學者多矣，其卒舍三家而從毛公者，蓋以其源流所自，得聖人之旨多歟！今考毛詩諸序，

與孟子說詩多合，故吾於詩常以序爲證也。」

### 6. 以淫詩之說爲可信：

歐陽修謂邶風靜女乃述衞風俗男女淫奔之詩，以「城隅」爲偷會之所，以「彤管」爲美色

之管，男女相悅，互遺以通情結好之物。又謂陳風東門之枌亦爲淫奔之詩。至如本義卷二解野

有死麕，云：「紂時男女淫奔以成風俗，……彼女懷春，吉士逐誘而污以非禮。吉士猶然強暴

之男可知矣。」錢竹汀云：「歐陽永叔解『吉士誘之』爲挑誘，後世遂有詆召南爲淫奔而欲刪

之者。」然而四庫提要爲之辨駁曰：「修作是書，本出於和氣平心，以意逆志，故其立論未嘗

輕議二家（指毛鄭），而亦不曲徇二家；其所訓釋，往往得詩人之本志。後之學者，或務立新奇，自矜神解。至於王柏之流，乃併疑及聖經，使周南、召南俱遭刪竄；則變本加厲之過，固不得以濫觴之始，歸咎於修矣。」

## (一) 呂祖謙

呂祖謙字伯恭，學者稱東萊先生❶，生於宋高宗紹興七年（一一三七）卒於孝宗淳熙八年（一一八一），享年四十五歲。寧宗嘉定八年，諡曰「成」。關於詩經，著有呂氏家塾讀詩記。

呂氏自幼長於外家，十至二十歲之間，常侍父赴任各地。師事張九成❷、林之奇、汪應辰、胡憲，紹興二十七年（一一五七）娶韓元吉之女，兩家皆為士林之望，故傳為佳話。孝宗隆興元年（一一六三），試禮部，奏名第六人，賜進士及第，改左迪功郎；又中博學鴻詞科，轉授左從政郎，改差南外郭宗院宗學教授❸。乾道五年（一一六九），張栻守嚴州，祖謙為州學教授，二人相與論學，交誼甚篤；次年，祖謙為太常博士，張栻亦召為吏部郎兼侍講，兩人聯舟赴臨安，嚴州人士特建「嚴州二先生祠堂」以為紀念。陳傅良入太學，得於祖謙、張栻❹。一時張、呂、朱熹齊名，人稱「三君子」或「東南三賢」，陳亮云：「乾道間，東萊呂祖謙、新安朱元晦及荊州鼎立，為一世學者宗師。」❺孝宗淳熙二年（一一七五），朱子送祖謙於信州鵝湖寺，陸九齡、陸九淵及江浙諸友皆會；鵝湖論學，祖謙實主其事。至此，朱、呂與江西陸學鼎立而三。

祖謙出自林之奇、汪應辰門下，林、汪之學出於呂本中，本中則承繼其祖父呂希哲之學，希哲為歐陽修之再傳弟子，又為程頤之門人。故呂祖謙之詩經學頗受歐陽修、程頤之影響，魯崇詩序。朱子初與祖謙相得，其長子朱塾，於乾道九年（一一七三）從學祖謙。淳熙四年（一

一七七），朱子完成詩集傳初稿，多依據詩序立說，是以祖謙援引以入讀詩記。及至朱子決意

廢序，爭議遂起，二人書信往還討論，終是各執己見。黎靖德所編朱子語類，論東萊凡三十一

條。呂氏讀詩記於淳熙三年草創既就，六年起，間作修訂，淳熙八年七月二十七日修訂大雅公

劉第一章，二十九日祖謙與世長辭❹。讀詩記駁斥朱子，主要見於卷五桑中篇，全文四二七字，

朱子撰讀呂氏詩記桑中篇以反駁祖謙，凡一〇二一字，然此時（淳熙十一年）祖謙已謝世四年

❶ 呂祖謙之先世居東萊（漢置郡名，在今山東半島），又宋高宗建炎三年（一一二九），呂氏之曾祖呂好問

　封爲東萊郡侯，子孫尊好問爲東萊公，宋史有傳。好問之子本中，爲江西詩社宗派圖之作者，學者稱之爲

　東萊先生，有東萊先生詩集，宋史有傳。呂本中之從子大器，大器之子祖謙，當日通國皆稱祖謙曰「東萊」，

　故後人以本中爲大東萊，祖謙爲小東萊。

❷ 祖謙年譜及宋史本傳未載，其師事無垢居士（張九成），當在年少時，見陳傳良著止齋文集卷四二，跋陳

　求仁所藏張無垢帖。

❸ 見年譜。

❹ 見全祖望奉臨川帖子，宋元學案卷五三。

❺ 見陳亮著龍川文集卷二一，張定叟侍郎。四庫全書本。

❻ 讀詩記卷一條例曰：「諸家或未備，頗以己說足之，錄於每條之後，比諸家解後一字格。」此呂氏修訂後

　之條例也。公劉訖末，呂氏未及修訂，於祖謙之解按以「東萊曰」，而未低一字格。明陸釴撰序遂曰：

　「公劉以後，編纂未就，其門人續成之。」祖謙之弟祖儉於公劉章末附記云：「先兄已亥（淳熙六年）之

　秋，復修是書，至此而終。自公劉之次章訖於終篇，則往歲所纂輯者，皆未及刊定——如小序之有所去取，

　諸家之未次先後，與今編條例多未合——今不敢復有所損益，姑從其舊，以補是書之闕云」。可知公劉之

　後，爲祖謙之舊稿，並非其門人續成之作。

矣，辯論不得不中止。故朱子撰呂氏家塾讀詩記序曰：

此書所謂朱氏者，實熹少時淺陋之說，而伯恭父有取焉。其後歷時既久，自知其說有所未安，如雅鄭邪正之云者，或不免有所更定，則伯恭父反不能不置疑於其間，熹竊惑之。方將相與反復其說，以求真是之歸，而伯恭父已下世矣！

所謂「方將相與反復其說，以求真是之歸」者，朱子深以未辯得定論爲憾也。朱子語類卷八〇曰：「如呂伯恭讀詩記，人只是看這箇，它上面有底便看，無底更不知看了。」四庫總目提要曰：「祖謙沒後，朱子作是書序……蓋雖應其弟子約之請，而夙見深，有所不平。然迄今兩說相持，嗜呂氏者終不絕也。」又曰：「陳振孫稱其博采諸家，存其名氏，先列訓詁，後陳文義，翦截貫穿，如出一手；有所發明，則別出之，詩學之詳正，未有逾於此書者。魏了翁作後序，則稱其能發明詩人『躬自厚而薄責於人』之旨。二人各舉一義，已略盡是書所長矣。了翁後序，乃爲眉山賀春卿重刻是書而作，時去祖謙沒未遠，而版已再新，知宋人絕重是書也。」

茲概述呂祖謙之詩經學如下：

## 1. 注重傳注訓詁：

呂祖謙經學根柢紹承家緒，韓淲云：「呂居仁舍人、晁以道詹事，皆故家，見聞元佑學術，晁復精於訓傳。後來，汪聖錫內翰曾接呂舍人講論，最爲平正，有任重之意，伯恭得於汪爲多。」⑫呂本中宅設「九經堂」，爲研習「六藝三傳」之所；呂祖謙從林之奇、汪應辰求學，林、汪之學出於呂本中。晁說之（以道）精於訓傳，與本中爲世交，故祖謙承父祖庭訓之習，研經注重傳注。晁說之儒言曰：「南方之學異乎北方之學……師先儒者，北方之學也，主新說者，南

方之學也。」[126]祖謙與朱子論學曰：「晁景迂（說之）其學固雜，然質厚而句法少穿鑿，可取者固多也。大抵北方前輩議論雖各有疵，然要可養忠厚，革囂浮，自當兼存也。」[127]呂氏沿襲北方儒者治學習氣，師先儒，不主新說，以為北學「質厚而句法少穿鑿」、「可養忠厚，革囂浮」。此一主張，與當日治學風氣迥然不同，王應麟曰：「自漢儒至於慶曆間，談經者守訓詁而不鑿，七經小傳出而稍尚新奇矣！至三經義行，視漢儒之學若土埂。」[128]皮錫瑞曰：「宋人不信注疏而各自為說，實者皆如孔蔡謬悠，議瓜驪山，良無一是也。」[129]又曰：「宋人說經之書傳於今者，比唐人不只多出十倍，乃不以為盛而以為衰者，唐人猶守古義，而宋人多矜新義也。」[130]呂祖謙嘗慨然曰：「學者每舉伊川語，云：『漢儒泥傳注』，伊川亦未嘗令學者廢傳注，近時每忽傳注而求新說，後生於傳注中須是字字參考始得。」[131]

呂祖謙之學，開浙東學派之先聲。明宋濂於凝道記中述金華之學，曰：

　中原文獻之傳，幸賴此不絕耳。蓋粹然一出於正，稽經以該物理，訂史以參事情，古之

⑬ 韓愈著問泉日記卷中，四庫全書本，商務印書館。

⑬ 儒言頁二七，昌平叢書。

⑫ 太史別集卷一六頁六，答朱侍講所問。

⑫ 困學紀聞卷八，頁二一，四部叢刊本，商務印書館。

⑫ 經學通論卷二，頁五二。商務印書館。

⑬ 經學歷史頁二八〇。漢京文化事業公司。

⑬ 太史外集卷五拾遺頁二五，己亥秋所記。續金華叢書。

善學者亦如是耳！其所以尊古傳而不敢輕於變易，亦有一定之見，未易輕訾也。[132]

宋濂凝道記所述學派，及於金陵、眉山、東嘉、永康、金溪、橫浦等，而獨傾心金華之學；其「粹然一出於正」、「尊古傳而不敢輕於變易」，道出呂氏經學之特色。朱子則批評呂氏曰：「伯恭凡百長厚，不肯非毀前輩，須要出脫回護。」[133]可謂言過其實，然由此可見呂氏治經之慎重，不輕易批評。

盧文弨曰：

　呂氏重視先儒傳注訓詁之見解，至清朝而發揚光大。惠棟曰：

　漢人通經有家法，故有五經師。訓詁之學皆師所口授，其後乃著竹帛，所以漢經師之說立於學官，與經並行。禮經出於屋壁，多古字古音，非經師不能辨。經之義存乎訓，識字審音乃知其義。是故古訓不可改也，經師不可廢也。[134]

錢大昕曰：

　凡文之義，多生於形與聲。漢人去古未遠，其所見多古字，其習讀多古音，故其所訓詁，要於本旨為近，雖有失焉者寡矣。[135]

孫星衍曰：

　國朝通儒若顧亭林、陳見桃、閻百詩、惠天牧諸先生，始篤志古學，研覃經訓，由文字聲音訓詁而得義理之真……六經者聖人之言，因其言以求其義，則必自訓詁始。謂訓詁之外別有義理，如桑門（沙門）不立文字為最上乘者，非吾儒之學也。[136]

焦循曰：

　訓詁之學不明，則說經不能通貫。[137]

阮元曰：

說者分別漢學宋學，以義理歸之宋。宋之義理誠詳於漢，然訓詁明，乃能識義、文、周、孔之義理。❸

古今義理之學必自訓詁始。❹

聖人之道，譬若宮牆。文字訓詁，其門徑也。門徑苟誤，跬步皆岐，安能升堂入室乎？❹

讀詩記引用漢代以來四十多家之注解，而以毛傳、鄭箋爲主；各家如有不當，頗以己說正之。吳春山先生嘗歸納其訓詁實例，凡六項：(1)毛傳訓義不當，按以己說。(2)鄭氏箋義不當，加以解說。(3)先儒議論可疑，加以解說。(4)或祖先世之說，加以發揮。(5)呂氏不肯闕疑，自加

❸ 見宋文憲公全集卷五二，頁一。藝文印書館。

❹ 詩傳遺說卷二，通志堂經解本。

❹ 惠棟著松崖文鈔卷一，頁四，九經古義述首，聚學軒叢書本。

❹ 盧文弨著抱經堂文集卷二，頁三〇，九經古義序。四部叢刊本。

❹ 錢大昕著潛研堂文集卷二四，頁二一八，臧玉琳經義雜說序。四部叢刊本。

❹ 孫星衍著五松園文稿卷一，頁六，孫忠愍侯祠藏書記。叢書集成本。

❹ 焦循著雕菰集卷一三，寄朱休承學士書。叢書集成本。

❹ 阮元著揅經室續集卷一，頁四八，馮柳東三家詩異文疏證序。叢書集成本。

❹ 阮元著揅經室一集卷二，頁三一，擬國史儒林傳序。叢書集成本。

訓義。(6)看詩當與書經合看(141)。賴炎元先生嘗舉述讀詩記所做注解，或考釋單字詞語，或串解一句、數句詩文，或解釋一句、數句之大意，或總釋一章大意，或通釋兩章大義，或於末章總述全詩各章大意(142)；頗多精闢之見。

2. 涵養性情與經世致用並重：

能，其言曰：

詩主於發抒感情，吟詠之，自能涵養性情，正心修身。呂祖謙極重視詩經之益於涵養之功

詩者，人之性情而已。必先得詩人之心，然後玩之易入。義例訓詁之學，至詩而盡廢，是學既廢，則無研索擾雜之私以累其心，一吟一諷，聲轉機回，虛徐容與，至理自遇，片言有味而五經皆冰釋矣！是聖人欲以詩之平易而救五經之支離也。(144)

大雅行葦篇，讀詩記「東萊曰」：

學者讀此詩，當深抑順弟和樂之風，以自陶冶，若一一拘牽禮文，則其味薄矣！

呂氏詩說同篇之解曰：

行葦一篇，見仁之全體。「方苞方體，其葉泥泥」，其生生之意，蓋自然而然，詳緩涵泳忠厚和藹之氣，見於言外，當此之時，仰觀俯察，莫非吾仁，千百載之下，猶可想見，況身親之乎？(145)

采薇、出車、東山之詩，雨雪寒煥、草木禽獸、僕馬衣裳、室家婚姻、曲盡人情，呢呢如兒女語。(146)

然呂氏深受二程之影響，治經極重視致用。二程曰：

窮經將以致用也，如誦詩三百，⋯⋯今世之號為窮經者，果能達於政事專對之間乎？則其所謂窮經者，章句之末耳，此學者之大患也。

治經，實學也。如中庸一卷書，自至理便推之於事。如國家有九經及歷代聖人之跡，莫非實學也。[144]

呂氏曰：

今人讀書，全不作有用看，且如人二、三十年讀聖人書，及一旦遇事，便與閭巷人無異，治經，實學也。[147]

又曰：

⋯⋯只緣讀書不作有用看故也。[149]

世之儒者以嘗以六經之學而竊見之於用，如以禹貢行河，如以春秋斷獄，如以三百五篇

[141] 吳春山著呂祖謙研究，頁一○三，臺大中研所論文，六十七年。

[142] 見賴炎元著呂祖謙的詩經學，中國學術年刊六期，頁二三。

[143] 呂東萊先生文集卷一五，詩說拾遺，頁一，金華叢書，藝文印書館。

[144] 東萊左氏博議，頁四一七，廣文書局。

[145] 書同[143]，卷一五，頁二四。

[146] 東萊博議，頁二二九。廣文書局。

[147] 二程遺書卷四，頁六三，四庫全書冊六九八。

[148] 二程遺書卷一。四庫全書本。

[149] 麗澤論說集錄一○，頁二，續金華叢書。

諫。噫！六經之用，果止於是歟？六經之用，果止於是，則儒者之責何其易塞也！六經所載者，堯舜禹湯文武未備之法，用六經者當有堯舜禹湯文武未用之效。⑮

朱子語類卷一三二曰：「問：東萊之學。曰：伯恭於史分外仔細，於經卻不甚理會。」蓋朱子最重四書，而呂氏側重左氏傳；朱子抨擊江浙史學功利之風，逐涉及呂氏。實則伯恭之學乃「宗經重史」、致用之學。呂氏曰：

看詩即是（看）史。⑮

如看衛文公之詩，須知衛之興；讀王黍離之詩，須知周之亡，其氣象可知。⑮

廣谷大川異制，民生其間異俗，剛柔輕重遲緩異齊，五味異和，器械異制，衣服異宜，皆學者所當觀也。⑮

清儒陳澧鑑於當時考據學瑣屑之弊，嘗曰：「百年以來，講經學者，訓釋甚精，考據甚博，而絕不發明義理，以警覺世人。其所訓釋考據，又皆世人所不能解。故經學之書汗牛充棟，而世人絕不聞經書義理，此世道所以衰亂也。」⑮陸寶千先生論清代經學一文曰：「清儒之學，瑣屑纖細，乃其本色，本無宗旨之可言也。究其本質，是術而非學。」又曰：「考據者，術也，非學也。」⑮呂祖謙之經學則無此弊，賴炎元先生呂祖謙的詩經學一文曰：「呂祖謙是一位理學家，因此，他有時依據詩文來說明人倫的道理，例如小雅常棣二章，……藉常棣詩文來闡發兄弟朋友相處的道理。呂祖謙也是一位歷史評論家，因此，他也常常依據詩文來評論史實，例如周南樛木第一章，……充分發揮了詩的教化功用，這是呂氏家塾讀詩記的特點。」⑮魏了翁撰讀詩記後序曰：

今觀其所編讀詩記，于其處人道之常者，固有以得其性情之正；其言天下之事，美盛德

之形容，則又不待言而知。至於處乎人之不幸者，其言發于憂思哀怨之中，則必有以考其性情；參總眾說，凡以厚於美化者，尤切切致意焉。

3. 尊崇詩序

程頤曰：

學詩而不求序，猶欲入室而不由戶也。問：小序何人作？曰：但看大序卽可見矣。……序中分明言國史明乎得失之迹，……如非國史，則何以知其所美所刺之人？使當時無小序，雖聖人亦辨不得。⑮詩大序，孔子所為，文似繫辭，其義非子夏所能言也。小序，國史所為，非後世所能知也。⑮

⑮ 太史外集卷二，頁四，策問二。續金華叢書。

⑮ 太史外集卷五，拾遺，己亥秋所記。續金華叢書。

⑮ 同上。

⑮ 讀詩記卷九。

⑮ 嶺南學報二卷三期，頁一八二。

⑮ 師大歷史學報三期，頁一。

⑮ 同⑭。

⑮ 二程遺書卷一八，頁一八五，四庫全書冊六九八。

⑮ 同⑮，卷二四，頁二五〇。

詩序必是同時所作，然亦有後人添者，如白華只是刺幽王，其下更解不行。

呂祖謙遙承程頤之說，尊崇詩序，又以為小序之首句是當時國史所作，首句之下，則有後人附加者。呂氏曰：

魯、齊、韓、毛，師讀既異，義亦不同，以魯、齊、韓之義尚可見者較之，獨毛詩率與經傳合。……是則毛詩之義，最為得其真也。間有反覆煩重，時失經旨，如葛覃、卷耳之類，蘇氏（蘇轍）以為非一人之辭，蓋近之。……意者，後之為毛學者，如衛宏之徒附益之耳。（讀詩記卷二，葛覃）

三百篇之義，首句當時所作，或國史得詩之時，載其事以示後人；其下則說詩者之辭也。說詩者非一人，其時先後亦不同。以毛傳考之，有毛氏已見其說者，時在先也；有毛氏不見其說者，時在後也。（讀詩記卷三，關雎）

由上述可知呂氏採信蘇轍之言，以為詩序間有「反覆煩重，時失經旨」者，遂斷定詩序非一人之辭，然呂氏反對蘇轍僅保留詩序首句，刪去下文之作法。

朱子初亦信從詩序，後改從鄭樵廢序之主張，由是與呂祖謙展開書信辯論。朱子嘗曰：

東萊不合只因序講解，便有許多牽強處，熹嘗與之言，終不肯信。從讀詩記中，雖多說序，然亦有說不行處亦廢之，熹因作詩序辨說，其他謬戾，亦辨之頗詳。（詩傳遺說卷二）

東萊詩記卻編得仔細，只是大本已失了，更說甚麼！……熹因云：「今人不以詩說詩，卻以序解詩，是以委曲牽合，必欲如序者之意，寧失詩人之本意不恤也，此是序者大害處。」（同上）

伯恭專信序，又不免牽合。伯恭凡百長厚，不肯非毀前輩，要出脫回護。不知道只為得

簡解經人，卻不曾為得聖人本意。是，便道是：不是，便道不是，方得。[160]

呂祖謙與朱子書云：「唯太不信小序一說，終思量未通也。」[161] 終其一生，尊崇詩序而無悔。

實則，朱子廢序之說多有可商，詳見朱子之篇，茲不贅。

## (三) 朱熹

朱熹字元晦，一字仲晦，徽州婺源人。高宗建炎四年（一一三〇年）生於福建尤溪城外毓

秀峰下之鄭氏草堂，寧宗慶元六年（一二〇〇年）卒，享年七十一歲，諡文。

其父朱松，字喬年，號韋齋，嘗為福建尤溪縣縣尉。朱熹自幼穎悟，從其父習河洛之學[162]。

韋齋疾篤，謂熹曰：「籍溪胡原仲（胡憲）、白水劉致中、屏山劉彥沖（劉子翬），此三人

者，吾友也。其學皆有淵源，吾所敬畏；吾即死，汝往父事之，而惟其言之聽，則吾死不恨矣。」

熹飲泣受言，不敢忘。既孤，則奉以告於三君子，而稟學焉[163]。三君子中，獨胡原仲得享高壽，

❶❺❾ 同[157]，頁七七。

❶❻⓿ 朱子語類，卷八〇，冊六，頁二〇七四，詩一，綱領。華世出版。

❶❻❶ 太史別集，卷三，頁一四，與朱侍講書。

❶❻❷ 朱松文仿荆公、蘇、黃，學本六經、子、史，至二十七、八歲後，轉冶二程子之學。見趙效宣著朱子家學與師承，新亞學報九卷一期。

❶❻❸ 見朱子大全文卷九十屏山先生劉公墓表。

熹追隨近二十年。

紹興十七年（一一四七）貢於鄉，十八年中進士第，任泉州同安主簿。紹興二十三年，朱熹二十四歲，始見李侗於延平，三十一歲，師事李侗。李侗與羅博文書云：「元晦進學甚力，樂善畏義，吾黨鮮有。晚得此人，商量所疑，甚慰。」又云：「此人極穎悟，力行可畏，講學極造其微處，某因此追求有所省，渠所論難處，皆是操戈入室，須從原頭體認來，所以好說話。」

[164]朱熹於同安簿秩滿後，專心追隨延平先生[165]，游心於道，習聞周敦頤、張載、二程、邵雍之學。其爲學，大抵窮理以致其知，反躬以踐其實，而以居敬爲主。歷仕高、孝、光、寧四朝，累官寶文閣待制。寧宗慶元元年，韓侂冑擅權敝主，朱熹極表不滿，故遭誣陷，貶職；侂冑黨攻其學爲僞學，而朱熹仍講學不輟。

朱熹著作等身，四部具備，其詩經學著作尚存於世者，有詩集傳八卷[166]、詩序辨說一卷、文公詩傳遺說六卷[167]。亡佚者，有毛詩集解[168]、詩風雅頌四卷、序一卷。

朱子門人甚夥，今人陳榮捷先生著「朱子門人」一書，計敍六百二十九人。其中，當以蔡元定、蔡沈、黃榦、陳淳四人爲代表。

錢賓四先生曰：「他（朱熹）不僅是南渡一大儒，宋以下的學術思想史，他有莫可與京的地位。後人稱之爲致廣大，盡精微，綜羅百代，他實當之而無愧。」[169]又曰：「在中國歷史上，前古有孔子，近古有朱子；此兩人，皆在中國學術思想史及中國文化史上發出莫大聲光，留下莫大影響。曠觀全史，恐無第三人堪與倫比；孔子集前古學術思想之大成，開創儒學，成爲中國文化傳統中一主要骨幹。北宋理學興起，乃儒學之重光。朱子崛起南宋，不僅能集北宋以來理學之大成，並亦可謂其乃集孔子以下學術思想之大成。此兩人，先後矗立，皆能匯納群流，

歸之一趣。自有朱子，而後孔子以下之儒學乃重覆新生機，發揮新精神，直迄於今。」⑰⑩可謂

推崇備至，然朱子之詩經學，頗有可商。

朱子研治經學，於四書用力最勤，詩經次之。於詩經研究之後期，因確認衛宏為詩序作者，

故安於廢序；此乃造成後世爭論紛紜之一大關鍵。朱子若知詩序遠成於衛宏之前，則是否堅持

其廢序之論，誠未可知。茲述其詩經學如下：

⑯⑭ 見李延平先生文集卷一，正誼堂全書。

⑯⑤ 宋史卷四百廿九，道學傳云：「聲之學，既博求之經傳，復遍交當世有識之士。延平李侗老矣，嘗學於羅從彥，嘗歸自同安，不遠數百里，徒步往從之。」

⑯⑥ 朱子於孝宗淳熙四年完成詩集傳初稿（或稱毛詩集解，今佚。）淳熙十一年，答潘文叔書云：「詩亦再看舊說，多所未安，見加刪改，別作一小書，庶幾簡約易讀。若詳考，即自有伯恭之書矣。」此刪改本，即廢序本詩集傳二十卷。光宗紹熙五年之後，其與李公晦書云：「近修得國風數卷，舊本且未須出。」又與葉彥忠書云：「詩傳兩本，煩爲以新本校舊本，其不同者，依新本改正。」此新本，即八卷本詩集傳。詳見糜文開著詩經朱傳本經文異字研究。載於詩經欣賞與研究第三冊，三民書局印行。四庫提要曰：「詩集傳八卷，宋朱子撰。宋志作二十卷，今本八卷，蓋坊刻所併。」乃臆測之詞耳。

⑯⑦ 文公詩傳遺說六卷，乃朱子適孫朱鑑蒐集朱子語錄與文集中論詩經之話語，編輯而成。

⑯⑧ 朱子早年信從詩序，作毛詩集解，後廢詩序，修訂而爲詩集傳，毛詩集解遂亡佚。

⑯⑨ 錢穆著宋明理學概述，頁一○三，中華文化出版事業委員會，四二年。

⑰⑩ 錢穆著朱子新學案第一冊，頁一，朱子學提綱，自印本。

## 1. 大序、小序：

詩序分為大序、小序，實始於六朝經生⑰。陸德明經典釋文引舊說曰：「『關雎，后妃之德也』，至『用之邦國焉』，名關雎序，謂之小序；自『風，風也』訖末，名為大序」⑫。朱子詩序辯說則以「詩者，志之所之也」至「是謂四始，詩之至也」為大序，其餘為小序。朱子之意，大序通論全部詩篇，小序則分論各篇。

婺源潘師石禪著詩序明辨一文，曰：「六朝人沈重、劉炫之流，自有大小序之說，而實於古無徵，故陸德明正之曰：『今謂此序止是關雎之序，無大小之異。』孔穎達辨之尤為明審，其毛詩關雎正義曰：『諸序皆一篇之義，但詩理深廣，此為篇端，故以詩之大綱，併舉於此。』

陸孔之論，最達古人屬文之體⑱，故不以六朝分析大小為然。」

詩序出於子夏，此漢儒相傳之舊說，亦為鄭玄、王肅所信從。沈重謂鄭詩譜意，小序是子夏、毛公合作，今按鄭玄詩譜，並無子夏、毛公合作詩序之意，沈氏臆測之說，不可據信。南宋鄭樵謂詩序是村野妄人所作，其說影響朱子頗鉅。

朱子論小序曰：「詩序，東漢儒林傳分明說道是衛宏作。後來經意不明，都是被他壞了，某又看得亦不是衛宏一手作，多是兩三手合成一序，愈說愈疏。」⑭又曰：「看來詩序當時只是個山東學究等人做，不是個老師宿儒之言，故所言都無一事是當。」⑮「因論詩，歷言小序大無義理，皆是後人杜撰，先後增益湊合而成。」至其論大序，則曰：「大序未知果誰作也。」至其間又有礙義理誤人處。」⑯然其間又有優劣之分，朱子曰：「小序，漢儒所作，有可信處絕少；大序好處多，然亦有不滿人意處。」⑰又曰：「大序亦不是子夏作，

詩大序亦只是後人作，其間有病句。（朱子語類卷八十。）

⑰ 大序亦有未盡，如「發乎情，止乎禮義」，又只是說正詩，變風何嘗止乎禮義？（同右）
「國史明乎得失之跡」這一句也有病，周禮禮記中，史並不掌詩，左傳說自分曉。以此
然。

⑰ 經典釋文又曰：「今謂此序止是關雎之序，總論詩之綱領，無大小之異。」可知陸德明不以詩序分大小爲

⑰ 見潘師石禪著詩序明辨，學術季刊四卷四期，頁二〇。
潘師石禪曰：「『關雎，后妃之德也』，只這一句談到關雎篇的本身，其下『風之始也，所以風天下而正
夫婦也，……』繞一個大圈，到末尾才又拉回關雎篇的本身：『是以關雎樂得淑女以配君子，憂在進賢，
不淫其色，哀窈窕，思賢才，而無傷善之心焉，是關雎之義也。』從一篇小詩而侈談到整部詩經的問題；
這種情形，和宋書謝靈運傳類似。它雖然是謝靈運的傳，『論』的部分，應該是批評謝靈運本身，但作者
並不如此，而是大論其它內容，只有『論』談到謝靈運本身的，只有『爰逮宋氏，顏謝騰聲，靈運之興會標舉』、
『潘、陸、謝、顏，去之彌遠』，寥寥幾字而已。因爲宋書沒有文苑傳，而謝靈運『文章之美，江左莫逮』
（本傳），所以沈約在此總論文學，發表自己在文學方面的新發現，所謂『自騷人以來，此秘未睹』，他
對此一發現十分自負。」（摘自七十七年度上課筆記。）可見詩序與宋書謝靈運傳同類，不宜視之爲怪異
不倫或幾手拼湊之文章。

⑰ 見朱子語類卷八十。

⑰ 同⑰。

⑰ 同⑰。

⑰ 見晦庵先生朱文公文集卷五五。

⑰ 見詩傳遺說卷二。

見得大序亦未必是聖人做。（同右）

朱子以為大序有二項缺失，其一，變風中有淫詩存在，豈可謂之「發乎情，止乎禮義」？

其二，考諸周禮、禮記，大史之屬掌書，而非掌詩；誦詩進諫，乃大師之屬瞽矇之職責。左傳襄公十四年亦曰：「史為書，瞽為詩。」可知，詩與國史毫不相干。詩大序乃曰：「國史明乎得失之跡，傷人倫之廢，哀刑政之苛，吟詠情性，以風其上；達於事變，而懷其舊俗者也。」

一若國史非但掌詩，甚且成為作詩、獻詩、諷誦之人，可證作序者之無知，亦可知作序者必非子夏聖人之輩。按：朱子所謂淫奔之詩，謬誤不可信，前人言之詳矣。其指摘大序「國史明乎得失之跡」云云，值吹毛求疵耳；蓋明乎盛衰消長之理、得失成敗之跡者，莫若國史，是以史記老莊申韓列傳謂老子為「周守藏室之史也」，漢志謂：道家者流，蓋出於史官，歷記成敗禍福古今之道。[16] 朱子之說，有二事未安：(1)作序者不知瞽矇主誦詩進諫之事，進而誤以為國史掌獻詩、諷誦，其淺陋如是，則詩序作者不惟非子夏聖人之輩，甚且「山東老學究」亦不如也；此必無之事也[17]。可知，作序者之意，必不以為國史掌獻詩、諷誦。(2)「情動於中，而形於言，言之不足，故嗟歎之；嗟歎之不足，故永歌之。」凡觸物心感者，皆可吟詠情性，以風其上；瞽矇吟詠，乃職責所在；常人吟詠，亦心聲之自然發抒，有何不可？大序實無病句，朱子不察耳。

朱子謂小序之作者為衛宏、或山東學究、或其他不知名之「兩三手」。潘師石禪曰：今為訂之曰：今詩序必非衛宏作也。何以明之？後漢書儒林傳曰：「衛宏，字敬仲，東海人也。少與河南鄭興俱好古學。初，九江謝曼卿善毛詩，乃為其訓。宏從曼卿受學，因作毛詩序，善得風雅之旨，於今傳於世。……中興後，鄭眾、賈逵傳毛詩，後馬融作

毛詩傳，鄭玄作毛詩箋。」據此傳所云，則衛宏之序尚行於蔚宗（苊曄）之世，則賈、馬、二鄭寧有不見之理！既見之矣，烏得削敬仲（衛宏）之名，易西河（子夏）之號？雖淺學所易辨，而謂康成顛倒至此耶？假令康成有意作僞，同輩後生固當起而攻之矣，此一事也。又案後漢書鄭玄傳論曰：「自秦焚六經，聖文埃滅。漢興，諸儒頗脩藝文，

史記老莊申韓列傳所述老子生平，可疑者多。勞思光先生探究老子一書之作者，曰：「有道家之老聃，莊子所稱者是也；有習禮之老聃，禮記所載者是也；又有爲周史官或名『李儋』之太史儋，史記老子傳文中之世系屬之；因『李儋』與『老聃』同音也。」無論老子是何人，其身歷目睹人世間之種種盛衰消長之理、得失成敗之跡，則爲不爭之事實。勞思光先生又曰：「總之，老子之學起於觀變思常。萬家無常，常者唯道，於是『道』爲老子思想之中心。」（見中國哲學史，三民書局）張起鈞、吳怡先生所著中國哲學史話曰：「道德經這部書不是完成在一個人手中，它是由許多道家思想的人物輾轉抄寫，而且隨時隨地添加、刪節而成的，……我說『老子就是老子』，就是說，這個老子沒有固定的生平。這個老子可能代表張三、李四等好幾個人，也可能代表王五一個人。他……闊盡滄桑，飽經憂患，他曾眼看別人建造了高樓大廈，眼看別人在大廈內歌舞歡笑，同時又眼看別人的高樓大廈變成斷井殘垣，眼看別人走進墳墓，變成枯骨。」（自印本）試觀老子一書，其於宇宙道體之深究，對天下諸般紛擾之慨歎與關懷，進而提出柔弱清虛之主張，則此一「老子」斷非孤陋寡聞之鄉野小民。漢書藝文志曰：「道家者流，蓋出於史官，歷記成敗存亡禍福古今之道，然後知秉要執本，清虛以自守，卑弱以自持，……曰：道家獨任清虛，可以爲治。」道家出於史官，殆可信從。左傳襄公二十四年曰：「史爲書，瞽爲詩。」可知詩大序所言「國史明乎得失之跡，傷人倫之廢，哀刑政之苛」云云，信然不誣。關雎序能闡明微言大義，其作者必非素無學植之輩。

及東京學者亦各名家，而守文之徒，滯固所稟，異端紛紜，互相詭激，遂令經有數家，家有數說，章句多者，或乃百餘萬言；學徒勞而少功，後生疑而莫正。鄭玄囊括大典，網羅眾家，刪裁繁蕪，刊改漏失，自是學者略知所歸。王父豫章君每考先儒經訓而長於玄，常以為仲尼之門不能過也。及傳授生徒，並專以鄭氏家法云。」據此論，知范氏世崇鄭學，其於康成之說，鑽研自必精詳。假令同代之著述（指衞宏詩序），遽指為子夏之遺言，顢頇至此，何以說經！乃謂每考先儒經訓而長於玄耶？此二事也。王肅之徒，曰攻鄭學，踰瑕伺隙，無微不至。假令康成有此巨謬，一腐儒攻之，如摧枯拉朽耳，又何勞子雍輩之攻堅也！此三事也。以此數事衡之，知今之詩序，斷非衞宏所作明矣。後漢書稱衞宏作毛詩序者，蓋偶與今序同名；猶之稱馬融為毛詩傳，亦與今常言毛詩傳相淆。及衞宏所作詩序後亡，朱子乃拾其言為攻序之利器，其亦未之深察也。……鄭玄曰：「此序子夏所為，親受聖人。」王肅曰：「子夏所序詩，即今毛詩序也。」（家語注）重規按，上來諸家之議，惟子夏序詩為漢儒相承之舊說；蓋子夏親受於孔子而筆之於篇，而孔子則得之於國史之傳，故能不失作詩之本意也。[14]

(1) 必須探究後漢書「（衞宏）因作毛詩序」云云之來源：

後漢書之說，實節錄自陸璣毛詩草木鳥獸蟲魚疏，陸疏之文如下：

孔子刪詩，授卜商，商為之序，以授魯人曾申。……（東漢）時九江謝曼卿亦善毛詩，乃為其訓。東海衞宏從曼卿受學，因作毛詩序，得風雅之旨。

石禪師所言，精確不可移易。茲補述若干資料，以明衞宏詩序非今人所見之詩序。

後漢書衞宏傳抄襲陸疏，而省卻前半，曰：

初，九江謝曼卿善毛詩，迺為其訓。宏從曼卿受學，因作毛詩序，善得風雅之旨，於今傳於世。

朱子誤解後漢書所謂「（衞宏）因作毛詩序」之眞意，證據確鑿。

(2) 衞宏曾作毛詩衞氏傳，陸璣與范曄所言衞宏「毛詩序」，或即「毛詩衞氏傳序」之簡稱：⑱

經典釋文曰：「苤苢，音浮，苢，本亦作苡，……苤苢，馬舄也，又名車前。……衞氏傳及許愼並同。」此乃衞宏曾作毛詩傳之證。嚴可均鐵橋漫稿卷四「對丁氏問」遂曰：「以范書與釋文合訂之，蓋『毛詩序』即在衞氏傳中。衞氏傳，梁七錄、隋志，及釋文絞錄無之。苤苢一條，殆從他書采獲。范（曄）在劉宋時，猶及見衞氏傳與其序，故云：『善得風雅之旨，於今傳於世』也。然而，宏作毛詩序，別爲之序耳，非即大序小序。猶之孟喜序卦，鄭氏序易，非即十翼之序卦；馬融書序，非即百篇序也。」

關於衞宏「毛詩傳序」題名「毛詩序」之假設，黃彰健先生於經今古文學問題新論頁三一三中提出類似之證據：

① 今本尚書僞孔傳，書首有僞孔安國「尚書序」，不作「尚書傳序」。

② 何晏「論語集解」之序曰「論語序」，見經典釋文卷二十四。

⑱ 見潘師石禪著詩序明辨，學術季刊四卷四期。

⑱ 說本黃彰健經今古文學問題新論，頁三一二，中研院史語所專刊七九。

③ 經典釋文卷十五：「春秋序，此元凱（杜預）所作，既以釋經，故依例音之。本或題為『春秋左傳序』者，沈文何以為『（春秋）釋例序』，今不用。」

④ 孔穎達左傳正義，開頭便曰：「此序題目，文多不同，或云『春秋左氏傳』，或云『左氏傳序』，或云『春秋經傳集解序』，或云『春秋左氏傳序』」。

可知陸璣、范曄所謂衞宏「毛詩序」，當指衞宏毛詩傳之序文。

③ 由六篇「有其義而亡其辭」之詩篇探索之：⓭

鄭箋於亡詩南陔、白華、華黍三篇序下云：「孔子論詩，雅頌各得其所，時俱在耳，篇第當在於此，遭戰國及秦之世而亡之，其義則與眾篇之義合編，故存；至毛公為詁訓傳，乃分眾篇之義，各置於其篇端云。又闕其亡者，以見在為數，故推改什首，遂通耳，而下非孔子之舊。」

按，其下又有由庚、崇丘、由儀三篇序，並云：「有其義而亡其辭」。此六篇並見儀禮鄉飲酒禮，其次第與六月序諸篇合，與毛推改者異，（鹿鳴至華黍以下異）；然則作序者當與儀禮作者所見篇次同，其辭不當亡在毛傳以後；而衞宏安能見未亡之詩而知其義，並為之序耶？

④ 由漢書藝文志探索：

漢書藝文志著錄齊魯韓三家詩二十八卷，毛詩二十九卷，王引之、陳奐以為毛詩多出一卷，係毛詩序。黃彰健先生曰：古文書序多附於書末，如壁中本尚書，百篇書序即附於書末⓮。

⑤ 由特殊用辭探討：

周頌般，詩序曰：「般，巡守而祀四嶽河海也。」徐復觀先生曰：「秦以前皆稱四嶽，秦統一天下以後，五嶽之名開始出現。至西漢，則除援引先秦古典，如堯典之四嶽外，無不稱五

嶽。由序中『四嶽』一辭，即可反映出詩序豈僅非魏宏所作，亦非出於趙毛公之手。」[115]

## 2　由尊崇詩序至揚棄詩序：

朱子曰：「熹向作詩解文字，初用小序，至解不行處，亦曲爲之說；後來覺得不安，第二次解者，雖存小序，間爲辨破，然終是不見詩人本意；後來方知盡去小序，於是盡滌蕩舊說，詩意方活。」[116] 又曰：「詩序實不足信，向來見鄭漁仲（樵）有詩辨妄，力詆詩序，其間文字雖太甚，以爲皆是村野妄人所作，始者不疑之，後來仔細看一兩篇，因質之史記、國語，然後知詩序之果不足信。」[117] 又曰：「詩序，東漢儒林傳分明說道是衞宏作，後來經義不明，都是被他壞了。熹又看得不是衞宏一手，多是兩三手合成一序，愈說愈疏。」[118] 又曰：「某自二十歲時讀詩，便覺小序無意義……當初亦嘗質問諸鄉先生，皆云序不可廢，而某之疑終不能釋。後到三十歲，斷然知小序之出於漢儒所作，其爲繆戾有不可勝言。」[119]

由上述可知朱子研治詩經，可分三時期，最初尊崇小序，後來辨破小序，終至揚棄小序。

[113] 見姚榮松詩序管窺，孔孟學報二十五期，頁五九。

[114] 同[112]。

[115] 徐復觀中國經學史的基礎，頁一五四，學生出版。

[116] 同[114]。

[117] 同[174]。

[118] 同[174]。

[119] 同[171]。

茲錄其廢序之說如下：

今人不以詩說詩，卻以序解詩，是以委曲牽合，必欲如序者之意，寧失詩人之本意不恤也，此是序者大害處。（詩傳遺說卷二）

後世但見詩序巍然冠於篇首，不敢復議其非，至有解說不通，多為飾辭以曲護之者，其誤後學多矣。（同右）

大率古人作詩，與今人作詩一般。其間亦自感物道情，吟詠情性，幾時盡是譏刺他人！只緣序者立例，篇篇要作美刺說，將詩人意思，盡穿鑿壞了。（同右）

詩集傳完成之後，又經朱子多次修正，實與廢序有關。朱子續作詩序辨說一書，以批評小序為主。賴炎元先生歸納朱子所論小序之缺失，凡三：妄生美刺、隨文生義、穿鑿附會。⑲⓪

潘師石禪主張說詩必宗詩序，其言曰：

夷考其實，詩序出於子夏，乃漢儒相傳之舊說。朱子據後漢儒林傳，指為衛宏所作，乃朱子之誤解。至於朱子譏詩序「篇篇要作美刺說」，亦未明古詩之情狀。蓋歌謠吟詠，雖本於自然，而采詩入樂之旨，必取有關政治得失之作。良以三百篇皆具有政治性、教育性之詩篇。上古縱多自抒性情之詩歌，苟無關於政治教化得失者，固無暇掇取，以播之樂章，用之鄉人邦國也。古者簡冊寫錄艱難，其有吟詠性情之什，要不過任其口語流傳，自生自滅；雖欲著錄，其工具不易得也。試觀漢世，揚、馬之徒，作賦摛文，猶須上書縣官，請給筆札，其情可知已。即就古代歌謠載於典籍者而論，亦皆義含美刺，如左傳所錄之鄭輿人誦⑲①、宋城者謳⑲②之類是已。⑲③

胡義成曰：

商鞅、韓非和李斯等人，對詩經均持嚴厲批判態度。他們在不同的鬥爭境遇中，異口同聲地批判詩經，指出它對新興制度的危害，主張堅決禁絕。……無論如何，詩經在春秋戰國時期，是帶有強烈的政治色彩的詩選集。把詩經看成完全超階級、超政治的東西，上述歷史事實將難以解釋。……商君書中，……詩經的傳播，會造成「民離上」、「輕其君」、「非多」的結果，……如果說，在孔子關於詩經「可以怨」等話中，還不能明顯地看出詩經誹謗新興封建制的實質的話，那麼，商君書的上述論斷，會使我們看出這一點，這就與孔子關於詩經矛頭所向的那些遙遙相對比，為詩經中許多所謂「刺詩」的進一步解剖，提供了一條比較完整的線索。……詩經中的作品，從政治觀點來看，無非是讚頌和諷刺兩大類。李斯的以上判詞（連案：指「語皆道古以害今，飾虛言以亂實，人喜其所私學，以非上之所建立。……聞令下，則各以其學議之，入則心非，出則巷議。非主以為名，異趣以為高，率群下以造謗。……臣請……悉詣守尉雜燒之。」），實際上，把這兩類詩在當時階級鬥爭中所起的惡劣作用，從他的立場出發，給予了無情回擊。對這樣的東西，當時秦始皇、李斯等人果斷地一火全焚，不是沒有理由的。[184]

⑩ 賴炎元朱熹的詩經學，中國學術年刊二期，頁四三。

⑪ 左傳襄公三十年。

⑫ 左傳宣公二年。

⑬ 潘師石禪著朱子詩序舊說敘錄，新亞書院學術年刊九期，頁一。

⑭ 胡義成先秦法家對詩經的批判，江淮論壇一九八二—四，頁六九至七三，一九八二年八月。

潘師石禪又曰：

宋儒程頤有云：「學詩而不求序，猶欲入室而不由戶也。」清陳奐詩毛氏傳序曰：「讀詩不讀序，無本之教也。」……毛公傳子夏序，故其言有本，今文家不見序，故立說紛紜，……欲明詩之意旨，必以序為主。假令無序，誰能摸索詩意於千載之下？雖唐人詩，苟失其題，亦難知本意之所在。如朱慶餘近試上張水部云：「洞房昨夜停紅燭，待曉堂前拜舅姑。妝罷低聲問夫婿，畫眉深淺入時無？」如就詩觀之，明明為閨意新婚之辭。但作者題為「近試上張水部」，張水部為張籍，作者應試進士前，獻詩考官，唐人有此風氣，號為溫卷，作者託辭新婦，……決非詠新婚之作。……如謂後世考試制度，防制考生甚嚴，不應有上試官之作，斥為題誤，或如朱子所云「今但信詩，不必信序」，寧得謂此詩為新婚之詠？……馬端臨文獻通考辨詩序曰：「風之為體，比興之辭多於敍述，而無一言敍作者之意者，而序者乃一言以蔽之曰，為某事也。苟非其傳授之有源，探索之無舛，則孰能臆料當時旨意之所歸以示千載乎？」⑲⑤

黃永武先生曰：

吾人要想了解周代的詩，自然應該本著「周道」去認識，倒不是依仗什麼孔子的權威，也不是戴上道學主義的面具，而是必須站回周代的時空架構上，以及周代社會著重禮樂教化的架構上，才能掌握詩經中的意識型態。否則就像刻舟求劍一樣，尋不著寶劍的下落。⑲⑥

上古社會為一非常注重禮樂教化之社會，此種精神，充斥於古籍經典之中；詩、書、禮、易、春秋有其一致之時代背景，何以惟獨詩經能擺落禮樂政教之時代枷鎖，而獨立存在、流傳

至今⑲，並與活潑潑之現代社會、現代思想消除距離與隔閡？假令信從朱子之言，「今但信詩，不必信序」，則各朝代之讀者皆可依自身所處之時代背景與思想，鑿空冥思，則漢、唐、宋、清之詩本義將迥然不同，民主自由社會之讀者與共產專制下之讀者，亦將有不同之領會。董仲舒曰：「詩無達詁」，此言遺害至今。

以一般學者指詩序為「大謬不然」之鄭風子衿篇為例：

青青子衿，悠悠我心。縱我不往，子寧不嗣音？
青青子佩，悠悠我思。縱我不往，子寧不來？
挑兮達兮，在城闕兮。一日不見，如三月兮。

詩序曰：「子衿，刺學校廢也。亂世，則學校不脩焉。」此子衿篇之本義也。朱子曰：「此亦淫奔之詩」，乃朱子身居宋代理學之大環境中使然。屈萬里先生詩經釋義曰：「此女子思其所愛者之詩」，屈先生身處民主自由、男女平等、自由戀愛之時代，是以如此臆測：登城闕，往來徘徊，以望其所思之人。這般落落大方之舉止「不在乎別人看法」之作風，酷似現代女性，與古代禮教社會中女子保守之實情天差地別。黃永是以今人見此解說，只覺怡然理順；實則，與古代禮教社會中女子保守之實情天差地別。黃永

⑲ 潘師石禪詩經研究略論，孔孟月刊十九卷十一期，頁九。
⑲ 黃永武釋思無邪，中華文化復興月刊十一卷九期，頁二六。
⑲ 前文已述及，上古並非無自抒性情、男女相與詠歌之作品，然因書寫工具缺乏，只能口語流傳，任其自生自滅。詩經乃當政者為推行禮樂教化之產品，苟無關於政治教化得失者，固無暇擷取也。近人以純文學眼光視之，謂詩經兼含貴族典雅之詩篇與一般平民之文藝創作，執今慮古之病，莫此為甚。

武先生嘗依據詩序，略作解說⑲，引述於後：

子衿一詩，描寫亂世的學校廢弛，學生罷課，穿著青色襟領的學生服，到處遊蕩，卻不來學習詩樂。留守在學校的師長，仍本著「非我求童蒙，童蒙求我」的教學原則，候望著學生能自動向學，前來習業。學生們遊蕩到城闕上面，曠業廢時，卻不知道城闕門關是古代政令布告的檔案室（孔子曾出遊於觀之上，因為「大道之行」與「三代之英」的典章記載都保存在裡邊，才喟然歎息，可以為證明），到城闕上挑達狎玩，應當猛然警省，想起禮樂來才對。

學如逆水行舟，一日不來學禮樂，就像隔了三月之久，生疏了許多⑲！廢學失時，說來痛心，但師長的語氣仍是如此充滿著鼓勵與期望，溫慰之中，自然也帶著切責，非常含蓄。

易經蒙：「匪我求童蒙，童蒙求我」，禮記曲禮云：「禮聞來學，不聞往教」，在禮教環境下，人師莫不秉此原則，及見學子嬉戲遊蕩，曠業廢時，只得感歎道：「縱我不往，子寧不來？」而學子所挑達狎玩之城闕門關，是古代政令布告之處，為師者殷切期待放蕩之學子皆能猛然警省，收心向學。子衿篇之溫馨婉轉，正是禮記經解篇「溫柔敦厚，詩教也」之最佳寫照。

詩集傳所闡述之詩旨，按其與小序之關係，可歸納為五種情況⑳。

(1) 說明採取小序。

(2) 不提小序，而全襲其說。

(3) 與小序大同小異。

(4) 與小序不同。

(5) 認為小序之說不易理解，應予存疑。

上述五種情況，與三百零五篇詩之對應情形如下：

| 篇數<br>類別 / 詩體 | 風 | 大雅 | 小雅 | 頌 | 總計 |
|---|---|---|---|---|---|
| 詩集傳采用小序說 | 一六 | 五 | 五 | 三 | 二九 |
| 詩集傳不提小序而全襲其說 | 三六 | 一〇 | 〇 | 七 | 五三 |
| 詩集傳與小序大同小異 | 四一 | 一八 | 一五 | 一五 | 八九 |
| 詩集傳與小序說不同 | 六四 | 三九 | 一一 | 一二 | 一二六 |
| 詩集傳認為應存疑 | 三 | 二 | 〇 | 三 | 八 |
| 合　計 | 一六〇 | 七四 | 三一 | 四〇 | 三〇五 |

⑱ 黃永武釋詩無邪，中華文化復興月刊十一卷九期，頁二六。

⑲ 宋人黃庭堅亦曰：「三日不讀書，便覺面目可憎，言語乏味。」與此「一日不見，如三月兮」有異曲同功之妙，蓋好學者之共同心聲也。

⑳ 此五種情況及其下之圖表，均據莫礪鋒著朱熹詩集傳與毛詩的初步比較，見中國古典文學論叢第二輯，頁一四〇，一九八五年，北京人民出版社。

一、二兩類合計八十二首，可見朱子贊同小序者佔詩經總數二十七％，清姚際恆評朱子曰：

朱仲晦作為辯說，力詆序之妄，由是自為集傳，得以肆然行其說，而時復陽違序而陰從

之；而且違其所是，從其非焉。[201]

又曰：

其（集傳）從序者十之五，又有外示不從而陰合之者，又有意實不然之而終不出其範圍

者，十之二三，故愚謂：遵序者莫如集傳。[202]

夏傳才評朱子：「反詩序不徹底」[203]，石文英則曰：「表面上雖然廢序，骨子裡並未擺脫詩序

的束縛」[204]謝謙曰：「他（朱熹）是經學家，即『以詩為經』，於是須求『聖人編詩之意』：

他又是文學家，即『以詩為詩』，於是要見個『詩人作詩之意』。……朱熹詩說的真知灼見時

為其妄言謬說所掩蓋。」[205]賴炎元先生曰：「根據詩序辯說統計：朱熹採用小序解說的，有三

十四首；，認為小序的解說還算妥當的，有六十九首；小序得詩的大旨的，有五首；小序略得詩

義的，有四十一首；小序解釋詩義正確，而時世或作者不正確的，有三十三首；姑且採用小序

的，有九首；指明小序錯誤的，有一百零七首；不詳的，有七首。從以上的統計，可見朱熹的

確是大半採用小序的解說。我們試看看國風中的詩篇，儘管朱熹攻擊小序有許多不對的地方，

但在詩集傳裡，他的解說仍然不能超出小序的範圍。」[206]趙制陽先生曰：「朱子反對詩序，是

由於詩序把詩旨說壞了。可是我

們讀他的詩集傳，仍不免於失望；因為他喊出的是反序的口號，說詩時，卻常常比詩序更附會。

……所以姚際恆說：遵序者莫如集傳。」又曰：「作詩唱詩的人，用心在『情』；采詩、獻詩

的人，用心在『政』；說詩教詩的人，用心在『教』。詩序、傳、箋之失，即是以政教的目的

為詩旨，抹殺了詩人原有的情意。朱子說詩，在三者之間徘徊。他有心從詩人的本意上說，但受傳統思想的束縛，徬徨卻顧，走不了幾步，即轉入另一條叉路上去了。」[207]

近人對於朱子解詩頗與序同之現象多所指責，而所謂「陽違陰奉」也者，「受詩序束縛」也者，「受傳統思想束縛，而徘徊，而徬徨卻顧」也者，皆為近人錯誤之臆測。愚以為朱子當時之思想已徹底解放，不受詩序及傳統思想之束縛；後期治詩，亦未嘗徘徊，或徬徨卻顧。試讀詩傳遺說，便覺朱子於其治詩之成績，昂首得意，信心十足。然何以近人交相指責朱子「陽違陰奉」乎？究其原因，當在朱子所標舉之「今但信詩，不必信序」，以及朱子所標舉之讀詩法，其言曰：「熹當時解詩時，且讀本文四、五十遍，已得六七分，卻看諸人說與我意思如何，又讀三、四十遍，如此卻義理流通自得矣。」[208] 又曰：「讀詩且只將做如今人做底詩看，或令人誦讀，卻從旁聽之。其訓詁有未通者，

---

[201] 見姚際恆著詩經通論，序。廣文書局。

[202] 見姚際恆著詩經通論卷前，詩經論旨。廣文書局。

[203] 見夏傳才著論宋學詩經研究的幾個問題，文學遺產一九八二年二期，頁九七。

[204] 石文英宋代學風變古中的詩經研究，廈門大學學報一九八五年四期，頁一〇九。

[205] 謝謙論朱熹詩說與毛鄭之學的異同及歷史意義，四川師院學報一九八五—三，頁四二。一九八五年八月。

[206] 賴炎元朱熹的詩經學，中國學術年刊二期，頁四三。

[207] 兩小段並見趙制陽著朱子詩集傳評介，中華文化復興月刊十二卷十二期，頁七一。

[208] 見詩傳遺說，卷一。

略檢注解看；卻時時誦其本文，便見其語脈所在。」又曰：「要人虛心靜氣，本文之下打疊

交，空蕩蕩地不要留一點先儒舊說，莫問他是何人所尊、所親、所憎、所惡，一切莫問，而唯

本文是求，則聖賢之旨得矣。」[204] 朱子教人「空蕩蕩地不要留一點先儒舊說」、「一切莫問，

而唯本文是求」，或可謂之「熟讀冥思」法；欲經由熟悉本文，通其脈絡，進而心領神會，獲

知古詩之本義。然此「熟讀冥思」法最易於入時代陷阱；朱子以其徹底解放之心，思索三百篇，

近人亦各自以其徹底解放之心，思索三百篇，而後交相指責朱子，實不若指責朱子迄今之八百

多年時間隔閡也。故曰：時間之罪，非朱子之罪。而追根究底，實乃廢序之罪。

何謂「時代造成之差距」？何謂「執今慮古」？試舉二實例以明之：民國七十六年，筆者

嘗於課堂上賞析晚唐詩，背誦杜牧、李商隱之佳作，體會「夕陽無限好，只是近黃昏」[205]、

「更持紅燭賞殘花」[206] 等充滿遲暮情調，月缺花殘之詩篇，只覺師生皆能沈醉於其間。而後，

筆者背誦杜牧山行：「遠上寒山石徑斜，白雲生處有人家。停車坐愛楓林晚，霜葉紅於二月花。」

並問道：「這詩很美，是不是？」霎時，舉座蕭然，筆者頗感訝異，忽有一女生大喊道：「不

好」。為何「不好」？蓋為師者，意在晚唐，故覺其美；而學生則意在民國，只連想到某些情

侶，駕駛轎車，於風景幽雅之野外「停車作愛」，故以為小杜此詩有「語病」。由此可見，今

人讀杜牧山行，顯然有兩項時代差距：(1)「停車作愛」之風盛行於今日，唐人或絕無，或僅有。

(2)「作愛」兩字於唐代尚未成詞，故小杜無需避嫌。又有一例：講授大一國文「董作賓先生中

國文字」一課時，分析會意字「名」——從口夕。筆者命學生說其道理，全班學生竟百思不得

其解，終有一位自告奮勇者，說道：

　眾人夜間所共同談論者，其為人知名度必甚高，必為『名人』。

何以白晝所談論者不算名人？

白晝是工作時間，無暇閒談。

考諸許愼說文：

名，自命也，從口夕。夕者冥也，冥不相見，故以口自名。

於伸手不見五指之夜間，以口自白身分，是「名」從口夕之本義；在古時，此爲常人所能領會，今則不然，豈非時間造成之差距乎？

古人施行一夫多妻制，男尊女卑，今日則一夫一妻制，男女平等；古人以爲女子無才便是德，今日女子多受高等教育；古人嘗以女子「弱不禁風」、「多愁多病」、「人比黃花瘦」爲優點，今人則愛好健美、樂觀進取之女子。由此可見，語言、字詞、政治制度、社會風俗、時代觀念……皆可造成莫大之時代差距，以致居後代，視前代，輒感扞格不入或不可思議。尤有荒謬至極者，如裹小腳、指腹爲婚、拋繡球招親之風氣，竟能廣泛而長久流行。至如詩經關雎，詩序以爲后妃樂得淑女以配君子，今人多謂詩序之說爲違背「人之常情」，而不之信；然而，關雎篇詩序之說，實乃順乎古之常情，卻違背今之常情，如此而已。潘師石禪於詩序明辨一文

❷⓿❹　同❷⓿❹。

❷❶⓿　見詩傳遺說卷四。

❷❶❶　李商隱樂遊。

❷❶❷　李商隱花下醉。

中⑬，嘗就關雎篇詳加闡釋，又在詩經研究略論⑭諸文中指出學詩之正途；必須以古還古，不可執今慮古。

至於歐陽修所言：「古今人情一也，求詩者以人情求之，則不遠矣。」⑮之主張，學者或譽之爲高見，實則似是而非。茲引中國通史之一段，以證古今人情不同：

世族與寒門通婚，在當時（南朝）是駭人聽聞的事。「婚宦失類」，不僅是世族本身的恥辱，同時也會被同階層的世族所排斥。梁武帝時，侯景初降，備受寵遇，惟獨對景的求婚王、謝，無法答應，命他：「於朱、張以下訪之」。這可看出南朝世族對婚姻的重視，即皇帝也不敢爲寒門做月老。……東海王源的女兒嫁給富陽財主滿氏，但這種行爲，在南朝爲清議所不容，甚至因此而遭彈劾，……結果王源非但丟了官職，並且被剔出世族而禁錮終身。⑯

朱子淫奔之說，曾引起莫大之震撼與影響。近年，美國常有成千上百之同性戀者展開示威遊行，爲爭取同性戀合法化。八百年後之社會，尚難逆料，假令西風東漸，同性戀亦能在中國合法化，國人亦已對同性戀司空見慣；屆時，讀者秉持「今但信詩，不必信序」之方法，只顧讀詩四、五十遍，七、八十遍，任其徹底解放之心，思索體會，再參考孔子「鄭聲淫」之主張，又信從歐陽修「古今人情一也，求詩者以人情求之，則不遠矣。」之指示，而後確指三百篇中頗多同性戀之詩篇；彼時學者，殆將譴責先儒與今人皆漠視活潑潑之同性戀文學、受禮教之束縛、徬徨卻顧而不敢或不能道出詩經之本義，可乎？

試以邶風凱風爲例。詩序曰：「凱風，美孝子也。衛之淫風流行，雖有七子之母，猶不能安其室，故美七子，能盡其孝道，以慰其母心，而成其志爾。」就詩之本文觀之，乃感念母恩，

不克報答，因而自責之詩。而詩序指出作詩之背景，乃「衞之淫風流行，雖有七子之母，猶不能安其室」，值此情況，人子用「不克盡孝以報母恩」自責，或將足以感化其母之情志，此非孝子而何？然魏源詩古微云：

凱風，序以為淫風流行，雖有七子之母，猶不能安其室，如其說，則宜為千古母儀所羞道。……若身有七子，不安其室，淫風流行，是於先君無婦道，於七子無母道。昔人言餓死事小，失節事大，刻無餓死之迫，且有公養之道，不辭彘豬之行，此其過，等諸天地之閟、日月之食矣！……或又謂：序言美七子能慰其母心，而成其志，謂成其母守節之志。……果如是，則是衞母過在未形，七子已諭親於道；閨門泯然無跡，序詩者乃追許其當初一念之陰私，坐以淫風流行之大惡，以傷孝子之心於千載之下，……豈春秋「成人之美」、「為賢者諱」之誼乎？豈詩人忠厚、不以曖昧污人、不於無過中求有過之誼乎？[217]

魏氏立論之前提已差，掉入時代陷阱，以為婦人改嫁乃罪大惡極之過失；此時代思想之牢籠實為魏氏所無法逃脫者。吳敬梓儒林外史嘗譏諷當時之社會思想，有一編禮書之王秀才，女婿病

㉓ 學術季刊四卷四期，頁二〇。
㉔ 孔孟月刊一九卷一一期，頁九。
㉕ 詩本義卷六，出車篇。
㉖ 傅樂成主編，鄒紀萬著中國通史——魏晉南北朝，頁一〇九，眾文圖書公司。
㉗ 魏源詩古微八，頁一九至二〇，皇清經解續編，冊一九，藝文出版。

死，女兒便要殉夫，其翁姑拚命阻攔，王秀才謂其女曰：

我兒，妳既如此，這是青史上留名的事，我難道反攔阻妳？妳竟是這樣做罷！⑳

在這道學已走火入魔之「禮教食人」之社會中，魏氏焉能脫離此一思想牢籠？其思想焉能與周

人趨於一致？故其說解與毛詩序扞格不入，良有以也。潘師石禪嘗指出古代禮俗，實不禁再嫁，

其言曰：

第一：：我們看中國禮教是否禁止再嫁？談到禮教，自然應該根據禮經。具體規定中國禮教的經典是儀禮。儀禮喪服篇有一段規定：「出妻之子為母，期。父卒，繼母嫁，從為之服報。傳曰：何以期也？貴終也。」這段文字的意義是說，兒子對他離了婚的母親，或者是再嫁了的繼母，依照禮教，必須戴一年的孝。經典明文規定兒子對再嫁之母服喪，我們還能說中國禮教是反對女子再嫁的嗎？還有，周禮是中國一部政治典範。周禮上有一個管理人民婚姻叫做「媒氏」的官，周禮載明他的職務說：「媒氏司男女之無夫家者而會之。」鄭玄注：「無夫家，謂男女之鰥寡者。」根據這段記載，我們可以知道中國古代不但不反對再嫁，而且，替斷絃喪偶的鰥夫寡婦從中撮合，還是官吏應盡的公務。看清楚了這種事實，還能說古代政治是禁止再嫁的嗎？

第二：我們再看看過去中國社會是否蔑視再嫁婦女？我們首先看儒家宗師孔子，孔子的兒子伯魚，即是替他離婚的母親遵禮戴孝的（事見禮記檀弓篇）。再看二千年前建國的漢朝；漢文帝的母親薄太后是再嫁的，景帝王皇后是再嫁的，漢宣帝的長公主也是再嫁的。還有，由大學出身做皇帝的漢光武，他的阿姊湖陽公主剛寡居不久，他就忙著給她介紹婚姻，選擇對象，他和她懇談，他把朝廷大臣一個一個介紹給她聽，來探測她屬意的人物。

最後，公主認為大司空宋弘的品貌雙全，在朝中是獨一無二的。於是光武就代她積極進行。但是，宋弘老早就有了妻室，光武想勸宋弘離婚，來完成公主的好事。有一天光武把宋弘單獨召進宮內，叫公主坐在屏風後面，靜聽他倆談判的結果。光武帝很技巧的諷示宋弘：『俗話說：「貴了換批朋友，富了另娶嬌妻」，這真是貼切人情的話吧？』宋弘回答道：『我聽見的俗話是「貧賤之交不可忘，糟糠之妻不下堂」，和陛下的卻不一樣啊！』光武聽了這針鋒相對的答案，知道這椿婚事不能成功，便轉身到屏風後面，悄悄的對公主說：「事不諧矣！」由這些事實看來，雖是帝王之家，娶妻嫁女，對於再嫁，都是堂堂正正，沒有絲毫忸怩蔑視的意思。乃至魏蜀吳三國開國之君，娶的皇后都是再嫁之婦，魏文帝的甄后，原是袁紹的媳婦；劉先主的吳后，本是劉瑁的妻子。孫權的徐夫人，本是陸尚的妻室。他們都是一代人豪，如果有蔑視再嫁的觀念，該不至沒有佳偶可求吧？直到北宋，范仲淹便是隨母再嫁到朱家去的。顯達之後，對繼父家的親屬，恩禮非常周到。赫赫一世的王荊公，他兒子王雱也曾做過大官，不幸王雱早死，荊公就把他的寡媳再嫁。這些都是清清楚楚的事實，誰也不能偽造，誰也不能抵賴。由此，我們知道制定禮教的古代哲人，對於再嫁的婦女，只有同情她的「不幸」，決不會認為是她的「不德」。至於對再嫁的婦女的歧視和侮辱，乃是由於後代一二理學家的偏見，和不懂禮教真義的人過份提倡守節所演成的流弊，決不能歸罪於禮教的本身。⑭

⑭ 吳敬梓儒林外史，第四十八回，徽州府列婦殉夫，泰伯祠遺賢感舊，頁四五〇。聯經七八年出版。
⑬ 潘師石禪儒家禮學之精義，人生二二卷四期，頁七，五〇年七月。

是魏氏之謬昭然可辨。假令，必欲以今日普遍風行之人情觀念解釋凱風，則將產生另一新解，

曰：

毛詩序以道學扼殺感情，荒唐之至。人人需要配偶以照料一己之生活起居；人子在外創
業，多無暇奉養其寡母。毛詩序之「七子」不為其母擇偶以照顧其母，反而從中阻攔，
違逆若此，孝心何在？

或問：「讀唐人詩，不必詩序；讀三百篇詩經，何以不可無序？」答曰：詩經之時代，盛
行比與之作法故也。（六義之「興」乃暗喻，或稱象徵，詳見第三章第二節「四、毛詩」。）
欲明瞭詩經之本義，萬萬不得將創作環境及其時代思想拋諸腦後，而純就詩文內容加以推敲。
朱子解詩有與詩序恰恰相反者，詩序以為刺，朱子以為美，舉例如下：

(1) 鄭風羔裘：

詩序曰：「羔裘，刺朝也。言古之君子，以風其朝焉。」

朱子曰：「美其大夫之詞。」

(2) 鄭風女曰雞鳴：

詩序曰：「女曰雞鳴，刺不說德也。陳古義以刺今不說德而好色也。」

朱子曰：「此詩人述賢夫婦相警戒之詞。……其相警戒之言如此，則不留於宴眠之私可
知矣。」

(3) 小雅甫田之什，瞻彼洛矣：

詩序曰：「瞻彼洛矣，刺幽王也。思古明王能爵命諸侯，賞善罰惡焉。」

朱子曰：「此天子會諸侯於東都以講武事，而諸侯美天子之詩；言天子至此洛水之上，

(4) 御戎服而起六師也。」

　　小雅甫田之什，車攻：

　　詩序曰：「車攻，大夫刺幽王也。褒姒嫉妒，無道並進，讒巧敗國，德澤不加於民；周人思得賢女以配君子，故作是詩也。」

　　朱子曰：「此燕樂其新昏之詩。」

(5) 小雅魚藻之什，魚藻：

　　詩序曰：「魚藻，刺幽王也。言萬物失其性，王居鎬京，將不能以自樂，故君子思古之武王焉。」

　　朱子曰：「此天子燕諸侯，而諸侯美天子之詩也。」

(6) 小雅魚藻之什，采菽：

　　詩序曰：「采菽，刺幽王也。侮慢諸侯，諸侯來朝，不能錫命以禮；數徵會之，而無信義；君子見微而思古焉。」

　　朱子曰：「此天子所以答魚藻也。采菽采菽，則必以筐筥盛之，君子來朝，則必有以錫予之。又言今雖無以予之，然已有路車乘馬玄袞及黼之賜矣；其言如此者，好之無已，意猶以為薄也。」

(7) 小雅魚藻之什，瓠葉：

　　詩序曰：「瓠葉，大夫刺幽王也。上棄禮而不能行，雖有牲牢饔飱，不肯用也；故思古之人不以微薄廢禮焉。」

　　朱子曰：「此亦燕飲之詩。……言物雖薄，而必與賓客共之也。」

(8)
秦風無衣：

詩序曰：「無衣，刺用兵也。秦人刺其君好攻戰，亟用兵而不與民同欲焉。」

朱子曰：「秦俗強悍，樂於戰鬥，故其人平居而相謂曰：『豈以子之無衣而與子同袍乎？』蓋以王于興師，則將脩我戈矛而與子同仇也；其懽愛之心足以相死如此。」

(9)
小雅甫田之什，裳裳者花：

詩序曰：「裳裳者華，刺幽王也。古之仕者世祿，小人在位，則讒諂並進，棄賢者之類，絕功臣之仕焉。」

朱子曰：「此天子美諸侯之辭。」

(10)
小雅甫田之什，桑扈：

詩序曰：「桑扈，刺幽王也。君臣上下動無禮文焉。」

朱子曰：「此亦天子燕諸侯之詩。言交交桑扈，則有鶯其羽矣；君子樂胥，則受天之祜矣；頌禱之詞也。」

以上所舉，(1)至(7)條，詩序皆明言「以古諷今」，(8)至(10)條則否，然二者必屬同類。朱子直就詩篇字句判斷詩義，詩序則憑據作詩之背景、動機，而後道出詩篇本義。詩序之論斷並無不當，而朱子之說，則險而又險。此一問題，試從關雎篇談起……

司馬遷習魯詩，史記十二諸侯年表序曰：「周道缺，詩人本之衽席，『關雎』作。」仁義陵遲，『鹿鳴』刺焉。」然毛詩序曰：「關雎，后妃之德也」、「鹿鳴，燕群臣嘉賓也」，皆毛以爲美，三家以爲刺。後世學者遂據此矛盾現象，斷定詩序爲無根之胡言亂語。徐復觀先生之言，足以解此心結，其言曰：

每一詩序，都有教誡的用心在裡面，此之謂藉序以明詩教。就文意的解釋上說，較朱子多繞了一個圈子。但正因為如此，視線的角度放寬了，反映的歷史、社會背景也比較擴大了。其中有的詩序與詩的文意不太相切合，……尤以小雅中指為刺幽王之詩，有如楚茨以次，約有十五首，詩中並無刺意，序則以為「故君子思古焉」，卽是陳古之義，以與今之惡相對照，乃以古諷今，故仍為「刺詩」；此點尤為攻擊詩序者衆矢之的。但若了解上述各詩成立的時代，及陳詩編詩的目的，則詩序的思古以諷今，正符合詩教的傳統。且關雎毛詩序以為詠后妃之德，三家詩則以為刺康王宴起之詩。合而觀之，則正是思后妃之德，以刺康王宴起，知周室將衰，與詩序的基本用心正合。……許多詩，賴詩序述其本事，而使後人得緣此以探索詩的歷史背景，政治社會背景，更為對詩義的了解，提供一種可以把握的線索；這與詩教互相配合，也有莫大的價值。攻擊詩序的人，對上兩端，可謂毫無理解。我應再進一步指出，詩教的作者，曾經作了一番努力，想把各篇之詩，組合貫通，使成為一有系統的詩教。……關雎詩序……統論詩教的成立，及全部詩經的大旨；這是極有系統的一篇文章，在中國文學批評史上佔有非常重要的地位。……有人以韓、柳古文運動以後的文章格局去了解它，而譏諷它凌亂沒有條理，乃非常可笑的。其次，詩序中，有的是以事為主題加以組合，……還有以義為主題而貫通成為系統的，……作者所以這樣做，乃出於以政治教育為目的的詩教；因教學上有此要求，使受教者容易接受。⑳

⑳
徐復觀中國經學史的基礎，頁一五五至一五七，學生七一年。

單憑詩中文句，實不足以透徹了解詩人本意，爲了證明此一論點，筆者於民國七十九年三月十九日，以不具名之詩篇測驗中文系大一學生，令學生寫出以下三首詩之主旨：

(1)
　　乘蹻追術士，遠之蓬萊山。靈液飛素波，蘭桂上參天。玄豹游其下，翔鷗戲其顛。乘風忽登舉，彷彿見衆仙。

(2)
　　明月照高樓，流光正徘徊。上有愁思婦，悲歎有餘哀。借問歎者誰？言是宕子妻。君行踰十年，孤妾常獨棲。君若清路塵，妾若濁水泥。浮沈各異勢，會合何時諧？願爲西南風，長逝入君懷。君懷良不開，賤妾當何依！

(3)
　　洞房昨夜停紅燭，待曉堂前拜舅姑。妝罷低聲問夫婿，畫眉深淺入時無？

測驗結果如下，顯示學生錯答之機率偏高：

| 詩篇 | 主 | 旨 | 人數 | 百分比 | 註 |
|---|---|---|---|---|---|
| 第一首 | 遨遊自如之遊仙詩。 | | 三一 | 七四% | |
| | 受現實壓迫，故寄情於遊仙詩。 | | 一一 | 二六% | |
| 第二首 | 臣子懷才不遇之作。 | | 二九 | 六九% | |
| | 婦人獨守空閨，思夫之作。 | | 一三 | 三一% | |
| 第三首 | 詠新婚。 | | 三六 | 八六% | |
| | 請他人評判自己之成就。 | | 五 | 一二% | 一同學答曰：「唐凰卷制度，考生寫給主考官之詩。」此份不列入統計。 |

以上三道題目，前兩首皆是曹植所作，名曰升天行、七哀[221]；第三首是唐朱慶餘所作，作者自

題「近試上張水部」[222]，其篇旨已無需爭論。

曹植升天行共二首，其一已見前述，其二曰：「扶桑之所出，乃在朝陽谿。中心陵蒼昊，

布葉蓋天涯。日出登東幹，既夕歿西枝。願得紆陽轡，回日使東馳。」「願得紆陽轡，回日使

東馳」隱約道出「不遂心」之感慨。考諸歷史，魏文帝即位，誅丁儀，丁廙，幷其男口。植與

諸侯並就國。黃初二年，監國謁者灌均希旨奏植醉酒悖慢，劫脅使者。有司請治罪，帝以太后

故，貶爵安鄉侯。其年改封鄄城侯。三年立為鄄城王，邑二千五百戶。四年徙封雍丘。太和

元年，徙封浚儀。二年，復還雍丘。六年二月，以陳四縣封植為陳王。植每欲求別見獨談，論

及時政，幸冀試用，終不能得。既還，悵然絕望。時法制待藩國既自峻迫，寮屬皆賈豎下才，

兵人給其殘老，大數不過二百人；又植以前過事復減半。十一年中而三徙都，常汲汲無歡，遂

發疾薨，時年四十一[223]。世說新語尤悔第三十三曰：

魏文帝忌弟任城王曉壯，因在下太后閣共圍棋，並噉棗。文帝以毒置諸棗蒂中，自選可

食者而進。王弗悟，遂雜進之。既中毒，太后索水救之。帝預敕左右毀缾罐。太后徒跣

趨井，無以汲。須臾，遂卒。復欲害東阿。太后曰：「汝已殺我任城，不得復殺我東阿！」

鄒紀萬曰：

[221] 曹子健集，卷六，頁二五，及卷五，頁一八，四部叢刊初編，商務。

[222] 金性堯唐詩三百首新注，卷八，頁三四六，里仁七○年。

[223] 三國志魏志，卷一九，陳思王植傳。

曹操本人一生以權術自喜，沒有兼人之量，……這些刻薄寡恩與不信用臣下的措施，為他的子孫所承襲。曹丕篡漢後，……「苛待皇族」非常著名。他設有輔監國的官職伺察諸兄弟的封地，其屬烈的程度，據說是「禁防壅隔，同於囹圄」，以致骨肉悲哀，都想降身為布衣而不能得。㉔

孫盛曰：

異哉！魏氏之封建也，不度先王之典，不思藩屏之術，違敦睦之風，背維城之義。漢初之風，或權侔人主，雖云不度，時勢然也。魏氏諸侯，陋同匹夫，雖懲七國，矯枉過也。㉕

曹植琴瑟調歌（又名：吁嗟篇）：

吁嗟此轉蓬，居世何獨然！長去本根逝，夙夜無休閒。東西經七陌，南北越九阡。辛遇回風起，吹我入雲間。自謂終天路，忽焉下沈淵。驚飆接我出，故歸彼中田。當南而更北，謂東而反西。宕若當何依，忽亡而復存。飄飄周八澤，連翩歷五山。流轉無恆處，誰知吾苦艱？願為中林草，秋隨野火燔。糜滅豈不痛，願與根荄連。㉖

又曰：

葉慶炳先生舉曹植七哀詩等四首，評之曰：

或託思婦，或寄遊子，或擬轉蓬，所詠實皆身世之痛，而出之以纏綿忠愛。㉗

又曰：

曹植樂府詩中，頗多詠神仙之作，如升天行，仙人篇、遊仙……曹植遊仙各篇，無非現實痛苦煎熬下聊求自慰之作，並非真信其事。（同上）

鍾嶸詩品曰：「魏陳思王植，其源出於國風。」蓋曹植之作品，以興託諷喻表現者，實不勝枚

舉，謂其源出於國風應爲的論。觀其升天行諸作，得謂曹植快樂逍遙乎？觀其七哀詩，「君若清路塵，妾若濁水泥」，字面上，是愁思婦想念其浪宕之丈夫，實則，「君」況曹丕，「妾」以喻己；誰將不贊同此說，而以爲穿鑿附會乎？而曹植升天行與詩經豳風考槃，豈非同類乎？考槃之字面意義，純爲舒適安閒之景象，故馬持盈先生斷言曰：「這是隱者無地而不自樂之詩。」

⑳ 詩序則曰：

考槃，刺莊公也。不能繼先公之業，使賢者退而窮處。

考槃之歷史背景，惟詩序能言之。而曹植七哀詩，以興託諷喻之法，委婉道出其情志，豈非詩經邶風柏舟之流亞？（柏舟之篇旨，參見後文。）

今存詩經學之著作，琳琅滿目，依文解義者與信序解詩者不妨相輔相成；前者賞析詩句，後者考究歷史。惟有能徹底賞析字面意義者，當其配合詩序之後，方能獲得淋漓盡致之體會。段熙仲之評史記，頗具參考價值，其言曰：

（司馬遷史記）在自序中慷慨地寫出：「詩三百篇，大抵聖賢發憤之所爲作也。」又

⑰ 馬持盈詩經今註今譯，頁九四，商務七七年修訂四版。

⑰ 葉慶炳中國文學史，上冊，頁一三三，學生七六年八月。

⑯ 同⑳，又見曹子健集卷六，文字微異。

⑮ 三國志，冊一，頁五七六，鼎文新校本。

⑭ 書同⑯，頁二三。

說：「夫詩、書隱約者，欲遂其志之思也」。所謂微文刺譏，是一部史記的特點。[228]讀者對於詩三百篇之美、刺，何嘗可以置若罔聞？

朱子淫詩之說，不足採信，前人辨之詳矣；此外，試觀察數例，以見朱子廢序之不當：

(1) 邶風柏舟

詩序曰：「柏舟，言仁而不遇也。衞頃公之時，仁人不遇，小人在側。」朱子曰：「（小序）傅會書史，依託名謐，鑿空妄語，以逛後人。……且如柏舟，不知其出於婦人，而以為男子；不知其不遇於夫，而以為不遇於君；此則失矣。」[229]又曰：「如衞柏舟之刺衞頃公之棄仁人，今觀史記所述，竟無一事可記；頃公固亦是衞一不美之君，序者但見其有棄仁用佞之跡，便指為刺頃公之詩，此例甚多，皆是妄生美刺，初無其實。」[230]又詩集傳柏舟篇下曰：「婦人不得於其夫，故以柏舟自比。……列女傳以此為婦人之詩，今考其辭氣，卑順柔弱，……豈亦莊姜之詩也歟！」

按：嚴粲曰：「此詩皆憂國之言，身雖不遇，而惓惓於國；今誦其詩，猶想見其藹然仁人之氣象也。」[231]姚際恆曰：「此詩是賢者受譖於小人之作。」[232]潘師石禪曰：「朱子受今文家（指劉向列女傳）影響，說它是婦人所作，而且辭氣卑順柔弱。試就詩文內容加以檢覈，朱子所言，並不確當。『微我無酒，以遨以遊』，是男子的口吻，不是婦人的辭氣。柏舟篇與屈原離騷合觀，其感情非常類似；當中都有稱讚自己的語句，柏舟篇說：『我心匪石，不可轉也；我心匪席，不可卷也。威儀棣棣，不可選也。』離騷寫道：『紛吾既有此內美兮，又重之以修能』，一般人不敢這麼寫，因怕別人說他太驕傲；而這兩位作者，為了惱于群小，為了報效國

家，幾乎到了忘我的境界，才敢這麼寫。」而劉向上封事，寫道：『小人成群，誠足慍也。』可見劉向或不以爲這首詩是婦人所作。」㉞王靜芝先生詩經通釋亦曰：「此懷才不遇者自詠也。」

(2) 陳風防有鵲巢

防有鵲巢，邛有旨苕。誰侜予美？心焉忉忉。
中唐有甓，邛有旨鷊。誰侜予美？心焉惕惕。

從字面觀之，讒賊小人編造不實之謊言，作者引以深憂。詩序曰：「防有鵲巢，憂讒賊也。宣公多信讒，君子憂懼焉。」鄭箋謂詩中「予美」是「予所美之人」，隱喩宣公，故此詩乃極標隼之「興」。而朱子以爲隱喩宣公之說無據，詩集傳曰：「予美，指所與私者也，……此男女

⑦㉔段熙仲詩三百與頤學爭鳴、經師異義，載於江磯所編詩經學論叢，頁二八二。關於史記微文刺譏之實例，同書，頁二九三。段氏曰：「史記儒林傳中就突出地留下眞情畢露的記錄。治齊詩的轅固生和道家的黃生爭論於漢景帝前。黃生爲繼承皇位者服務，公然說湯武非革命，乃弒君。不識時務的轅固生急了，就說出：『必若所言，是高帝代秦即天子之位，非耶！』這本是一招殺手鐧，卻犯了忌諱。景帝赤裸裸地說出：『食肉不食馬肝，不爲不知味；言學者無言湯武受命，不爲愚！』太史公加上了一句：『是後，學者莫敢明受命放殺者』，多末雋永知味！」

㉚詩序辯說，邶風柏舟篇。
㉛詩傳遺說卷二。
㉜嚴粲詩緝‧卷三。
㉝姚際恆詩經通論‧卷三。
㉞七五年度上課筆記。

之有私而憂或間之之詞。」使詩義從一官員之憂讒畏譏降而爲一對男女憂心左鄰右舍之七嘴八舌，境界殊淺；先民之詩境造詣，應不至如此。

(3) 檜風匪風

詩序曰：「匪風，思周道也。國小政亂，憂及禍難，而思周道焉。」黃忠愼先生曰：「匪風之詩，因有詩序，而使詩旨甚明。歐陽修曰：『詩人以檜國政亂，憂及禍難，而思天子治其國政，以安其人民。⑳』其說甚佳，而仍本之詩序。詩中有『顧瞻周道，中心怛兮』之語，周道一詞，鄭箋釋爲『周之政令』，朱子以爲『適周之路』，似以朱說爲長，然不能因此而謂序者不達此意。且朱子於詩集傳謂匪風之詩『當是關中之人爲山東之客者，其知友送歸，以此寄懷抒情』，於詩意更不切合，實不如序說之平正也。」屈萬里先生詩經釋義曰：「此（匪風）當是檜人憂國思周之詩，蓋作於平王東遷之初，檜將被滅於鄭之時也。」其說亦本於詩序。

近世學者，或據史傳以指詩序之若干謬誤，皆功在詩經學，然不宜就此苛責時序，甚或倡言廢序。試想，今日傳播工具十分發達，而報紙猶難免於刊載訛誤之消息，尤以民國七十八年六月四日前後，大陸天安門事件爲尤著⑳；短詩序成於文化工具匱乏，傳播管道闕如之周朝，吾輩豈能對詩序消息求全責備乎？

鄭樵殆曾發現毛詩序有若干差舛。遂以爲詩序出於村野妄人所作，不免矯枉過正矣！而鄭氏之於毛詩，則推崇備至，其六經奧論曰：

至武帝時，毛詩始出，自以源流出於子夏。其書貫穿先秦古書，惟河間獻王好古，博見異書，深知其精。時齊、魯、韓三家皆列於學官，獨毛氏不得立。中興後，謝曼卿、衛宏、賈逵、馬融、鄭衆、康成之徒，皆宗毛公，學者翕然稱之。今觀其書所釋鴟鴞與金

滕合，釋北山烝民與孟子合。釋昊天有成命與國語合。釋碩人、清人、皇矣、黃鳥，與

左氏合。而序由庚六篇與儀禮合。當毛公之時，左氏傳未出（指未出於孔壁），孟子、國

語、儀禮未甚行，而毛氏之說，先與之合；不謂之源流子夏，可乎？漢興，三家盛行，

毛最後出，世人未知毛氏之密，其說多從齊、魯、韓氏。迨至魏晉，有左氏、國語、孟

子諸書證之，然後學者捨三家而從毛氏。故齊詩亡於魏，魯詩亡於西晉，韓詩雖存，無

傳之者。……從毛氏之說，則禮記、左氏無往而不合。此所以毛詩獨存於世也。[236]

毛詩序與毛傳，大致相合；而鄭樵褒贊毛傳既若此，詆毀詩序乃如斯其甚，可怪也歟！四庫提

要曰：

詩序，本經師之傳，而學者又有所附益，中間得失，蓋亦相參。[239]

允爲持平之論。

3. 落實治詩方法，非空衍大義：

[233] 詩本義，卷五。

[235] 黃忠慎南宋三家詩經學，頁二二五，商務印書館。

[237] 天安門六四事件期間，報載學生死亡人數多達數千人，學運領袖吾爾開希舉槍自殺，柴林等亦死亡或被捕，李鵬腿部中彈，鄧小平已死，兩軍夜間激戰……等，皆屬錯誤之傳聞。

[235] 鄭樵六經奧論，卷三，四庫全書，冊一八四，頁五八，商務。

[233] 四庫提要詩補傳三十卷（逸齋范處義撰）條下。

朱子：「詩中頭項多，一項是音韻，一項是訓詁名件，一項是文體；若逐一根究，然後討得些道理，否則殊不濟事。」[240] 又曰：「或讀關雎，問其訓詁名物，皆不能言，便說樂而不淫，哀而不傷云云者。余告之曰：若如此讀詩，則只消此八字，更添思無邪三字，成十一字後，便無話可說，三百五篇皆成渣滓矣。」[241] 又曰：「學者之於經，未有不得於辭而能通其意者。」宋朝學者研究學問，多空衍大義，不重視訓詁名物（參見本章第二節之「(二)慶曆以降之變革」）。而朱子一反潮流，十分重視訓詁名物等基本工夫。馬宗霍述朱子治學之態度曰：

其平居教人治經宜先看注疏，尤非空談性命、屏漢唐之學為不足取、假道學以自飾其淺陋者所可同日而語。[243]

然而，當朱子探索詩人本義時，則刻意擺落許多先儒舊說，實因朱子誤以為詩序乃衞宏所作，故應以「特例」視之。

## 4 博采眾說：

朱子曰：「熹舊時看詩數十家之說，一一都從頭記得，……先儒解經，雖未知道，然其盡一生之力，縱未說得七八分，也有三四分，且須詳讀熟究，以審其是非，而為吾之益。」[244] 又曰：「漢魏諸儒，正音讀、通訓詁、考制度、辨名物，其功博矣；學者苟不先涉其流，則亦何以用力於此？」[245] 四庫全書總目提要曰：「朱子從鄭樵之說，不過攻小序耳；至於詩中訓詁，用毛、鄭者居多。」關於朱子詩集傳引用毛、鄭之情形，近人莫礪鋒、朱小健皆有專文研究，左師松超嘗撰

文歸納其大綱㉖。除采毛鄭外，朱子亦廣蒐博採，賴炎元先生曰：「朱熹曾打算蒐集三家詩遺文和異義，……他在詩序辨說關雎篇下引用杜欽說，杜欽是研究齊詩的，在漈洧篇，他又引用韓詩內傳文，可知朱熹注釋詩經，不僅用匡衡，而匡衡是研究齊詩的；在漈洧篇，他又引用韓詩內傳文，可知朱熹注釋詩經，不僅採用毛傳鄭箋的解說，同時也採用了三家詩。王應麟詩考序說：『諸儒說詩，一以毛鄭爲宗，未有參考三家者，獨朱文公集傳，閔意眇指，卓然千載之上。言關雎，則取匡衡；柏舟，婦人之詩，則取劉向；笙詩有聲無辭，則取儀禮；上天甚神，則取戰國策；何以恤我，則取左氏傳；抑，戒自儆，昊天有成命，道成王之德，則取國語；陟降庭止，賓之初筵，飲酒悔過，則取韓詩序；不可休思，是用不就，彼岨者岐，皆從韓詩；禹敷下土方，又證諸楚詞，

㉖ 詩傳遺說卷一。

㉕ 詩傳遺說卷四。

㉔ 詩傳遺說卷四。

㉓ 書中庸后一文，四部叢刊本朱文公集。

㉒ 馬宗霍中國經學史，頁一一五至一一六，商務六八年。

㉑ 詩傳遺說卷一。

㉔ 語孟集義序，朱文公集，卷七五，頁一三九〇，四部叢刊本。

㉕ 莫礪鋒著朱熹詩集傳與毛詩的初步比較，載於中國古典文學論叢第二輯，頁一四〇，一九八五年，北京人民出版社出版。朱小健著從四書章句集注詩集傳看朱熹的訓詁成就，作者影印本。左師松超著朱熹論詩主張及其所著詩集傳，孔孟學報五五期，頁七三。

一洗末師專己守殘之陋。」[247]考詩集傳引用古籍，除以上王應麟所列舉者外，尚有爾雅注、

周禮、史記、禮記、宋玉賦、莊子、孟子、論語、易、公羊、說文、字林、荀子、老子、書大

傳、呂覽諸書，非常豐富[248]。賴炎元先生同文又云：「朱熹……也採用當代學者的解說，如歐

陽修、張載、二程、蘇轍、曾鞏、劉安世、董逌、楊時、鄭樵、呂祖謙、呂叔玉等，其中採用

蘇轍和呂祖謙的最多，約有三十多條。」馬宗霍中國經學史謂朱子之於同時學者，「莫不擇善

而從，絕無門戶之見。」，此外，朱子亦引用彝器銘文以證己訓[249]，殊爲可貴。

## 5. 對注釋經文之見解：

羅大經鶴林玉露曰：「朱文公每病近世解經者推測太廣，議論太多。曰：『說得雖好，聖

人從初卻原不曾有此意。雖以呂成公之書解，亦但言熱鬧而已。』蓋不滿之辭也。後來文公作

易傳、書傳，其辭極簡。

試將孔穎達毛詩正義與朱子詩集傳作一比較，前者卷帙浩繁，後者極爲簡潔。朱子對於注

釋經文，有其獨到之見解[250]，簡述如下：

### (1) 注文宜明白易曉：

解經當取易曉底語句解釋難曉，不當反取難曉底解易曉者。（語類卷四六）

今之談經者，往往有四者之病：本卑也，而抗之使高；本淺也，而鑿之使深；本近也，

而推之使遠；本明也，而必使至於晦。（語類卷一一）

大率說經使人難曉，不是道理有錯處時，便是語言有病；不是語言有病，便是移了步位。

（語類卷一六）

(2)

㉕ 漢儒注書，只注難曉處，不全注盡本文，其辭甚簡。（語類卷一三五）

凡解釋文字，不可令注腳成文，成文則注與經各為一事，人唯看注而忘經。（記解經）

㉕ 漢儒可謂善說經者，不過只說訓詁，使人以此訓詁玩索經文；訓詁、經文不相離異，只作一道看了，真是意味深長也。（答張敬夫書）

某集注論語，只是發明其辭，使人玩索經文，理皆在經內。（語類卷一九）

蓋經解不必做文字，止合解釋得文字通，則理自明，意自足。今多去上做文字，少間說來說去，只說得他自一片道理，經意卻蹉過了。（語類卷一〇三）

(3)

依古籍訓釋，不可出以己意：

漢初諸儒，專治訓詁，如教人，亦只言某字訓某字，自尋義理而已。（語類卷一三七）

自晉以來，解經者，卻改變得不同，王弼、郭象輩是也。漢人解經，依經演繹，晉人則不然，捨經而自作文。㉕（語類卷六七）

㉔ 同 ⑳。

㉔ 見左師松超之文，問 ㉔。

㉔ 如大雅行葦「酌以大斗，以祈黃耇」下。詳見朱小健之文，問 ㉔。

㉔ 見胡楚生著朱子對於古籍訓釋的見解，大陸雜誌五五卷二期，頁九二一。

㉔ 朱文公文集卷七四，頁一三七〇，四部叢刊本。

㉔ 例如宗杲引其弟子無著說：「曾見郭象注莊子，識者云：卻是莊子郭象。」見大慧普覺禪師語錄卷二二，大藏經四七卷。

大抵某之解經，只是順聖賢語意，看其血脈貫通處，為之解釋，不敢自以己意說道理。

（語類卷五二）

(4) 會通大義，以定確詁：

大凡理會義理，須先剖析得名義界分，各有歸著。（答吳晦叔書）

解經不可便亂說，當觀前後文字。（語類卷五九）

某釋經，每下一字，真是稱輕等重，方敢寫出。（語類卷一〇五）

(5) 不可添字為釋：

解書之法，只是不要添字。（語類卷八一）

解書，須先還他的成句，次還他文義，添無緊要字卻不妨，添重字不得；今人所添者，恰是重字。（語類卷一一）

且如解易，只是添虛字去迎過意來便得。今人解易，乃去添他實字，卻是借他做己意說了。又恐或者一說有以破之，其勢不得不支離更為一語以護吾，說千說萬，與易全不相干。（語類卷六七）

(6) 於所不知，要當闕疑：

如邶風終風：「終風且暴」。終猶既也，言既風且暴，而毛傳曰：「終日風為終風」，於終字下增日字為釋。王引之經義述聞曰：「於文句間增字以足之，多方遷就，而後得申其說，若說不行而必強立一說，雖若可觀，只恐道理不如此。」（語類卷七九）

經書有不可解處，只得闕，若一向去解，便有不通而謬處。（語類卷一二）

## 6. 採叶韻之說：

朱子詩集傳於古今音異者，隨文改叶，是爲「叶音」（或稱「叶韻」）。如召南行露二章「誰謂雀無角，何以穿我屋？誰謂女無家，何以速我獄？雖速我獄，室家不足。」以「家」音「谷」，以與「角」、「屋」、「獄」、「足」叶韻；然於三章「誰謂鼠無牙，何以穿我墉？誰謂女無家，何以速我訟？雖速我訟，亦不女從。」則以「家」音「各空反」，使能與「墉」、「訟」、「從」叶韻。

詩集傳之叶韻說，源自吳棫⑳。明焦竑筆乘評之曰：

如此，則東亦可以音西，南亦可以音北，前亦可以音後，凡字皆無正呼，凡詩皆無正字矣。

陳師伯元曰：

顧炎武云：「一家也，忽而谷，忽而公。……此其病在乎以後代作詩之體，求六經之文，而厚誣古人以謬悠忽恍，不可知、不可據之音也。」叶韻說之所以爲人詬病者，乃以今律古，強古以通今，以致字無定音，音無正字，與研究古音之觀念，根本相背。⑳

左師松超曰：

朱熹在詩集傳中大量運用叶韻（原文作協韻）的方法，就是臨時改讀字音，以求押韻。這

⑳　詩傳遺說卷六曰：「問詩集傳叶韻有何據而言？曰…叶韻乃吳才老所作，喜又續而成之。」（周謨錄）

⑳　陳師伯元音略證補，頁八四至八五，古韻。文史哲出版，六八年增訂再版。

是他不了解語音是隨著時代改變的道理。詩經中有些本來押韻的韻腳，到了宋代，變得不押，正是語音隨著時代改變的結果，實在用不著臨時改讀字音。㊌

㊌文同㊍。

# 第八章　元、明詩經學

## 第一節　元朝詩經學

皮錫瑞以元、明爲經學積衰時代，曰：「論宋、元、明三朝之經學，元不及宋，明又不及元。」❶

宋學集大成於朱子；然宋室偏安，南北道絕，北人雖聞朱子，未能盡見其書；故「程（朱）學盛於南，蘇（三蘇）學盛於北」❷。及元兵南下，姚樞求得儒士趙復以歸，樞與楊惟中建太極書院，請趙復教授其中。；立周子祠，以二程、張、楊、游、朱六君子配食，選取遺書八千餘卷，以是北方始知程、朱之學❸。宋室既亡，倡導儒學者，如王應麟、金履祥、許謙、胡一桂之流，相與教授講習，使華夏文化得以傳承不絕；金履祥之貢獻尤著，姚樞、楊惟中即其弟子，

❶ 經學歷史，頁二八三，漢京文化事業公司。
❷ 同❶，頁二八一。
❸ 元史卷一八九。

許衡，竇默亦間接受益。姚樞之輩爲忽必烈幕府中重要人物，影響鉅大❹。新朝既重其學，禮而褒之，是以宋元之交，朱學幾如日中天。許衡講授漢學於蒙古國子學，蒙古弟子得以接受漢文化。虞集曰：「許文正公一倡，朱子之書逐衣被海內。」蘇天爵曰：「國家初有中夏，士踵宋金餘習，以記誦詞章相誇尚。許文正公始以孔孟之書、程朱之訓倡明斯道。」❺殆謂是也。

元仁宗延祐年間，定科舉之法，易用朱子本義，書用蔡沈集傳，詩用朱子集傳，春秋用胡安國傳，學、庸、語，用朱子章句集註，惟禮記猶用鄭注。延祐頒制，而元、明，專用宋儒之書取士，注疏且束高閣，何論注疏之外！」❻然元朝科舉，易、書、詩、春秋猶兼用古註疏❼——惟側重朱學耳——是元人尚不廢漢唐之學。

元朝科舉，取士以德行爲本，試藝以經術爲先。其試經義，本於宋熙寧中王安石所立墨義之法，但亦兼用古注疏；而學者著作，則株守宋儒之書，於注疏所得甚淺，是以元不及宋。甘鵬雲曰：

程元敏先生曰：

自鄭樵、周孚以後，詩家之爭端大起。紹興、紹熙間之所爭執，要其派別，不出兩家❽。迨宋末，而古義牿亡，新學遂立。元代承之，理詩之家，祇箋疏朱傳。朱傳遂在學官；宋之兩派，至元遂一派孤行矣！❾

元代九十年間，沒有甚麼了不起的學術論著，有的話，無非述朱。因爲仁宗元祐初年，朝廷以朱子經註爲主，命題取士，一時輔翼朱註名爲「彙編」、「纂疏」的書籍，便充斥於坊肆。……這類著作，只便於獵取功名，非但不能述朱，有時正不足以賊朱；非但無關實學，反而導致空疏。……坊間有了輯釋、纂疏等書，讀書人不必細讀朱註；有了

「經疑」、「經問」諸書，學者甚至連六經本文也可不看，就能考試及格。⑩

茲略舉元朝重要詩經著作如下：

1　許謙撰詩集傳名物鈔八卷：

許氏受學於王柏，而醇正則遠過其師。所考名物音訓，頗有根據，足以補詩集傳之闕遺。惟王柏作二南相配圖，移甘棠，何彼襛矣於王風，而去野有死麕，許氏則篤守師說，信之不疑，未免門戶之見。卷末譜作詩時世，其例本之康成，其說則改從集傳，蓋淵源授受，各尊所聞也。⑪

2　劉瑾撰詩傳通釋二〇卷：

劉瑾字公瑾，安福人，其學問淵源出於朱子，故是書大旨在於發明集傳。與輔廣詩童子問相同。儀顧堂續跋曰：

④ 姚樞從世祖征大理，陳述宋太祖遣曹彬取南唐不殺一人事。及破大理，民得完。凡元初內修外攘之政，樞皆與焉。許衡、竇默皆以道學爲己任，世祖即位，召入議事、侍講。傳見元史卷一五八。

⑤ 虞集、蘇天爵之語俱見馬宗霍著中國經學史，頁一二八引。

⑥ 同❶，頁二八〇。

⑦ 馬宗霍著中國經學史，頁一二八。商務出版。

⑧ 指尊詩序、廢詩序兩派。

⑨ 甘鵬雲經學源流考，頁一〇五，學海出版社。

⑩ 程元敏程敬叔的賣經法，孔孟月刊八卷五期，頁一七至一八，五九年一月。

⑪ 四庫總目提要卷一六，頁三四七，藝文印書館。

其書以朱子集傳為主，而採諸經及毛傳、鄭箋、史記、漢書……數十家之說以釋之。詩小序次每篇之後。⑫

瞿鏞鐵琴銅劍樓藏書目志其書曰：

此書專宗集傳，博採眾說以證明之。其所輯錄諸家，互相援引，習見者多，惟李寶之、劉辰翁為諸家所未及。諸序辨說，……分列各章之後，其為例亦獨殊。⑬

劉氏此作，徵實之工夫不足，故陳啓源毛詩稽古編多所駁詰。吉安府志稱瑾肆力治詩，能發朱子之蘊云云，不免鄉曲私譽，未足為信。四庫提要曰：

然漢儒務守師傳，唐疏皆遵注義。此書既專為朱傳而作，其委曲遷就，固勢所必然，亦無庸過為責備也。

3. 梁益撰詩傳旁通一五卷：

明朝胡廣等奉敕撰詩經大全，全襲此書。

此書仿孔、賈之疏證明注文之例，凡詩集傳所引故實，一一引據出處，辨析源委。或朱子所未詳者，亦旁引諸說以補之。亦間有與朱子之說稍異者。四庫提要曰：「是是非非，絕不堅持門戶。視胡炳文等之攀附高明、言言附合，相去遠矣。」⑭

此書前有「至正四年秋，九月十三日……瞿思忠序」，明朱睦㮮授經圖、清黃虞稷千頃目、倪燦及盧文弨補遼金元藝文志遂誤以此書為瞿思忠所撰。

4. 朱公遷撰詩經疏義二〇卷：

是書為發明朱子集傳而作，如注有疏，故曰疏義。其後，同里王逢及逢之門人何英又采眾說以補之，逢所補，題曰輯錄；英所補，題曰增釋。雖遞相附益，其宗旨一也。其說墨守朱子，

不踰尺寸。

5. 劉玉汝撰詩纘緒一八卷：

其大旨專以發明朱子集傳，故名纘緒，體例與輔廣童子問相近。其論六義，謂有有取義之興，有無義之興；有一句與通章，有數句與一句；有興兼比、賦兼比之類。又明用韻之法。於朱子比興叶韻之說，皆能反覆體究，縷析條分。雖未必盡合詩人之旨，而於集傳一家之學，則可謂有所闡明矣⑮。

6. 梁寅撰詩演義：

是書推演朱子詩傳之義，自序云：此書為幼學而作，故內容淺顯易見。朱彝尊經義考載此書作八卷，注曰：未見。此本至小雅苕之華篇止，以下皆闕，而已有十五卷矣，則朱氏八卷之說未確。

綜觀元朝詩經學，率皆發揚朱子詩集傳之著作耳⑯。降至明朝，益形積衰不振之勢。

⑫ 陸心源儀顧堂續跋，頁七九，廣文書局。

⑬ 瞿鏞鐵琴銅劍樓藏書目，頁一九四，廣文書局。

⑭ 四庫總目提要卷一六，頁三四八，藝文版。

⑮ 同⑭，頁三五〇。

⑯ 甘鵬雲經學源流考，頁一〇四，曰：「元呂公凱句解……黃震讀詩一得……纂圖互注之毛詩傳，亦多收古義，是宗毛、鄭一派者也。」然著錄家多將呂公凱、黃震歸入宋朝。參見中國歷代藝文總志、叢書子目類編。

# 第二節　明朝詩經學

明朝學術環境與經學之疲弱不振有密切之關係，略分為如下數端：

## (一) 科舉之風壓倒學校教育與薦舉制度：[17]

明初最重學校，太祖於京師設國子監，又詔令地方各府州縣皆設學校。地方學校之優秀分子，及品官子弟均能入監讀書，由政府供給生活費。監中規矩甚嚴，循序漸進，完成學業，成績滿八分者方算及格，便能派任官職，出路十分優越。

學校之外，太祖好薦舉制；遣使四處訪求賢才，赴京任職。洪武六年，甚至廢除科舉，因太祖以為科舉所得之人才，多半缺乏經驗與實學，未若學校與薦舉之篤實可靠也。

然而，太祖崩逝後，科舉之風大熾，學校不講授學術，徒然成為研習八股文之場所。生員甚且不需在學肄業，學校有名無實，空空落落，闃無一人。因學校供奉孔子神位，此時人士以文廟視之。昔日薦舉制亦只偶一為之，點綴昇平而已。

明英宗天順（西元一四五七至一四六四）以前之科舉文式，經義之文，敷衍傳注，或對或散，初無定格。憲宗成化二十三年（西元一四八七）會試，乃以反正、虛實、淺深扇扇立格，八股之制，創立於此；實沿元制之「經疑」[18]而稍加改變者也[19]。

明朝科舉，出題限於四書五經，以八股文格式寫作，文分八段，起承轉合須按規矩，最初三段與末一段可採散文形式，中間四段皆須用排偶句。考生作文必須本諸聖賢之意，不許自發

議論。

明代功名富貴在時文，全段精神，俱在時文用盡。二百七十年間，鏤心刻骨於八股，經學研究之風銷聲匿跡。文人學子徒記誦其預撰之「考題」，應付考官。顧炎武曰：「愚以為八股之害，等於焚書；而敗壞人材，有甚至咸陽之郊所坑者但四百六十餘人也。」❷⓿

### (二) 五經大全自欺欺人，貽誤學子：

明成祖纂位成功，即展開編纂群籍之工作，藉以籠絡知識分子，亦能博得稽古右文之美名。首先，編成永樂大典；永樂十二至十三年間，命胡廣等編成四書大全三六卷、五經大全一五四卷、性理大全七〇卷；皆雜抄宋元儒者之成說，並無學術價值。顧炎武評四書五經大全曰：春秋大全則全襲元人汪克寬胡傳纂疏。……詩經大全則全襲元人劉瑾詩傳通釋，而改其中「愚按」二字為「安成劉氏曰」，……當日儒臣奉旨修四書五經大全，頒餐錢，給筆札；書成之日，賜金遷秩，所費於國家者，不知凡幾。……而僅取已成之書，抄謄一過，

❶⓻ 見傅樂成主編姜公韜著中國通史——明清史頁二一。眾文圖書公司。

❶⓼ 見元史選舉志科目篇，仁宗皇慶二年所定科場事宜。

❶⓽ 顧炎武日知錄卷一六，試文格式。

❷⓿ 日知錄卷一六，「擬題」條。

❷⓵ 據明成祖實錄，永樂十二年十一月甲寅，命行在翰林院學士胡廣、侍講楊榮、金幼孜、翰林編修葉時中等三十九人，修五經四書大全；十三年九月告成。成祖親製序，弁之卷首。命禮部刊賜天下，賜胡廣等鈔幣有差，仍賜宴於禮部。

上欺朝廷，下誑士子；唐宋之時，有是事乎？……一時人士盡棄宋，元以來所傳之實學，上下相蒙，以饕祿利，而莫之問也。㉒

四庫提要更加考訂，謂周易大全割裂董楷、董真卿、胡一桂、胡炳文四家之書，餖飣成編。書傳大全亦勦襲陳櫟尚書集傳纂疏、陳師凱書蔡傳旁通。禮記大全采諸儒之說凡四十二家，而以陳澔集說為主。四庫總目提要曰：

廣等是書，亦主於羽翼朱傳，遵憲典也。然元人篤守師傳，有所闡明，皆由心得；明則靖難以後，耆儒宿學，略已喪亡；廣等無可與謀，乃勦竊舊文以應詔，……其書本不足存。㉓

馬宗霍曰：

自是而後，經義試士，奉此為則；不惟古注疏盡廢，即宋儒之書，學者亦不必寓目矣。㉔

皮錫瑞曰：

案官修之書，多勦舊說，唐修正義，已不免此。惟唐所因者，六朝舊籍，故該洽猶可觀。明所因者，元人遺書，故譾陋為尤甚。……故經學至明為極衰時代。㉕

(三) 王陽明學說盛行，其末流專事游談，束書不觀：

此項詳見下章──清朝詩經學第一節之(四)。

(四) 流行造偽、勦竊之學術歪風：

明朝學界流行剽竊、造僞之歪風，究其原因，或與胡廣等剽竊前人書籍以成四書五經大全有關。由於朝廷不僅不加罪責，反而賜金遷秩，舉國不以爲恥。顧炎武喟然歎曰：「若有明一代之人，其所著書，無非竊盜而已。」又曰：「吾讀有明弘治以後經解之書，皆隱沒古人名字，將爲己說而已。」㉖其或自力鑽研者，則又不能崇尚篤實，故四庫總目提要評季本曰：

孫復諸人之棄傳，特不從其褒貶義例而已；程端學諸人之疑傳，不過以所記爲不實而已；未有二千餘年之後，杜撰事蹟以改易舊文者。蓋講學家之恣橫，至明代而極矣！

四庫提要評郝敬曰：

蓋敬之解經，無不以私意穿鑿。

楊愼爲學甚博，雜著至一百餘種，然好作僞欺人，近世所傳岣嶁碑（即禹碑），疑爲所僞造。王文祿抄襲魯詩世學之詩序，名爲申培詩說㉗。豐坊僞造子貢詩傳，時人莫能明辨，使豐氏得售其欺；如淩蒙初著傳詩適冢，鄒忠徹著詩傳闡，姚允恭著傳說合參㉘；一者顯示明朝

㉒ 日知錄卷一八，「四書五經大全」條。

㉓ 四庫總目提要，頁三五一，藝文印書館。

㉔ 中國經學史，頁一三三，商務印書館。

㉕ 經學歷史，頁二八九，漢京版。

㉖ 日知錄卷一八，「竊書」條。

㉗ 見林慶彰著子貢詩說考辯。

㉘ 見姚際恆古今僞書考，頁一〇，開明書店。「鄒忠徹」疑「鄒忠胤」之誤。

學者無行之一斑，再者顯見明人欠缺考證、求真之精神——此與清朝崇實考據之風大異其趣。

## (五) 詩經學家舉例：

明人詩經學，多附和朱子，或申或補而已；如朱善詩解頤四卷之類是也。其有不為朱所圍者，不過寥寥數家：

季本著詩說解頤四〇卷，大抵多出新意，不肯剽襲前人；而徵引該洽，亦頗足以自申其說。

李先芳著讀詩私記二卷，所釋大抵多從毛鄭，毛鄭有所難通，則參之呂氏讀詩記，嚴氏詩緝諸書；蓋不專主一家，故無門戶之見。朱謀埤撰詩故一〇卷，其說以漢學為主，與朱子集傳多所異同；小序以首句為主，略同蘇轍詩傳之例。姚舜牧撰詩經疑問十二卷，釋詩兼用毛傳、朱傳及嚴粲詩緝，時亦自出新論。何楷撰詩世本古義二八卷，其論詩專主孟子知人論世之旨，依時代為次，故名曰世本古義。其書不依毛詩次第，略本鄭氏詩譜而雜以己意；取三百五篇，敍其時世，始夏少康之世公劉篇，迄周敬王之世下泉篇，凡二十八王。各於序引於前，末屬引一首，仿序卦傳體，以韻語明所以比屬牽綴之義，不免穿鑿附會；而援據極博，考證極詳，亦可謂萃一生之精力者矣❷❾。郝敬撰毛詩原解三六卷，以為不讀古序，則不達作者之志與聖人刪定之旨，蓋詁難朱子之作也。呂柟撰毛詩說序六卷，以小序為主，而設為門人問答以明之，為嚴謹之作。袁仁撰毛詩或問一卷，主於申小序，抑集傳，設為問答以明之。名物專著方面，馮復京撰六家詩名物疏❸〇五四卷，取齊、魯、韓、毛、鄭箋、朱傳六家釋名物之說，輯為一書，列釋天、釋神、釋時……釋草、釋雜物三十二門，意在廣陸璣、蔡卞之書也。文字音義方面，陳第撰毛詩古音考四卷，大旨謂古人之音與今異，凡今所謂叶韻，皆古人之本音。定為本證、旁證二例；

本證者，詩經中所有；旁證者，秦漢以下與三百合者也。古韻學之興，實自第始；顧炎武等，遞相推闡，皆以此爲祖本也。

㉙ 見清彭元瑞、于敏中等編欽定天祿琳琅書目續目，頁一四七六，廣文書局。

㉚ 六家䛐名物疏五四卷，四庫總目題馮應京撰，誤，應作馮復京；此兩人之生平、著作常爲著錄家混淆。喬衍琯於欽定大䄖琳琅書目書前題識曰：「六家䛐名物疏爲馮復京撰，四庫總目題馮應京，雖未明斥其誤，覽者自知之。」

# 第九章　清朝詩經學

## 第一節　清初詩經學發展之趨勢與時代背景

清朝經學不但超越唐宋，且有過於兩漢者，堪稱經學之復興時代。梁啓超清代學術概論云：

綜觀二百餘年之學史，其影響及於全思想界者，一言蔽之，曰：「以復古為解放」。第一步，復宋之古，對於王學而得解放。第二步，復漢唐之古，對於程朱而得解放。第三步，復西漢之古，對於許鄭而得解放。第四步，復先秦之古，對於一切傳注而得解放。

夫旣以復先秦之古，則非至對於孔孟而得解放焉不止矣。」

又於中國學術思想變遷之大勢云：

本朝二百年之學術，實取前此二千年之學術，倒影而繼演之。如剝春筍，愈剝而愈近裡。如啖甘蔗，愈啖而愈有味，不可謂非一奇異之現象也。

此皆道出清代學術逐步發展、節節復古，終而開拓新局之特色。今人言清代學術，則分之為三期：清初至雍正，為清學醞釀期，學者致力於讀書明經、經世致用之學。乾嘉為清學全盛期，舉國重視經學，訓詁、考據、輯佚之成就燦然可觀。嘉道以降，為清學轉變期，經今文學復興，講求微言大義，重振經世濟民之抱負。

清代學術以考據學爲主流，主張從古經書中尋求眞理，厭棄主觀，傾向客觀；排斥理論而提倡實踐，故稱「樸學」。又因其治學方法，宗法兩漢經師，以名物訓詁爲主，注重考據，故又稱「漢學」或「考據學」❶。有關此一學風興盛之原因，衆說紛紜，綜述如下：

（一） **受明朝前、後七子提倡文學復古之影響：**

明永樂至成化年間，政治安定，文學上出現由宰輔權臣所領導之臺閣體，其作品率皆歌功頌德、雍容典麗之應酬詩文，內容非常貧乏。是以弘治、嘉靖年間，李夢陽、何景明、李鑾龍、王世貞等前、後七子爲挽救當日文壇之淺陋，倡言復古，提出「文必秦、漢」之主張。四庫提要曰：「成化以後，安享太平，多臺閣雍容之作，愈入愈弊，陳陳相因，遂至嗶緩冗沓，千篇一律。夢陽振起痿痺，使天下復知有古書，不可謂之無功。」於字摹句擬之擬古風氣下，文人必將發現古書之文字難讀；因此，陳第撰毛詩古音考、屈宋古音義，顧炎武撰音學五書，可謂應運而起，頗受復古運動之激發；而其考證方法，則影響清朝考據學。故朱希祖曰：「清代考據之學，其淵源實在乎明弘治、嘉靖間前後七子文章之復古。」❷

（二） **遠紹楊愼、焦竑、方以智之尚博雅：**

明代擬古主義風靡之時，楊愼卓然自立、反對摹擬，並以尚博雅著稱❸，然好僞說❹，列朝詩集小傳丙集評其詩文，亦曰：「援據博則舛誤良多」❺。焦竑爲文，以反擬古著稱，論學宗羅汝芳，亦喜以佛語解經，欲調和儒釋思想，治學失之蕪雜。故楊、焦二氏之學駁雜而不精，不純，離清朝考據學實事求是之精神尚遠。至於方以智，撰通雅五十二卷，仿

爾雅體例，辦證語語訓詁，以經史爲本，旁及諸子百家、方志、小說；體例嚴謹，考據精核。四庫全書總目曰：「惟以智崛起崇禎中，考據精核，迥出其上；風氣既開，國初顧炎武、閻若璩、朱彝尊等沿波而起。」❼

### (三) 對明朝時文取士之不滿：

吳喬答萬季埜詩問曰：「明代功名富貴在時文，全段精神，俱在時文用盡。」焦循易餘籥錄曰：「有明二百七十年，鏤心刻骨於八股。」吳梅詞學通論曰：「明人科第，視若登瀛。」焦循易餘籥錄曰：

顧炎武日知錄曰：

今日科場之病，莫甚乎擬題。且以經文言之，初場試所習本經義四道；而本經之中，場屋可出之題不過數十。富家巨族，延請名士，館於家塾，將此數十題各撰一篇，計篇酬價，令其子弟及僮奴之俊慧者記誦熟習。入場命題，十符八、九；卽以記之文抄謄上卷。

❶ 見鄭士元著中國學術思想史，頁四一三，里仁書局。

❷ 見蕭一山著清代通史上卷，頁九四一引。商務印書館。

❸ 楊慎著有古音獵要、古音餘、古音略例、轉注古音略、古音後語……等關於考據之著作。

❹ 明世記誦之博，著述之富，首推楊慎；但學無根柢，不足以稱碩儒。其雜著多至一百餘種，而好作僞，近世所傳峋嶁碑（卽禹碑），或疑慎所僞造。傳見明史卷一九二。

❺ 見劉大杰著中國文學發展史，頁九四三，華正書局，七三年八月版。

❻ 焦竑於小學類，著有俗書刊誤；典故類，類書之屬，則著有焦氏類林。

❼ 四庫全書總目卷一一九，子部雜家類三，頁一一，方以智通雅條。藝文印書館印行本，頁二三八四。

……發榜之後，此曹便爲貴人。年少貌美者多得館選，天下士靡然從風，而本經亦可以

不讀矣。……百年以來，喪服等篇皆刪去不讀，今則並檀弓不讀矣。書則刪去五子之歌、

湯誓、盤庚、西伯戡黎、微子、金縢、顧命、康王之誥、文侯之命等篇不讀。詩則刪去

淫風、變雅不讀。易則刪去訟、否、剝、遯、明夷、睽、蹇、困、旅等卦不讀，止記其

可以出題之篇及此數十題之文而已。……成於勦襲，得於假借，卒而問其所未讀之經，

有茫然不知其書爲何書者。故愚以爲八股之害，等於焚書；而敗壞人材，有甚於咸陽之郊

所坑者但四百六十餘人也。❽

皮錫瑞曰：「顧炎武謂：八股之害，甚於焚書。閻若璩謂：不通古今，至明之作時文者而極。

一時才俊之士，痛矯時文之陋，薄今愛古，棄虛崇實，挽回風氣，幡然一變。」❾

## (四) 清初四大學者力矯王學末流之空疏：

朱子之學，承襲程頤之緒餘，集北宋諸儒之大成，雖不廢主敬之工夫，而尤偏重即物窮理。

陸象山以朱子爲驚外支離，倡爲心即理說，主張發明人之本心，不需向事物上求理。王陽明繼

承象山之心即理說，以爲充乎宇宙間者，只是一靈明，亦即人心。離開我心，離開靈明，便無

所謂天地萬物鬼神。換言之，客觀事物之存在，全然由於人之主觀知覺作用之結果。凡不被人

心知覺之物，皆不存在。故天理也者，不外人心。

此天理發露於人心，即是良知。良知「不待學而有，不待慮而得」，實乃人類與生俱來之

知善知惡之天賦本性。人人有良知，良知莫非出於自然。王陽明提倡致良知，是使人除去私欲

之昏蔽，恢復良知之本來面目，並擴充到底。

除去私欲、恢復本然、擴充到底，在在說明「致良知」是一種工夫，一種實踐，一種「行」，所行何事？曰：行仁，萬物一體之仁[10]。

羅整菴曰：「象山之教學者，顧以為此心但存，則此理自明，當惻隱處自惻隱，當羞惡處自羞惡，當辭遜處自辭遜，是非在前，自能辨之。」[11]鵝湖之會，象山曾欲問：「堯舜之前，何書何讀？」[12]

陽明教人，原不重視書本與知識見聞，其言曰：「心，一而已。以其全體惻怛而言，謂之仁。以其得宜而言，謂之義。以其條理而言，謂之理。不可外心以求仁，不可外心以求義，獨可外心以求理乎？外心以求理，此知行之所以二也。」[13]故主張直接認取良知，依良知之指示做去，即使愚夫愚婦亦有成聖成賢之可能。

王氏致良知之說，知行合一之教，本有勉人躬行實踐、經世致用之義蘊；然既不重視知識事物之研究，易啓空疏之弊。各自以良知衡量是非善惡，易陷於主觀，使人各是其是，各非其非，始終不得定論。

❽ 見日知錄卷一六，「擬題」條。

❾ 見經學歷史，經學復興時代，頁二九九。漢京文化事業公司。

❿ 見傅樂成主編，姜公韜著中國通史——明清史頁一四，衆文圖書公司。

⓫ 見羅欽順著羅整菴先生困知記卷二，頁一〇，叢書集成本。

⓬ 陸象山全集卷三六，年譜，頁三三三，淳熙二年條。世界書局。

⓭ 王陽明全書（一），傳習錄中，答顧東橋書，頁三五，正中書局。

明朝後期，王學風靡一世，空疏浮陋，束書不觀。習舉業者、談性命者，習古文者，除少數經史而外，咸以讀書爲戒。間有一二博洽之士，則又無雜枝蔓，不得立言之本❶。故四庫提要經部總鈙曰：「自明正德、嘉靖以後，其學各抒心得，及其弊也肆。（原住：如王守仁之末派，皆以狂禪解經之類）」

明萬曆後，東林學派欲矯挽王學末流，然闇寺弄權，東林之徒惟盡忠效死耳。迨及清初，禾黍之恨方長，學者或承東林遺風，或繼姚江餘緒❶，或託程朱之徒，要皆能補短截長，日趨篤實。梁啓超謂清初之學術「厭棄主觀的冥想，傾向客觀的考察。」至於摧陷廓清，有所建樹，爲清學之先導者，必推顧炎武、黃宗羲、王夫之、顏元諸大師。

顧炎武絕口不言心性，攻擊王學甚力。主張經學即理學，捨經學則無理學❶，使學者擺脫王學之羈絆。提倡「博學於文，行己有恥」八字，以矯正王學末流之空疏、虛僞。朱子遍注群經，讀書窮理，格物致知，爲顧氏所推崇。顧氏治學，從通經入手，歸極於明道救世；其尊重證據、脫略依傍之治學態度，使之成爲清代考據學之開山。清史稿卷四八一儒林傳曰：

（顧炎武）自少至老，無一刻離書。所至之地，以二贏二馬載書，過邊塞亭障，呼老兵卒詢曲折，有與平日所聞不合，即發書對勘，或平原大野，則於鞍上默誦諸經注疏。……炎武之學，大抵主於欲華就實。凡國家典制、郡邑掌故、天文儀象、河漕兵農之屬，莫不窮原究委，考正得失。

所著日知錄，涉及範圍甚廣，書中對歷代風俗隆汙與天下治亂之關係，致意再三。其音學五書，是清代聲韻學奠基之作。其天下郡國利病書，與同時顧祖禹之讀史方輿紀要，並爲沿革地理之名著❶。其金石文文記，爲金石學之先河❶。

黃宗羲受學劉宗周，為姚江嫡派，然於其末流之弊，亦頗言不諱，謂：「明人講學，襲語錄之糟粕，不以六經為根柢，束書而從事於游談。故問學者必先窮經，經術所以經世；不為迂儒，必兼讀史。」又曰：「讀書不多，無以證斯理之變化；多而不求於心，則為俗學。」[20] 所著明儒學案、宋元學案，為我國學術史之祖。其明夷待訪錄，攻擊君主專制政體，提倡民權，為清末革命黨人所推崇[21]。

顏元於朱陸漢宋俱無所取，以為學問不在講說，不在明心見性，必須在世務上不斷實習或哲學之見解，又著黃書，強調夷夏之防，語至峻切[22]。故其學以切實而致用為主。

王夫之亦講程朱之學，力斥主觀之玄談，著讀通鑑論、宋論，藉史論形式，發揮其政治與

⑭ 同⑩，頁一四六。

⑮ 承姚江者，有孫奇逢之重實用，李顒之重實踐，及姚江書院一派。詳見蕭一山，清初之理學，清代通史（一），頁九九六—一○○五。

⑯ 顧炎武與施愚山書曰：「古之所謂理學，經學也。」見亭林文集卷三。全祖望申之曰：「古今安得別有所謂理學也？自有捨經學以言理學者，而邪說以起。」見亭林先生神道表，鮚埼亭集卷一二。

⑰ 同⑩，頁一五○。

⑱ 見梁啓超著中國學術思想變遷之大勢，頁八二。

⑲ 清史卷四九九，遺逸傳一。

⑳ 見全祖望撰黃黎洲先生神道碑。

㉑ 同⑩，頁一五○。

㉒ 同前。

實行，以見其得失，方為有益之學問；著有四存篇。顏元曰：「顏元之重考據，為樸學與盛之基礎，顏習齋的學問，根本是在禮教，……所以考核功夫不可廢。」㉓

皮錫瑞曰：「國初諸儒治經，取漢、唐注疏及宋、元、明人之說，擇善而從。由後人論之，為漢、宋兼采一派，而在諸公當日，不過實事求是，非必欲自成一家也。」㉔此言極是。

## (五) 胡渭、閻若璩喚起求真之觀念：

閻若璩撰古文尚書疏證，力辨梅本古文尚書之非。胡渭撰易圖明辨，指宋以來理學家所講究之河、洛、太極諸圖，實出自道士，乃修鍊、術數二家旁分易學之支流，非作易之根柢。又有禹貢錐指，力辨漢、唐二孔、宋蔡氏於地理之疏舛，因啟學者求實、正訛之心㉕。

## (六) 清廷懷柔、高壓並用之政策：

多爾袞入據北京之後，下令為崇禎帝后發喪禮葬，明臣死難者，遣人祭祀，追贈諡號；降附者，加級任用。順治三年，正式開科取士，辦法全仿明朝。

清初，朝廷最虐民之措施，首推圈地與處理逃人事件，繼而廣禁士子訂盟結社。為消除士大夫之民族意識，更屢興文字獄；康熙年間，如莊廷鑨、戴名世、方孝標；雍正時期，汪景祺、查嗣庭、陸生柟、呂留良、曾靜、張熙；乾隆一朝，文字獄最多，前後凡數十起，如胡中藻、徐述夔、蔡顯、王錫侯，皆因文字而招來殺身之禍，或開棺戮屍。至此，明末遺臣所倡導之經世致用思想，一概化為烏有，諸儒箝口結舌，不敢再言政治，以致考據之學大興㉖。

施行高壓、恐怖政策之外，清廷對士人卻又極盡獎掖之能事，康熙十七年，詔開博學鴻儒

科，取中五十人，授予翰林院官職，負責編修明史。又敕撰佩文韻府、淵鑑類函、康熙字典、數理精蘊、朱子全書、性理精義。雍正年間，擴編古今圖書集成一萬卷，逐成定本。乾隆亦敕撰巨籍，如續三通、皇朝三通、大清會典、四庫全書㉗。清廷修書之原意有二：其一，消滅反清文獻。其二，扭轉學風，使由排滿復漢，經世致用之思想，一變而爲訓詁考據之學。

鄺士元曰：「社會方面，君主的提倡考據學，上好下隨，社會上之有識人等，均追隨此學風，逐致學術上之轉變。其流風所被，成爲學者社會之一般嗜好。顯官如王旭、畢沅、朱筠、阮元等均喜好此學；又當時才智之士，既以此爲好尚，相與淬勵精進，闒冗者猶希聲附和，以

㉓　鄺士元著中國學術思想史，頁三九六。

㉔　經學歷史，頁三〇五。

㉕　林師景伊中國學術思想大綱，頁二四五，自印本。

㉖　陸寶千謂王（陽明）學之反動、文字獄之恐心，遠紹楊慎、焦竑之尚博雅，三者只是考據興起之外緣，評之曰：「未可謂能探其本也」，進而主張：「清初經學之盛，由於晚明以來之經世要求所致」。（見師大歷史學報三期，頁一）其說與當日之政治背景，時代心理不合，故有可商。姜公韜曰：「等到清朝在中國的統治漸趨穩固之後，朝廷開始採取高壓手段，……使得文人學者從此對於經世濟民、與時代的忌諱有關係的學問噤若寒蟬，不敢講求。……在另一方面，當時天下太平，帝王又都好古右文，極力獎勵純學術的工作，……在這樣的政治、社會條件之下，爲學問而學問的考據學，得到了萌芽茁壯的溫床。過去亭林只是把考據當作學問的手段，目的在於通經、明道、救世；如今他們不敢奢言明道救世，直接從事於學問本身的探討，以實事求是的態度，以科學歸納的方法，對於古書從事於訓詁、校勘、箋釋、輯逸、辨僞各方面的整理研究。」（明清史，頁一五〇，衆文出版社）姜說是也。

㉗　同⑩，頁九五—一〇〇。

不獲厠於其林爲恥，於是『家家許鄭，人人賈馬』。同時富商大賈，亦趨於時髦，遂使清初之經世致用的學風，一轉而變成乾嘉之樸學。❷⑨

## ㈦ 清朝表彰程、朱，列爲官學：

程朱與陸王之治學態度迥異，象山謂「此心但存，此理自明」，陽明亦不重視書本與知識見聞，主張直接認取良知，即可成爲聖賢。有問晦菴曰：象山說克己，不但克利、欲之私，只有一念要做聖賢便不可。晦菴曰：

聖門何嘗有這般說話。然則堯舜兢兢業業，周公思兼三王，孔子好古敏求，顏子有爲若是，孟子願學孔子之念，皆當克去矣。他（象山）只是禪。❷⑨

羅整菴評陸、王曰：

執靈覺以爲至道，謂非禪學而何？❸⓪
學而不取證於經書，一切師心自用。❸①

陸、王之末流，皆空談心性，甚至以讀書爲戒，然而，陸王亦非不入世積極。陸寶千先生曰：

晦菴之所謂心，非象山、陽明之所謂心；象山、陽明之所指乃形而上的本心，而晦菴所指乃形而下的實然之心。實然之心，有一特性，即必須撲向一對象。故晦菴曰：「人心無不思慮之理，若當思而思，自不當苦苦排抑，卻反成不静也」。程朱之學以作聖賢爲目的，於是此實然之心乃以經書爲對象。❸②

宗程朱之學，則讀書敏求，守陸王學說，則束書空談，此其異也。考之清通典，順治二年所定試士之例，四書主朱子集注，易主程朱二傳，詩主朱子集傳，書主蔡傳……禮親王昭槤嘯亭雜錄曰：

仁皇（康熙）夙好程朱，嘗出禮學真偽論以試詞林，又刊定性理大全、朱子全書等書，特命朱子配祀十哲，故當時宋學昌明。

不僅清廷表彰程朱，著之功令，使天下學子群起鑽研程朱之學，而反陸王、兼反清廷之大儒，如顧炎武、王夫之，皆精於程朱之學❸❸；至此，陸王末流束書不觀、空談心性之弊，乃一掃而光。

㉘ 同❶，頁三九八。

㉙ 鄭端輯朱子學歸，頁六一，叢書集成本。

㉚ 同❶，卷二，頁一一。

㉛ 同❶，卷二，頁一三。

㉜ 陸寶千論清代經學，師大歷史學報三期，頁一。

㉝ 李新霖清代經今文學述第二章第一節探討清朝訓詁考證之學與盛之原因。曰：「清廷為絕其排滿復明之思，遂頻與文字之獄，……且株連坐罪，死者甚衆，告訐紛起，學者益惴惴焉不自保。既對統治者不能正面發洩，乃轉而攻擊宋儒，排斥程朱。……故學者於宋學，初以帝王之玩弄而厭之，後以學有所歸（指歸於漢學）而棄之。」（見師大國研所集刊二二號，頁一四六）

按：其說與事實不符。清廷固然是滿人，而程朱是華夏先儒，若清初學者「既對統治者不能正面發洩，乃轉而攻擊宋儒」，「以帝王之玩弄而厭之」，則牽連無辜孰甚焉？況且，清初學者雖極力反清，卻多鑽研程朱之學，如顧炎武、王夫之等，皮錫瑞曰：「王、顧、黃三大儒，皆嘗潛心朱學，而加以擴充。」（經學歷史，頁三〇〇，漢京出版）馬宗霍曰：「江藩作國朝漢學師承記，乃登閣（若璩）、胡（渭）、張（爾歧）于卷首，而附黃（宗羲）、顧（炎武）於冊末，謂兩家之學，皆深入宋儒之室，但以漢學為不可廢，多騎牆之見。」（中國經學史，頁一四，商務印書館。）

## (八) 受兩部自然科學著作之影響：

鄺士元曰：「晚明有兩部自然科學巨著，一為徐霞客之霞客遊記，是一部中國實際調查的地理書；一為宋長庚之天工開物，那是一部研究技藝用具的科學書。這兩部科學的巨著，不獨一洗明人不讀書，尚空談的流弊，而且更開清代重研究、喜踏實的風氣。『樸學』的形成，不能不說與這兩部書籍有關。」

## (九) 經濟安定繁榮，助長樸學興盛：

清朝考據學之鼎盛時期，適值其經濟最安定繁榮之年代。蓋考據學為一超脫實務之純粹學術，必須在昇平安樂之社會，方得以成長茁壯；若逢戰亂荒災，人人朝不保夕，何暇從事考據乎？姜公韜曰：

揚州適當長江與運河舘合之會，為南北轉輸的咽喉，又為兩淮鹽商麇集的中心。在十八世紀時，揚州的繁華富庶，幾為全國之冠。……蘇州更成為清朝中葉最重要的食米集散中心，直到上海開埠時止。㉔

江浙一帶之富庶冠全國，考據學在此發祥、壯大。乾隆朝四庫全書凡七本，內廷佔其四，而江浙佔其三，可見當時學術偏聚在江浙之一斑。

## (十) 西學之影響：

明朝末年，西方傳教士源源來華，如利瑪竇、湯若望、龐迪我等，皆是曆算專家；李之藻、

徐光啓、王徵、方以智皆結交西士，閱讀西籍，吸收科學新知。李之藻撰新法算書、天學初函，筆錄同文算指。徐光啓撰農政全書，王徵撰諸器圖說，方以智撰物理小識。故西學輸入中國，使中國學風由踏虛轉爲務實；儒學亦受其激勵，逐揚棄王學，轉爲樸學。

來新夏曰：

（顧炎武）幷主張「采銅於山」，涉獵於最原始的資料。㊲顧炎武卽曾自述其考據方法說：「列本證、旁證二條。本證者，詩自相證也；旁證者，

(十一) **得力於精良之研究法：**

清代考據學，顧、閻、胡、惠、戴、段諸大師實闢出一新途徑，俾人人共循，賢者識其大，不賢者識其小，皆可勉焉。其研究法頗近科學性，如：

1. 凡立一義，必憑證據，其無證而臆度者，在所必擯。

2. 孤證不爲定說，其無反證者，姑存之，遇有力之反證，則棄之。

3. 羅列事項之同類者，爲比較之研究，而求得其公則。

4. 所見不合，則相辯詰，雖弟子駁難本師，亦所不避。㊱

㉞ 同㉓，頁四二一。

㉟ 同⑩，頁一二三。

㊱ 同❶，頁四一三。

㊲ 來新夏清代考據學論述，南開學報一九八三—三，頁一至九，一九八三年五月。

兼之他書也。二者俱無，則宛轉以審其音，參伍以諧其韻。」這段話具體提出了考據的

三種基本方法，即除本證、旁證已明標其目外，最後所說的以「宛轉」、「參伍」之法

來審音譜韻，實際上就是一種理證法。本證、旁證與理證構成後來考據學家所遵循的從

還提出「讀九經自考文始，考文自知音始」的考據門徑，成為後來考據方法的基本內容。他

聲音、訓詁以求經義的入門手段。不僅如此，顧炎武還把書證與物證，即文獻與實物緊

密結合起來考察。清史稿本傳記其事說：「所至之地，以二贏二馬載書，遇邊塞亭障，

呼老兵詢曲折，有與平日所聞不合，即發書對勘；或平原大野，則於鞍上默誦諸經注

疏。」（同上）

顧炎武還反對孤證，主張必須以足夠的原始論據來求得確當的解釋。他的學生潘耒就推

重其事說：「有一疑義，反復參考，必歸於至當；有一獨見，援古證今，必暢其說而後

止。」（同上）

王氏（念孫）父子在考據方法上，比前人有所豐富，梁啟超曾為之歸納為六步，即注意、

虛己、立說、搜證、斷案、推論。（同上）

乾嘉學者，執科學方法治經，對古籍從事訓詁、校勘、箋釋、輯佚、辨偽等工作，成果豐碩。

清前期，考據學興盛之原因已如上述。詩經方面之代表作是陳啟源毛詩稽古編、馬瑞辰毛

詩傳箋通釋、胡承珙毛詩後箋、陳奐詩毛氏傳疏。其它如戴震毛鄭詩考正、段玉裁毛詩故訓傳、

惠周惕詩說亦皆聞名。

(1) 漢學派詩經學者，初以毛、鄭攻朱學，繼而以毛傳攻鄭箋。論此派之特色，約有三項：

尊崇詩序：主張不可去序言詩，「讀詩不讀序，無本之教也」，蓋合於孟子「誦其詩，

不知其人可乎？」之說法。

(2) 重視文字音義等訓詁之學：漢學派極重考證之功夫，有關文字音義、名物制度皆作詳實之考索，成績輝煌，如段玉裁著詩經小學，顧炎武著詩本音，孔廣森詩聲類，……是也。

(3) 以毛攻鄭：鄭玄箋毛，而雜采今古文家之說；頻頻破毛，不守師法，此其一。鄭玄深於禮學，據禮解詩，然或失於太泥，致生輵輵，此其二。鄭玄好改字以解詩，為學者所不許，此其三。是以清儒多崇毛抑鄭。

## 第二節　今文經學之復興

嘉道以後，漢學派漸衰，今文家蒸蒸日上。其原因如下：

(一) 樸學本身之缺點及流弊：

曾國藩曰：

嘉道之際，學者承乾隆季年之流風，襲為破碎之學。辨析名物，梳文櫛字，刺經典一、二字，解說繁稱，雜引流衍，而不知所歸。[38]

乾嘉時期，考證之學極盛一時，昌言「治經必先識字」，而學者於六書音韻之學，非窮畢生之力，無以得其要領。其研究方法日益精密，所習卻日漸狹窄；其末流陷於細碎零瑣，窮其枝葉，

[38] 曾文正集，卷一，朱慎甫遺書跋。

而義鮮宗極，語乏歸宿。梁啟超清代學術概論曰：

乾嘉以來，家家許鄭，人人賈馬，東漢學爛然如日中天矣。懸崖轉石，非達於地不止，則西漢今古文舊案，終必須翻騰一度，勢則然矣。

蓋東漢盛行古文，重名物訓詁，西漢盛行今文，重微言大義；古文學既以煩瑣破碎見譏，今文學代興，乃勢所必然。

莊存與是清代今文經學之開創者，約與戴震同時，而治學途徑卻不相同，「不專專為漢、宋箋注之學，而獨得先聖微言大義於語言文字之外」；治詩經則詳於變雅，多可陳之講筵。湯志鈞曰：

莊存與重在「取法致用」，重在經世，從而對漢學、宋學之有經世者曾予采擷；而對漢學、宋學之無助經世者，則加揚棄。……為了經世的需要，特重經書的大義。……既講微言大義，那就必然崇奉今文，因為今文經學是以「微言大義」見稱的。今文經學盛於西漢，也是漢代之學，只不過東漢以後漸趨湮沒而已。莊存與把它揭櫫提倡，可以稱為清代復興今文經學的創始人。……到了他的外孫劉逢祿，發揮外家「莊氏之學」，今文經學才卓然成家，稱為「常州學派」了。⑨

（二）

## 學術脫離現實社會：

鄺士元先生曰：

樸學之所以興盛，皆因得到清廷和君主的大力提倡，而學者的精神，遂完全與現實脫離。科舉見仕官的，只為做官，沒有絲毫以天下為己任的觀念存在，故清初諸大師之學問旗

（三）內亂外患激起經世致用思想：

姜公韜先生曰：

清朝中葉，各地民變迭生。湘黔苗亂，起乾隆六十年，歷十餘年始定。嘉慶初元，川楚白蓮教徒，揭出「官逼民反」的口號，煽惑農民作亂，蔓延五省，歷時九年方平。同時稍後，東南有海盜之亂。未幾，華北天理教徒又起。……及至道光以降，長江中下游有太平軍之役，大河南北亦為捻匪竄擾殆遍，西南、西北地區復有回亂猖獗。❹

又曰：

鴉片戰爭的失敗，更啓西人窺伺之心。此後，英法德美各國進擾我國東南海疆，靡日而寧，帝俄……入寇我國西北與東北邊，更形積極。即便東方的日本，……亦步武西方列

❸ 楊志鈞清代經今文學的復興，中國史研究一九八○─二，頁一四七，一九八○年六月。
❹ 鄺士元中國學術思想史，頁三九九，清代學術得失與轉變，里仁六九年。
❺ 傅樂成主編姜公韜著中國通史──明清史，頁一一六至一一七，眾文出版。
❻ 書同❹，頁一一八。

強，開始侵略中國。清廷一再喪權割地，瓜分之禍，迫於眉睫，⋯⋯以荒謬的排外之舉，更釀成八國聯軍的奇恥大禍。❷

在中國社會杌陧不安之際，學術不得不變，而首遭攻擊者，厥為終日疲精費神，徒事擘績補苴，流於餖飣瑣碎，無裨實際，反致人才汩沒之考證學。故左宗棠吾學錄序、孫鼎臣畚塘芻論，皆有「天下不亂於髮賊，而亂於漢學」之說❸。

乾嘉之際，舉世皆風靡於餖飣瑣碎之考據學，而章學誠文史通義提出「六經皆史」之主張❹，謂古代經書原本皆是有關國家政典之檔案文獻，分別掌於朝廷各衙門之史官。又以為經書之可貴，在於其具有明道之功用，史書之寫作應以經書為榜樣，使之具有明道作用。顯然，章氏「六經皆史」一義，欲用以矯正當時為學問而學問、知古而不知今之態度，矯正當時彌以馳逐之細微末節、支離分析之考證工夫，使學問之途徑趨向明道致用之正軌。學誠在世時，其說未見效用，及其卒後，國事日非，變亂紛乘，於是，今文學家承其餘緒，高唱微言大義、經世致用，漢學派逐微。

（四）**樸學重鎮毀於兵禍：**

樸學之發祥地及根據地江浙一帶，咸同間毀於太平天國之亂，文物蕩然，後起者轉徙流離，更無餘裕以自振其業﹔而一時英拔之士，奮志事功，更不以學問為重，故樸學從此不能再振。

（五）**今文輯佚之助瀾：**

漢朝今文十四博士之學，久已亡佚，清儒於輯佚工作，用力甚勤。今文經學，既得以稍復

其舊，因而助長今文經學之研究風氣。當時，三家詩之輯佚，作品甚多，列舉如下：范家相之三家詩拾遺，馬國翰之魯詩故、齊詩傳、韓詩故、韓詩內傳、韓詩說、韓詩薛君章句、邵晉涵之韓詩內傳考，宋緜初韓詩內傳徵，丁晏之三家詩補注，馮登府三家詩異文疏證、三家詩異義遺說，阮元之三家詩補遺，迮鶴壽之齊詩翼氏學，陳壽祺父子之三家詩遺說考，陳喬樅之詩四家異文考、齊詩翼氏學疏證、林柏桐之王氏三家詩考異字箋餘，周邵蓮之詩考異字箋餘，王先謙之詩三家義集疏等皆是。

考據之學既衰，宋學與今文經學遂代之而起。一則主張超越毛、鄭，依三家佚文，直探齊、魯、韓詩之眞面貌，並肯定三家詩優於毛詩；再則摒棄繁瑣之訓詁考證，闡揚微言大義，以達成經世濟民之理想。光緒時，今文經學底於極盛階段。三則並今、古文詩序一概擯除，採用孟子「以意逆志」之說，冀能索得「作詩者之心」，如姚際恆、方玉潤等是也。

# 第三節　詩經學家舉例

朱守亮先生於詩經評釋緒論中分清朝詩經學者（清初學者不計入）爲十一類，略述如下：

⓸ 蕭一山清代通史（二），頁五九五，漢學隆盛時期之先聲。

⓸ 「六經皆史」之觀念，淵源甚古，老子、孟子、隋朝王通，明王世貞皆有類似之言。明清之際，提出「六經皆史」者，首推王陽明；至清朝章學誠，始大力推闡此說。見倉修良，夏瑰琦：明清時期「六經皆史」說的社會意義，歷史研究一九八三─六。

1. 研治漢學，並採毛鄭者：
陳啓源著毛詩稽古篇，李黼平著毛詩紃義，戴震著毛鄭詩考，馬瑞辰著毛詩傳箋通釋，胡承珙著毛詩後箋。

2. 舍鄭用毛，爲古文派正宗者：
陳奐著毛詩傳疏。

3. 調和毛鄭，不專主一家者：
戴震著毛鄭詩考，朱珔著毛傳鄭箋破字不破義辨。

4. 治三家詩者：
莊存與著毛詩說，范家相著三家詩拾遺，魏源著詩古微，丁晏著王氏詩考補注補遺，馮登府著三家詩異文疏證，阮元著三家詩補遺，陳喬樅著三家詩遺說考，迮鶴壽著齊詩翼奉學，王先謙著詩三家義集疏。

5. 治詩譜序者：
戴震著考正詩譜，呂騫著詩譜補亡後訂，丁晏著詩譜考正，胡元儀毛詩譜，姜炳璋著詩序補義，龔鑑著毛詩序說，汪大任著詩序辨正，夏鼎武著詩序辨。

6. 治詩經小學者：
段玉裁著詩經小學，陳喬樅著毛詩鄭箋改字說、四家詩遺文考，李富孫著詩經異文釋，周邵蓮著詩考異字箋餘，顧炎武著詩本音，孔廣森著詩聲類，苗夔著毛詩韻訂，江有誥著詩經韻讀，丁以此著毛詩正韻。

7. 治詩經博物者：

毛奇齡著續詩傳鳥名，姚炳著詩識名解，牟應震著毛詩名物考，陳大章著詩傳名物集覽。

8. 治詩經地理者：

朱右曾著詩地理徵，尹繼美著詩地理考略。

9. 治詩經禮教者：

包世榮著毛詩禮徵，朱廉著毛詩補禮。

10. 識其旨歸，品評析論者：

牛運震著詩志，于祉著三百篇詩評，龍起濤著毛詩補正，王鴻緒奉敕撰詩經傳說彙纂。

11. 自立門戶，不囿漢宋者：

姚際恆詩經通論，崔述著讀風偶識，方玉潤著詩經原始。

欲詳究清朝詩經學著作，誠可依準上述綱領。本篇因受限於篇幅及撰寫博士論文之時日，故僅略及一二名家，不成系統。至如崔述、陳喬樅等，一則由於無暇，二則由於其重要主張（或反駁意見）多已分述於各章之中，故不立專篇。

(一) 陳啓源：

陳啓源，字長發，江蘇吳江人。康熙時諸生，生年無考，卒於康熙年間。晚歲精研經學，尤深於詩，與同里朱鶴齡友善，鶴齡爲詩經通義，互爲商榷，深服其援據博洽。生平事蹟不詳，蓋一隱君子也。著毛詩稽古編三十卷。

四庫提要評毛詩稽古編曰：「是書成於康熙丁卯（二十六年），卷末自記，謂閱十有四載，凡三易稿乃定。……啓源此編，則訓詁一準諸爾雅，篇義一準諸小序，而詮釋經旨，則一準諸

毛傳，而鄭箋佐之，其名物則多以陸璣疏爲主，題曰毛詩，明所宗也。曰稽古編，明爲唐以前專門之學也。所辨正者，惟朱子集傳爲多，歐陽修本義、呂祖謙讀詩記次之，嚴粲詩緝又次之。所掊擊者，惟劉瑾詩集傳通釋爲甚，輔廣詩童子問次之。」㊺

稽古編前有敍例，所謂稽古者，大抵爲考傳義、通字訓、明詩情也；至於典禮名物之辨，亦自謂有一得焉。斯編以駁宋申毛爲主，專崇古義，自云以補通義未備，欲兩書相輔而行。蓋長發引據古書，參酌舊說，不立異創新，而朱鶴齡之詩經通義，則參停今古之間，此其異趣也。朱鶴齡爲之序曰：「悉本小序注疏，爲之交推旁通。……宣幽決滯，劈肌中理，即考亭見之，亦當爽然心開，欣然頤解。」

毛詩稽古編之重要主張如下：

## 1. 詩序不可廢：

「歐陽永叔言孟子去詩世近，而最善言詩，推其所說詩義，與今敍意多同，斯言信矣。源因考諸孟子所論讀詩之法，其要不外二端：一曰誦其詩，不知其人，可乎？是以論其世。一曰說詩者，不以文害詞，不以詞害志。然則學詩者，必先知詩人生何時？事何君？且感何事而作詩？然後其詩可讀也。誠欲如此，舍小敍奚由入哉？何則？凡記載之文，以詞紀世，議論之文，以詞達意，故觀其詞而世與意顯然可知；獨詩則不然，除文王、清廟、生民數篇外，其世之見於詞者，寥乎罕聞！又寓意深遠，多微詞渺旨，或似美而實刺，或似刺而實美，其意不盡在詞中，尤難臆測而知。夫論世方可誦詩，而詩不自者其世；得意方可說詩，而詩又不自白其意，使後之學詩者，何自而入乎？……故有詩必不可以無敍也。舍敍而言詩，此孟子所謂害意者也，

不知人，不論世者也；；不如不讀詩之愈也。」又曰：

「朱子辯說，力詆小敍，而於國風尤甚。謂其傅會書史，依託名諡，鑿空妄說，以欺後人。

源竊怪其言之過也。……詩敍與他書史皆秦以前文字，而漢世諸儒傳之者也。安見他書史可信，

而詩敍獨不可信乎？至依託名諡之語，尤屬深文；邶柏舟之刺頃，唐蟋蟀之刺僖，猶與諡義相

近也。若宣非信讒之名，昭非好奢之語，則陳之防有鵲巢敍，以為刺宣公；曹之蜉蝣敍，以為

刺昭公，何所依託乎？朱子又誚小敍之說，必使詩無一篇不為美刺國君時政而作，不切於情性

之自然。又使讀者疑當時之人絕無『善則歸君，惡則歸己』之意，非溫柔敦厚之教，斯語尤不

可解。夫詩之有美刺，總迫於好善嫉邪、忠君愛國之心而然耳。……況刺時之詩，大抵是變風

變雅，傷亂而作也。處汙世，事暗君，安得不怨？怨則安得無刺？孔子曰：可以怨。孟子曰：

不怨則愈疏。未嘗以怨為非也。惟其怨，所以為溫柔敦厚也。而朱子大譏之。是責諛獻媚，唯

諸取容，斯謂之忠愛；；而厲王之監謗、始皇之設誹謗律足稱盛世之良法矣，有是理哉？史遷有

言，詩三百篇，大抵聖賢發憤之作。朱子所見，何反出遷下也㊽？」

## 2　四始乃王道興衰之所由始

㊺ 周駿富清代詩經著述考（見輔大·人文學報三）曰：「其辨證者為朱傳及詩經大全為多，然則四庫之說非矣。」其意蓋以為四庫提要所云劉瑾詩傳通釋應改為胡廣詩經大全，殊不知胡廣等所奉敕撰寫之詩經大全乃抄襲劉瑾詩傳通釋而成之欺世之作，故四庫提要之說甚是。

㊻ 見稽古編卷二十五，皇清經解卷八十四。

詩大序謂風、大雅、小雅、頌爲四始，乃「詩之至也」，鄭箋曰：「始者，王道興衰之所由。」正義引鄭答張逸云：「人君行之則爲興，廢之則爲衰。」然司馬遷史記孔子世家云：「關雎之亂，以爲風始，鹿鳴爲小雅始，文王爲大雅始，清廟爲頌始。」指出風、小雅、大雅、頌之首篇關雎、鹿鳴、文王、清廟爲四始47。齊詩亦有四始，詩緯推度災云：「建四始五際而八節通。卯酉之際爲改政，午亥之際爲革命。」詩緯汎歷樞云：「大明在亥，水始也；四牡在寅，木始也；嘉魚在巳，火始也；鴻雁在申，金始也。」以大雅之大明、小雅之四牡、嘉魚、鴻雁四篇爲水始、木始、火始、金始。韓詩外傳五，子夏問曰：「關雎何以爲國風始也？」孔子曰：「關雎至矣乎！」云云，論者以爲韓詩亦有四始。毛詩稽古編贊同鄭康成之說，其言曰：「觀大敘歷言風雅頌之義，而總斷之曰：『是謂四始』，則風雅頌正是始，非更有爲風雅頌之始者，鄭說得之矣」48。魏源評其說云：「陳啓源謂風雅頌四者即是始，更無有爲風雅頌之始者。如其言，曷不謂之四體，而乃謂之四始乎？」然二雅風頌四者，人君能行之則興，不行則衰，故爲王道興衰之所由始，乃就其作用而論，非辨其體裁也。

3. 風兼三義

「詩有六義，其首曰風。大敘論之，語最詳複，約之止三意焉。云風天下而正夫婦，又云風以動之，教以化之，又云上以風化下；此風教之風也。云下以風刺上，主文而譎諫，又云吟詠情性，以風其上；此風刺之風也。云美教化，移風俗，又云以一國之事，繫一人之本，言天下之事，形四方之風；此風俗之風也。餘所言風，則專目國風。要之，風俗之風、正當國風之義矣。然必有風教而後風俗成，有風俗而後風刺興，合此三者，國風之義始備49。胡樸安評其

說云：「陳氏此言頗晰，惟當其朔也，風俗之成，由於風教，風刺之興，由於風俗；及其後也，必上下相與有成，而後風俗美焉。吾故謂風俗之風，實風教、風刺之所養也。」

## 4. 釋比興

「毛公獨標興體，朱子兼明比賦。然朱子所判爲比者，多是興耳。比興雖皆託喻，但興隱而比顯，興婉而比直，興廣而比狹，……朱子釋詩新例，凡興義之明白者，即判爲比，如螽斯、綠衣、匏有苦葉諸篇本興也，而以比目之，由是比興二體疑溷而難分。」又云：「興、比皆喻而體不同，與者，興會所至，非即非離，言在此，意在彼；其詞微，其旨遠。比者，一正一喻，兩相比況；其詞決，其旨顯；且與賦交錯而成文，不若興語之用以發端，多在首章也。」[50]

按：其所釋比興之義與宋鄭樵之說略同。至其「興語之用以發端，多在首章也」一句，並非主張興皆用於首章，例如，前引陳氏主張螽斯、綠衣、匏有苦葉諸篇爲興詩，而非局限於

[47] 司馬遷學魯詩，故學者推測此爲魯詩之四始。

[48] 同[46]。

[49] 同[46]。

[50] 同[46]。

該三篇之首章。然近人顧頡剛協韻起頭說，及朱自清、劉大白之以與爲起頭[51]，蓋淵源於此。

## 5. 詩樂分教說

「詩與樂分爲二教。經解云：『詩之教，溫柔敦厚；樂之教，廣博易良』，是詩教樂教，其旨不同也。王制云：『樂正立四教以造士，春秋教以禮樂，冬夏教以詩書』，是教詩教樂，其時不同也。故敍詩止言作詩之意，其用爲何樂，則弗及焉。……意歌詩之法，自載於樂經，元無煩敍詩者之贅；及樂經不存，則亦無可考矣。……古人用詩於樂，不必與作詩之意相謀，如鄉射之奏二南，兩君相見之奏文王、清廟，何嘗以其詞哉？況舍詩而徵樂，亦異乎古人之詩教矣」[52]。

按：魏源詩古微評其說曰：「陳氏不知祖述，橫生異端，欲回護大雅諸序空衍之失，遂謂古人詩樂分爲二教。故序詩者，不必言其所用。用於樂者，不必與詩相謀。反斥後人舍詩徵樂爲異乎古人之詩教。噫！詩甚矣！」何定生曰：「從三百篇與禮樂的原始關係看來，我們可以做如此的結論：原始意義的三百篇，實在就是樂的一部分，故在用途上，根本就和禮樂分不開。在禮樂過程中，詩所表現的就是樂章，離了樂章就沒有意義。換個講法，在禮樂用途上，三百篇只有聲音的存在，卻沒有辭義的存在。再說具體些，用作正歌正樂的詩，那只是個以禮意相表示的樂；用於散歌散樂的詩，也不過是些娛賓的樂。所以竹添光鴻引臧琳云：『詩者，古之樂也』，這話是對的。」又曰：「春秋以前的詩經，只有樂章的用途——專主聲音，不涉文義。……到了『言教』與起，公卿大夫交接之際，必『賦詩』以見志，或引詩以足言，『詩』的觀念，才實質地從『樂』分出來。這個時期，詩文雖已用來代替辭令，而義取『斷章』，對原詩

本意，仍保持隔離，這是春秋時代用詩方法的特色。……（戰國時代）引詩方式，不但已由原始的『斷章』轉爲詩文合理化的引用，且有更進一步以引詩爲說詩的傾向，……漢興以後，因環境的劇轉和漢廷的尙儒，儒術既成官學，詩經乃進入『諫書』時代，這是三百篇之用的最後階段，也是漢儒（乃至宋、明、清以至今日之儒）所憧憬的詩教最高境界。」[53]

原始詩，樂誠然不分，何氏之說，若就詩之應用而言，尙稱其實，若就詩之本義而言，則萬萬不可取；詩之文辭絕非如何氏所言「只有樂章的用途，專主聲音，不涉文義」。先民藉憤悶感懷之篇，抒發其喜怒哀樂之情，吾等豈能視而不見，比諸無意義之音符哉？陳氏詩、樂分教之說，兼顧其辭義與音樂性，較何說可取。

## 6 訓釋毛詩，當首重爾雅與毛傳

顧頡剛採集各地山歌、民歌，觀其組合形式，因謂詩經之興句（起首句）與承接句僅憑聲韻而毫無意義可尋。（見古史辨第三册，起興）。朱自清云：「因爲初民心理簡單，不重思想地聯繫而重感覺的聯繫，所以起興的句子與下文常是意義不相屬，卽是沒有理論的聯繫，卻在音韻上（韻脚上）相關連著。……這種起興的句子多了，漸漸會變成套句。」（見古史辨第三册，關於興詩的意見）。劉大白云：「興就是起一個頭，藉著合詩人底眼耳鼻舌身意相接觸的色聲香味觸法起一個頭，換句話講，就是把看到聽到嗅到嚐到碰到想到的事物，借來起一個頭，埕個起頭，也許合下文似乎有關係，也許完全沒有關係。」（見古史辨第三册，六義）

[51]

[52] 同 [46]

[53] 何定生，從言教到諫書看詩經的面貌，見孔孟學報十一期。

「讀書須識字，讀古人書，尤須識古人字。……執今世字訓，解古人書，譬猶操蠻粵鄉音譯中州華語，必不合也。……古人字訓，其存於今者，僅有爾雅之釋詁、釋言、釋訓三篇。爾雅之書，固為六藝之指歸，尤屬四詩之準的。……其爾雅所未備，又賴毛傳釋之，……實相表裡也。自漢迄唐，悉遵此為繩尺。宋人厭故喜新，各逞臆見，盡棄儒先雅訓，易以俗下庸詮，爾雅之文，既庋置高閣，毛氏傳義稍不諧俗目者，亦以己意易之。近世學者，溺於所聞，古人字訓，幼未經見，執而語之，反驚怪而弗信，固其宜矣！⑭

按：以邶風柏舟「耿耿不寐，如有隱憂」為例，若執今義解之，則「隱」乃幽而不顯之意；然毛傳曰：「隱，痛也。」此乃古義，不容置疑。楚辭九章悲回風曰：「孰能思而不隱兮」，孟子告子上曰：「惻隱之心，人皆有之。」是陳氏之說，信而不誣也。

## 7. 古音、正音、俗音之辨

「有古音，有正音，有俗音。古音邈矣，然易、詩、古歌謠、楚騷、漢詩賦樂府之協韻，及說文之讀若、諧聲、釋名、白虎通諸書之解字，猶可考驗而知也。正音則九經釋文、玉篇、廣韻、徐氏韻補諸書之音反是已。至俗音，不知何自而始，率皆沿訛襲陋，莫知所返。既乃稍入字書，如『不』之通骨切，見溫公指掌圖；『副』、『富』之列遇韻，見黃氏韻會；又如洪武正韻，一代同文之書也，乃大取舊韻紛更之；『虞』本韻首，收在魚韻，而立模韻以代虞。其所統字，亦多改易，刪去元韻，而所統字散入真寒刪先韻中，……俱甚諸俗吻，而於雅音則乖矣。竊意人之喉舌脣齒，因地氣而殊，亦隨天時而變，其修短、厚薄、洪纖、鈍銳不同，則所出之音亦異，故古今異音，猶胡越之不相通，不可以人力彊齊也。」⑮

按：陳氏研究詩音，兼顧古音、正音、俗音。茲舉其辨析土語、俗讀之例如下：：「『成』，是征切，日母，俗讀如程，澄母，土語得之。」、「『宜』本魚羈切，疑母，正韻誤延之切，音匜，喻母，俗讀得之。」、「『牙』本五加切，疑母，正韻讀如邪，喻母，土語得之。」、「『越』本王伐切，正韻與『月』同魚厥切，俗讀得之。」可知陳氏頗能發揮土語、俗讀之價值。

## 8. 稽疑之精神

稽古編卷二十九有稽疑專章，計有：他注引傳疑誤、正義引爾雅疑誤、監本經注疑誤、釋文疑誤、集傳疑誤，羅列豐富之資料，足見陳氏好學深思之精神，對後學者亦將有莫大之啟發。

此外，稽古編尚有可議者，四庫總目提要曰：「是則於經義之外，橫滋異學；非惟宋儒無此說，即漢儒亦豈有是論哉？白璧之瑕，固不必為之曲諱也。」其所謂「異學」，即皮錫瑞經學歷史所指「間談佛教」也❺❻

(二) **惠周惕：**

惠周惕，原名恕，字元龍，號研谿（硯谿），自號紅豆主人，江蘇吳縣人。生年無考，約

❺❹ 見稽古編卷二十七，皇清經解卷八十六。

❺❺ 同❺❹。

❺❻ 稽古篇卷三十，「西方美人」、「捕魚之器」兩條，陳氏以佛教思想說之，論者視之為白璧之瑕。

卒於康熙三十三年後。其父以九經教授鄉里，元龍少承家學；後從汪琬，工詩古文詞，爲汪氏入室弟子。及壯，阨於貧，遍遊四方，交當世名流，朱竹垞極稱許之。後閉戶十年讀書，乃成通儒。康熙十八年舉博學鴻儒科，丁父憂，未與試。三十年成進士，授翰林院庶吉士；嗣以不練習國書，外調直隸密雲縣令，有善政。因勞瘁卒於官❺⑦。

東吳惠氏，三世傳經，元龍創始人也。於詩經，著詩說三卷，附錄一卷。

田雯序惠氏詩說曰：「朱紫陽刪去小序，另爲一端，……然不廢注疏也。」同時鄭夾漈、王雪山各自立說，幷傳注去之；比朱子則加甚矣，然猶有去取也。自是以後，學者厭常喜新，屏去一切訓詁，而鑿空臆造；雖悖于經，畔於道，弗顧也。嗚呼！詩學之廢久矣。惠子元龍常讀詩而病之，因著詩說三卷；其旨本于小序，其論采于六經，旁搜博取，雖一字一句，必求所自，而考其義類，晰其是非；蓋有漢儒之博，而非附會；有宋儒之醇，而非膠執。庶幾得詩人之意，而爲孔子所深論者與！」四庫總目提要論之曰：「是書於毛傳、鄭箋、朱傳無所專主，多自以己意考證。……然其餘❺⑧類皆引據確實，樹義深切，與枵腹說經徒以臆見央是非者，固有殊焉。」汪琬序曰：「然博而不無，達而不詭，亦可謂毛、鄭之功臣，紫陽氏之諍子矣。」

茲列舉惠氏詩說之主要見解如下：

**1. 大小雅以音別，不以政別：**

詩序曰：「雅者，正也，王政所由廢興也；政有小大，故有小雅焉，有大雅焉。」大小雅之名以政之大小爲別，故後世辯論紛紛，指其矛盾；朱晦翁、嚴華谷、章俊卿各有主張❺⑨，以

朱氏之說為長，然猶未離乎序之所謂政也。惠氏曰：「按樂記，師乙曰：『廣大而靜，疏遠而信者，宜歌大雅；恭儉而好禮者，宜歌小雅。』季札觀樂，為之歌小雅，曰：『美哉思而不貳，怨而不言。』為之歌大雅，曰：『廣哉熙熙乎，曲而有直體。』據此，則大小二雅，當以音樂別之，不以政之大小論也；如律有大小呂，詩有大小，明義不存乎大小也。」

## 2. 釋頌：

「公羊傳曰：『什一而稅，頌聲作。』序曰：『美盛德之形容，以其成功告於神明者也。』然……刺亦可言頌矣。……比音曰歌，舉其辭曰頌也；豈宗廟之詩，既歌之，而復誦之與！抑歌者工，而誦者又有工與！既比其音，復誦其辭，俾在位者皆知其義，所以彰先王之盛德，故曰頌。……樂記曰：『清廟之瑟，朱弦而疏越，一唱而三歎。』又曰：『君子于是語，于是道古』，豈即頌之義也與！」

❺❼ 周駿富撰清代詩經著述考，（輔大）人文學報三期，頁五二九。

❺❽ 惠氏詩說謂頌義通於誦，又謂證以國策，禮無歸寧之文，訓歸寧父母為無父母遺罹之義；四庫提要以為兩說皆未安。四庫提要，頁三六二，藝文印書館。

❺❾ 詩說云：「朱晦翁則謂小雅燕饗之樂，大雅朝會之樂、受釐陳戒之辭。嚴華谷則謂明白正大、直言其事者，為雅之大；雜乎風之體者，為雅之小。章俊卿則謂：風，體語皆重複淺近，婦人女子能道之，雅則上君子為之也；小雅非復風之體，然亦間有重複，未至渾厚大醇，大雅則渾厚大醇矣。」見詩說卷一頁一，皇清經解冊三。

按：四庫提要評詩說曰：「至謂頌兼美刺，義通於誦，則其說未安。考鄭康成注儀禮『正歌備』句云：『正歌者，升歌及笙各三終，閒歌三終，合樂三終，爲一備。』核以經文，無歌後更誦，及一歌一誦之節。……歌、頌是兩事，知頌、誦亦爲兩事，周悖合之，非矣。」惠氏所言「宗廟之詩，既歌之，而復誦之。」四庫提要駁之曰：「核以經文，無歌後更誦，及一歌一誦之節。」至於惠氏所引樂記之言，則誤合歌，誦爲一事矣。試言諷、誦、歌之異如下：鄭康成注周禮大司樂：「倍文曰諷，以聲節之曰誦。」賈公彥疏：「倍文謂不開讀之，直言無吟誦。誦亦背文，又爲吟誦，以聲節之。」鄭康成注禮記文王世子曰：「誦謂歌樂，弦謂以絲播詩。」孔穎達疏云：「誦謂歌樂，口誦歌樂之篇章，不以琴瑟歌。以絲播詩，以琴瑟播詩之音節。」故知：諷者，直背其文。誦者，以抑揚頓挫、高下徐疾之音節所作之吟謳也；以其不配合琴瑟絲竹等樂器，故與歌有別。

總之，釋頌爲誦，不若釋頌爲容也。（參阮元研經室集卷一釋頌）

## 3. 正變猶美刺也

「正變猶美刺也。詩有美，不能無刺；故有正，不能無變。以其略言之：如美衞武、美鄭武、美周公、美宣王、刺衞宣、刺鄭莊、刺時、刺亂、刺宣王、刺幽厲，此顯言美刺者也。如莊姜傷己、閔無臣、思周道、大夫閔周、衞女思歸、思君子南征、復古，此隱言美刺者也。美者，可以爲勸；刺者，可以爲懲；故正變俱錄之。編詩先後，因乎時代，故正變錯陳之。若謂詩無正變，則作詩無美刺之分，不可也；謂周召爲正，十三國風爲變，鹿鳴以下爲變，則序所謂美與刺者，俱無以處之，亦不可也。」

按：惠氏反對以國次、世次定詩之正變，主張以詩之美刺定其正變，與馬瑞辰之說相近；

馬氏曰：「風雅之正變，惟以政教之得失為分；政教誠失，雖作於盛時，非正也；政教誠得，

雖作於衰時，非變也。」馬、惠二說，實相輔相成，俱勝舊說。

**4 風雅頌者，詩之名也；賦比興者，詩之體也：**

「風雅頌者，詩之名也，賦比興者，詩之體也；名不可亂，體不可偏舉，

故興比賦合而後成詩，自三百篇以至漢唐，其體猶是也。毛公傳詩，獨言興，以興

兼比賦也；人之心思必觸于物而後興，即所興以為比而賦之，故言興而比賦在其中，毛氏之意，

未始不然也。然三百篇惟狡童、褰裳、株林、清廟之類，直指其事，不假比興，其餘篇篇有之；

傳獨於詩之山川草木鳥獸起句者，始為之興，則幾于偏矣。……文心雕龍又以興比賦分而為

三，無乃失之愈遠乎？文心雕龍曰：毛公述傳，獨標興體，以比顯而興隱。……朱氏又于其間

增補十九篇，而摘其不合于興者四十八條……則析義愈精，恐未然也。」

按：風雅頌乃詩之體裁，賦比興乃詩之作法，惠氏之說未安。至其論賦比興，以為興兼比

賦，不可分而為三，尤屬大謬不然。

**5. 二南不可繫諸太姒：**

「二南二十二篇皆述太姒之事，然一太姒也，何以為后妃？何以為夫人？一文王也，何以

為王者？何以為諸侯？或曰：文王于商為諸侯，及受命追王，則為王者；太姒亦然，時有先後

故也。然追王後于諸侯，則周南宜後于召南矣，有是理乎？……按小序曰：關雎，后妃之德也；

葛覃，后妃之本也；卷耳，后妃之志也」云云，未嘗指言后妃夫人為何如人；後之訓詁家，推跡其自始，以為太姒耳。……小雅鹿鳴，燕群臣、四牡，勞使臣；常棣，燕兄弟，伐木，燕朋友，何嘗謂如何群臣，如何兄弟、使臣、朋友邪？……難者曰：然則周南召南與文王太姒無與邪？曰：不然也。作詩之意，或本於文王太姒，……周自姜嫄兆祥，至太王有姜女，王季有太任，文王有太姒；累世婦德，至太姒而始大，而文王又有刑於寡妻之詩，故說者據是為文王耳，其實不可考矣。」

按：惠氏之說，與馬瑞辰之說相近，可以合觀。其勝於舊說者，在「關雎」之義也。

## 6　何以魯無風？何以魯有頌？

「魯之無風也，鄭曰：『周尊魯，故巡狩述職，不陳其詩。』其果然者邪？幽厲以後，王者之不巡狩久矣；十三國風，誰采而錄之邪？天子賞罰，視其詩之貞淫，天子尊魯，何妨采其詩之貞者以示異于天下？乃并其美而掩蔽之，安在其尊魯邪？縱天子不采，魯亦不當自廢，何季札觀樂，而魯乃寂無歌詩，又何邪？魯之有頌，鄭曰：『孔子錄之，同于王者之後』，朱子曰：『著之于篇，所以見其僭』，蓋言貶也。是皆泥乎風為諸侯之詩，雅頌為天子之詩，故致論說之紛紛也。余聞之師曰：『十五國之中有二南，是天子之詩也；雅頌之中，小雅有賓之初筵，大雅有抑，頌有魯，是皆諸侯之詩也。不得以風詩專屬之諸侯，雅頌專屬之天子也。』足以破衆說之紛紛矣！」

按：惠氏所引小雅賓之初筵，詩序以為衞武公刺時之詩，朱子以為衞武公飲酒悔過而作此詩，馬瑞辰以為諸侯大射之詩，然其為諸侯之詩則一也。所引大雅抑，詩序曰：「抑，衞武公

刺厲王，亦以自警也。」屈萬里先生以為厲王之世，武公未立，故引用國語楚語：「左史倚相曰：『昔衛武公年數九十五矣，……於是乎作懿戒以自儆。』」懿、抑古通用，遂主張大雅抑篇乃衛武公自儆之詩，非為刺厲王之作[60]。然詩序、屈氏之說皆無礙於惠氏以抑篇為諸侯之詩之主張。「何以魯無風？何以魯有頌？」欲解之者，當知「不得以風詩專屬之諸侯，雅頌專屬之天子」，惠氏之說信然。

(三) **胡承珙：**

胡承珙，字景孟，號墨莊，安徽涇縣人。生於乾隆四十一年，卒於道光十二年（一七七六—一八三二），享年五十七歲。幼異稟，年十三補博士弟子。嘉慶六年，以拔貢中式江南鄉試，十年成進士。選翰林院庶吉士，散館授編修；十五年充廣東鄉副考官，後遷御史，轉給事中。十六年居京師，常與郝蘭皋、胡竹邨、張阮林聚談經義。二十四年出巡福建，後調補臺灣兵備道，在臺三年，清莊弭盜，成效卓著，旋乞假歸，遂不復出。歸田後，閉戶著書，未卒業，囑陳奐補之，全書三十卷。所著毛詩後箋凡四易稿，至卷二十九魯頌泮水而疾作，其論詩，與長洲陳奐往復討論。

胡承珙與胡竹邨書曰：「承珙為後箋，主明毛傳，為之久，然後知箋之於傳，有申毛而不得毛意者，有異毛而不如毛義者。蓋毛公秦人，去周近，其語言文字名物訓詁已有後漢人所不能盡通者。鄭學長於徵實，短於會虛，前人謂其按跡而語情性者此也。唐人作疏，晰義不審，

或箋本申毛，而以爲易傳；或鄭自爲說，而被之毛義難明，不能旁通曲圖，輒請傳文

簡質。承珙所著，從毛者蓋十八、九，……而從鄭者亦一、二焉。」

馬瑞辰評其書云：「今墨莊已作古人，令嗣仲池持其書，請序於余，余受而讀之。其書主

于申述毛義，自注疏而外，于唐宋元諸儒之說，有與毛傳相發明者，無不廣徵博引，而于名物

訓詁及毛與三家詩文有異同，類皆剖析精微，折衷至當。」吉川幸次郎所著中華六十名家言行

錄云：「胡承珙之後箋與陳奐之傳疏，究竟以孰爲勝？二書本來體裁不一；胡之後箋乃有記隨

錄體，而陳之傳疏乃有始有終之疏體。陳書不僅體裁潔淨，其所說亦堅栗，不負誇稱爲段玉裁、

王念孫二大師名副其實之入室弟子；但其潔淨與堅栗，有時不無峭刻之感。吾人勿寧喜愛胡氏

之後箋，溫潤而富有解頤之妙，時揚餘波而饒於風趣。」

胡承珙精於考證、訓釋之學，成績卓著，舉例如下：

1. 鄘風載馳：

鄘風載馳：「載馳載馳，歸唁衛侯。」鄭箋曰：「衛侯，戴公也」。胡承珙以爲衛侯指文

公，而非戴公。其言曰：

范氏詩瀋曰：「春秋閔公二年（西元前六六〇），狄入衛，冬十二月，宋桓公隨立戴公以

廬于漕。是年，戴公卒，立甫一月耳。文公繼立，夫人之思歸，當在此時矣。周之十二

月，夏十月也。詩芃芃其麥，言采其蝱，豈十月所有乎？蓋唁衛，或在次年，或戴公未

立之前。」承珙案：戴公未立以前，不容有唁，況狄滅衛在二年冬，亦非麥蝱之候。考

定之方中，文公營室詩也，在夏之十月，爲周之十二月，此蓋魯僖公元年之十二月。至

僖二年，諸侯乃城楚邱，而封衛焉。則當僖元年春夏之間，戴公已卒，文公雖立而尚無寧居，許穆夫人所為賦載馳以弔失國歟！揆之情事，衛侯似指文公為近，壄邱麥野，雖皆係設詞，亦不宜取非時之物而漫為託興也。

2. 鄘風柏舟

「髧彼兩髦，實為我特」。毛傳：「特，匹也」。胡承珙曰：「特本牛父之稱，通言之，則羊豕及馬皆有特名。周禮校人：『凡馬，特居四分之一。』鄭眾注云：『三牝一牡也』。生民傳云：『牷，牡羊也。』眾經音義引三倉云：『牷，特羊也。』爾雅：『豕生三豵二師一特。』是凡畜之牡者皆可謂之特，反言之，則孤特者必有偶，故又為匹偶之稱。至因其獨立之義，則為雄俊之稱。黃鳥『百夫之特』，傳箋以云：『乃特百夫之德』是也。又單獨之意，男女皆可通，故小雅『求爾新特』，傳箋以為外婚無偶之女也。凡一義之反覆引申者如此，但其施之各有當耳。」

3. 衛風有狐

「有狐綏綏，在彼淇厲。」傳曰：「厲，深可厲之旁」，胡承珙曰：「此厲當為瀨之借字，史記南越傳：『為戈船下厲將軍』，漢書作『下瀨』。說文：『瀨，水流沙上也。』楚辭：『石瀨兮淺淺』，是瀨為水流沙石間，當在由深而淺之處。上章，石絕水曰柔，為水深之所。次章言厲，為水淺之所。三章言側，則在岸矣。，立言次序如此。」

4 大雅皇矣：

「臨衝閑閑，崇墉言言，執訊連連，攸馘安安。……臨衝茀茀，崇墉仡仡，是伐是肆，是絕是忽，四方以無拂。」胡承珙曰：

「臨衝閑閑，崇墉言言」，傳：「閑閑，動搖也；言言，高大也。」「臨衝茀茀，崇墉仡仡」，傳：「茀茀，彊盛也；仡仡，猶言言也。」正義曰：「傳唯云高大，不說其高大之意。王肅云：『言其無所壞』，傳意或然。若城無所壞而得有訊馘者，美文王以德服崇，不致破國壞城耳。於時非無拒者，故有訊馘。」箋以言言猶孽孽，為將壞貌。釋文於「崇墉仡仡」引韓詩「仡，搖也。」鄭意蓋本於此。」疏申之曰：「詩言衝，則是用以攻城，故知言言仡仡皆為將壞之貌。」承珙案：僖十九年左傳：司馬子魚曰：「文王聞崇德亂，而伐之，軍三旬而不降，退修教而復伐之，因壘而降。」襄三十一年傳：衛北宮文子曰：「文王伐崇，再駕而降為臣。」漢書伏湛傳：「崇國城守，先退後伐，所以重人命。」說苑指武篇亦云：「文王伐崇，令毋殺人，毋壞室，毋填井，毋伐樹木，毋動六畜；有不如令者，死無赦。」據此，則文王師以順動，未嘗破壞其城，可知當以傳義為勝。

此申毛糾鄭之例也。

(四) 馬瑞辰：

馬瑞辰字元伯，一字獻生，安徽桐城人。生於乾隆四十七年，卒於咸豐三年（一七八二—

一八五三年），享年七十二歲。嘉慶十年進士，改翰林院庶吉士，散館授工部營繕司主事。官京師，與胡培翬、劉逢祿、郝懿行相善；胡氏治儀禮，劉氏治公羊春秋，郝氏治爾雅，馬氏則治毛詩，其學並成。馬氏嘗以精研律文見忌，坐事遭貶謫，亦嘗歷任書院講席。咸豐三年，洪軍至桐城，勸之降，不屈，遂守節遇害❻。著毛詩傳箋通釋三十二卷。

馬氏有關詩經之主要見解，敍述如下：

## 1. 詩入樂說

「詩三百篇，未有不入樂者。虞書曰：『詩言志，歌永言，聲依永，律和聲。』歌、聲、律皆承詩遞言之。毛詩序曰：『在心為志，發言為詩。』又曰：『言之不足，故嗟歎之，嗟歎之不足，故永歌之。』此言詩所由作，即虞書所謂『詩言志，歌永言』也。又曰：『情發於聲，聲成文謂之音。』此言詩播為樂，即虞書所謂『聲依永，律和聲』也。若非詩皆入樂，何以被之聲歌，且協諸音律乎？周官大師教六詩，而云『以六德為之本，以六律為之音』，是六詩皆可調以六律已。墨子公孟篇曰：『誦詩三百，弦詩三百，歌詩三百，舞詩三百。』鄭風青衿詩，毛傳云：『古者教以詩樂，誦之，歌之，弦之，舞之』，其說正本墨子，是三百篇皆可誦歌弦舞已。若非詩皆入樂，則何以六詩皆以六律為音？又何以同是三百篇，而可誦者即可弦可歌可舞乎？左傳吳季札請觀周樂，使工為之歌周南召南，並及於十二國；若非入樂，則十四國之詩

❻ 見清史卷四八一，清史列傳卷六九，續碑傳集九三，經學博采錄卷三，原任工部員外郎馬公墓表（馬其昶抱潤軒文集卷十五，又石印本卷六），記馬元伯死事（方宗誠柏堂集次編卷九）。

不得統之以周樂也。史記言『詩三百五篇，孔子皆弦歌之，以求合於韶武雅頌。』若非入樂，則詩三百五篇，不得皆求合於韶武雅頌也。六藝論云：『詩，弦歌諷諭之聲也』。鄭志答張逸云：『國史採衆詩時，明其好惡，令瞽矇歌之。其無所主，皆國史主之，令可歌。』據此，則鄭君亦謂詩皆可入樂矣。程大昌謂：『南雅頌爲樂詩，自邶至豳，皆不入樂，爲徒詩』。其說非也。或疑詩皆入樂，則詩即爲樂，何以孔子有刪詩訂樂之殊？不知詩者載其貞淫正變之詞；樂者，訂其清濁高下之節。古詩入樂，類皆有散聲疊字以協於音律，即後世漢魏詩入樂，其字數亦與本詩不同。則古詩之入樂，未必即今人誦讀之文一無增損，蓋可知也。古樂失傳，故詩有可歌，有不可歌；大戴禮投壺篇曰：『凡雅二十六篇，其八篇可歌，……所謂可歌者，謂其聲律猶存；不可歌者，僅存其詞，而聲律已不傳也。若但以其詞言之，則三百五篇俱在，豈獨鹿鳴、鵲巢諸篇爲可歌哉！⑫」

　　按：馬氏謂「詩者，載其貞淫正變之詞；樂者，訂其清濁高下之節。」以今日曲詞、曲譜證之，尤爲了然。至於「古詩入樂，類皆有散聲疊字，以協於音律；即後世漢魏詩入樂，其字數亦與本詩不同；則古詩之入樂，未必即今人誦讀之文，一無增損，蓋可知也。」爲其創見。

## 2　魯詩有傳

　　「漢書儒林傳曰：『申公獨以詩經爲訓故以教，無傳；疑者則闕弗傳。』顏師古以『無傳』爲『不爲解說之傳』，其說誤也。漢書楚元王傳言：『申公始爲詩傳，號魯詩。』太平御覽二百三十二卷引魯國先賢傳曰：『漢文帝時，聞申公爲詩最精，以爲博士。申公爲詩傳，號爲魯詩。』何休公羊傳注、班固白虎通義、文選李善注皆引魯詩傳，是魯詩有傳之證。考史記儒林詩。」

傳曰：『申公獨以詩經爲訓故以教，無傳疑，疑者則闕弗傳。』……漢書說本史記而誤脫一

『疑』字，顏師古遂讀無傳爲句，而以『無解說之傳』釋之，誤矣！陸德明經典敍錄……蓋承

漢書儒林傳之誤。史記索隱亦謂申公不作詩傳，則誤以史記無傳疑，疑字爲衍文耳。」㊣

3.　詁訓與章句之別

「漢儒說經，莫不先通詁訓。漢書揚雄傳言：『雄少而好學，不爲章句，訓故通而已。』

儒林傳言丁寬作易說二萬言訓詁，舉大義而已。』而後漢書桓譚傳亦言譚『遍通五經，皆詁訓大

義，不爲章句。』則知詁訓與章句有辨。章句者，離章辨句，委曲支派，而語多傳會，繁而不

殺；蔡邕所謂：前儒特爲章句者，皆用其意傳，非其本旨，劉勰所謂：秦延君之注堯典十餘萬

字，朱普之解尚書三十萬言，所以通人惡煩，羞學章句也。詁訓則博習古文，通其轉注假借，

不煩章解句釋，而奧義自闢。」㊽

按：戴君仁先生曰：「解故想是預備傳世之作，不是講的；而章句則是對弟子們講的，如

現在學校中的講義。講義可以印出來，章句也可以寫定。我想，漢儒的章句，應是南北朝義疏

之祖。……章句是解說經的文義爲主，而不是訓詁經的字義爲主。……章句之繁重，和解詁之

㊹　見毛詩傳箋通釋卷一頁一，皇清經解續編，冊六。

㊽　同㊹，頁二。

㊾　同㊹，頁三。

簡約，體製迥不相同。」⑥馬氏雖未將漢朝章句之學與六朝義疏之體源流一貫⑥，然已能明辨

詁訓與章句之別。

### 4. 十五國風次序論

「國風次序，當以所訂鄭譜爲正，周、召、邶、鄘、衛、王、檜、鄭、齊、魏、唐、秦、陳、曹、豳也。其先後次第，非無意義，但不得以一例求之。蓋於二南、邶、鄘、衛、王，可以見殷周之盛衰焉；二南，周王業所起也；邶、鄘、衛，紂舊都也；王，東遷以後地也。首二南見周之所以盛，次邶、鄘、衛，見殷之所以亡，次王，見周之所以始盛而終衰也。於檜、鄭、齊、魏、唐、秦，可以硯春秋之國勢焉。春秋之初，鄭最稱強，檜則滅於鄭者也，故檜鄭爲先。鄭衰而齊桓創霸，故齊次之。齊衰而晉文繼霸，魏則滅於晉者也，故魏唐次之。晉霸之後，秦穆繼霸，故秦又次之。若夫陳、曹、豳，則詩之廢興所關焉，陳滅於淫，曹滅於奢，而豳則起於勤儉者也。以陳、曹居變風之末，見詩之所以息；以豳風居周雅之先，見詩之所以興。至豳之後於陳曹，則又有反本復古之思焉。大抵十五國之風，其先後皆以國論，不得以一詩之先後爲定也⑥。邶鄘滅於衛，檜滅於鄭，魏滅於唐，皆附乎衛、鄭、唐以見，又以見一國之廢興焉。不得以國之小大爲定也⑥；而采得之先後，載籍無徵，其不足以定次序，更無論矣。」⑥

按：歐陽修以左傳季札所觀樂之次序爲周太師樂歌之次序，又改易鄭康成詩譜之國風次序，以王列豳後，馬氏則主鄭說。然歐陽修曰：「大抵十五國之次，以兩而合之，分其次，以爲比。則賢善者著，而醜惡者明矣。」馬氏曰：「大抵十五國之風，其先後皆以國論，不得以一詩之先後爲定也。」兩說皆以詩經篇目次弟爲有意之排列。

## 5. 風雅之正變，以政教之得失爲分

「風雅正變之說，出於大序，即以序說推之而自明。序云：『風，風也、教也』，又云：『上以風化下』，蓋君子之德風，故風專以化下爲正。至云：『下以風刺上』，『風』，沈重音福鳳反，讀如諷，感動之名。變風，蓋變『化下』之名爲『刺上』，變乎風之正體，是謂變風。序云：『雅者，正也，言王政之所廢興也』，此兼雅之正變言之。蓋雅以迹其政之美者爲正，以刺其政之惡者爲變也。文武之世，不得有變風變雅，夷厲宣幽之世，有變風，未嘗無正風；有變雅，未嘗無正雅也。蓋其時，天子雖無道，而一國之君有能以風化下，如淇奧、緇衣之類，不得謂非正風也。宣王中興，雖不得爲聖主，而有一政之善足迹，如車攻、吉日之類，不得謂非正雅也。風雅之正變，惟以政教之得失爲分，政教誠失，雖作於盛世，如福鳳反，讀如諷之比，不得謂正風也；政教誠得，雖作於衰世，亦不得謂非正雅也。」

⑤⑤ 戴君仁，經疏的衍成，見孔孟學報一九期。

⑥⑥ 戴君仁於經疏的衍成一文中，亦贊同梁啓超、牟潤孫之主張，認爲義疏之體亦受佛典疏鈔之影響。

⑦⑦ 齊哀先於衞頃，鄭武後於檜國，而衞在齊先，檜處鄭後，是不由作之先後也。見孔穎達毛詩國風正義，藝文版，頁一一。（下同）

⑤⑨ 鄭小於晉，魏狹於晉，而齊後於鄭，魏先於唐，是不由國之大小也。見孔穎達毛詩國風正義。

⑥⑩ 欲以朵得爲次，則雞鳴之什遠在緇衣之前，鄭國之風必處檜詩之後，何當後作先朵，先朵後作乎？是不由朵得先後也。見孔穎達毛詩國風正義。

時，非正也……此教誡得，雖作於衰時，非變也。」⑩

## 6 南為古國名

「周、召分陝，以今陝州之陝原為斷，周公主陝東，召公主陝西，而各繫以南者，南蓋兩世諸侯之國名也。……周、召二公分陝，蓋分理古二南國之地。……毛傳泛指南土、南方，並失之。」⑪

按：文幸福先生曰：「若必釋南為南國，則二南之詩亦如列國之風矣；然則列國皆以國名稱，而二南卻獨綴之以南，恐非『以其非專一國，故以南統之』可釋也。且考之二南之地望，亦唯漢廣、汝墳、江有汜三篇之言及江漢汝旁而已，若以之以例他詩，其意恐有未安！……以南國釋南，亦未為安善也。」又曰：「余意以為『南』殆『鐃』之象形，即鐃字。」（詩經周南召南發微，頁一○二，一一四）文說可存商。

## 7 二南后妃夫人為泛稱

「周南序言后妃，召南序言夫人，孔疏謂一人而二名，各隨其事立稱，其說非也。周南，王者之風，故稱后妃；召南，諸侯之風，故稱夫人，皆泛論后妃夫人之德。……即鄭君詩譜，歷舉大姜、大任、大姒之德，……未嘗專美大姒也。……后妃夫人皆泛言，故召南序亦由夫人而言及大夫妻，亦謂大夫妻之以禮自防，能循法度者，皆當如詩草蟲、采蘋之所歌耳。若以后妃夫人為指太姒，則所謂大夫妻者，又將何指乎？……序言后妃夫人，則並未言及文王，何得謂其專美太姒乎？讀詩者惟以為后妃夫人之詩不必實指后妃夫人為何人，可也。」⑫

按：馬氏此言，針對孔疏之謬誤而發，實因孔疏誤解漢儒解詩之原意。至於主張周南、召南之后妃夫人非但不專美太姒，甚且可視之為泛稱，不實指

其為何人，較諸鄭康成詩譜之歷指后妃人名，堪稱一大進境。

8. 幽雅幽頌非幽風七月

「周官籥章掌土鼓幽籥，又言中春吹幽詩逆暑，中秋迎寒亦如之。凡國祈年於田祖，吹幽雅，國祭蜡，則吹幽頌。……後鄭注以幽雅幽頌皆指七月詩。……而鄭君獨謂七月一詩兼備三體，先儒嘗駁之矣。……先鄭謂幽籥，幽國之地竹，其說非也。禮記明堂位：土鼓蕢籥，伊耆氏之樂也。……籥，後世始用竹，伊耆氏止以葦為之；幽籥即葦籥也。郊特牲正義謂伊耆即神農，祭蜡亦行神農之禮，故仍其舊樂，祭以土鼓蕢籥。籥章『祈年於田祖』，鄭注：『田祖，始教耕者，神農也。』……祈年所以祭神農，祭蜡亦行神農之禮，故仍其舊樂，祭以土鼓蕢籥。籥章既言土鼓，則知幽籥即葦籥；不曰葦，而曰幽，蓋幽人習之，因曰幽籥。……幽籥統下幽詩、幽雅、幽頌三者，皆吹以幽籥也。……幽詩指七月之詩，籥章特言幽詩以別之，將以明乎幽雅幽頌之不為七月詩也。……祈年吹幽雅，祭蜡吹幽頌，蓋祈年用雅，以幽籥吹之，因曰幽雅；祭蜡用頌，以

⑦⓪　同62，頁八。
⑦①　同62，頁八。
⑦②　同62，頁一〇。

曰豳頌。總之，觀篇章言祭田祖，言祭蜡，言土鼓，則知豳篇即葦篇矣。」⑬

按：鄭康成以豳風七月一篇爲備風、雅、頌三體，而後儒議論紛紛，朱子詩集傳採其說之

一端，而不全從；顧炎武由是分南、豳、雅、頌爲四詩⑭；胡承珙評鄭氏一詩而分三體，是

「割裂穿鑿」之過⑮；王先謙則曲爲迴護，其詩三家義集疏謂：三分七月者，實方玉潤之誤，鄭

未嘗言是。陳喬樅則謂鄭康成受齊詩據禮說詩風氣之影響，故有如是主張⑯，然方玉潤贊同鄭

說，其詩經原始曰：「豳七月，實兼風、雅、頌。蓋記風土，譜農政外，又可以爲祭實用，

故曰頌。周官不得其解，妄分爲三，曰：豳風、豳雅、豳頌，致啓漢宋諸儒疑議。」馬瑞辰以

爲豳篇即葦篇，論證七月詩不兼三體，其說可信。

## 9. 豳非變風說

「豳風，周公述祖德之詩也，……意主於美周公，不得以爲變風也。以詩序證之，序云：

王道衰，禮義廢，政教失，國異政，家殊俗，而變風變雅作矣，豳豈作於王道衰、政教失之時

乎？以鄭譜言之，譜云：孔子錄懿王、夷王時詩，訖於陳靈公，謂之變風，變雅，豳豈作於懿

夷及陳靈之世乎？據鄭志張逸問：『豳七月專詠周公之德，宜在雅，今在風何？』……是鄭君以

豳居風、雅之間，未嘗逐目爲風，豈得謂之變風？……或以豳詩作於周公遭亂之時，故爲變

風，然常棣之詩，亦爲閔管蔡作，胡不以爲變雅也？」⑰

按：由前述5.，馬氏曰：「風雅之正變，惟以政教之得失爲分。」以此言爲出發點，故力

主豳非變風說。

## 10. 王降為風辨

「周官：大師教六詩，一曰風，是風乃詩之一體。詩序：『以一國之事繫一人之本，謂之風；言天下之事，形四方之風，謂之雅。』亦謂其體有不同耳，非謂風為諸侯之詩，雅為天子之詩也。小雅有賓之初筵，大雅有抑，則諸侯未嘗無雅；十五國之風，前有二南，後有王，則天子未嘗無風。王風蓋采風畿內，其詩合乎風之體，故列於風。……十五國之風，皆國名也，周平王遷於王城，故名其風為王，稱其地，非稱其爵，陸德明謂猶春秋稱王人，非也。春秋傳季札觀樂，已為歌王，與邶鄘衛為一例，皆以其國名其風；詩譜謂貶而為風，亦非也。」[78]

按：鄭康成王城譜曰：「晉文侯、鄭武公迎宜咎於申而立之，是為平王；以亂，故徙居東都王城。於是，王室之尊與諸侯無異，其時不能復雅，故貶之，謂之王國之變風。」馬氏則以

❼❸　同❻❷，頁一〇。

❼❺　見日知錄卷三，四詩條。

❼❹　見胡承拱著毛詩後箋卷一五，頁二，皇清經解續編冊七。

❼❻　陳喬樅曰：「周官篇章，有囿詩、囿雅、囿頌之文，禮家以七月一篇為備風、雅、頌，故言齊詩者，據以為說。鄭君此注即用其義。毛詩箋分首章、二章為囿風，三章至六章為囿雅，七章、八章為囿頌，亦從齊說也。」見齊詩遺說考四，皇清經解續編卷千百四十一。

❼❼　同❻❷，頁一一。

❼❽　同❻❷，頁一二。

爲其詩合乎風之體，故列於風，而非「貶雅爲風」。姚際恆詩經通論曰：「風雅自有定體，其體風，即系之風；其體雅，即系之雅；非以王室卑之故不爲雅而爲風也。」方玉潤亦以爲風雅之分在體裁，而非時勢之盛衰、國家之強弱，其詩經原始曰：「然則，王何以不列於二南之後？而序於三衞之末？三衞者，殷故都也；首之，見變風所由始。王城者，周東轍也；次之，識王政所由衰。是二者皆變風之首，而世道之升降亦寓焉。」

## 11. 邶鄘衞三國考

「蓋周封武庚於殷，實兼有邶、鄘、衞之地；二監[79]別有封國，而身作相於殷，並未嘗分據邶、鄘、衞之地也。（漢書）地理志及鄭康成詩譜，皇甫謐帝王世紀謂三分其地，置三監者，皆臆說耳。竊考逸周書世俘解……說文‧邶、……則邶、鄘皆商之舊國，不因置三監始分其地，不得附會三國爲三監也。詩邶鄘衞所詠皆衞事，不及邶鄘。漕邑，鄘地也，而邶詩曰：『土國城漕』；泉水，衞地也，而邶詩曰：『毖彼泉水』；又左傳衞北宮文子引邶詩威儀棣棣二句，而稱爲衞詩；吳季札觀樂，爲之歌邶鄘衞，季子曰：『吾聞衞康叔武公之德如是，是其衞風乎？則古蓋合邶鄘衞爲一篇，至毛公以此詩之簡獨多，始分邶鄘衞爲三。故漢志，魯、齊、韓詩皆二十八卷，惟毛詩故訓傳分邶鄘衞爲三卷，始爲三十卷耳。」[80]

按蔣伯潛經學纂要云：「邶…今河南省湯陰縣東南邶城鎮，即古邶國；一說在今淇縣。鄘…武王克商，封管叔於此，季氏詩譜曰：『自紂城而南謂之鄘』，今河南新鄉縣西南有鄘城，相傳即古鄘國；一說在今汲縣。衞…武王弟封，初封於康，改封於衞，都今河南省淇縣東北之朝歌，即紂之故都。文公遷楚丘，在今河南之滑縣。」屈萬里先生曰：「武庚及管蔡之亂既平，

乃以衞封康叔，而兼領邶、鄘之地，都於朝歌。至懿公爲狄所滅，戴公東徙渡河，處於漕邑，

文公又徙居楚丘：其地皆在衞之本土。王國維以爲邶爲後之燕地，鄘疆及於魯境，其說蓋可信

也。」又曰：「漢書地理志云：『邶鄘衞三國之詩，相與同風。邶詩曰：「在浚之下」，鄘曰：

「在浚之郊」；邶又曰：「亦流于淇」、「河水洋洋」，鄘曰：「送我淇上」、「在彼中何」，邶曰：

「瞻彼淇奧」、「河水洋洋」』。三國之詩，言城邑及河流，所同既如此，而其詩所詠者，

又皆衞事。且左傳衞北宮文子……故馬瑞辰、朱右曾諸家，皆以爲古邶鄘衞乃一篇，後人分而

爲三，其說始是。蓋衞地既括邶鄘，則衞之詩亦即邶鄘衞之詩；編詩者欲存邶鄘舊名（如唐、

魏等），而其詩又不易分，故統名之曰『邶鄘衞』云耳。後世析而三之，一若邶詩即採自邶，

鄘詩採自鄘，衞詩採自衞者，實不然也。」[81]

## 12. 詩人義同字變例

「三百篇中，……有上字用本字，而下字改用假借字者。如王風君子于役詩，羊牛下括之

『括』，即曷其有佸之『佸』；故韓詩於佸訓至，毛詩於括亦訓至，（原注：毛詩訓佸爲會，

會亦至也。廣雅：會，至也。）乃上用本字爲括，下則假借佸字矣。（原注：說文：括，絜也；

此佸之本義。）……小雅正月詩，褒姒威之，即『滅』字，故毛傳、說文並曰：威滅也，乃上

[79] 馬氏同文指三監當爲二監之訛。

[80] 同[62]，頁一三。

[81] 見屈萬里，詩經釋義，頁四九，邶風，文大出版。

言『寗或滅之』，下即改用『威』字矣。大雅皇矣詩，此維與宅，宅、度古通用。書『五流有宅』，史記作『度』；詩『宅是鎬京』，禮記引作『度』，可證。詩意蓋言：天始維四國是圖度，今乃西顧我周，維此是度也；乃上言『爰究爰度』，下即借『宅』作『度』矣。有下用正字，而上改用假借字者，如召南草蟲詩，喓喓草蟲，即爾雅草螽負蠜也，乃下言『趯趯阜螽』，上即借『蟲』為『螽』矣。[82]

## 13. 毛詩古文多假借考

按：馬氏自言此「詩人義同字變之例」來自阮宮保㧑經室文集，詩大雅桑柔「進退維谷」，阮氏解曰：「谷乃穀之假借字，本字為穀；進退維穀，穀，善也；以其近在『不胥以穀』之下，嫌其二穀相並為韻，即改一假借之谷字當之。」今案：進退維谷，毛傳云：谷，窮也。毛、鄭之說，為學者所採信，然馬氏「詩人義同字變之例」仍可成立；前引馬氏論證之例，率皆可信。至其所引大雅皇矣「此維與宅」，毛傳云：宅，居也。毛氏之說，於今通行；然馬氏以為「宅」乃「度」之假借，立論有據，勝於毛、鄭舊說。

「毛詩為古文，其經字類多假借。毛傳釋詩，有知其為某字之假借，因以所假之正字釋之者；有不以正字釋之，而即以所釋正字之義釋之者。說詩者必先通其假借，而經義始明。齊魯韓用今文，其經文多用正字，經傳引詩釋詩，亦多有用正字者，正可藉以考證毛詩之假借。如毛詩汝墳『怒如調饑』，傳：調，朝也。據韓詩作『惄如朝饑』，知『調』即『朝』之假借也。……毛詩芄蘭『能不我甲』，傳：甲，狎也。據韓詩作『能不我狎』，知『甲』即『狎』之假借也。……凡此皆毛傳知其為某字之假借，即以所假借之正字釋之者也。如毛詩葛覃『害澣害

否」，傳：害，何也。據爾雅釋言：曷，盍也。廣雅：曷、盍，何也，是知害即曷之假借，傳正以釋曷者釋害也。采蘋『于以湘之』，傳：湘，烹也。據韓詩作『于以鬺之』，是知湘即鬺之假借。……凡此皆傳知爲某字之假借，而因以所釋正字之義釋之者也。」[83]

按：此以「以正字釋之」與否而分兩類假借，參下文陳奐(二)之(9)，茲不贅。

## 14. 釋「鄭聲淫」

「古者聲音之道與政通，……顧甯宣淫烝，行同禽獸，牆茨濟惡，桑中刺奔；淫風流行，較鄭滋甚，而夫子獨曰：『鄭聲淫』，何哉?……凡事之過節者爲淫，聲之過中者亦爲淫，不必其淫於色也。……衞詩之淫在色，鄭聲之淫不專在色也。鄭自叔段好勇，兵革相尋，公子五爭，弒奪疊見，逆氣成象，而淫樂興焉。……男女之奔爲淫，君臣之亂，未始非淫也。……風俗之偸爲淫，師旅之危，未始非淫也。……陰陽之過爲淫，風雨晦明之疾，未始非淫也。……鄭夾漈於詩序刺莊、刺忽、刺時閔亂之詩，悉改爲淫奔之詩，蓋誤以鄭聲之淫，惟在於色，不知鄭之淫，固在聲，而不在詩也。蔓草零露之詠，秉蘭贈樂之歌，鄭未嘗無淫奔之詩，然固不可謂鄭聲之淫必皆淫奔詩也。」[84]

按：自何晏、皇侃以樂記「鄭音好濫淫志」立說，流弊所及，宋儒鄭樵、朱子、王柏……

[82] 同[62]，頁一五。
[83] 同[62]，頁一九。
[84] 見毛詩傳箋通釋卷八，頁一，皇清經解續編冊六。

等逐有淫奔之說，終至不可收拾之地步。清儒姚際恆、方玉潤嘗力詆朱子淫詩之說，然未若馬氏所論之精當也。

(五) 陳奐：

陳奐，字碩甫，號師竹，晚自號南園老人，江蘇長州人。生於乾隆五十一年，卒於同治二年（一七八六－一八六三），享年七十八歲。諸生，咸豐元年，舉孝廉方正。少從江沅遊，精研小學，遂通六書音韻；後從段玉裁治毛詩、說文。遊京師，謁王念孫父子，並獲交胡承珙、郝懿行、胡培翬、金鶚等名流。王引之著經義逑聞，每成一卷，必出相質；胡承珙撰毛詩後箋，至魯頌泮水而疾作，囑陳氏補之；郝氏爾雅義疏、胡氏儀禮正義、金氏求古錄，皆爲校刊以行。出都，主錢塘汪氏振綺堂，先後凡二十年。同治二年，曾國藩重其名，敦聘，未就道，以疾卒。

陳氏精於訓詁考證，其詩經學之著作如下：詩毛氏傳疏三十卷（末附：釋毛詩音四卷、毛詩說一卷、毛詩傳義類一卷、鄭氏箋考徵一卷）、毛詩九穀考一卷，補毛詩後箋。

詩毛氏傳疏，陳氏自序云：「齊魯韓可廢，毛不可廢。……鄭康成殿居漢季，初從東郡張師（張恭祖）學韓詩，後見毛詩義精好，爲作箋，亦復閒雜魯詩，幷參己意，固作箋之旨實不盡同毛義。……二千年來，毛雖存而若亡，……奐不揣檮昧，沈研鑽極，畢生思慮，會萃於茲。竊以毛詩多記古文，倍詳前典，或引申，或假借，或互訓，或通釋，或文生上下而無害，或辭用順逆而不違。要明乎世次得失之跡，而吟詠情性有以合乎詩人之本志。故讀詩不讀序，無本之教也；讀詩與序，而不讀傳，失守之學也。文簡而義贍，語正而道精，洵乎爲小學之津梁，群書之鈐鍵也。初放爾雅，編作義類，……分別部居，各爲探索，久乃刳除條例章句，揉成作

疏。……今分三十卷者，仍毛詩舊也。……今置箋而疏傳者，宗毛詩義也。」陳氏撰述此書，歷十八載而成，洵毛氏之功臣也。其所以專毛廢鄭者，以鄭箋雜揉今文家說，不守師法，箋毛而復破毛；且鄭康成本齊詩風氣，據禮說詩㉟，多生糾葛，故陳氏撰此篤守詩序、推崇毛傳之作。清代漢學家之詩經學，至陳奐詩毛氏傳疏，集其大成。茲概述其學說如下：

## 1 釋毛詩音：

陳奐乃段玉裁之入室弟子，段玉裁六書音韻表依諧聲系統分古韻為十七部，曰：「一聲可諧萬字，萬字而必同部，同聲必同部。」又創古本音、古合韻之說。陳奐釋毛詩音，多應用其師之學說；以下若干實例，可知其說之一斑。

### (1) 同部音變，異部音轉：

周南關雎述字下，釋毛詩音曰：「音仇。小雅箋：仇讀曰斜。此猶州讀曰洲，皆方俗之音轉。凡古諧聲，多斂少侈，有同部字而與今音侈斂不同者，謂之音變；異部者，則謂之音轉。」以同部、異部為區分，遂有「古今音變」、「古今音轉」之名目，見釋毛詩音卷一，葛覃。

### (2) 廣泛運用雙聲、疊韻之理於訓詁學：

㉟ 兩漢三家詩中，齊詩與禮樂之淵源最深；就師傳言之，齊詩與禮學之師承同一；就學說內容言之，齊詩最守禮樂之傳統。詳見江乾益所著陳壽祺父子三家詩遺說研究第五章第二節，載於師大國研所集刊三十期。至於鄭康成本齊詩風氣，據禮說詩，觀其解豳風七月，以爲一詩兼風雅頌三體，即其顯例；此乃毛傳所無，鄭氏據周禮言之。

周南關雎毛傳「流，求也」下，釋毛詩音曰：「諧聲同部。凡詁訓，每於疊韻、雙聲得之。同部，疊韻也；異部，雙聲也。不知音者，不可與言學。」

（3）古本音：

周南葛覃「歸寧父母」，釋毛詩音曰：「母，古音如某，與否韻，在十五海；今展轉音變，同一母聲，每在海韻，悔晦在隊韻，敏在軫韻，晦痗在厚韻，然以古諧聲諧之，則同諧聲者必同部；此古今音變之異。」此誠段玉裁古本音之說也。

（4）古合韻：

秦風小戎「騉驪是驂」，釋毛詩音曰：「驂聲，與中合韻。段云：驂本音在第七部，七月陰韻沖，公劉飲韻宗，蕩諶韻終，雲漢臨韻蟲，宮、宗、躬，皆東侵合韻之理。」此乃段玉裁古合韻之例也。

（5）古無四聲：

周南汝墳「不我遐棄」，釋毛詩音曰：「六書音均表云……古有入聲，而無去聲。陸法言定韻之前，無去不可入；至法言定韻之後，而謹守者不知古四聲矣。奧案：段氏以爲古有平上入，而無去。孔就今人北音無入不去，不可以定古音也。孔廣森聲韻表以爲有平上去，而無入；近江有誥唐韻四聲正以爲古有四聲。段氏悉依六書諧聲繹之，以三百篇細意審情；則古無四聲，確不可易。」

2. **毛詩說：**

毛詩說一卷，爲陳氏治詩條例，包含文字、訓詁、制度、名物，凡十七例。

(1) 本字借字同訓說：

「義，善本字；儀，善，假儀爲義也。仇，匹本字；逑…匹；假逑爲仇也。宴，安本字；燕…安，假燕爲宴也。疧，病本字；祇…病，假祇爲疧也。」

(2) 一義引申說：

「述、儀、特、仇，匹也；匹，配也；配，媲也。夷、均、成，平也；平，正也。息、處、定、濟、集、弭、懲、沮、遏、按、承，止也；止，至也。」

(3) 一字數義說：

「穀，善、生也、祿也。時，善也、是也。述，匹也、合也。悠，思也、遠也。懷，思也、和也、傷也、來也、歸也。」

(4) 一義通訓說：

「卷耳…陟，升也；凡陟訓同。芣苢…采，取也；凡采訓同。采蘋…尸，主也；凡尸訓同。甘棠…說，舍也；凡說訓同。」

(5) 古字說：

「兔爰…造，爲也；古僞字。檜羔裘…悼，動也；動，古慟字。鴻雁…宣,示也；示，古視字。斯干…冥，幼也；幼，古窈字。」

(6) 古義說：

「北山…賢，勞也；古義也，今訓賢才。簡兮…簡，大也；古義也，今訓簡擇、簡略。白駒、巧言…愼，誠也；古義也，今訓愼謹。」

(7) 毛傳章句讀例：

① 統釋全章之例：有見於首章者，甘棠言召伯聽訟，國人被德之類是也。有見於末章者，

木瓜引孔子說苞苴之禮之類是也。若夫國風關雎傳，夫婦有別，直說到朝廷正、王化成，總論

周召二南二十五篇之義，……此又統全部而言之矣。

② 探下作訓之例：十月之交傳：「之交，日月之交會」，探下文「朔月辛卯，日有食之」

句。維天之命傳：「大哉，天命之無極」，探下文「文王之德純」句。

③ 蒙上文作訓之例：汝墳傳：「魴魚勞則尾赤」，雖釋「魴魚赬尾」本句，其實從「遵

墳、伐條」生義，故著一「勞」字，則注上注下，文義貫通。

④ 上章語未盡，而下章足其義之例：鶴鳴：可以為錯、可以攻玉，傳云：「攻，錯也。」

上章言錯，下章言錯玉。

⑤ 依文義之殊而變更訓釋之例：詩二章，有下章不與上章同義者，遵大路之攜、裳裳之士。

詩三章，有末章不與一二章同義者，桃夭之宜、螽斯之揖揖、鵲巢之成、羔羊之縫、考槃之軸，

毛公作傳，尋辭之變，本義之殊，往往不作一律解釋，箋不然矣。

⑥ 經文一字，傳文用疊字之例：邶谷風「有洸」，傳：「洸洸，武也。」「有潰」，傳：「潰

潰，怒也。」一言不足，則重言之，以盡其形容矣。

⑦ 益其辭以申其義之例：有女如玉，傳：「德如玉」，益德字。可以樂飢，傳：「可以樂道忘

飢」，益道字、忘字，以申補經義。

⑧ 常語不傳，不限於首見也。

⑨ 釋語助詞之例，蕩「侯作侯祝」，傳：「作、祝，詛也。」上侯字為發聲，下侯字為

助語，無實義。文王「思皇多士」，傳：「思，詞也。」此思字為句首之發聲。漢廣「不可休

思」，傳：「思，詞也」此思字爲句末之語助。關雎「寤寐思服」，傳；「服，思之也。」此思字又爲句中之助，無實義矣。

⑩以今語通古語之例：草蟲；忡忡猶衝衝也。柏舟：耿耿猶儆儆也。

⑪以今義通古義之例；版，殷屎，呻吟也。小悲：芃夆，撝曳也。

(8) 轉注說：

「古無四聲，讀者以方俗語言有輕重緩急，遂音殊而義別。故同是造爲也，爲爲作爲之爲，亦爲詐爲之爲。同是正長也，長爲長幼之長，亦爲長短之長。同是將行也，行爲行路之行，亦爲行列之行。一字必兼數音，一訓可通數義，展轉互訓，同意相受，六書之轉注也。」

按：其師段玉裁注說文敍曰：「轉注猶互訓也；注者，灌也，數字展轉互相爲訓，如諸水相爲灌注，交輸互受也。」又曰：「建類一首，謂分立其義之類，而一其首，如爾雅釋詁第一條說『始』是也；同意相受，謂無慮諸字意恉略同，義可互受，相灌注而歸於一首。如初、哉、首、基、肇、祖、元、胎、俶、落、權輿、蓋於其義，或近或遠，皆可互相訓釋而同謂之『始』是也。」段氏所言，乃廣義之轉注，又稱訓詁之轉注，與前述陳奐之主張皆非六書轉注之正解。

㊻六書之轉注，以章太炎先生國故論衡中之解釋最爲精當。因文字非一人、一時、一地所造，受時間、空間影響，勢必有若干語根相同、意義相同而形體不同之文字，且已普遍使用，遂不能取肖某一形體文字，只得以轉注之法釋之。兌文敍之「建類一首」，指文字之聲韻屬於同一語基，包括雙聲、疊韻與同音。「同意相受」乃文字之意義相同，叫以互相容受。故轉注者，即語基相同，意義相同而形體不同之文字間之轉相注釋。

(9) 假借說：

「凡字必有本義，古人字少，義通乎音，有讀若某某之例；此東漢人假借法也。毛公尚在

六國時，而假借之法即存乎轉注，故汝墳『條肄』，則直云：『肄，餘也』，東漢人必：

『肄讀若藙』矣。采蘋『湘之』，則直云：『湘，烹也。』東漢人必云：『湘讀若鬺』矣。

又曰：『葛覃之害，綠衣之曷，皆訓何；曷本字，害假借字也。』段先生曰：『害本不訓何，而曰

『何也』，則可以知害為曷之假借也。此一例也。若假干為扞，直云：干，扞也；假調為朝，

直云：輖，朝也；此直指假借之例。毛傳言假借，不外此二例。」

按：段玉裁說文解字敘注云：「大氐假借之始，始於本無其字，及其後也，既有其字矣，

而多為之假借；又其後也，且至後代，訛字亦得自冒於假借；博綜古今，有此三變。」前述陳

奐所舉兩種假借同屬段說之第二類，稱為廣義之假借，又稱通假㊼。試分析如下：

① 肄與藙：

說文：「肄，習也。」羊至切，喻母，古韻在沒部。說文：「欐，伐木餘也，從木獻聲。

……藙，欐或從木辭聲。」五剖切，疑母，古韻在月部。可知肄與欐並無雙聲或疊韻關係，陳

說可商。

② 湘與鬺：

說文：「湘，湘水。出零陵縣陽海山，北入江。」息良切，心母，古韻在陽部。史記封禪

書：「禹收九牧之金，鑄九鼎。皆嘗亨鬺上帝鬼神。」廣雅釋言：「鬺，飪也。」尸羊切，審

母，古韻在陽部。可知湘與鬺乃疊韻通假。

③ 曷與害：

說文：「曷，何也。」胡葛切，匣母，古韻在月部。說文：「害，傷也。」胡蓋切，匣母，古韻在月部。故曷與害乃同音通假。

④　輞與輈：⑧

說文：「輞，重也。」職流切，照母，古韻在幽部。說文：「輈，且也。」陟遙切，知母，古韻在宵部。因古聲紐知母、照母與端母無異，故輞、朝乃雙聲通假。

⑩　毛傳淵源通論：

「言六藝者，折衷孔子，司馬遷論之篤矣。子夏善說詩，數傳至荀卿子，而大毛公生當六國，猶在暴秦燔書之先，又親受業荀氏之門，故說詩取義於荀子書者，不一而足；漢諸儒未興，要非漢儒之所能企及。……子夏詩序：桑中、鶉之奔奔、載馳、碩人、清人、黃鳥、四牡、常棣、湛露、彤弓、行葦、泂酌與左氏春秋悉吻合；故毛公說詩，其義取諸左傳者，亦不一而足。葛覃『服之』、天作『荒之』、旱麓『干祿』、皇皇者華『六德』、新臺『籧篨』、『戚施』以及既醉、昊天有成命等篇，義皆取諸國語。其時左氏未立學官，而毛公作詁訓傳，同者，用師說也。……魯詩亦出荀子，韓詩引荀卿子以說詩者四十有四，齊詩雖用讖緯，而翼奉、匡衡，其大旨與毛詩同。然而，三家往往與內外傳不合符節者，何也？蓋七十子歿，微言大義各有指歸，唯毛詩之說，篤守子夏之詩文發揮焉，而不凌雜。……毛公說詩，與穀梁春秋合。公羊春

⑧　輞，馬瑞辰作輈。

⑦　假借可分為假借正例與廣義假借兩大類，正例即本無其字之假借，又包括有義之假借與無義之假借，廣義之假借即本有其字之假借，又稱通假。詳見林師景伊文字學概說，頁一八二，正中書局。

秋亦出於子夏，漢初，董仲舒及莊彭祖、顏安樂說犧說舞，與毛合，而與何休解不合；其流

派異，其本源同矣。毛公說詩，葛覃、草蟲、淇奧、揚之水、東山、伐柯、采芑、

正月、采叔、采綠、行葦、既醉、瞻卬、良耜、泮水、那，義見諸小戴。節南山、小宛、下武、

義見諸大戴。……大戴勸學，小戴樂記，三年間，皆出於荀子。而荀子大略，其門弟子所雜錄

之語，皆逸禮名言，蓋荀卿子長於禮，毛公說禮，用師說也。七月說狐貉，無衣說征伐，抑說

愚知，義皆取諸論語。孔子釋關雎『樂而不淫，哀而不傷』，子夏乃因之作序，毛公又依之作

傳。……荀子之學出於子夏，仲弓，毛亦用師說也。史記載孟子受業於子思之門人。鄭玄詩譜

云：『孟仲子，子思之弟子。』趙岐注孟子云：『孟仲子，孟子之從昆弟，學於孟子者也。』

而毛公維天之命，閟宮傳兩引孟仲子說。徐整云：『子夏授高行子』，高行子即高子；孟子告

子篇，子夏絲衣序，毛公小弁傳，有高子說。其說舜之大孝（小弁）、大王遷豳（緜）、士者

世祿、盛德不爲衆（文王）、從事獨賢（北山）、泄泄猶沓沓（板），義皆取諸孟子。……孟

荀一家，先後同揆；故毛公說詩，與孟子說詩之意同，用師說也。」

⑾　毛傳爾雅字異義同說：

爾雅：「犖，聚。」長發傳：「遹，聚。」秋、酉同聲。又如爾雅：「愇、懼。」時邁傳：

「疊，懼。」疊同聲；凡通借者，必諧聲也。爾雅：「恝，利。」載芟傳：「略，利。」

恝、略一字。又如爾雅：「侃，過。」旻傳：「愆，過。」爾雅：「愆，過。」侃、愆一字；凡或體者，必諧聲也。

陳氏又曰：「至若毛傳多古文，爾雅則遞六朝後人改竄，破俗之體不勝枚舉，定作頔，里作痙

⑿　毛傳爾雅訓異義同說：

之類者，無論矣。字之所異，義之所同也。」

「毛公詁訓傳，傳者，述經之大義；詁訓者，所以通名物象數、假借轉注之用。其言詁訓也，具法乎爾雅，亦不泥乎爾雅。爾雅：『翩，羲也。』宛丘傳：『翩、羲也。』說文作羲、翩、翻皆俗字。爾雅以為羲，毛傳以為翩，其解釋不同，而指歸則一也。『寫，憂也。』釋『以寫我心』句；『峨峨，祭也。』釋『奉璋峨峨』句；『畟畟，耜也。』釋『畟畟良耜』句；爾雅但望文生義，毛傳必審聲定訓。『流，擇也。』、『流，求也』，釋詩『左右流之』句，不『翕，勤也。』、『翕，齊也』，釋詩『實始翕商』句；毛傳用流求，不用流擇，用翕齊，不用翕勤，此皆有以考索精詳，而義優乎三家者也。」

⒀ 毛傳不用爾雅說：

「式微：『式微，式微』，釋訓曰：『式微式微者，微乎微者也。』……新臺：『蘧篨不鮮』、『得此戚施。』釋訓曰：『蘧篨，口柔也』、『戚施，面柔也。』……若此之類，皆毛詩不用爾雅❽，而鄭氏箋用之，或謂：爾雅釋訓篇多逕後人改竄矣。」

⒁ 毛傳用爾雅說：

「淇奧：『治骨曰切，象曰瑳，玉曰琢，石曰摩』，此釋器文也；『如切如瑳（原注：四字今補），道其學之成也；聽其規諫以自修，如玉石之見琢摩』，此釋訓文也。魚麗、苕之華傳：『罶，曲梁也』，此釋器文也；『寡婦之笱也』，此釋訓文也。」

⒂ 毛用借字，三家用本字：

「式微，三家用本字，亦有三家用借字，毛用本字者說：

❽ 毛傳於式微下曰：「式，用也。」於新臺篇曰：「蘧篨，不能俯者。」、「戚施，不能仰者。」鄭箋皆採爾雅釋訓，與毛傳不同。

「毛詩用古文，三家詩用今文，革作靭，喬作鷮，宛作䩏，里作悝，皆毛用假借，而三家用其本義；此常例也。毛詩『考槃在澗』，三家澗作干；澗，本義；干，假借。毛詩『百卉具腓』，三家詩腓作痱；痱，本義；腓，假借；此又變例，百不居一矣。他如『有靖家室』、『陽如之何』、『碩大且嚉』、『獷彼淮夷』，三家字義俱異者，彼各有其師承也。」

(16) 三家詩不如毛詩義優說：

「騶虞，五獸之一，召南之騶虞，猶周南之麟止；三家以虞爲田官。載馳爲許穆夫人作，碩人爲國人美莊姜作；而三家以載馳徯懿公詩，碩人傳母說莊姜詩。其時左氏傳未列學官，故多歧說。黍離，王國變風之首；三家以爲伯封作。詩終於陳靈，而燕燕則以爲衛定姜詩[90]，小大雅始於文武，終於幽厲；而鼓鐘則以爲周昭王詩[91]。商頌紀商祀廟樂歌，而或以爲宋襄公詩。此皆三家之不如毛，三家廢而毛存，蓋源流有獨眞也。」

(17) 圖表：

包含宮室圖、宗廟圖、年表、禮制名物圖、地圖。

3. 毛詩傳義類：

陳氏自序曰：「大毛公生當六國，去周初未遠，孔子歿，而七十子微言大義，殆未掃滅，故其作詩故訓傳，傳義有具於爾雅，有不盡具於爾雅；用依爾雅，編作義類。」陳氏欲存漢以前訓詁，故有毛詩傳義類之作，仿爾雅體例，共分十九類：釋故、釋言、釋訓、釋親、釋宮、釋器、釋樂、釋天、釋地、釋丘、釋山、釋水、釋草、釋木、釋蟲、釋魚、釋鳥、釋獸、釋畜。鑽研古籍古義之學者，可於此得檢尋之便。

## 4 鄭氏箋考徵：

陳氏序曰：「鄭康成習韓詩，兼通齊魯，最後治毛詩。箋詩乃在注禮之後，以禮注詩，非墨守一氏；箋中有用三家申毛者，有用三家改毛者，例不外此二端。三家久廢，姑就所得如干條，毛古文，鄭用三家，從今文；于以知毛與鄭固不同術也。」

茲摘錄陳氏之考徵如下：

(1) 鄭箋同韓詩之例：

鄘風鶉之奔奔：「鶉之奔奔，鵲之彊彊。」毛傳但曰：「鶉則奔奔，鵲則彊彊然。」鄭箋曰：「奔奔彊彊，言其居有常匹，飛則相隨之貌。刺宣姜與頑非匹耦。」案：釋文韓詩云：「奔奔彊彊，乘匹之貌。」

(2) 鄭箋同魯詩之例：

唐風蟋蟀：「無已大康，職思其憂。」毛傳但曰：「憂，可憂也。」鄭箋曰：「憂者，謂鄰國侵伐之憂。」案：列女傳仁智篇，周共王滅密，君子謂密母爲能識微，即引此詩，箋用魯詩義。

(3) 鄭箋同齊詩之例：

周頌閔予小子序：「閔予小子，嗣王朝於廟也。」鄭箋曰：「嗣王者，謂成王也。除武王

⑩ 詩序曰：燕燕，衛莊姜送歸妾也。

㉛ 詩序曰：鼓鐘，刺幽王也。

之喪，將始即政，朝於廟也。」案：漢書匡衡傳：「詩云：觉觉在疚，言成王喪畢，思慕意氣未能平也；蓋所以就文武之業，崇大化之本也。」匡學齊詩，箋與匡說合。

(六) 魏　源：

魏源字默深，湖南邵陽人。生於乾隆五十九年，卒於咸豐七年（一七九四—一八五七），享年六十三歲。道光進士，曾任高郵州知州；承常州學派之餘緒，經學與龔自珍齊名。於詩經學，著詩古微十七卷。

詩古微成於道光九年（一八二九年），魏氏嘗於其初稿自序云：「詩古微何以名？曰：所以發揮齊魯韓三家詩之微言大義，補苴其罅漏，張皇其幽渺，以豁除毛詩美刺正變之滯例，而揭周公孔子制禮正樂之用心於來世也。蓋自四始之例明，而後周公制禮作樂之情得；明乎禮樂，而後可以讀雅頌。自跡熄詩亡之誼明，而后夫子春秋繼詩之誼章；明乎春秋，而後可以讀國風。正變之例不破，則雅頌之得所不著，而禮樂為無用也；美刺之例不破，則國風之無邪不彰，而春秋可不作也。禮樂者，治平防亂，自質而之文；春秋者，撥亂返治，由文而返質。故詩之道必上明乎禮樂，下明乎春秋，而後古聖憂患天下來世之心不絕於天下。」蓋魏氏以為毛詩正變、美刺之說適足以使讀者不知周公制禮作樂之情，以及春秋之大義；故詩古微之作，旨在抑毛而宗三家，以便闡明周、孔禮樂春秋之微學。

胡承珙專治毛詩，於魏氏治詩之態度頗持異議，惟讀詩古微，亦多所稱許，在其與默深書中云：「發難釋滯，迥出意表。所評四家異同[92]，亦多持平，不愧通人之論。至於繁徵博引，縱橫莫尚。古人吾不敢知，近儒中已足與毛西河、全謝山並驅爭先矣！」梁啓超評詩古微云：

「魏源著詩古微，始大攻毛傳及大小序，謂爲晚出僞作；其言博辯，比於閻氏之書疏證，且亦時有新理解。其論詩不爲美刺而作，……此深合『爲文藝而作文藝』之旨，直破二千年來文家之束縛。」又論詩樂合一，謂『古者樂以詩爲體，孔子正樂即正詩』，皆能自創新見，使古書頓帶活氣。」⑬

詩古微十七卷，內分齊魯韓毛異同論、夫子正樂論、四始義例、毛詩義例、二南義例、……詩序集義等三十餘篇；所論頗有可議之處。茲槪述其主張如下：

### 1. 今文家並無三大缺失：

「漢興，詩始萌芽，齊魯韓三家盛行，毛最後出，未立博士。……鄭康成氏少習韓詩，晚歲舍韓箋毛，及鄭學大昌，毛遂專行於世；人情黨盛則抑衰，孤學易擯而難輔，於是齊詩魏代即亡，魯詩亡於西晉，韓詩唐宋尚存，……而久亦亡於北宋。……要其矯誣三家者，不過三端，曰：齊魯韓皆未見古詩也；毛詩與經傳諸子合，而三家無證也。請一一破其疑，起其墜，以質百世。程大昌曰：『三家不見古序，故無以總測篇意，毛惟有古序以該括章旨，故訓詁所及，會全詩以歸一貫。』然考新唐書藝文志：『韓詩二卷，卜商序，韓嬰注』……至諸家所引韓詩，如關雎，刺時也；漢廣，說人也；汝墳，辭家也；……皆與毛詩首語一例，則韓詩有序明矣。齊詩最殘缺，而張揖魏人，習齊詩，其上林賦注曰：……

⑫ 詩古微卷一有齊魯韓毛異同論。

⑬ 見梁啓超著清代學術概論，頁五五，中華書局。

『伐檀，刺賢者不遇明王也』，其爲齊詩之序明矣。劉向，楚元王孫，世傳魯詩，其列女傳以苤苢爲蔡人妻作，汝墳爲周南大夫妻作，⋯⋯是魯詩有序明矣。⋯⋯鄭樵曰：『毛公時，左傳、孟子、國語、儀禮未盛行，而先與之合；世人未知毛詩之密，故俱從三家，及諸書出而證之，諸儒得以考其異同得失，長者出，而短者自廢，故皆舍三家而宗毛。』應之曰：齊詩先采蘋而後草蟲，與儀禮合；小雅四始五際次弟與樂章合，魯韓詩說碩人，二子乘舟、載馳、黃鳥與左氏合；說抑及昊天有成命與國語合，⋯⋯其不合諸書者安在？而毛詩則勸與牴牾，其合諸書者又安在？顧謂西漢諸儒未見諸書，故舍毛而從三家，則太史公本左氏、國語以作史記，其合諸書者又詩而不宗毛？賈誼、劉向博極群書，何以新書、說苑，列女傳宗魯而不宗毛？謂東漢諸儒得諸書證合，乃知宗毛而舍三家，則班固評論四家詩，何以獨許魯近？左傳由賈逵得立，服虔作解，而遂撰齊韓毛詩異同，服虔注左氏，鄭君注禮，皆顯用韓詩。即鄭箋毛，亦多陰用韓義。許君說文序自言詩稱毛氏，皆古文家言；而說文引詩，十九皆三家。五經異義論壘制、論鄭風論生民，亦並從三家說；豈非鄭、荀、許之用毛者，特欲專立古文門戶，而意實以魯韓爲勝乎？若云『長者出而短者自廢』，則鄭、荀、王、韓之易賢於施、孟、梁、邱，梅賾之書賢於伏生、夏侯、歐陽，韓詩外傳賢於韓詩內傳，左氏之杜預注賢於賈服，而逸書十六篇，逸禮七十篇皆亡所當亡耶？⋯⋯姜氏炳璋曰：『漢四家詩，惟毛公出自子夏，淵源最古，且魯頌傳引孟仲子之言，絲衣序同孟子之語，則又出於孟子，而大毛公親爲荀卿弟子，故毛傳多用荀子之言，非三家所及。』應之曰：漢書楚元王傳言浮邱伯傳魯詩於荀卿，則亦出荀子矣。唐書載韓詩卜商序，則亦出子夏矣，⋯⋯且外傳屢引七篇之文，則亦出孟子矣。故漢書曰：『又有毛公之學，自言子夏所傳，自言云者，人不取信之詞也。』至釋文引徐整云：『子夏授

高行子，高行子授薛倉子，薛倉子授妙帛子，妙帛子授河間人大毛公；毛公爲詩故訓傳於家，以授趙人小毛公；小毛公爲河間獻王博士。』一云：『子夏授曾申，申傳魏人李克，克傳魯人孟仲子，孟仲子傳根牟子，根牟子傳趙人孫卿子，孫卿子傳魯人大毛公。』夫同一毛詩傳授源流，而姓名無一同；且一以爲出荀卿，一以爲不出荀卿；一以爲河間人，一以爲魯人；輾轉傳會，安所據依？豈非漢書『自言子夏所傳』一語已發其覆乎？以視三家源流，孰傳信，孰傳疑？」[94]

按：以上篇章，魏氏所論者凡三事：其一，舉證齊魯韓三家有序，以駁程大昌無序之譏。其二，證明三家詩與儀禮、左傳、國語、諸子合；西漢學者已知詩有四家，然著書作注皆宗三家；東漢以降，毛盛而三家衰，乃因「人情黨盛則抑衰，孤學（指三家之學）易擯而難輔」，無關乎詩學本身之優劣長短；凡此，皆駁斥鄭樵之說者也。其三，三家詩淵源於子夏、孟、荀；而關於毛詩之傳授源流，有迥殊之異說，令人置疑；以駁斥姜炳璋「漢四家詩，惟毛公出自子夏，淵源最古」之主張。

東漢末年，鄭康成少習韓詩，何以轉習古文？何以三家日微，毛詩獨盛？魏氏以爲此乃「人情黨盛抑衰」所致，其說未安。四家詩之盛衰俏長，自有客觀因素存乎其間，例如齊詩羼雜陰陽五行、怪誕離奇之說，是以亡佚最早，魏氏曾不能領會其中道理！

2　毛詩主於採詩編詩之義，三家主於作詩之義：

[94]

「甚哉，美刺固毛詩一家之例，而說者又多歧之，以與三家燕越也。夫詩有作詩者之心，而又有采詩編詩者之心焉；有說詩者之義，而又有賦詩引詩者之義焉 �95 。……請舉三家詩例與

毛詩之例質之：今所存韓詩序，自關雎、蝃蝀、雨無正、那頌四篇為美刺外，餘皆自作之詞；新序、列女傳載魯詩諸序，亦無一篇為美刺。詩以言志，百世同揆，豈有懽愉哀樂專為無病代呻者耶？然毛以二南皆美文王后妃之化，而韓則以漢廣為說人，汝墳為辭家，茉苢傷夫有惡疾；毛以變雅皆刺幽厲，而魯韓則以抑及賓筵為衞武自儆，白駒為賢者招隱，是三家特主於作詩之意，而毛序主於采詩編詩之意。」

按：魏氏以為毛詩主於采詩編詩之意，故多美刺之說，於詩文之外求義，偏重詩之政教影響、社會功能。又以為三家詩罕見美刺之說，故多得作詩之義。然毛詩多言美刺，並非於詩文之外求義，而是詩人以與（即隱喻）之手法，委婉道出其胸中之讚美或諷刺，除少數誤說訛傳致有差舛外，其美刺大多為作詩之本義；魏氏之說可商。至於詩之美刺功用，為魏氏所贊許，茲舉詩古微卷十七詩序集義之例如下：

(1) 贊同毛序美刺之例

桑中，刺奔也。

女曰雞鳴，刺不說德也。述古賢夫婦相警戒之詞。㊱

木瓜，美齊桓公也。衞敗於狄，出處於漕，齊桓公救而封之，遺以車馬器服。衞人得之，而作是詩。

(2) 贊同三家美刺之例

關雎，刺時也。（韓詩說）魏氏曰「三家詩以關雎、萬章、卷耳皆為刺詩。」

傳）

免置，刺紂時所任小人非干城腹心也。（鹽鐵論・三家詩）

行露，美貞女也。召南申女許嫁于酆，夫家六禮不備而迎之，不行；則訟之，女終不苟從也。聘則爲妻，奔則爲妾，棄禮急情，君子賤之；故嘉申女之守禮。（列女傳、韓詩外傳）

(3) 毛詩與三家同以美刺爲說之例

「甘棠，美召伯也。」（毛序）「詩人見召伯所休息樹下，美而歌之。」（韓詩外傳）

「野有死麕，惡無禮也。」（毛序）「平王東遷，諸侯侮法，男女失冠昏之節，野麕之刺興。」（韓詩說）

(4) 魏氏自訂美刺之例

「羔裘，刺朝也。言古之君子，以風其朝焉。」（毛序）魏氏曰：「美三良也。文公之時，三良爲政，所謂三英粲兮也。」

⑮ 魏氏此說本於歐陽修。詩本義卷十四謂學詩者不出四類，即：詩人之意、太師之職、聖人之志、經師之業。詩本義卷一「麟之趾」下歐陽修曰：「然則序（指麟之趾序）之所述，乃非詩人作詩之本義，是太師編詩假設之義也。毛鄭彖執序意以解詩（指麟之趾），是以太師假設之義解詩人之本義，宜其失之遠也。」在此，已有作詩之義與編詩之義之區別。然詩本義卷十四、本末論云：「何謂本末？作此詩，述此事，善則美，惡則刺；所謂詩人之意者，本也。」可知歐陽修認爲作詩之義，不外乎「美」與「刺」。與魏氏所訂之序微異，因魏氏以

⑯ 毛詩序之首句（如「女曰雞鳴，刺不說德也。」陳古義以刺今不說德而好色也。）爲古序，其餘字句（如「陳古義以刺今不說德而好色也」）爲續序，乃衞宏所附益；以爲古序較續序可信，故任意更改續序之字句。

「載驅，齊人刺襄公也。」（毛序） 魏氏曰：「刺哀姜也。」

3. 詩三百不能無邪，三百篇中有淫詩：（釋「鄭聲淫」）

「魯詩白虎通義曰：『孔子謂「鄭聲淫」何？鄭國土地，人民山居谷洛，男女錯雜，為鄭聲以相說懌，故邪僻聲皆淫色之聲也。』此班固本魯詩說，故其作地理志亦同之。而許慎五經異義亦曰：『今論說鄭俗有溱洧之水，男女聚會，謳歌相感，故云鄭聲淫。』左傳說煩乎淫聲謂之鄭聲者，言煩乎躑躅之聲使淫過矣。謹按鄭詩二十一篇，說婦人者十九，故鄭聲淫也。……是三家詩未嘗以詩皆無邪，而必為刺邪也。毛詩野有蔓草序為『男女思不期相會』，東門之墠箋為『女欲奔男之詞』，……是毛詩序箋之例，亦未嘗以詩皆無邪而盡出於刺邪也。」⑨⑦

按：蔣凡曰：「至於『淫』之義，本指淫溢、過度之意。如『淫雨』之『淫』，指雨下得太多，影響人們的生產與生活。……與男女『淫奔』之『淫』卻是兩碼事。孔子的『鄭聲淫』，即謂鄭國的這種『新樂』太過分了，並無朱熹所說的斥責『淫奔』之意。……孔子曰：『非禮勿視，非禮勿聽，非禮勿動。』一切違反禮樂制度的，他都認為是僭越，是過分、過甚，因而加以譴責。他所提倡的『樂』，是『立於禮』的基礎上的。……孔子的所謂『鄭聲淫』，就是對以鄭國的『世俗之樂』為代表的新興流行音樂的批評與譴責。……這種音樂，沒有經過樂官嚴格的整理與挑選，自然不合『先王之樂』的禮樂規範，因此可能會破壞現行制度的安寧。……他的所謂『鄭聲淫』原是從『樂』的角度立論，與『詩』中的鄭風無涉。」⑨⑧ 蔣氏之說本於馬瑞辰，二者皆能矯魏說之缺失。蓋『淫』者，過甚之謂，不局限於男女色情，故宋儒淫奔之說本於馬瑞辰之說不可信。孔子所謂「鄭聲淫」，乃就鄭國音樂而說，魏氏以「鄭詩淫」解之⑨⑨，

失之偏頗。

## 4　美刺與無邪之關係：

孔子曰：「詩三百，一言以蔽之，曰思無邪。」魏氏以爲三百篇中有淫詩，然「思無邪」當作何解？魏氏曰：「夫美刺之例，本謂出於淫者自賦則邪，出於刺淫則無邪。」又曰：「至於左傳所載卿大夫燕享賦詩，……是賦詩者之心，不必用作詩者之本意也。」又曰：「春秋列國賦詩，雜取不倫，而歌詩奏詩則未有及變風一篇者，正符祭祀弗用之例。……且奏之皆韶武中聲，則季札何以聞聲而譏政？子夏何以謂祭祀有弗用耶？吾故曰：賦詩或篇取其章，章取其句，句取其字也；奏詩則變風止列於無算樂，不列於宗廟正歌，而鄭衞淫詩則祭祀、無算樂亦弗用，況可合於韶武之音耶？使有王者巡守，陳詩以觀民風，行慶讓，於列國之哀怨流蕩者，其將匿之不陳乎？抑陳而讓之、貶之、削之乎？後世誦詩論世，至桑中、溱洧，其於鄭衞之君，將賢之乎？抑歎息痛恨之乎？夫惟國史序詩，上奉先王之典訓，以下治其子孫臣庶；於是以陳詩之賞罰爲美刺，以編詩之鑒戒爲美刺，使誦其詩者如先王之賞罰黜陟臨其上，而思無邪之義，與天地終始焉。詩亡然後春秋作，彼夫人姜氏會齊侯于禚、于祝邱、于防、于穀，與桑中、溱

⑨⑦　見詩古微卷二，頁八，續皇清經解册一九。

⑨⑧　見蔣凡「思無邪」與「鄭聲淫」考辯，載於詩經學論叢，頁三二三。

⑨⑨　將「鄭聲」視同「鄭詩」，宋儒已然。

�何異？聖人備書之於策，邪乎？不邪乎？」⑮

按：朱子語類曰：「詩有是當時朝廷作者，雅頌是也；若國風乃採詩者採之民間，以見四方民情之美惡，二南亦採民言而被樂章爾。……若變風又多是淫之詩，故班固言男女相與歌詠以言其傷是也。聖人存此，亦以見上失其教訓，則民欲動情勝，其弊至此。」魏氏之說與朱子略同，以爲採詩者兼收淫詩入國風，以見風俗之淳薄，可獲致勸懲黜陟之功用；然所謂淫奔之詩，實來自誤解，誤解孔子所謂「鄭聲淫」爲「鄭詩淫」，詳見前述3。

皮錫瑞發揮魏氏「有作詩者之心，又有採詩編詩者之心」之主張，因而提出調停之說，以爲淫詩乃作詩時之本意，用之于詩教，則是採詩者之意。何定生詩經今論主張變風屬無算樂，既是散歌散樂，不關儀節，但取娛賓，有如今日之餘興節目，自不必用禮儀尺度來衡量淫詩，可以放蕩形骸之外，不必深辯。皮，何兩家之缺失同前，蓋「淫奔」之說，未可採信也。試觀皮氏，將作詩、探詩之義分開；解周南野有死麕篇，所說男女私情，猥褻較鄭衞之風有過之而無不及，如何作義爲吉士誘女，而定詩之義爲關邪存誠乎？皮說之穿鑿，顯而易見。

黃永武先生釋「思無邪」一文曰：「其實孔子以『思無邪』三字標明其詩觀以後，……子夏在詩大序中說：『變風發乎情，止乎禮義』，『發乎情』就是『思』，『止乎禮義』就是『無邪』。變風尚且『思無邪』，則推論之，正風乃是『發乎情，合乎禮義』，不必『止』，而自然能『合』，更是思無邪。雅頌也可以類推，所以三百篇都可以用『思無邪』三字來涵蓋了。……荀子說：『詩者，中聲之所止也』，所謂『中聲』，就是孔子說的『樂而不淫，哀而不傷』，哀樂都是『思』，不淫不傷即是『無邪』。……孔子、子夏、荀子的說法先後互證，到了毛公作傳，小序與毛傳就本著這種道德的詩觀去解釋每一首詩；這種關邪歸正、止乎禮義

的詩觀，與其說是孔子的詩觀，實則是周代人正統的詩觀。自周初周公制禮作樂以後，賢士大夫通於詩教者，看法大抵相同，所以在左傳中所載孔子以前歌詩、賦詩的涵意，與小序毛傳的說解最為符合。……吾人要想了解周代的詩，自然應該本著『周道』去認識，倒不是依仗甚麼孔子的權威，也不是戴上道學主義的道具，而是必須站回周代的時空架構上，以及周代社會著重禮樂教化的架構上，才能掌握詩經中的意識型態。……『思無邪』三字經孔子拈出，實則是周代人正統的詩觀，……然而思無邪的積極意義是『發乎情，合乎禮義』，表現為詩，就是正風正雅；思無邪的消極意義是『發乎情，止乎禮義』，表現為詩，就是變風變雅。……朱熹說：『凡詩之言善者，可以感發人之善心，惡者可以懲創人之逸志，其用歸於使人得其情性之正而已。』朱熹用這幾句話來解釋『思無邪』，與上所說，大致印合。……『止於禮義』的積極作法既是導向一條適宜可行的路，這條可行的路就是指『先王之澤』，先王之澤是指其教化與遺法，具體地說，即『經夫婦，成孝敬，厚人倫，美教化，移風俗』，那麼，『思無邪』的積極標準，是詩歌須合乎這五方面的心理建設。」其說是也。

5.　批評毛序：

(1)　將毛序劃分為二：

魏氏以為毛序之首句（如：「盧令，刺荒也。」）較可信，稱毛序，或古序。其下（如「襄公好田獵畢弋，而不脩民事，百姓苦之，故陳古以風焉。」）為衛序，或稱續序，多不可

⑱ 同⑰。

信，以其出於衞宏所附益故也。

（2）毛序頗有失誤：

魏氏曾舉證毛詩序之誤，凡十八例[10]，茲略舉數例於後，以見其梗概：

「千古皆謂毛詩以關雎為后妃求賢之詩，……然序首但曰：『關雎，后妃之德也，所以風化天下而正夫婦也』，傳曰：『關關，和聲。雎鳩，摯而有別，言后妃說樂君子之德，無不和諧，又不淫其色，慎固幽深，若雎鳩之有別焉，而後可以風化天下。』又曰：『后妃有關雎之德，是窈窕幽閒之淑女，宜為君子之好匹』、『后妃有關雎之德，乃能共荇菜以事宗廟』；鐘鼓樂之，言『德盛者，宜有鐘鼓之樂』。始終皆主后妃之德，明為求賢妃之詩，無一言及于后妃之求嬪御。自衞宏因毛傳中『不淫其色』，以傅會于論語哀樂之云，而于大序中增入『關雎樂得淑女以配君子，憂在進賢，不淫其色，哀窈窕，思賢才，而無傷善之心』，然其意尚以淑女即后妃。至鄭箋遂訓左右為佐助，謂后妃欲得賢女能和眾妾之怨者，助己共祭祀之職。孔疏因改序中『關雎樂得淑女』為『后妃樂得淑女』。毛傳既不得夫子之意（原注：如以『樂而不淫』屬后妃，則『哀而不傷』當屬君子，于義乖隔。）續序又不得毛傳之意，（原注：毛以樂屬后妃，續序則以樂屬關雎，詩序明出二手，且憂在進賢，不淫其色，與樂相悟。至以哀窈窕而無傷善，于文不詞，故鄭破『哀』為『衷』，又背論語。）鄭孔又不得續序之義，（原注：序謂詩人求賢妃，非謂后妃求賢妾。）烏焉三寫，屢變離宗；而祖毛者皆以墨守，諍毛者皆以藉口，豈知與毛絕無交涉。」

按：魏氏此說或許可信。今分別試讀關雎篇之毛傳與鄭箋，毛、鄭主題不一，各說各話。毛謂詩人求賢妃，鄭謂后妃求賢妾。詩大序末尾「哀窈窕，思賢才，而無傷善之心焉」，合於

鄭說，於毛說則不可解，魏氏分詩序為古序、續序，其劃分之界限雖未必如此死板，然詩序曾經後儒竄補，殆非虛言[102]，此魏氏觀察入微之例也。然而，詩序偶有疏失應屬難免，不可因此輕言廢序。至其所評其它詩序，多有可商之處。（如評凱風序、考槃序，第七章第三節「㈢、朱熹」篇已試申相反見解。）至其所指詩序第十七失，謂史記有世家者，則詩序實指其人；無世家者，因無資料可求，故詩序未實指其人，只作蹈虛之語，似欲藉此反證詩序附會史實。然而，曹無世家，詩序卻能明指其人，又當作何解釋？

## 6. 小處反毛，大處奉毛：

魏氏雖言反毛，實多信毛。如正變、美刺之名出於毛序，二南王化之說，相應之道，亦出於毛序；毛序有此一說，魏氏即視為詩學之大經大法，窮篇累牘，詳加論迹。原本以美刺之說為毛序一家之例，違背詩人本意，然於詩序集義一文中，不僅多從毛序，詳列三家，並於四家不以為美刺者，自創美刺；故趙制陽先生曰：「魏氏不僅不能擺脫毛序美刺之說，而且有為之強化的現象，與其原有反毛詩序的態度不免背道而馳矣！」[103]

[161] 見詩古微卷二，頁一，續皇清經解冊一九。

[162] 黃季剛先生謂：「序有子夏後、毛公前所足」者，如周頌絲衣序有「高子曰」是也。又謂：「序有毛公所足」者，如小雅南陔、白華、華黍、由庚、崇丘、由儀之序，著「有其義而亡其辭」一句，是毛公所加。（見詩經序傳箋略例，蘭州大學學報一九八二—三，頁七四）

[163] 趙制陽魏源詩古微評介，孔孟學報四九期，頁九一。

(七)

## 姚際恆：

姚際恆，字立方，一字首源，安徽新安人，後遷居浙江杭州。生於順治四年（西元一六四七），約卒於康熙五十四年（西元一七一五）。諸生，少折節讀書，泛覽百家，好辨僞之學，復專研經術。年五十，屏絕人事，成九經通論，詩經通論是其中之一。

姚氏不信詩序，其言曰：

> 詩序者，後漢書云：「衞宏從謝曼卿受學，作毛詩序。」[104]

此言顯然錯誤，詳見第七章第三節「三、朱熹」。姚氏又曰：

> 毛傳不釋序，且其言亦全不知有序者。（同上）

此言又差矣，毛公不僅見序，而且多依序解詩，詳見第三章第二節「四、毛詩」。姚氏對於毛傳之訓詁價值頗表肯定，其言曰：

> 毛傳依爾雅作詩詁訓，不論詩旨，此最近古。其中雖不無牴訛，然自為三百篇不可少之書。[105]

然對鄭箋，深加指摘，曰：

> 鄭箋鹵莽滅裂，世多不從。[106]

> 人謂鄭康成長於禮，詩非其所長，故不得詩之意。予謂康成詩固非所長，禮亦何長之有！……況其以禮釋詩，又皆謬解之理。[107]

其反朱子集傳尤烈，一則反「淫詩」之說，二則評朱子「陽違（詩）序而陰從之，而且違其所是，從其所非焉。武斷自用，尤足惑世。」

姚氏反對詩序，而其解詩，時有矛盾現象，如鄭風子衿，詩序云：「刺學校廢也。亂世則

學校不脩焉。」毛傳於「青青子衿」下云：「青衿，青領也，學子之服。」姚氏曰：

小序謂「刺學校廢」，無據。此疑亦思友之詩。玩「縱我不往」之言，當是師之于弟子

也。禮云：「禮聞來學，不聞往教」是也，又禮云：「父母在，衣純以青」，故曰「青

衿」。其于佩亦曰「青青」者，順承上文也。

好比是非考題，姚氏對錯兩答，使人無所適從。又因心存廢序之成見，當其面對史記與詩序矛

盾時——如鄘風柏舟篇——便率爾指詩序爲非，實有可商。鄘風柏舟，詩序曰：

柏舟，共姜自誓也。衛世子共伯蚤死，其妻守義；父母欲奪而嫁之，誓而弗許，故作是

詩以絕之。

而史記衛世家稱：衛釐侯卒，太子共伯餘立，共伯弟和（即衛武公）襲共伯於墓上，殺共伯自

立云云，其說與詩序矛盾。胡承珙以爲詩序在此可正史記之誤，其言曰：

史記謂衛武公和殺共伯而自立，索隱力辨其誣，後之說詩者，呂記、嚴緝，及李氏集解

皆從其說。姜氏廣義曰：此正當宣王之世，宣王能討魯伯御，豈容武公之弒君篡曰，今

卽以詩考之，曰「髧彼兩髦」，知共伯之卒，在釐侯未薨之前，序曰「共世子」，知未

⑭ 姚際恆詩經通論，頁二，詩經論旨，廣文五〇年。

⑮ 書同⑫，頁四。

⑯ 書同⑭，自序。

⑰ 同⑮。

立為君也，史遷之說証矣。虞東學詩曰：序言「共姜自誓」，而下稱衞世子共伯蚤死，其妻共姜守義云云，索隱據之以正子長之失。序不獨有功於經，抑且有補於史。⑩

姚氏則據史書，斷定詩序之說不可信，其言曰：

……則大序謂共伯為「世子」及「蚤死」之言尤悖矣。故此詩不可以事實之；當是貞婦有夫蚤死，其母欲嫁之，而誓死不願之作也。⑩

屈萬里先生探信詩序，曰：「詩家多疑史記之說不可信。」⑩姚氏時以文藝筆法鑑賞詩經，有其獨到之處，趙制陽先生曰：

例如秦風「渭陽」的「我送舅氏，悠悠我思」下說：「情意悱惻動人，往復尋味，非惟思母，兼有諸舅存亡之感。」於「七月」篇「女心傷悲，殆及公子同歸」下，評曰：「閒著淒婉之詞，妙極，妙極！」同首於「七月在野，八月在宇，九月在戶，十月蟋蟀入我牀下」之下，評曰：「無寒字，覺寒氣逼人。」於邶風「北風」篇「莫赤匪狐，莫黑匪烏」下，評曰：「變得峻峭，聽其不可解，亦妙！」於「碩人」篇「手如柔荑，膚如凝脂」全章之下，評曰：「千古頌美人者無出其右，是為絕唱。」同首「河水洋洋，北流活活」全章之下，評曰：「閒敍處描摹極工，有珠璣錯落之妙。」於王風「君子于役」篇「雞棲於塒，日之夕矣，羊牛下來」之下，評曰：「落日懷人，真情實況。」「野有蔓草」首章有「清揚婉兮」句，次章有「婉如清揚」句，姚氏評曰：「回文之祖。」「萬生」第四章首二句是「夏之日，冬之夜」，第五章改為「冬之夜，夏之日」，姚氏評曰「此換句特妙，見時光流轉。」小雅「蓼莪」第四章「父兮生我，母兮鞠我」全章之下，姚氏評曰：「實言所以劬勞，勞瘁。勾人眼淚，全在此無數『我』字，何必王褒！」

(八) **方玉潤:**

方玉潤，字友石，雲南寶寧人（今廣南縣），生卒年不詳，其所著詩經原始之自序，署同治辛未年作，是西元一七八一年。有關方氏詩經學，概述如下:

**1. 孔子不曾刪詩:**

詩經原始自序曰:「或又謂古詩三千餘篇，孔子刪之，存三百五篇。……孔子未生以前，三百之編已舊，孔子既生而後，三百之名未更。吳公子季札來魯觀樂，詩之篇次悉與今同。其時孔子年甫八歲，迨杏壇設教，恆雅言詩，一則曰詩三百，再則曰誦詩三百，未聞有三千說也。」

按：史記孔子世家曰:「古者詩三千餘篇，及至孔子，去其重，取可施於禮義。上采契后稷，中述殷周之盛，至幽厲之缺。……三百五篇，孔子皆絃歌之，以求合韶武雅頌之音。」是司馬遷首先提出孔子刪詩之說。

⑪⑪

⑱ 胡承珙毛詩後箋，卷四，頁一。皇清經解續編，冊七，藝文。

⑲ 書同⑱，頁七一。

⑩ 屈萬里詩經釋義，頁七五，文化大學七二年新二版。

⑪ 趙制陽姚際恆詩經通論評介，中華文化復興月刊一三卷二二期，頁八二。

刪詩之說是否可信？歷代學者有正、反二派。據朱子赤先生之研究⑫，相信「刪詩說」之

學者如下：班固、陸德明、歐陽修、邵雍、程顥、蘇轍、朱熹、王應麟、馬端臨、顧炎武、王

崧。不信「刪詩說」之學者，有孔穎達、葉適、朱彝尊、崔述⑬、方玉潤、張壽林、李崇遠。

前引方玉潤詩經原始之說，誠可證明：孔子之前，已有詩三百之定本。而顧炎武日知錄所

言：「選其辭，比其音，去其煩且濫者，此夫子之所謂刪也」或近於情實；蓋孔子嘗用心整理

詩三百，此番工夫爲學者所公認。張漢東於「從左傳看孔子的刪詩痕跡」一文中，列舉如下數

端：1.刪削。2.增補。3.拆篇。4.復舊目。5.排新次。又曰：「孔子確實曾對詩經有過一番刪

訂，他刪訂的是春秋時期廣爲流行的詩本，並不是漢人所謂直接由三千餘篇古詩選取而來。」

⑭

## 2. 不信詩序：

方氏「自序」曰：「迨秦火既烈，而僞序始出，託名子夏，又曰孔子。唐以前無異議，宋

以後始有疑者，歐陽氏、鄭氏（樵）駁之於前，朱晦翁辯之於後，而其學遂微。」又於「凡例」

中曰：「今三百既無題，復無序，而世所傳大小序皆衞宏所託，未可據以爲信。」

## 3. 循文按義，欲求詩人本義：

方氏「自序」曰：

朱雖駁序，朱亦未能出序範圍也。……愚……乃不揣固陋，反覆涵泳，參論其間，務求得

古人作詩本意而止。不顧序，不顧傳，亦不顧論，唯其是者從，而非者正，名之曰「原始」，

蓋欲原詩人始意也。雖不知其於詩人本意何如，而循文按義，則古人作詩大旨，要亦不外

乎是。

宋朝朱子已明告世人，其著詩集傳，乃「廢序言詩」，而清姚際恆評朱子曰：朱仲晦作為辨說，力詆序之妄，由是自為集傳，得以肆然行其說，而時復陽違序而陰從之。[115]

夏傳才評朱子：「反詩序不徹底」，石文英曰：「表面上雖然廢序，骨子裡並未擺脫詩序的束縛。」[116] 姚際恆亦已昭告世人，其著詩經通論，力排詩序，直據詩文以求本義，然趙制陽先生曰：

姚氏反對詩序、鄭箋的人事附會，……都是立論堅實、辨證有得的。……只是他所見有限，常為舊說所牽，從美、刺、淫、貞上說，從政治人物上說，卻不知從風謠旨趣、詩人本意上說，故仍不免於穿鑿。[117]

方玉潤評朱子曰：「朱雖駁序，朱亦未能出序範圍也。」又聲明其著詩經原始之用心，乃是：

[112] 朱子赤詩經關鍵問題異議的求徵，頁二五至七八，刪詩的求徵。文史哲七三年十月。

[113] 朱子赤謂：崔述早年讀風偶識，反對「刪詩說」；而晚年所修正之洙泗考信錄「辨刪詩之說」一文，以「故今於刪詩之說悉不敢載」作結，聲明退出刪詩論戰。參見：書同[119]，頁五三，頁七五。

[114] 張漢東從左傳看孔子的刪詩痕跡，山東師大學報一九八五—六，頁七二至七七，一九八五年十一月。

[115] 姚際恆詩經通論，序，廣文書局。

[116] 夏說、石說，參第七章第三節「㈢、朱熹」。

[117] 趙制陽姚際恆詩經通論評介，中華文化復興月刊一三卷一二期，頁八六。

「不顧序，不顧傳，亦不顧論，……蓋欲原詩人始意也。」而趙制陽先生評方玉潤曰：

方氏信孔子「思無邪」之訓，以駁朱子淫詩之說，採春秋卿大夫賦詩的方式以及孔孟的言論來說詩，結果又逼使自己常以美刺為說，常以史事相附會，走回到漢儒的老路。⑩

方氏好以言外之意說詩，以為詩多寓言，即原屬男女、夫妻之情，就得說成是君臣、朋友之義。……方氏囿於舊說，還常以此自詡，殊不知這正是說詩之魔。（同上）

其實，淫奔、刺淫，都是說詩的死角。……方氏不能自此超越，故其立論終於難臻高格。（同上）

（同上）

由此可見，朱子、姚際恆、方玉潤皆嘗痛詆「舊說囿人」，並且反覆聲言其解詩之法，是用徹底解放之心，直據詩文以解詩。然而，其後人卻又執其譏人之言以譏之，誠可怪哉！或謂：

「姚氏、方氏之解鄭風子衿，曰『傷學校廢』，此為穿鑿；假令，姚、方二氏以『女思男之民歌』解子衿，則吾必謂之不穿鑿矣。」此言可行乎？曰：必不可行，孰能逼迫夏蟲語冰乎？好比民選領袖，為世間可能之事，孔子卻道不出。故曰：時間之過，非朱、姚、方三學者之過；更求其本，則為廢序之過。

方氏廢序言詩，逞其創意，故新解特多：例如解野有死麕、行露、靜女⑲，何定生先生評之曰：「想入非非，使人啼笑不得」、「直是囈語」、「真可為噴飯」⑳。

## 4 賞析詩文，常悟運筆之妙：

以豳風七月為例，方氏曰：

今玩其辭，有樸拙處，有疏落處，有風華處，有典核處，有蕭散處，有精緻處，有淒婉

處，有山野處，有真誠處，有華貴處，有悠揚處，有莊重處，無體不備，有美必臻。昏、

唐後，陶、謝、王、孟、韋、柳田家諸詩，從未見臻此境。」

又以關雎篇爲例，方氏眉批曰：

此詩佳處，全在首四句，多少和平中正之音，細詠自見，取冠三百，真絕唱也。

又關雎三章，眉批曰：

忽轉繁絃促音，通篇精神扼要在此；不然，前後皆平沓矣。

又末二章，眉批曰：

友字、樂字，一層深一層，快足滿意而又不涉於侈靡，所謂樂而不淫也。

此類眉批，使讀者於賞析詩境之際，似有良師在側，獲益匪淺。

## (九) 詩經古音諸學者：

⑪ 趙制陽方玉潤詩經原始評介，中華文化復興月刊一四卷二期，頁八六。

⑲ 方氏解野有死麕曰：「拒招隱也」又曰：「愚意此必高人逸士抱璞懷貞，不肯出而用世，故託言以謝當世求才之賢也。」解行露曰：「貧士欲昏以遠嫌也。」又曰：「愚細繹詩意，雖不敢妄有臆斷，而其中委曲致禍之由，似可得言者：大抵三代盛時，賢人君子守正不阿，而食貧自甘，不敢妄冀非禮。當時必有勢家巨族以女強妻貧士，或前已許字於人，中復自悔，另圖別嫁者。士既以禮自守，豈肯違制相從？則不免有速訟相迫之事，故作此詩以見志。」解靜女曰：「刺衞宣公納伋妻也。」趙制陽評方氏解靜女，曰：「這

⑳ 一人事編敍，直如小兒學語，幼稚不堪。」何定生詩經今論，頁二五八，商務五七年六月。

宋鄭庠著詩古音辨，分古韻為東、支、魚、眞、蕭、侵六部，開古韻分部之先河。其優點是陽聲韻尾之收 ŋ、n、m 者，與入聲之收 k、t、p 尾者之分部，條理不紊。至其缺點，江有誥云：「雖分部至少，而仍有出韻，蓋專就唐韻求其合，不能析唐韻求其分，宜無當也。」段玉裁曰：「其說合於漢魏及唐之杜甫、韓愈所用，而於周秦未能合也。」

清朝聲韻學者，依治學態度不同，可分為考古派、審音派；前派以顧炎武、江永、段玉裁、王念孫、江有誥為代表，後派以戴震、孔廣森為代表。茲依據民國六十八年林師慶勳及七十年陳師伯元講授之內容，略述如下：

## 1. 顧炎武之研究：

(1) 顧氏著音學五書，分古韻為十部：東、支、魚、眞、蕭、歌、陽、耕、蒸、侵。

(2) 顧氏分韻部之貢獻：

① 陽、耕、蒸三部自鄭庠東部獨立：鄭庠東、冬（鍾）、江、陽（唐）、庚（耕、清）、青、蒸（登），通為一部。顧氏析東、冬、鍾、江為東部，陽、唐與庚之另半為耕部，蒸、登為蒸部；此三部獨立，已成定論。

② 歌部自鄭庠魚部獨立：鄭庠以魚、虞（模）、歌（戈）、麻諸韻通為一魚部。顧氏則以魚、虞、模、麻之半、侯合為魚部，歌、戈、麻之半，獨立為歌部；歌部獨立，亦已成定論。

(3) 顧氏於古韻研究方法上之兩大貢獻：

① 離析唐韻以求古音：其離析步驟有二，首先離析俗韻，返之唐韻，例如：從唐韻，而析支、脂、之為三，不從俗韻合為一，所謂「齊一變至於魯也。」然後，離析唐韻之字，分別

歸於所屬之古韻部，例如，析五支韻中之部分字，與六脂七之合爲支部；又析五支韻中之另外

若干字，與七歌八戈合爲歌部，即所謂「魯一變至於道也」。

②變更唐韻之入聲分配：鄭庠之入聲，仍從唐韻配陽聲。顧氏則以爲古音入聲恆與陰聲

爲韻，故除歌、戈、麻三韻舊無入聲，及侵、覃以下九韻舊有入聲外，悉反韻書之次，以入聲

配陰聲。此純就古音以言古韻，較之鄭庠所配爲合理。

江永古韻標準例言：「細考音學五書，亦多滲漏，蓋過信古人韻緩不煩改字之說，……古

音表分十部，離合處尚有未精，其分配入聲多有未當；此亦考古之功多，審音之功淺，每與東

原歎息之。」

## 2　江永之研究：

(1)

江永著古韻標準，實以詩三百篇爲主，加以精密之分析與歸納，分古韻爲十三部，比

顧氏多元、談、尤三部。

①

眞、元分部：顧氏以眞、諄、臻、文、殷、元、魂、痕、寒、桓、刪、山、先、仙十

四韻通爲一眞部。江氏則以先之半與眞、諄、臻、文、殷、魂、痕，合爲眞部（口斂而聲細）。

先之另半與元、寒、桓、刪、山、仙，合爲元部（口侈而聲大）。故江氏多出元部，元部已成定論。

②

侵談分部：顧氏以侵覃以下九韻通爲一部，江氏亦以音之斂侈，別爲二部。以侵、覃

之半、談之半、鹽之半，合爲侵部（口斂而聲細）。又以添、咸、銜、嚴、凡、覃之半、談之

半、鹽之半，合爲談部（口侈而聲大），故多出談部。

③

尤部獨立：顧氏以魚、虞、模、麻之半、侯爲魚部，又以蕭、宵、肴、豪、尤之半、

幽爲蕭部。江氏則使虞之牛、侯自顧氏魚部分出，又使尤之牛、幽自顧氏蕭部分出，然後合虞之牛、尤之牛、侯、幽爲尤部，侯自顧氏魚部分出一部，江氏又誤合侯於尤爲一部，皆考之未精。」江有誥曰：「顧氏合侯於魚，與三代不合，而合於兩漢；江氏合侯於尤，且不合於兩漢矣。」

(2) 江氏另立入聲八部：江氏以爲「入聲與去聲最近，詩多通爲韻，與上聲韻者間有之，與平聲韻者少，以其遠而不諧也」，韻雖通而入聲自如其本音。」因入聲如其本音，故入聲獨立成八部：

屋：以屋韻爲主。（ k尾 ）

質：以質、術、櫛、物、迄、沒爲主。（ t尾 ）

月：以月、曷、末、黠、鎋、薛爲主。（ t尾 ）

鐸：以藥、鐸爲主。（ k尾 ）

錫：以錫韻爲主。（ k尾 ）

職：以職、德爲主。（ k尾 ）

緝：以緝韻爲主。（ p尾 ）

葉：以葉韻爲主。（ p尾 ）

江氏之入聲八部，較顧氏精密。其屋、鐸、錫、職諸部收 k 尾，質、月二部收 t 尾，緝、葉二部收 p 尾，皆分別井然。

(3) 江氏數韻同一入：顧氏入聲專附陰聲，江氏不爾，江氏入聲八部獨立，不專主某部，兼及今韻之條理，主數韻同一入。

3. 段玉裁之研究：

(1) 段氏六書音韻表分古韻爲十七部，較江氏多四部。

① 支、脂、之分爲三部：廣韻支、脂、之、微、齊、佳、皆、灰、咍諸韻，江氏合爲一部。段氏則以之、咍及入聲職、德合爲第一部之部。以脂、微、齊、皆、灰及去聲祭、泰、夬、廢，入聲術、物、迄、月、沒、曷、末、鎋、黠、屑、薛諸韻合爲第十五部脂部。以支、佳與入聲陌、麥、錫合爲第十六部支部。例如詩相鼠二章，齒、止、俟，第一部也；三章，體、禮、死，第十五部也。板六章，簑、圭、攜，第十六部也。

② 眞諄分爲二部：江氏古韻標隼以廣韻眞、諄、臻、文、欣、魂、痕爲第十三諄部。段氏則析眞、臻、先之半及其入聲質、櫛、屑合爲第十二部眞部。又析諄、文、欣、魂、痕、先之半合爲一部，尚有未審。

③ 諄部獨立，侯部獨立，已成定論。侯部獨立：江氏以侯與尤、幽合爲一部，段氏則以尤、幽爲第二尤部。侯獨立爲第四部侯部。江有誥云：「段氏以尤、幽爲一部，侯與虞之半別爲一部，雖古人復起，無以易矣。」

(2) 段氏古韻十七部之次第：段氏以音之遠近，重排十七部之次第。其十七部，共分六類，次第爲：

第一類：一之

第二類：二蕭、三尤、四侯、五魚

第三類：六蒸、七侵、八覃

第四類：九東、十陽、十一庚

第五類：十二眞、十三諄、十四元

第六類：十五脂、十六支、十七歌

(4) 段氏以諧聲系統分部⋯今韻雖同一諧聲偏旁而互見諸部，然段氏以爲古韻同此諧聲，即爲同部。因類列某聲某聲而成十七部諧聲表。段氏云：「一聲可諧萬字，萬字而必同部，同聲必同部⋯」

(3) 創立古本音與古合韻之說⋯（詳見本章本節「(五)、陳奐」）

### 4. 孔廣森之研究：

孔廣森字衆仲，一字撝約，號㿬軒，曲阜人。有詩聲類十二卷，分古音爲十八部。

(1) 冬部獨立⋯孔氏古韻分部之最大特點，即東、冬分立。其冬部以廣韻冬韻爲主，另加東韻、江韻之一部分。其東部，則以鍾韻爲主，另加東韻、江韻之大部分字。冬部獨立，已成定論。

(2) 合部獨立⋯孔氏以緝、合以下九韻之入聲，倂爲一部，使之獨立，稱爲合部。

(3) 確立陰陽對轉之說⋯此爲孔氏獨到之創見，其所定東侯、陽魚、蒸之、耕支、眞脂、元歌對轉等，皆非常合於音理。

④ 與段氏十七部之異：

① 多冬、合兩部。

② 將段氏十二眞、十三諄合爲辰部。

③ 將段氏第三部尤部之部分入聲字畫爲侯部之入。

## 5. 王念孫之研究：

王念孫字懷祖，號石臞，江蘇高郵人。其古音譜二卷（高郵王氏遺書改其名為：詩經群經楚辭韻譜）分古韻為二十一部，較段氏多四部：

(1) 至部獨立：將段氏第十二部眞部之入聲質、櫛、黠、屑、薛五韻中之部分字與段氏十五部（脂部）之去聲至、霽兩韻之部分字合併成至部，不與平上同用。

(2) 祭部獨立：將段氏十五部（脂部）中之祭、泰、夬、廢，及入聲之月、曷、末、鎋、點、薛諸韻獨立為祭部。

(3) 緝、盍分為二部：將段氏第七部侵部之入聲獨立為緝部。又將段氏第八部談部之入聲獨立為盍部。緝部，以緝、合兩韻為主，另加洽韻之半；盍部，以盍、葉、帖、狎、業、乏為主，加洽部之另半。

(4) 將段氏三部（尤部）中屋、沃、燭、覺四韻之部分字，改為侯部之入聲。王氏緝、盍分二，與侵、覃分開，已成定論。

## 6 江有誥之研究：

江有誥，字晉三，歙縣人，著音學十書，分古韻為二十一部，與王念孫相近。

(1) 祭部獨立：將段氏十五部（脂部）中之祭、泰、夬、廢及入聲月、曷、末、鎋、點、薛諸韻獨立為祭部。

(2) 緝部、葉部獨立：將段氏第七部侵部之入聲獨立為緝部，以緝、合兩韻為主，另加洽

之牛。以盍、葉、帖、狎、業、乏及洽之牛爲葉部，從段氏第八部（談部）獨立出來。

(3) 侯部有入。

(4) 中部獨立：取孔廣森東、冬分部之理，將孔氏之冬部改稱爲中部。

此外，夏炘著詩古韻表二十二部集說，以江有誥之二十一部做基礎，加以王念孫之至部，以成古韻二十二部。

至於審音派之戴震，受審音知識之影響，以爲古韻分部應純就古代韻母系統著眼，而不完全依靠古人用韻作標準。所著聲類表，分古韻爲九類二十五部，以其將入聲九部完全獨立，故比段玉裁多八部。茲略逃戴氏古韻如下：

(1) 陰聲、陽聲名稱之確立，與陰陽入三分法。使入聲韻部從各陰聲韻部獨立起來。

(2) 將入聲九部獨立之後，與平上去諸部之分配爲：ŋ—k，n—t，m—p。

(3) 祭部獨立：戴氏將靄部獨立（即祭、泰、夬、廢諸韻），並以入聲質、術、櫛、物、迄、沒、屑諸韻配脂、微、以月、曷、末、鎋、點、薛諸韻配祭、泰、夬、廢。此實似密而疏，祭、泰、夬、廢不宜獨立成部，應與月、曷諸韻合成一部方可。

(4) 戴氏不接受段玉裁尤侯分部及眞諄分部之事實，此因過於自信其審音能力，造成疏漏。

民國以來，考古派之章太炎先生得二十三部（因隊部獨立），王力則獨立微部，計得二十四部。審音派之黃季剛先生，將談、添、盍、怗分四部，加戴震二十五部，計得三十部。至陳師伯元，以黃季剛先生三十部，加黃永鎮肅部，再加王力微部，共得三十二部，標目如下：

# 第十章　結　論

詩經是上古專制時代之作品，當時書寫工具極度缺乏，而先民智慧之結晶，竟能經由文字篇章流傳後世；此一現象發人深思，未可等閒視之。朱子謂「凡詩之所謂風者，多出於里巷歌謠之作，所謂男女相與詠歌，各言其情者也」❶，洵然錯估時代背景。胡念貽曰：

在過去剝削階級統治的社會裡，勞動階級被剝奪了學習文化的權利，因此，勞動人民的詩歌創作一般都是口頭創作，在口頭流傳，要經過某些人的整理和文字記錄才開始籍文字流傳的。……以國風而論，至少可以肯定其中的一大部分是當時的上層貴族或比較上層的人物之作。……真正有計劃地記錄和彙集民間口頭流傳的歌謠的，恐怕從明朝才開始，如馮夢龍編輯的山歌等才是這樣，漢代雖有「立樂府，采詩夜誦」的事，但漢代樂府官所採錄的，還是著重在音樂方面，……現在流傳下來的從漢魏樂府它所反映的生活和所反映的觀點感情來看，很多不是勞動人民的作品，雖然有一部分可能是下層人民的作品。……詩經以後一千餘年，沒有比較認真的記錄和彙集勞動人民口頭創作的事，詩經的時代卻有，這不是很可疑嗎？❷

❶ 詩集傳序。

❷ 胡念貽關於詩經大部分是否民歌的問題，文學遺產增刊第七輯，頁四至六，香港聯合出版社。

清章學誠撰文史通義，以爲六經原是有關國家政典之檔案文獻，分別掌於朝廷各部門之史官，

經書之可貴，在於其具備明道之功用。故詩序曰：

先王以是經夫婦，成孝敬，厚人倫，美教化，移風俗。

視此等詩篇爲使人「溫柔敦厚」之政典。王德培曰：

毛詩正義說：「夫詩者，論功頌德之歌，止僻防邪之訓，雖無爲而自發，乃有益於生靈」。

這是說，詩經是自發創作的集匯，沒有有計劃，有目的的創作部分，我認爲實際並非如

此。就大雅文王之什和周頌清廟之什來看，它們當是詩經最初始的部分，而且是在周公

指導下爲一定的政治目的而創作編輯在一起的。……近代學者往往不顧傳統注釋，任意

解詩。這種作法，從史料學角度看，很不可取。……所以毛傳、鄭箋雖有某些錯誤，基

本上是有所本的。……詩經並不是一部一般的「詩歌總集」，而是反映一整個時代貴族

統治者在社會、政治、經濟、倫理、道德各方面意識形態的文獻。❸

程俊英曰：

周代一切書籍，都由王官保管，只有做官的貴族有學習研究的權利，王官就是他們的老

師。至於人民，只有從事農業勞動和服役的義務，沒有識字受教育的權利。左傳載史墨

說：「物各有官，官修其方；朝夕思之，一旦失職，則死及之。失官不食，官宿其業，

其物乃至。」管子任法篇也說：「官無私議，民無私說。」……當時保管教授詩經的王

官叫做太師，到了春秋，王官失守，……從此，社會上才發生私人講學的事。❹

孔子之前，此數百詩篇未有「詩經」之名，卻已在上層社會普遍風行，發揮其政教功能，

如賦詩言志、興觀群怨、多識草木鳥獸之名……。

詩經學之成立，起自孔子，孔、孟、荀是儒家領袖，棲棲遑遑，莫非奔走淑世濟民之事，詩三百爲其推展教化與闡釋微言大義之教材。

自漢迄清，詩經學可分爲三大派❺，曰：西漢今文學、東漢古文學、宋學。

西漢今文學即西漢時代齊、魯、韓三家詩學。今文學以孔子爲政治家，以六經爲孔子致治之說，故偏重微言大義，作風趨向功利，其流弊爲狂妄。韓詩推詩人之意，廣采博納，爲內外傳數萬言。齊詩講究天象人事之相互關係，參雜陰陽五行之說。魯詩學者善以三百五篇當諫書。西漢爲今文學獨盛時代，毛詩雖出，終不能與三家詩並行，此功名利祿使然。東漢爲古文學時代，三家雖未亡，毛詩得以大顯，以其近於詩之本義故也。

東漢古文學以孔子爲史學家，以六經爲孔子整理古代史料之書，故偏重「名物訓詁」，以考證爲特色，其流弊爲繁瑣。東漢年間，鄭玄主古文經學，兼采今文，由是，鄭學定於一尊。魏、西晉時代，王肅之學盛行一時，崇毛抑鄭，然與東漢古文經學實爲一派。東漢立於學官者，亦皆今文學，魏時所立諸經，則代之以賈、馬、鄭、王之古文經學。齊詩亡於魏代，魯詩亡於西晉，韓詩亡於宋前，今唯存外傳；毛詩則歷代傳承而不衰。

魏、西晉時代，王肅之學大昌，鄭學亦不甘示弱，申駁不斷。東晉、南北朝時代，王學沒

❸ 王德培略論詩經的起源、性質、流變和史料意義，天津師大學報一九八四—三，頁六九至七六，一九八四年六月。

❹ 程俊英歷代詩經研究評述，華東師範大學學報一九八二—三，頁三六，一九八二年六月。

❺ 見皮錫瑞經學歷史，周予同序。

落，地無分南北，一歸毛鄭；而北朝守其純，南朝詩學則頗受玄風、佛學之影響（佛學影響其義疏之學）。

漢朝章句之學，至六朝時期，受佛教講經之影響，始有義疏之體。唐朝為科舉功令之需，敕編毛詩正義，遂成大一統之局。

唐朝韓愈疑詩序非子夏所作，唐末漸有擺脫毛詩正義而自由說詩者，為宋人疑經風氣之先聲。

宋儒歐陽修詩本義首開一代風氣，指出毛、鄭之若干缺失；而後，蘇轍於詩序唯存首句，鄭樵力主廢序之說，影響朱子尤巨。由是南宋詩經學，形成呂祖謙尊崇詩序與朱子廢序二派之爭。而祖謙英年早逝，故朱傳獨行。元、明、清三代，科舉定制，獨探朱傳，毛鄭舊說遂隱而不彰。

清初學者兼採漢、宋，繼而專崇東漢古文經學，宋學由是日微。乾嘉時期，考據學大興，本實事求是之精神，務得其真。凡文字音義、典章文物……莫不詳加稽考，皆一致以為詩序不可廢。其初，以毛、鄭攻朱學，後則以毛傳攻鄭箋，以鄭箋不守師法故也。

嘉道以後，內憂外患駢臻，時局動盪，考據之學衰落，宋學與今文經學代之而起。一則主張超越毛、鄭，依三家佚文，直探齊、魯、韓詩之真面貌；再則摒棄繁瑣之訓詁考證，闡揚微言大義，以達成經世濟民之理想。光緒時，今文經學底於極盛階段。三則受宋學影響，並今、古文詩序一概擯除，徒取孟子「以意逆志」之說，冀能索得「作詩者之心」。方玉潤曰：

六經中唯詩易讀，亦唯詩難說。固因其無題無序，亦由於詞旨隱約，每多言外意，不比他書明白顯易也。又況說詩諸儒，……往往穿鑿附會，膠柱鼓瑟，不失之固，即失之妄，

又安能望其能得詩人言外意哉？

毛序今存，而曰「無題無序」，豈非「道在近而求諸遠」哉？❻
姚際恆曰：

予以為傳、箋可略，今日折衷是非者，惟在序與集傳而已。毛傳古矣，惟事訓詁，與爾
雅略同，無關經旨。雖有得失，可備觀而弗論。鄭箋鹵莽滅裂，世多不從，又無論已。
惟序則昧者尊之，以為子夏作也。❼

又曰：

（朱子）作為辯說，力詆序之妄，由是自為集傳，得以肆然行其說；而時復陽違序而陰
從之，而且違其所是，從其所非焉。武斷自用，尤足惑世。❽

欲求詩義，而捨詩序、傳、箋，則將用力愈勤，離道彌遠。

朱子斷言詩小序乃魏宏所作，故安於廢序；至其誤解「興」義，更與廢序息息相關。

「興」是隱喻（或象徵），實為詩經之最高表現技巧；後人所發現之聯想式、戴帽式❾皆
不得鵲巢鳩佔，用以取代「興」。為今之計，寧可擴增六義，使成七義、八義……

考據之學盡，則義理之風起，是以東漢之主流古文經學一變而為魏晉六朝，唐正義一變而

❻ 方玉潤詩經原始，頁二七，卷首凡例，藝文四九年。
❼ 姚際恆詩經通論，自序，廣文書局，五〇年。
❽ 同❹。
❾ 劉德漢詩經概述，詩經研究論集，頁六七，黎明文化事業公司。

一變而爲今文經學。不經訓詁考證，則無以知曉詩義，徒事考據，則流於瑣碎無用，必然轉而申述義理，故朱子曰：

自晉以來，解經者卻改變得不同，王弼、郭象輩是也。漢人解經，依經演繹，晉人則不然，捨經而自作文。❿

今人湯錫予曰：

漢代經學，依於文句，故樸實說理，而不免拘泥。魏世以後，學尚玄遠，雖頗乖於聖道，而因主得意，思想言論乃較自由。漢人所習章句，魏晉所尚者曰通。章句多隨文飾說，通者會通其義，而不以辭害義。⓫

皮錫瑞曰：

宋人不信注疏而各自爲說，實則皆如孔蔡謬悠，議瓜驪山，良無一是也。⓬

又曰：

皮氏所言，蓋指宋人學無根柢。然學以致用，方爲可貴，清人章學誠曰：

學者但誦先聖遺言，而不達時王之制度，是以文爲鞶悅緜繡之玩，而學爲鬥奇射覆之資，不復計其實用也。……君子苟有志於學，則必求當代典章以切於人倫日用，必求官司掌故而通於經術精微，則學爲實事，而文非空言，所謂有體必有用也。⓭

訓詁章句，疏解義理，考求名物，皆不足以言道也。⓮

宋儒二程、呂祖謙皆主張治經致用（見第七章第三節呂祖謙）。以段玉裁之宏博，尚以偏守爲憾，其朱子小學跋曰：

余年十三，先君子授以小學，……人事紛糅，所讀之書，又喜言訓詁考據，尋其枝葉，

孔子曰：

不學詩，無以言。（論語季氏篇）

誦詩三百，授之以政，使於四方，不能專對，雖多，亦奚以爲？（論語陽貨篇）

主張學詩可以通達事理，以爲從政之用。

詩經爲研究上古音韻之最寶貴資料，宋吳棫著韻補，爲古音學有專籍之始。其後，鄭庠著詩古音辨，分古韻爲六部，開古韻分部之先河。而古韻學有系統、有條理之研究，則始於清顧炎武，而後名家輩出，使古音學之眞面目發皇於世。

詩三百，一言以蔽之，曰：思無邪。詩可以興、觀、群、怨。禮記經解篇曰：「溫柔敦厚，詩教也」，是詩三百爲涵養修身之極佳教材。至此，不禁想見呂氏家塾，師生陶然其中，令人欣羨；是則，詩經之價值當歷久彌新，永垂不朽。

略其根本；老大無成，追悔已晚。……漢人之小學，一藝也；朱子之小學，蒙養之全功也。⑮

⑩ 朱子語類，卷六七。

⑪ 湯錫予著魏晉玄學論稿，言意之辨。

⑫ 皮錫瑞經學通論，卷二，頁五二，商務印書館。

⑬ 章學誠文史通義，內篇二，原道下。

⑭ 書同⑩，內篇五，史釋。

⑮ 見魏源編經世文編，卷二，學術。

近人周予同以反傳統之思想，於民國十五年十月發表「僵尸的出祟——異哉所謂學校讀經

問題」一文，寫道：

經是可以研究的，但是絕對不可以迷戀的；經是可以讓國內最少數的學者去研究，好像醫學者檢查糞便、化學者化驗尿素一樣；但是絕對不可以讓國內大多數的民眾，更其是青年的學生去崇拜，好像教徒對於莫名其妙的聖經一樣。……如果你們頑強的、盲目的來提倡讀經，我敢做一個預言家，大聲的說：經不是神靈，不是拯救苦難的神靈！只是一個僵尸，穿戴著衣冠的僵尸！它將伸出可怖的手爪，給你們或你們的子弟以不測的禍患⑯。

漢朝、宋朝是尊經崇儒之兩大時代，宋朝以其輕武政策導致國力不振；而漢、宋時期之社會秩序極其良好，人重氣節，風俗淳美，周予同氏豈不之見乎？歷代英主何以多獎掖儒學？假令僅僅少數經學家接受詩教之薰陶，民風豈能臻於溫柔敦厚之善境？周氏之言，真可謂非愚則誣也。朱維錚謂周氏之經學著作與手稿，曾裝為兩大麻袋，被人付以一炬，或趁火打劫⑰，豈無端而至哉！近年，又有反溫柔敦厚之學者，如聞一多日：

我在「溫柔敦厚」這句古訓裡嗅到了數千年的血腥。……詩的女神善良得太久了，……她受盡了侮辱和欺騙，而自己卻天天在抱著「溫柔敦厚」的教條，做賢妻良母的夢⑱。

設如以「反溫柔敦厚」為教，豈是國家社會之福？聞氏之言頗有商榷餘地。至如趙光賢「孔子、儒家與傳統文化」⑲等，則為導人入善之好文章。

總之，中國歷代詩經學實牽涉古今學者所辯駁不休之種種問題，如今文經學與古文經學之爭議、漢學與宋學之差異、尊序派與廢序派之區別、考據之學與義理風氣之消長，五四運動

之後，更有尊經或廢經之話題。

　大陸地區，自改革開放以來，經學逐漸回復其原有之地位，與五四時期視經學如洪水猛獸之情況迥異。至如詩經學上最具爭議之詩序存廢問題，亦可望有漸趨一致之看法，姑不論是否相信詩經之微言大義，無庸置疑，詩序為古老之文獻，為研治詩經之重要參考資料，不可輕言丟棄。

　詩經學既有不少見仁見智之爭議問題，連不揣淺拙，敢置喙其間；所言若有可取之處，皆潘師石禪之恩賜也。

⑯ 朱維錚編周予同經學史論著選集，頁八三一。

⑰ 同⑯，頁八七一。

⑱ 王啓興論儒家詩教及其影響引，文學遺產一九八七—四，頁一四。上海古籍出版社一九八七年八月。

⑲ 趙光賢「孔子、儒家與傳統文化」。北京師範大學學報一九八九—一，頁一三至一八，年月同。

# 參考書目

## 壹、重要史料：

### 【二畫】

丁　丙（清）　善本書室藏書志四〇卷（善室）　廣文書局五六年　六冊　（書目叢編之
一〇。

丁國鈞（清）　補晉書藝文志　新文豐出版七四年　叢書集成新編第一冊　頁七五至一
七。

### 【四畫】

方玉潤（清）　詩經原始　藝文印書館四九年　四冊。

孔穎達（唐）　周易正義一〇卷（魏王弼、韓康伯注，唐孔穎達正義）　十三經注疏本
中文出版社　二二七頁。

孔穎達（唐）　尚書正義二〇卷（漢孔安國傳，唐孔穎達正義）十三經注疏本　中文出版
社　三一七頁。

孔穎達（唐）　毛詩注疏（漢毛亨傳、鄭玄箋，唐孔穎達正義）十三經注疏本　藝文印書
館　八〇九頁。

孔穎達（唐）　禮記注疏（漢鄭玄注，唐孔穎達正義）十三經注疏本　中文出版社　一
〇三六頁。

孔穎達（唐）　春秋左傳正義（晉杜預注，唐孔穎達正義）十三經注疏本　藝文印書館
中文出版社　一〇六五頁。

尤　袤（宋）　遂初堂書目（遂初）說郛本　廣文書局五七年　九二頁。

王文進（民）　文祿堂訪書記五卷　廣文書局五六年　二冊。

王引之（清）　經義述聞三二卷　廣文書局五二年　二冊。

王夫之（清）　讀通鑑論　河洛六五年　一一五頁。

王安石（宋）　臨川先生文集一〇〇卷　商務六五年　四部叢刊初編　冊五一　六四八頁。

王先謙（清）　詩三家義集疏二八卷，首一卷　世界書局四六年　二冊。

王　柏（宋）　詩疑二卷　開明書店五八年　八〇頁。

王堯臣（宋）等編　崇文總目輯釋五卷，補遺一卷（清錢東垣等輯釋，錢侗補遺）廣文書
局五七年　四冊。

王應麟（宋）　困學紀聞二〇卷　商務印書館　四部叢刊廣編第二八冊　二二〇頁。

王應麟（宋）　玉海　華文（華聯）五六年再版　八冊。

王應麟（宋）　詩地理考六卷　新文豐出版七四年　叢書集成新編第九一冊　頁六五六至
六九三。

王應麟（宋）　詩考一卷　新文豐出版七四年　書同前第五六冊　頁一二至二六。

王懋竑（清）　朱子年譜四卷，考異附錄二卷　世界書局四八年　二冊。

【五畫】

左丘明（周）　國語（吳、韋昭注）　漢京七二年　七二八頁。

司馬光（宋）　傳家集八〇卷　商務七二年　四庫全書第一〇九四冊　七三八頁。

司馬光（宋）　資治通鑑　蒲公英出版社（內頁署：藍燈文化事業公司）　七五年六月
十二冊。

司馬遷（漢）　史記一三〇卷　鼎文書局七一年　四冊　三三三二頁。

皮錫瑞（清）　經學通論　商務印書館五八年　人人文庫一冊　（頁數龐雜）。

皮錫瑞（清）　經學歷史　漢京文化事業公司七二年　三六二頁。

甘鵬雲（清）　經學源流考　學海出版七五年　二九六頁。

【六畫】

朱弁（宋）　曲洧舊聞一〇卷　叢書集成新編　冊八四　新文豐七四年　八一頁。

朱　熹（宋）　詩集傳　藝文印書館　四册　一○一二頁。

朱　熹（宋）　朱文公文集　商務印書館六五年　四部叢刊初編册五八、五九　共一九六○頁。

朱　熹（宋）　四書集註　文津出版七四年　九一八頁。

朱　熹（宋）　詩序辨說　藝文印書館百部叢書集成第四六種　學津討原第三函　六八頁。

朱　熹（宋）輯　二程語錄一八卷　新文豐出版七四年　叢書集成新編第二一册　頁七一三至七九五。

朱彝尊（清）　經義考二九八卷　中華書局六八年　八册。

朱彝尊（清）　曝書亭集　大本原式四部叢刊正編　册八一　商務　六五四頁。

朱　鑑（宋）編　（文公）詩傳遺說六卷　通志堂經解册一七　頁九九六九至一○○四六。

全祖望（清）　鮚埼亭集五○卷　商務印書館六五年　四部叢刊初編第九五册　一○七七頁。

竹添光鴻（日本）　左傳會箋　廣文書局五○年　四册。

【七畫】

宋　濂（明）　宋學士文集七五卷　商務印書館六五年　四部叢刊初編第八○册　五五一頁。

宋　濂（明）　元史二一○卷　鼎文書局六六年　七册　四六七八，四七二二頁。

沈作喆（宋）　　寓簡一〇卷　叢書集成新編　冊一一　新文豐出版　七四年三月。

沈　約（梁）　　宋書一〇〇卷　鼎文書局　三冊　二四七一頁。

成伯嶼（唐）　　毛詩指說一卷　大通書局　通志堂經解第一六冊　頁九一〇三至九一一〇。

李延壽（唐）　　南史八〇卷　鼎文書局六五年　三冊　二〇二七頁。

李百藥（唐）　　北齊書五〇卷　鼎文書局六七年　七〇五頁。

李　燾（宋）　　續資治通鑑長編五二〇卷　世界書局五三年再版　一五冊。

邢　昺（宋）　　爾雅注疏一〇卷（晉郭璞注，宋邢昺疏）十三經注疏本　藝文印書館五四年　二〇六頁。

吳　曾（宋）　　能改齋漫錄一八卷　叢書集成新編　冊一一新文豐　四五八頁。

吳敬梓（清）　　儒林外史　聯經七八年七印　五五六頁。

吳　兢（唐）　　貞觀政要一〇卷　四部叢刊廣編　冊一二　商務印書館　明成化刊本　一七六頁。

呂祖謙（宋）　　呂東萊文集二〇卷　新文豐出版七四年　叢書集成新編第七四冊　頁三八〇至五〇三。

呂祖謙（宋）　　東萊呂太史文集一五卷，別集一六卷，外集五卷，附錄三卷，附考異四卷　續金華叢書第一九種。

呂祖謙（宋）　　呂氏家塾讀詩記三二卷　商務印書館七〇年　四部叢刊廣編第四冊　四六〇頁。

呂祖謙（宋）　　東萊左氏博議五卷　廣文書局六二年　二冊。

呂祖謙（宋）　麗澤論說集錄一〇卷　商務印書館　四庫全書第七〇三冊　頁二六五至四五五。

【八畫】

周中孚（清）　鄭堂讀書記七一卷　世界五四年　二冊。

金門詔（清）　補三史藝文志（補三史志）　新文豐出版七四年　叢書集成新編第一冊　頁三〇一至三〇八。

【九畫】

胡承珙（清）　毛詩後箋　皇清經解續編七至八冊　頁五〇九六至五七六〇。

范文正公集　四部叢刊初編　冊四五　商務　三七〇頁。

范仲淹（宋）

范　曄（南朝宋）　後漢書九〇卷　鼎文書局六七年　六冊。

姚思廉（唐）　梁書五六卷　鼎文書局六七年　八七〇頁。

姚思廉（唐）　陳書三六卷　鼎文書局六七年　五〇二頁。

姚際恆（清）　詩經通論　廣文書局五〇年　三六七頁。

姚際恆（清）　古今偽書考　開明書局五八年　七二頁。

侯　康（清）　補後漢書藝文志　新文豐出版七四年　叢書集成新編第一冊　頁三〇至五

侯　康（清）　　二。

紀　昀（清）　　補三國藝文志四卷　叢書同前　第一冊　頁五三至七三。

【一〇畫】　　四庫全書總目二〇〇卷　藝文印書館六三年　一〇冊。

班　固（漢）　　漢書一〇〇卷　鼎文書局六八年　五冊　四二七三頁。

班　固（漢）　　白虎通德論一〇卷　商務六五年　四部叢刊初編二五　八三頁。

孫星衍（清）　　尚書今古文注疏三〇卷　新文豐七四年　叢書集成新編第一〇七冊　頁六九四至八一一。

孫詒讓（清）　　墨子閒詁一五卷附錄一卷後語上下　世界書局諸子集成本六九年　三七四又七六頁。

孫殿起（民）　　販書偶記續編二〇卷　洪氏七一年　五四一頁。

孫殿起（民）　　販書偶記二〇卷　漢京七三年　八六〇頁。

馬瑞辰（清）　　毛詩傳箋通釋三二卷　藝文　皇清經解續編冊六至七　頁四六一六至五〇九五。

馬端臨（元）　　文獻通考三四八卷　新興五二年　三冊。

荀　況（周）　　荀子（同荀況撰，唐楊倞注，清王先謙集解）　藝文四七年　二冊。

晁說之（宋）　　景迂生集　四庫全書冊一一一八　商務　四〇五頁。

陳彭年（宋）　（新校正切宋本）廣韻　黎明六五年　五，五五，四一一頁。

陳傳良（宋）　止齋先生文集五二卷　商務六五年　四部叢刊初編第六〇冊　二七二頁。

陳喬樅（清）　三家詩遺說考　藝文　皇清經解續編第一六至一七冊

陳喬樅（清）　三〇八四。

陳　鱣（清）　續唐書經籍志一卷（續唐志）　世界書局五二年收入唐書經籍藝文合志中三四頁。

陸心源（清）　儀顧堂題跋一六卷（儀顧）、儀顧堂續跋一六卷（儀顧續）　廣文五七年八冊。

陸心源（清）　皕宋樓藏書志一二〇卷　續志四卷（皕宋）廣文五七年　一二冊。

陸九淵（宋）　象山先生全集三六卷　商務六五年　四部叢刊初編第六三冊　三四七頁。

陸德明（唐）　經典釋文三〇卷　鼎文六一年　四五六頁。

陸　璣（三國吳）　毛詩草木鳥獸蟲魚疏二卷　新文豐七四年　叢書集成新編第四三冊　頁六一二至六二〇。

張廷玉（清）　明史三三二卷　鼎文六七年　一二冊。

張鈞衡編（民）　適園藏書志一六卷（繆荃孫撰）　廣文五七年　四冊。

張　萱（明）　內閣藏書目錄八卷（內閣）　廣文五七年　二冊。

張載（宋）　張橫渠集一二卷　叢書集成新編　冊七四　新文豐　一七六頁。

張籦（唐）　朝野僉載六卷　叢書集成新編　冊八六　新文豐出版七四年三月。

莫友芝（清）　宋元舊本經眼錄三卷　叢書集成新編　冊八六　廣文五六年　三○二頁。

莫伯驥（清）　五十萬卷樓藏書目錄初編二二卷（五十萬）　廣文五六年　一一冊。

曹植（魏）　曹子健集一○○卷　四部叢刊初編冊三三　商務。

崔述（清）　讀風偶識四卷　學海六八年。（頁數龐雜）

崔述（清）　考信錄三六卷　世界四九年　二冊。

脫脫（元）　宋史四九六卷　鼎文六七年　一八冊　一四二六三，四六二頁。

魚豢（魏）　魏略（輯本）二五卷　三國志附編　鼎文七五年三版　九八頁。

【一二畫】

惠周惕（清）　詩說　藝文　皇清經解第三冊　頁一八○九至一八三一。

惠棟（清）　九經古義　叢書集成新編　冊一○　新文豐七四年　一八○頁。

黃丕烈（清）　蕘圃藏書題識一○卷（蕘藏）　廣文五六年　四冊。

黃宗羲（清）　宋元學案一○○卷　華世七六年　六冊；又…陳叔諒、李心莊重編本　正中四三年。

黃虞稷（清）　千頃堂書目三二卷（千頃目）　廣文五六年　六冊。

彭元瑞、于敏中等（清）　欽定天祿琳琅書目一○卷（天祿）　廣文五七年　一○冊。

彭國棟（民） 重修清史藝文志 商務 五七年 三三八頁。

程大昌（宋） 詩論 藝文百部叢刊第二四種 學海類編第一函 二七頁。（又見於叢書
集成編新，冊一一，頁五三七考古編中，新文豐）

程 顥、程 頤（宋） 二程遺書二五卷，附錄一卷，商務 四庫全書第六九八冊 二七九頁。

傅 玄（晉） 傅玄集 見漢魏六朝百三家集 卷三九（收入四庫全書薈要，冊四六九）
世界書局。

傅增湘（民） 藏園群書題識八卷，續集六卷（藏園） 廣文 五六年 四冊。

焦 循（清） 雕菰集二四卷 叢書集成新編 冊六九 新文豐出版 七四年三月。

## 【 一三畫 】

賈公彥（唐） 周禮注疏四二卷（漢鄭玄注、唐賈公彥疏） 十三經注疏本 中文出版社
六六七頁。

賈公彥（唐） 儀禮注疏五〇卷 同前 六一一頁。

葛 洪（晉） 西京雜記六卷 四部叢刊初編 冊二七 商務 二〇頁。

董 康（民） 書舶庸譚 廣文五六年 三〇八頁。

葉啓勳（民） 拾經樓紬書錄三卷 廣文五六年 三六四頁。

葉 適（宋） 水心先生文集二九卷 （大本原式）四部叢刊正編 冊五九 商務七〇年。

楊守敬（清） 日本訪書志一六卷 廣文五六年 四冊。

楊紹和（清）　　楹書隅錄五卷續錄四卷　廣文五六年　四冊。

【一四畫】

趙爾巽（民）　　清史稿五三四卷　新文豐出版七○年　二冊。

【一五畫】

鄭　玄（漢）　　毛詩譜（清胡元儀輯）　藝文　皇清經解續編第二○冊　頁一六二七四至一六二九六。

澁江全善、森立之（日本）　經籍訪古志（經訪）　廣文五六年　二四七頁。

潘祖蔭（清）　　滂喜齋藏書記三卷（實爲葉昌熾撰）　廣文五六年　二三二頁。

鄭　樵（宋）　　詩辨妄　樸社編輯　北平暴山書社印行二二年　一三四頁。

鄭　樵（宋）　　通志二○○卷　中文出版社六七年　二冊。

鄭　樵（宋）　　六經奧論六卷　四庫全書　冊一八四　商務　一二一頁。

鄧邦述（民）　　群碧樓善本書目六卷　廣文五六年　二冊。

鄧邦述（民）　　寒瘦山房鬻存善本書目七卷　廣文五六年　三冊。

歐陽修（宋）　　詩本義一五卷　商務七○年　四部叢刊廣編第三冊　一○七頁。

歐陽修（宋）　　歐陽文忠公集一五八卷　商務六八年　大本原式四部叢刊正編第四四、四

歐陽修、宋　祁（宋）　新唐書二二五卷　鼎文六八年　八册。

五册　共一二九八頁。

歐陽修（宋）　新五代史七四卷　鼎文六八年　二册。

蔣光煦（清）　東湖叢記六卷　廣文五六年　三九六頁。

黎靖德（宋）　朱子語類一四〇卷　正中五一年　八册。又，華世出版社七六年　八册。

劉文淇（清）　左傳舊疏考正　皇清經解續編　册一二　復興書局　六二年二月。

劉　向（漢）　新序一〇卷　新文豐七四年　叢書集成新編第一八册　頁六六三至六八五。

劉　向（漢）　說苑二〇卷　叢書同前　第一八册　頁六〇八至六六二。

劉　昫（後晉）　舊唐書二〇〇卷　鼎文書局　六册。

劉　瑾（元）　詩傳通釋二〇卷　商務　四庫全書第七六册　頁二六一至七八七。

劉　勰（南朝梁）　文心雕龍一〇卷　明倫六〇年　七六一頁。又王更生「文心雕龍讀本」，文史哲七四年。

【一六畫】

蕭　統（南朝梁）（昭明）文選六〇卷　藝文四四年　五五二頁。

錢大昕（清）　潛研堂文集五〇卷　商務六五年　四部叢刊初編第九七册　四八四頁。

錢大昕（清）　補元史藝文志四卷（補元志）　新文豐七四年　叢書集成編新第一册　頁三〇九至三二三。

【二〇畫】

蘇　軾（宋）

蘇東坡全集　河洛圖書出版　六四年　二冊。

嚴　粲（宋）

詩緝三六卷　四庫全書第七五册　四九七頁。

蘇　轍（宋）

詩集傳一九卷　商務　四庫全書第七〇册　頁三一一至五三三。

【二一畫】

顧　榱三（清）

補五代史藝文志一卷（補五代志）　新文豐七四年　叢書集成新編第一册　頁二〇八至二一三。

顧祖禹（清）

讀史方輿紀要一三〇卷　新興五六年　三冊。

顧炎武（清）

日知錄（集釋）三二卷　中文出版社六七年　九〇八頁。

【二二畫】

龔顯曾（清）

金史藝文志補錄（金志補）　世界六五年收入遼金元藝文志一書中　（頁數龐雜）　在金藝文志頁四五至六八。

【不著作者姓名】：

中國歷代藝文總志（總志）——經部　國立中央圖書館七三年　四二三頁。

叢書子目類編（叢子）　文史哲七五年　正文一七五二頁　索引七九一頁。

貳、一般著作：（皆民國）

一、單行本

【四畫】

文幸福　詩經周南召南發微　學海七五年八月　二四九頁。

王國維　觀堂集林　河洛六四年　一二三四頁。

王國維　王觀堂先生全集　文華五七年　一六冊。

王夢鷗　禮記今註今譯　商務六八年　二冊　共八四一頁。

王靜芝　詩經通釋　輔大文學院叢書五八年　六六七頁。

王靜芝等　經學研究論集　黎明文化事業公司七〇年　四〇六頁。

毛漢光　　兩晉南北朝士族政治之研究　中國學術著作獎助委員會五五年　二冊　共七三〇頁。

【五畫】

本田成之（日本）　中國經學史　古亭書屋六四年　三五八頁。

【六畫】

朱維錚編　周予同經學史論著選集　上海人民出版社　一九八三年十一月　八七六頁。

朱守亮　　詩經評釋　學生書局七七年八月二版　二冊　九六二頁。

朱子赤　　詩經關鍵問題異議的求徵　文史哲七三年十月出版　三五〇頁。

牟宗三　　荀學大略　中央文物供應社　四二年十二月。

江磯編　　詩經學論叢　崧高書社七四年　五四六頁。

江乾益　　陳壽祺父子三家詩遺說研究　師大國研所集刊三〇期　共二〇四頁。（碩士論文）

【七畫】

汪惠敏　　南北朝經學初探　嘉新水泥基金會六八年　八八頁。

李威熊　　中國經學發展史論（上冊）　文史哲七七年　三五二頁。

李威熊　　馬融之經學　政大中研所六四年博士論文　八八九頁。

李振興　　王肅之經學　政大中研所六五年博士論文　七〇八頁。

吳春山　呂祖謙研究　臺大中研所六七年博士論文　五〇六頁。

呂美雀　王應麟著述考　臺大中研所六一年碩士論文　五四頁。

何定生　詩經今論　商務五七年　二九一頁。

何澤恆　歐陽修之經史學　臺大中研所六五年碩士論文　二九〇頁。

何澤恆　王應麟之經史學　臺大中研所七〇年博士論文　五二七頁。

【八畫】

林師尹　文字學概說　正中六六年　二七〇頁。

屈萬里　詩經釋義　文化大學出版七二年　四五〇頁。

屈萬里　尚書今註今譯　商務六六年　二〇四頁。

周浩治　清代之詩經學　政大中研所五九年碩士論文　三二九頁。

【九畫】

施炳華　毛詩釋例　政大中研所六三年碩士論文　四一八頁。

韋政通　荀子與古代哲學　商務　七一年八月七版。

胡樸安　詩經學　商務五三年　一六八頁。

【一〇畫】

高師明主編　群經述要　黎明六八年　二五六頁。

徐復觀　兩漢思想史（卷三）　學生七三年二月再版　六二九頁。

徐復觀　中國經學史的基礎　學生七一年　二六九頁。

馬持盈　詩經今註今譯　商務七七年修訂四版　六〇五頁。

馬宗霍　中國經學史　商務六八年　一五八頁。

夏傳才　詩經研究史概要　中州書畫社　一九八二年九月　二九〇頁。

夏長樸　兩漢儒學研究　臺大文學院六七年二月　一六四頁。

高師明　高明經學論叢　黎明六七年七月　三六四頁。

高師明　高明孔學論叢　黎明六七年　二四〇頁。

【一一畫】

梁啟超　清代學術概論　中華四五年　八〇頁。

梁啟超　中國近三百年學術史　中華六七年　三六四頁。

梁啟超　中國學術思想變遷之大勢　中華四五年　一〇四頁。

康義勇　王肅之詩經學　師大國研所六二年論文。

許秋碧　歐陽修著述考　政大中研所六五年碩士論文　一八二頁。

陳奇猷　韓非子集釋　華正書局六六年　二冊　一二四〇頁。

陳美利　朱子詩集傳釋例　政大中研所六一年碩士論文　一八二頁。

陳寅恪　陳寅恪先生論文集　三人行出版社　六三年　二冊。

陳榮捷　朱子門人　學生七一年　三七八頁。

陳師新雄　音略證補　文史哲六八年再版　四六六頁。

陳師新雄　古音學發微　文史哲六四年　一三一八頁。

張起鈞、吳怡　中國哲學史話　自印本五九年　三五二頁。

【一二畫】

勞思光　中國哲學史　三民七〇年　四冊。

黃永武　許慎之經學　中華六一年　一二七三頁。

黃忠慎　宋代之詩經學　政大中研所七三年博士論文　五九八頁。

黃彰健　經今古文學問題新論　中研院史語所專刊七九　七一年　八〇九頁。

黃慶萱　修辭學　三民書局七八年三月增訂三版　六二六頁。

程元敏　王柏之詩經學　嘉新水泥基金會五七年　二〇二頁。

傅樂成主編　中國通史　衆文圖書公司（出版年不一）　八冊。

【一三畫】

董同龢　漢語音韻學　文史哲經銷七四年　三三〇頁。

葉國良　宋人疑經改經考　臺大中研所六七年碩士論文　二〇八頁。

葉慶炳　中國文學史　學生七六年　二冊。

【一四畫】

廖　平　　今古學考　學海七五年　一九五頁。

趙沛霖　　詩經研究反思　天津教育出版社一九八八年三月　五六三頁。

趙制陽　　詩經賦比興綜論　楓城六四年　二二四頁。

趙制陽　　詩經名著評介　學生七二年　四六八頁。

裴普賢　　詩經研讀指導　東大六六年　三八四頁。

裴普賢　　經學概述　開明六一年二版　二五六頁。

裴普賢　　歐陽修詩本義研究　東大七〇年　一八八頁。

蒙文通　　經學抉原　商務五五年　七〇頁。

熊公哲等　詩經研究論集　黎明七〇年　五〇六頁。

【一五畫】

鄭寶美　　孔氏詩聲分例正補　文化中研所六五年碩士論文　一〇八頁。

潘　英　　中國上古史新探　明文七四年　二冊　一〇四〇頁。

潘師重規　敦煌俗字譜　石門圖書公司六七年八月　四八〇頁。

蔡世明　　歐陽修的生平與學術　文史哲六九年　二八二頁。

蔣伯潛　　經學纂要　正中五八年　二〇五頁。

劉大杰　　中國文學發展史　華正七三年　一三九二頁。

劉師培　　國學發微　國民出版社四八年　五〇頁。

【一六畫】

駱賓基　詩經新解與古史新論　山西人民出版社　一九八五年九月　二五七頁。

賴炎元　毛詩鄭氏箋釋例　師大國研所四七年碩士論文　一二九頁。

賴炎元　韓詩外傳考徵　師大國研所叢書第一種五二年　二冊。

賴炎元　韓詩外傳今註今譯　商務六一年九月　四三九頁。

蕭一山　清代通史　商務五二年　五冊。

錢　穆　兩漢經學今古文平議　三民六〇年　四三四頁。

錢　穆　朱子新學案　自印本六〇年　五冊　三民總經銷。

錢　穆　宋明理學概述　中華文化出版事業委員會五一年　二冊。

【一七畫】

糜文開、裴普賢　詩經欣賞與研究　三民七一年　五一七頁。

【一八畫】

鄺士元　中國學術思想史　里仁六九年　六三〇頁。

簡博賢　今存南北朝經學遺籍考　黎明六四年　二七七頁。

二、期刊論文：

【三畫】

于大成　經書的版本　孔孟月刊一二卷一一期　頁二九至三四　六三年七月。

于大成　王安石著述考　國立中央圖書館館刊　新一卷第三期　頁四二至四六　五七年一月。

于大成　王安石三經新義　孔孟月刊一一卷一期　頁二三至二七　六一年九月。

于維杰　鄭玄詩譜考正　大陸雜誌二八卷九期　頁一六至二〇　五三年五月。

【四畫】

文物局古文獻研究室，安徽阜陽地區博物館，阜陽漢簡整理組　阜陽漢簡詩經　文物一九八四—八　頁一至一二　一九八四年八月。（又一篇：阜陽漢簡簡介，文物一九八三—二，頁二一至二三）、（又一篇：阜陽雙古堆西漢汝陰侯墓發掘簡報，文物一九七八—八，頁一二至三一）

孔祥驊　子夏氏西河學派初探　學術月刊一九八五—二　頁四四至四七（下轉頁六七）年月同。

王允莉　詩序之時代與作者　孔孟月刊二二卷三期　頁一三至一八　七二年一一月。

王啓興　論儒家詩教及其影響　文學遺產一九八七—四　頁七至一四　上海古籍出版社一

　　九八七年八月。

王德培　略論詩經的起源、性質、流變和史料意義　天津師大學報一九八四—三　頁六九

　　至七六　一九八四年六月。

王禮卿　詩序辨　孔孟月刊八卷四期至六期　五八年十二月至五九年二月。

【五畫】

石文英　宋代學風變古中的詩經研究　廈門大學學報一九八五年四期，頁一〇九至一一七。

白惇仁　春秋時代歌詩考　孔孟月刊一二卷二期　頁一四至二一　六二年十月。

白惇仁　春秋時代誦詩考　孔孟月刊一一卷一一期　頁一五至一九　六二年七月。

【六畫】

江乾益　鄭康成毛詩譜探析　中華文化復興月刊一七卷六期　頁三一至四〇　七三年六月。

牟潤孫　論儒釋兩家之講經與義疏　新亞學報四卷二期　頁三五三至四一五　四九年二月。

朱維錚　儒術獨尊的轉折過程　上海圖書館建館三十周年紀念論文集　頁二九一至三〇五

　　一九八二年七月。

向　熹　「毛詩傳」說　語言學論叢第八輯　頁一七六至二一六　北大中文系語言學論叢

　　編委會　北京商務印書館　一九八一年八月。

【七畫】

汪惠敏　三國時代之經學　輔仁學誌（文學院之部）九期　頁二九一至三二一　六九年。

汪惠敏　唐代經學思想變遷之趨勢　輔仁國文學報一期　頁二五七至二八七　七四年六月。

李仲立　試論西周社會性質　中國古代史論叢　總第八輯　頁三六一至三七六　福建人民出版社　一九八三年十二月。

杜其容　詩毛氏傳引書考　學術季刊四卷二期　頁一○至二四　四四年十二月。

杜松柏　博士官與今文經學　中華文化復興月刊一九卷二期　頁三三至三七　七五年二月。

何定生　從言教到諫書看詩經的面貌　孔孟學報一一期　頁一○一至一四八　五五年四月。

何佑森　清代漢宋之爭平議　文史哲學報二七期　頁九七至一一三　六七年。

何敬群　從三禮春秋傳探討詩在周代之應用　珠海學報三期　頁七○至九二　五九年六月。

何澤恆　歐陽修之詩經學　孔孟月刊一五卷三期　頁一八至二五　六五年。

【八畫】

屈萬里　論國風非民間歌謠的本來面目　史語所集刊三四期下　頁四七七至四九一　五二年十二月。

屈萬里　宋人疑經的風氣　大陸雜誌二九卷三期　頁二三至二五　五三年八月。

來新夏　清代考據學述論　南開學報一九八三—三　頁一至九　一九八三年五月。

林葉連　還「拜」字眞面目　國文天地四卷六期　頁八○至八三　七七年十一月。

林麗娥　晚清今文學之探討　孔孟月刊一九卷二期　頁五八至六八　六九年十二月。

林耀潾　周代典禮用詩之詩教意義　中華文化復興月刊一八卷五期　頁一七至二四　七四年五月。

林耀潾　周代言語引詩之詩教意義　東方雜誌　復刊一九卷三期　頁三六至四〇　七四年九月。

林耀潾　孟子之詩教　中華文化復興月刊一八卷九期　頁一四至二四　七四年九月。

林耀潾　韓詩外傳說詩研究　孔孟學報五八期　頁四五至八四　七八年九月。

周桂鈿　天命論產生的進步意義　北京師範大學學報一九八六—五　頁五六至五九（下轉頁二三）一九八六年九月。

周駿富　清代詩經著述考　人文學報（輔大）三期　頁五二九至五七〇　六二年十二月。

【九畫】

胡平生　阜陽漢簡詩經異文初探　中華文史論叢一九八六—一　頁一至三五　上海古籍出版一九八六年三月。

胡平生、韓自強　阜陽漢簡詩經簡論　文物一九八四—八　頁一三至二一　一九八四年八月。

胡念貽　論漢代和宋代的詩經研究及其在清代的繼承和發展　文學評論一九八一—六　頁五八至七二　一九八一年十一月。

胡念貽　關於詩經大部分是否民歌的問題　文學遺產增刊第七輯　頁一至一三　香港聯合出版社。

章權才　論兩漢經學的流變　學術研究一九八四—二　頁七三至八〇　廣東人民出版社。

陳紹棠　詩序和「淫詩」　中國學人一期　頁八七至九七　五九年三月。

陳師新雄　古音學與詩經　孔孟月刊二〇卷一二期　頁二〇至二五　七一年八月。

陳　槃　「論國風非民間歌謠的本來面目」跋　史語所集刊三四下　頁四九三至五〇四
七三年八月。

張志哲　西漢今文經學評述　華東師範大學學報一九八七—五　頁五〇至五六　一九八七
年一〇月。

張海珊　中華民族是善於形象思維的民族——詩國奧祕之一　天津師大學報一九八九—六
頁五四至五九　一九八九年一二月。

張漢東　從左傳看孔子的刪詩痕跡　山東師大學報一九八五—六　頁七二至七七　一九八
五年一一月。

陸寶千　論清代經學——以考據治經之起源及其成就之限度　歷史學報（師大）三期　頁
一至二二　六四年二月。

莫礪鋒　朱熹詩集傳與毛詩的初步比較　中國古典文學論叢二　頁一四〇至一五五　一九
八五年八月。

【一二畫】

湯志鈞　清代經今文學的復興　中國史研究一九八〇—二　頁一四五至一五六　一九八〇
年六月。

黃永武 從詩經三南召修齊治平之道 孔孟月刊一六卷四期 頁七至一〇 六六年十二月。

黃永武 釋「思無邪」 中華文化復興月刊一一卷九期 頁一六至三〇 六七年九月。

黃 侃（遺著） 詩經序傳箋略例 蘭州大學學報一九八二—三 頁六九至七八 一九八二年七月。

黃振民 論古人之賦詩及引詩 師大學報一五期 頁一至二三 五九年六月。

黃振民 漢魯、齊、韓、毛四家詩學考 中華文化復興月刊五卷七至九期 二七頁 六一年七至九月。

黃振民 論古人之賦詩及引詩 師大學報一五期 頁八三至九五 五九年六月。

黃紹海 論明清之際經學的復興 江海學刊一九八四—六。

黃師錦鋐 西漢之孔學㈠至㈥ 淡江學刊二至八期。

黃寶實 詩在春秋時代 大陸雜誌七卷八期 頁六至八 四二年一〇月。

程元敏 程敬叔的讀經法 孔孟月刊八卷五期 頁一七至一八 五九年一月。

程元敏 三經新義修撰通考 孔孟學報三七期 頁一三五至一四七 六八年四月。

程元敏 兩宋之反對詩序運動及其影響 中山學術文化集刊 第二集 頁六一九至六三六 五七年十一月。

程俊英 略談詩經「興」的發展 華東師範大學學報 一九八〇—四 頁四三至四八 一

程俊英 歷代詩經研究評述 華東師範大學學報 一九八二—三 頁三六至四三 一九八二年六月。

程發軔　漢代經學之復興　孔孟學報一四期　頁九五至一一七　五六年九月。

程　運　兩宋學術風氣之分析　政大學報二一期　頁一一七至一三三　五九年五月。

【一三畫】

楊向時　左傳引詩考　淡江學報三期　頁一五七至一八〇　五三年一一月。

楊承祖　詩經正變說解蔽——兼論孔子授詩的態度　孔孟月刊三卷三期　頁二五至二八　五三年一一月。

【一四畫】

褚斌杰、章必功　詩經中的周代天命觀及其發展變化　北京大學學報一九八三—六　頁五〇至五八（下轉頁六九）　一九八三年一二月。

趙光賢　孔子、儒家與傳統文化　北京師範大學學報一九八九—一　年月同。

趙伯雄　漢武帝與漢代經學的神秘主義傾向　內蒙古大學學報一九八四—二　頁六八至七五　一九八四年六月。

趙制陽　詩大序有關問題的討論　中華文化復興月刊一九卷八期　頁二九至四一　七五年八月。

趙制陽　鄭玄詩譜詩箋評介　中華文化復興月刊一三卷八期　頁六八至七八　六九年八月。

趙制陽　詩序評介　中華文化復興月刊一三卷二期　頁六三至七五　六九年二月。

趙效宣　朱子家學與師承　新亞學報九卷一期　頁二二五至二三九　五八年六月。

臧云浦　兩漢經學的發展與影響　徐州師範學院學報一九八四—四　頁一至九　一九八四年一二月。

裴普言　荀子與詩經　文史哲學報一七期　頁一五一至一八三　五七年六月。

裴普賢　孔子以前詩經學的前奏——詩經學歷史概述第一章　幼獅月刊四四卷三期　頁二七至三〇　六五年九月。

裴普賢　鄭玄詩譜圖表的綜合整理　國立編譯館館刊六卷二期　頁二〇至三四　六六年二月。

裴普賢　歐陽修詩本義內容及其對宋代詩經學影響的考察　幼獅學誌一六卷二期　頁七四至一二三　六九年一二月。

熊公哲　兩漢經學異同概說　文海二期　三頁　五二年一月。

【一五畫】

潘師重規　詩經研究略論　孔孟月刊一九卷一一期　頁九至一四　七〇年七月。

潘師重規　孔門詩教初講　孔孟月刊二五卷一二期　頁一四至一六　七六年八月。

潘師重規　評介張西堂著詩經六論　中國學人一期　頁一六三至一六五　五九年三月。

潘師重規　詩序明辨　學術季刊四卷四期　頁二〇至二五　四五年六月。

潘師重規　朱子詩序舊說敘錄　新亞師院學術年刊九期　頁一至二二　五六年九月。

潘師重規　敦煌詩經卷子研究論文集序　華學月刊五二期　頁一至三　六五年四月（按：此

潘師重規　文於六四年十一月發表於文大中研所之「木鐸」。

潘師重規　倫敦藏斯二七二九號暨列寧格勒藏一五一七號敦煌卷丁毛詩音殘卷綴合寫定題記
　新亞學報　九卷二期　頁一至四七　五九年九月。

潘師重規　詩經與義的新觀察　孔孟月刊二二卷一二期　頁六至一一　七三年八月。

潘師重規　五經正義探源　華岡學報一期　頁一三至二二　五四年六月。

潘師重規　敦煌詩經卷子之研究　華岡學報六期　頁一至二〇　五九年二月。

潘師重規　巴黎倫敦所藏敦煌詩經卷子題記　新亞書院學術年刊一一期　頁二五九至二九〇
　五八年九月。

蔡根祥　儒家禮學之精義　人生二二卷四期　頁二至七　五〇年七月。

蔡根祥　朱熹詩集傳鄭風淫詩說平議　孔孟月刊二五卷一期　頁二一至二五　七五年九月。

蔣曉華　從經學博士看漢代社會　四川大學學報一九八九——一　頁九三至一〇〇　一九八
　九年三月。

蔣勵材　孔子的詩教與詩經（上）（下）　孔孟學報二七期、二八期　六三年四月、九月。

劉孔僑　略論孔子刪詩之說　文史學報（珠海學院）二期　頁一二六至一三一　五四年七
　月。

劉兆祐　兩千年來詩經研究的回顧　幼獅學誌一七卷四期　頁三七至五五　七二年一〇月。

賴炎元　歐陽修的詩經學　中國國學六期　頁二二八至二三四　六七年四月。

賴炎元　呂祖謙的詩經學　中國學術年刊六期　頁二三至三九　七三年六月。

賴炎元　朱熹的詩經學　中國學術年刊二期　頁四三至六二　六七年六月。

【一六畫】

賴長揚、劉　翔　兩周史官考　中國史研究一九八五—二　頁九七至一〇八　一九八五年五月。

錢　穆　略論魏晉南北朝學術文化與當時門第之關係　新亞學報五卷二期　頁二三至七八　五二年八月。

【一七畫】

謝　謙　論朱熹詩說與毛鄭之學的異同及歷史意義　四川師院學報一九八五—三　頁三五至四二　一九八五年八月。

糜文開　孟子與詩經（上、下）　大陸雜誌三六卷一期、二期　五七年。

【一八畫】

戴君仁　孔子刪詩說折衷　大陸雜誌四五卷五期　頁四八至四九　六一年十一月。

戴君仁　兩漢經學思想的變遷　孔孟學報一八期　頁四七至六二　五八年九月。

戴君仁　經疏的衍成　孔孟學報一九期　頁五九年四月　（又見於經學研究論集　頁一〇三至一二六　黎明出版七〇年）。

【二〇畫】

簡博賢　王肅詩學及其難鄭大義　孔孟學報三八期　頁一三一至一六一　六八年九月。

蘇瑩輝　從敦煌北魏寫本論詩序真偽及孝經要義　孔孟學報一期　頁七九至八五　五〇年四月。

蘇瑩輝　敦煌六朝寫本毛詩注殘葉斠記　孔孟學報三期　頁二六七至二七〇　五一年四月。

國家圖書館出版品預行編目資料

中國歷代詩經學

林葉連著. – 初版. – 臺北市：臺灣學生，1993
面；公分
參考書目：面

ISBN 978-957-15-0501-5(平裝)

1. 詩經 – 歷史與批評

831.18                                                    82001124

中國歷代詩經學

著　作　者　林葉連
出　版　者　臺灣學生書局有限公司
發　行　人　楊雲龍
發　行　所　臺灣學生書局有限公司
地　　　址　臺北市和平東路一段 75 巷 11 號
劃　撥　帳　號　00024668
電　　　話　(02)23928185
傳　　　真　(02)23928105
E-mail　student.book@msa.hinet.net
網　　　址　www.studentbook.com.tw
登記證字號　行政院新聞局局版北市業字第玖捌壹號
定　　　價　新臺幣六〇〇元

一 九 九 三 年 三 月 初版
二 〇 二 一 年 六 月 初版三刷

82091
ISBN 978-957-15-0501-5 (平裝)